UN SAUVETEUR POUR ELSIE

SAUVETAGE À EAGLE POINT, TOME 2

SUSAN STOKER

DU MÊME AUTEUR

Un refuge pour Devyn

Un refuge pour Ember

Un refuge pour Sierra

Hawaï : Soldats d'élite

Un paradis pour Élodie

Un paradis pour Lexie

Un paradis pour Kenna

Un paradis pour Monica

Un paradis pour Carly (11 Oct)

Un paradis pour Ashlyn

Un paradis pour Jodelle

Mercenaires Rebelles

Un Défenseur pour Allye

Un Défenseur pour Chloé

Un Défenseur pour Morgan

Un Défenseur pour Harlow

Un Défenseur pour Everly

Un Défenseur pour Zara

Un Défenseur pour Raven

Ace Sécurité

Au Secours de Grace

Au Secours d'Alexis

Au Secours de Bailey

Au Secours de Felicity

Au Secours de Sarah

Forces Très Spéciales Series

Un Protecteur Pour Caroline

Un Protecteur Pour Alabama

Un Protecteur Pour Fiona

Un Mari Pour Caroline

Un Protecteur Pour Summer

Un Protecteur Pour Cheyenne

Un Protecteur Pour Jessyka

Un Protecteur Pour Julie

Un Protecteur Pour Melody

Un Protecteur pour l'avenir

Un Protecteur Pour Les Enfants de Alabama

Un Protecteur Pour Kiera

Un Protecteur Pour Dakota

Forces Très Spéciales : L'Héritage

Un Sanctuaire pour Caite

Un Sanctuaire pour Brenae

Un Sanctuaire pour Sidney

Un Sanctuaire pour Piper

Un Sanctuaire pour Zoey

Un Sanctuaire pour Avery

Un Sanctuaire pour Kalee

Un Sanctuaire pour Jane

Delta Force Heroes Series

Un héros pour Rayne

Un héros pour Emily

Un héros pour Harley

Un mari pour Emily

Un héros pour Kassie

Un héros pour Bryn

Un héros pour Casey

Un héros pour Wendy

Un héros pour Mary

Un héros pour Macie

Un héros pour Sadie

Un héros pour Annie

<u>Autre</u>

Un moment suspendu : Recueil de nouvelles

<u>AUDIO</u>

Un paradis pour Élodie

CHAPITRE UN

Zeke vérifia sa montre pour ce qui lui parut être la vingtième fois.

Elsie était en retard.

Sauf qu'elle n'était *jamais* en retard.

Il avait plutôt bien appris à la connaître depuis un an et demi et sa fiabilité était la première chose qu'il avait remarquée chez elle. Au début, elle n'était qu'une employée parmi d'autres... mais elle était tellement plus que cela désormais.

Au fil du temps, l'attirance de Zeke pour la douce brune n'avait fait que croître et progressivement, il avait fini par voir au-delà de cette facette de fille facile à vivre qu'elle présentait à tout le monde, pour percevoir la femme qui se cachait derrière. Peu importe combien elle essayait de le cacher ou de prétendre le contraire, elle était stressée et épuisée. Et il avait envie de faire tout son possible pour l'aider.

Il voulait également que le bar *On the Rocks* soit un lieu sûr pour elle. Un endroit où elle pourrait baisser sa garde et être certaine d'avoir des gens sur qui elle pourrait compter.

Il avait envie de croire qu'il y parvenait, au moins un peu. Elle souriait plus souvent, était un peu plus extravertie et semblait vraiment heureuse au travail.

Et petit à petit, elle commençait enfin à se détendre à *ses* côtés.

Zeke ne l'avait embrassée qu'une seule fois. Ce soir-là, il avait perdu les pédales quand un client avait attrapé Elsie par les fesses et il l'avait donc entraînée dans son bureau pour lui dire qu'il en avait assez de tourner autour de cette attirance qu'il avait pour elle. Au lieu de s'énerver, de lui dire qu'il dépassait les bornes ou d'expliquer qu'elle ne voulait pas s'engager dans une relation, quelle qu'elle soit, elle s'était laissée fondre dans ses bras. Le baiser qu'ils avaient partagé avait été court mais torride, et Zeke en voulait clairement plus.

Il essayait d'y aller doucement. De lui laisser le temps et l'espace nécessaire pour qu'elle accepte d'avoir désormais un protecteur. Lui.

C'était l'une des choses les plus difficiles qu'il ait jamais faites.

Tout ce qu'il désirait, c'était la ramener à la maison et les chouchouter elle et Tony, son fils de neuf ans. Il voulait leur montrer à tous les deux que ce qui les avait rendus si peureux et inquiets était derrière eux. Mais même après qu'il lui eut avoué son intérêt pour elle, Elsie était restée sur ses gardes.

Alors il avait pris ses distances tout en lui faisant comprendre que son intérêt n'avait pas faibli. Il trouvait souvent des raisons de la toucher. Une main sur son dos. Un frôlement de son bras. Il se rapprochait un peu plus quand elle lui parlait.

Rien de menaçant ou de trop évident. Juste volontairement évident. Et ça fonctionnait.

Doucement, mais sûrement, depuis ce premier baiser, elle baissait enfin sa garde.

La plupart des gens n'auraient pas été d'accord avec lui. S'ils observaient sa façon de se comporter avec lui, ils diraient qu'elle était aussi méfiante que quand elle était arrivée... mais ils auraient tort.

Ses réactions envers lui étaient aussi subtiles que les

siennes, mais Zeke les percevait très clairement. Elle lui souriait souvent timidement. Elle rougissait de plus en plus souvent quand il la complimentait. Et l'autre jour, *elle* l'avait touché.

C'était la première fois qu'elle initiait délibérément un contact et Zeke ne l'oublierait jamais. Il s'était retrouvé débordé derrière le bar alors que ses deux barmen étaient malades, il avait donc été le seul à pouvoir préparer les boissons. Il était resté debout depuis qu'il était arrivé avant le déjeuner. De plus, lui et ses amis de l'équipe de recherche et de sauvetage d'Eagle Point avaient passé une bonne partie de la nuit à chercher un adolescent handicapé mental qui était parti de chez lui sans que personne ne le remarque et qui avait disparu dans la nature derrière sa maison. Heureusement, ils l'avaient retrouvé, transi de froid et effrayé, mais sans blessure grave.

Zeke était épuisé et à deux doigts de s'énerver sur un client quand Elsie était arrivée derrière le bar et avait annoncé à tout le monde en criant que Zeke prenait une pause de vingt minutes et que leurs clients avaient intérêt à se détendre, avant de lui prendre la main et de l'emmener dans le couloir vers son bureau.

C'était *extrêmement* inhabituel. Elsie n'aimait pas être le centre de l'attention. Elle préférait se fondre dans le décor ; mais pour Zeke, elle avait affronté les clients turbulents et l'avait forcé à prendre une pause. Cela avait également été une surprise de la voir lui tenir tête. Elle avait pointé le canapé du doigt et lui avait ordonné de s'asseoir et de se détendre quelques minutes.

Il s'était exécuté. Mais pas avant de l'avoir attirée vers lui. Elle s'était installée à côté de lui avec hésitation et ils étaient tous les deux restés assis dans son bureau à moitié silencieux pour décompresser.

Ensuite, elle était redevenue timide et réticente, mais Zeke n'oublierait pas comment elle l'avait soutenu – sans oublier à quel point cela avait été agréable de l'avoir à ses côtés, litté-ralement.

Certaines personnes auraient pu être frustrées de la lenteur à laquelle leur relation progressait, mais pas Zeke. Son expé-rience en tant que Béret Vert lui avait appris à être patient. Et que c'était grâce à la persistance que l'on obtenait les plus beaux résultats.

Et en plus... après son ex, il avait évité tout type de relation lui-même pendant des années.

Il suspectait qu'Elsie n'avait jamais vraiment eu quelqu'un pour assurer ses arrières. Il était évident qu'elle n'avait pas eu une vie facile avant de venir à Fallport en Virginie. Et même, bon sang, elle n'avait *toujours* pas une vie facile aujourd'hui. Mais elle ne se lamentait pas. Elle ne se plaignait jamais de devoir travailler dur pour garder un toit au-dessus de sa tête et de celle de son fils.

Elle faisait seulement ce qui devait être fait et continuait d'aller de l'avant.

Le carillon au-dessus de la porte finit par sonner et Zeke leva les yeux d'un air soulagé, s'attendant à voir Elsie se préci-piter dans le bar, s'excusant d'être en retard en lui promettant que ça ne se reproduirait plus. Mais à la place d'Elsie, ce fut Reina Caudle qui le salua en entrant.

Zeke fronça les sourcils.

— Qu'est-ce que tu fais là ? Tu es censée travailler plus tard.

— Waouh, moi aussi je suis contente de te voir, dit Reina en souriant. Et oui, je le sais. Mais Elsie m'a appelée et m'a demandé de la remplacer. Elle est malade.

— Malade ? demanda Zeke en fronçant les sourcils, sceptique.

— Oui, c'est ce que je me suis dit aussi, acquiesça Reina. Cette fille n'est jamais malade. Tu te souviens il y a quelques mois quand tout le monde a attrapé cette grippe ? Tout le monde sauf Elsie. Elle a remplacé tellement de gens, c'était époustouflant.

Zeke s'en souvenait *bien*. Elsie avait travaillé deux semaines d'affilée sans un seul jour de repos, la plupart du temps en faisant des journées de dix heures. Son aide avait été une vraie bénédiction pour les autres serveurs et tout le monde, y compris Zeke, lui était reconnaissant d'avoir pris le relais.

— Qu'est-ce qui lui arrive ? demanda-t-il.

Reina haussa les épaules.

— Je ne sais pas. Elle a simplement dit qu'elle se sentait super mal, mais qu'elle serait là demain comme d'habitude.

Le froncement de sourcils de Zeke s'accentua un peu plus. S'il y avait bien une chose qu'il savait sur Elsie, c'était qu'elle n'avouait jamais ses faiblesses. Jamais. Quand on lui demandait comment elle allait, elle répondait toujours : « Super. » Quand on lui demandait si elle était fatiguée, elle insistait que non. Quand les clients du bar devenaient trop turbulents, elle n'admettait jamais qu'elle était agacée ou contrariée. Elle avait une personnalité calme et restait toujours positive, peu importe ce qui se passait dans sa vie ou autour d'elle.

Le fait qu'elle admette ouvertement qu'elle se sentait mal était assez inhabituel pour l'inquiéter.

Hank Blackburn se tenait derrière le bar, se préparant pour la foule du midi.

Ils n'avaient pas autant de clients que Sandra Hain au *Sunny Side Up*, le restaurant de la ville, pour le déjeuner, mais ils étaient assez occupés pour justifier une ouverture à onze heures trente tous les jours.

Maintenant que Reina était arrivée – rejoignant Valérie, une autre serveuse – Zeke était certain de pouvoir laisser le trio se débrouiller quelque temps.

Sans y réfléchir à deux fois, il s'avança vers la porte.

— Euh, patron ? l'appela Reina en le regardant partir d'un air interrogateur.

— Je reviens plus tard, lui dit-il en parlant assez fort pour que Hank et Valérie puissent également l'entendre. Si jamais il arrive quelque chose dont je dois être informé, appelez-moi.

Valérie sourit.

— Dis-lui qu'on espère tous qu'elle se sentira bientôt mieux !

Zeke n'était pas surpris que les autres sachent où il allait. Il n'avait pas fait en sorte que son intérêt pour Elsie reste un secret. Désormais, tout le monde – y compris les clients réguliers – savait qu'ils n'avaient pas intérêt à la toucher ou à lui dire quoi que ce soit d'inapproprié.

Zeke les salua en sortant. Le bar se trouvait au bout de la rangée de commerces sur un côté de la place principale de Fallport et Zeke contourna rapidement le bâtiment jusqu'au parking derrière.

Il savait que certains le prendraient pour un fou. Qu'il n'y avait aucune raison d'aller personnellement vérifier qu'Elsie allait bien. Si elle était malade, elle se sentirait probablement mieux d'ici un jour ou deux et retournerait bientôt au travail. Mais son intuition ne l'avait jamais laissé tomber par le passé. Et pour ce qui était de son ancien travail, son taux de précision était de cent pour cent. Il savait toujours quand ça allait être la merde.

Malheureusement, l'armée ne fonctionnait pas à l'intuition. Il y avait un nombre incalculable de formalités administratives et après avoir dû faire face à de trop nombreuses situations où Zeke savait d'avance que ça allait mal se terminer avant que son équipe ne s'y rende, il avait fini par en avoir marre. Il avait été honoré de servir son pays, mais il ne pouvait pas aveuglément guider son équipe vers des situations de danger mortel simplement parce qu'un supérieur hiérarchique lui en avait donné l'ordre.

Alors il avait démissionné, suivant une fois de plus son intuition. Et heureusement, Ethan « Le Chaos » Watson, un ancien Navy Seal[1] qu'il avait appris à connaître au fil des ans, avait appris qu'il était parti et lui avait proposé de rejoindre l'équipe de recherche et de sauvetage de Fallport. C'était l'une des meilleures décisions qu'il ait jamais prises.

La seule fois où son intuition lui avait fait défaut, c'était avec son ex-femme. Ce n'était pas quelque chose auquel Zeke aimait repenser. Cette garce l'avait trahi de la pire des façons pour une épouse. À chaque fois qu'il partait combattre pour son pays, mettant sa vie en danger, elle était à la maison et couchait avec d'autres hommes. Beaucoup d'hommes. Elle l'avait trompé encore et encore, et il n'en avait eu aucune idée. Du moins... pendant un long moment. Ce n'est que lorsqu'il était rentré de mission plus tôt que prévu qu'il avait dû faire face à cette vérité indéniable.

Il l'avait surprise au lit avec un soldat de dix-huit ans. Elle avait séduit le gamin... et avait eu le culot de rejeter la faute sur *Zeke*.

Depuis, il n'avait pas eu de relation sérieuse avec une femme. Rien qui soit allé au-delà d'un simple rendez-vous... mais bizarrement, Elsie avait fait exception.

Elle n'avait *rien* à voir avec la garce qu'il avait épousée. Pas de subterfuge. Pas de sournoiserie. Chacune de ses émotions se lisait sur son visage. Elle faisait de son mieux pour dissimuler ses pensées aux autres, mais Zeke avait appris à lire en elle comme dans un livre. Il savait quand elle faisait semblant d'être joyeuse pour les clients du bar. Il savait quand elle était heureuse, inquiète ou juste épuisée.

Mais elle ne s'était jamais plainte. Pas une seule fois.

Ce qui le ramena à la situation actuelle. Non seulement ce n'était pas dans ses habitudes de se faire porter pâle, mais Elsie avait besoin de chaque centime qu'elle gagnait. Admettre qu'elle ne se sentait pas bien revenait à brandir un énorme panneau clignotant pour indiquer qu'il y avait un problème.

Elle vivait actuellement au motel *Mangree* et son aire de stationnement pour caravanes. Il était un peu vieillot et délabré, mais il y avait une petite piscine à bulles et l'endroit était propre. Tout le monde au *On the Rocks* savait qu'Elsie essayait d'économiser assez d'argent pour louer un appartement. Mais ce n'était pas donné d'élever un enfant de neuf ans et elle ne pouvait pas encore se permettre de déménager, enchaînant les obstacles dernièrement.

L'incident le plus récent était un pneu crevé sur la I-480, la portion de route isolée de quarante-huit kilomètres qui reliait Fallport à l'Interstate 81, l'artère principale qui s'étendait du point le plus au sud-ouest de la Virginie à la frontière nord. Zeke avait ensuite demandé à son ami Brock et coéquipier de l'équipe de recherche et de sauvetage de faire une inspection complète de sa voiture. Il avait voulu payer pour les quatre nouveaux pneus dont elle avait besoin, ainsi que pour l'inspection de Brock, car il savait que cela lui coûterait une grosse partie de ses économies pour l'appartement, mais Elsie avait refusé.

Alors Zeke avait menti comme un arracheur de dents en réduisant le prix de moitié.

Il détestait agir ainsi, mais Elsie avait plus de fierté que la plupart des gens et il refusait de faire quoi que ce soit qui puisse affecter celle-ci.

Zeke ne mit pas longtemps à atteindre le motel. Il entra dans le parking quasiment vide et se gara devant la chambre numéro douze. Elle était à côté de l'accueil, ce qu'il approuvait beaucoup. Il n'avait pas envie qu'Elsie et Tony se retrouvent tout au bout de l'allée de chambres, c'était moins sûr. Il sortit de son pick-up et prit la direction de sa chambre.

Fronçant les sourcils quand Elsie ne vint pas ouvrir la porte après qu'il eut toqué, Zeke essaya de regarder par la fenêtre, mais les rideaux avaient été tirés. Les poils de sa nuque se dressant, il entra dans le bureau de la réception. Il sourit à Edna Brown, la dame plus âgée qui travaillait tous les jours à l'accueil. Elle et son mari étaient propriétaires du motel et vivaient à Fallport depuis des décennies.

— Salut, Edna, dit-il en s'approchant du petit bureau.

— Zeke ! Ça fait plaisir de te voir. Qu'est-ce qui t'amène ? Tout va bien ?

— Je ne suis pas sûr. Je suis venu voir comment allait Elsie.

Elle a dit qu'elle était malade et a demandé à Reina de la remplacer. J'ai toqué à la porte, mais elle ne répond pas. Je me demandais si tu pouvais me laisser entrer pour que j'aille la voir ?

Edna fronça les sourcils.

— Oui, la pauvre, elle n'avait pas l'air bien ce matin. Je l'ai retrouvée inconsciente sur les draps qu'elle pliait tout à l'heure.

Zeke fut perplexe.

— Les draps qu'elle pliait ?

— Oui, dit Edna en hochant la tête. Le matin, après que Tony fut à l'école et avant qu'elle ne se rende en ville pour démarrer sa journée au bar, elle travaille pour moi. Si certaines chambres n'ont pas été nettoyées par ma gouvernante habituelle, elle les prépare à la location. Elle s'occupe aussi de terminer les lessives. Ça prend du temps de laver et sécher tous les draps et toutes les serviettes, alors elle termine ce que la femme de ménage n'a pas pu faire la veille. Elle m'a été d'une grande aide.

Zeke soupira de frustration. Il ne savait pas du tout qu'Elsie avait un deuxième emploi avant de venir travailler au bar. Il n'aurait pas dû être surpris. Cette fille était l'une des plus grandes bosseuses qu'il ait jamais rencontrées et elle était prête à tout pour que son fils ait tout ce dont il a besoin.

— Quoi qu'il en soit, poursuivit Edna, ce matin je suis allée voir comment elle allait parce que je ne l'avais pas vue depuis longtemps et elle était affalée sur la table à linge où nous plions les draps. Elle était brûlante la pauvre. Je l'ai aidée à regagner sa chambre et je l'ai mise au lit.

L'inquiétude de Zeke ne diminua pas en entendant le récit d'Edna.

— Elle ne répond pas quand je toque à la porte. Je suis certain que c'est parce qu'elle est épuisée, mais je me sentirais mieux si je pouvais la voir.

Edna plissa des yeux en le fixant et Zeke fit de son mieux pour ne pas broncher. Certaines personnes pouvaient faire beaucoup de suppositions en jetant un coup d'œil à l'hôtel *Mangree* et son parking de caravanes. Mais Edna et son mari étaient très rigoureux. Ils ne toléraient pas la drogue, ne louaient pas les chambres à l'heure et n'approuvaient certainement pas que quelque chose d'illégal ait lieu sur ou autour de leur propriété. C'était d'ailleurs l'une des raisons pour lesquelles Zeke n'avait pas essayé de faire partir Elsie et Tony d'ici. Le *Mangree* était un lieu sûr même si ce n'était pas vraiment idéal ou pratique de vivre dans un motel.

— Je ne suis pas sûre que ce soit une bonne idée de laisser un homme entrer dans sa chambre, hésita Edna. Je peux aller voir comment elle va et te tenir au courant.

Se penchant en avant, Zeke croisa le regard d'Edna.

— Je ne lui manquerai jamais de respect, ni à elle ni à toi. Je m'inquiète pour elle, Edna. Elle n'a jamais demandé à personne de la remplacer depuis qu'elle travaille au *On the Rocks*. Je tiens à elle et j'ai besoin de m'assurer qu'elle va bien. Je ne me le pardonnerais jamais s'il lui arrivait quelque chose et que je n'avais pas agi.

Edna le regarda un long moment.

— Je ne t'ai pourtant pas souvent vu dans le coin, dit-elle d'un ton sceptique.

— J'y vais doucement parce qu'elle en a besoin. Je crois qu'elle a été blessée par le passé et je fais attention à ne pas lui forcer la main pour qu'on soit en couple, dit Zeke.

Edna prit une grande inspiration et se retourna, cherchant à attraper un trousseau de clés sur un crochet derrière le bureau. Zeke ne fut pas ravi de voir que la clé passe-partout pour toutes les chambres était si accessible, mais il en parlerait à Edna plus tard. Pour l'instant, tout ce qu'il voulait, c'était voir Elsie et s'assurer qu'elle allait bien.

La vieille dame se déplaça lentement autour du comptoir et vers la porte. Zeke avait envie de lui arracher la clé des mains et de se précipiter hors du bureau, mais il était assez malin pour ne pas le faire. Il était en train d'obtenir ce qu'il voulait, donc il serait encore patient quelques instants.

Ils se dirigèrent vers la chambre douze et Zeke retint son souffle pendant qu'Edna toquait à la porte.

— Elsie ? C'est Edna. Ça va ?

Il n'y eut pas de réponse.

Edna fronça les sourcils.

— Je vais ouvrir la porte pour m'assurer que tu vas bien. Zeke est avec moi. Tu es habillée ?

Toujours pas de réponse.

Edna enfonça la clé dans la serrure et la tourna. Elle ouvrit doucement la porte et recula pour laisser place à Zeke. Il acquiesça dans sa direction, reconnaissant qu'elle le laisse prendre le relais. Elle attendit devant la porte pendant que Zeke entrait.

La pièce était sombre, toutes les lumières étaient éteintes et les rideaux tirés. Ça aurait tout aussi bien pu être le milieu de la nuit. Zeke vit une forme sur l'un des grands lits et s'y précipita immédiatement.

La chambre était typique des motels. Il y avait deux lits, une table de nuit entre eux et une petite table circulaire près de la fenêtre ainsi qu'une commode avec une télévision. Il y avait un lavabo contre le mur du fond avec des vêtements suspendus sur un portant à côté. Tout était propre et rangé. Zeke aperçut quelques jouets sur la table et des chaussures alignées contre le mur sous le portant.

Une machine à café était posée sur une étagère étroite entre le lavabo et le portant et Elsie avait aménagé une sorte de garde-manger en utilisant des caisses de lait en dessous. Même si la chambre était propre, c'était déprimant de savoir qu'elle et son fils vivaient ici au quotidien.

Frustré de ne pas avoir réalisé plus tôt ses conditions de vie, Zeke s'assit sur le bord du lit à côté d'Elsie.

— Else ? demanda-t-il doucement en tendant la main pour retirer les couvertures.

Pendant un moment, Zeke eut l'impression de vivre son pire cauchemar quand il la vit. Elle était tellement pâle et elle ne broncha même pas quand il la toucha. Zeke avait déjà vu de nombreux cadavres pendant qu'il était dans l'armée et même durant les recherches dans la forêt autour de Fallport. Mais *rien* n'aurait pu le préparer à voir Elsie si mortellement immobile.

Il toucha sa joue et s'effondra presque de soulagement quand il sentit sa peau chaude. Mais le soulagement se transforma en inquiétude quand il réalisa *à quel point* elle était chaude. Elle était brûlante.

— Elle va bien ? demanda Edna d'un air inquiet depuis le pas de la porte.

Zeke se força à regarder la vieille femme. Elle se tordait les mains en le regardant.

— Elle ira bien, dit-il avec détermination.

Zeke entendit une voiture se garer et vit Edna regarder par-dessus son épaule avant de se tourner à nouveau vers lui.

— Il faut que je retourne à l'accueil. Tu me diras si je peux faire quelque chose ?

— Bien sûr.

Prenant soudain une décision en une fraction de seconde qui lui sembla plus juste que tout ce qu'il avait fait depuis longtemps, il lui dit :

— Je vais l'emmener chez moi.

La réaction d'Edna confirma à quel point elle était inquiète pour Elsie. Elle hocha la tête et dit :

— C'est probablement mieux, lâcha-t-elle avant de plisser les yeux vers Zeke. Mais pas de coucherie, jeune homme. C'est une gentille fille.

Dans n'importe quelle autre situation, Zeke aurait ri. Plus personne n'employait le terme « coucherie » et Elsie était une grande fille. Mais à la place, il acquiesça simplement et dit :

— Évidemment. Je veux juste qu'elle aille mieux.

Edna le regarda encore pendant un moment avant de tourner brusquement les talons. Elle ferma la porte derrière elle et partit accueillir la personne qui s'était garée sur le parking.

Zeke se pencha en avant et alluma la lampe à côté du lit. Maintenant que la porte était fermée, la pièce était dans le noir.

Elsie gémit un peu face à l'éclat de la lumière, mais ne se réveilla pas complètement.

— Else ? demanda à nouveau Zeke, se penchant vers elle en posant la main sur sa joue. Je vais prendre soin de toi.

À sa grande surprise, elle ouvrit les yeux et le regarda.

— Salut, dit-il doucement.

Ses yeux étaient vitreux et elle fronça les sourcils d'un air confus.

— C'est moi. Zeke. Ça va aller.

— Je suis malade, murmura-t-elle.

— Je sais. C'est pour ça que je suis là.

— Je ne suis jamais malade, dit-elle de façon presque agressive.

— Je le sais aussi. Je me suis inquiété quand Reina est arrivée en disant que tu lui avais demandé de te remplacer.

— Ça ira mieux demain, dit Elsie.

— On verra.

— J'ai froid...

Zeke fronça les sourcils. Il savait que c'était la fièvre qui parlait puisqu'elle était brûlante. Cela ne fit qu'accentuer son sentiment d'urgence.

— OK, Else. Repose-toi. Tu te sentiras bientôt mieux.

Il l'espérait du moins.

Elsie hocha la tête et ferma à nouveau les yeux, inclinant la tête vers la main qui était toujours posée sur sa joue.

Zeke se sentit soudain déterminé. Il ne supportait pas de la voir comme ça. Entre ses deux emplois et son fils dont elle devait s'occuper, elle tirait trop sur la corde et son corps en payait le prix. Mais il allait la remettre sur pied, qu'elle veuille de son aide ou non. Se penchant vers elle, il lui embrassa doucement le front.

Elle soupira au contact de ses lèvres sur sa peau et il prit cela comme un bon signe.

Se forçant à s'éloigner d'elle, Zeke regarda autour de lui et vit un sac de voyage sur l'étagère au-dessus du portant de vêtements. Il l'attrapa. Il fallait qu'il prépare quelques affaires pour Elsie. Il ne savait pas vraiment combien de temps elle et son fils resteraient chez lui, mais ce serait au moins jusqu'à ce qu'elle soit remise sur pied et elle allait avoir besoin de certaines choses. Il demanderait à Tony d'emballer plus d'affaires quand il reviendrait le chercher après l'école.

Zeke n'hésita pas quand il emballa ses vêtements et affaires de toilette. Elle prenait soin de tout le monde, il était donc temps que quelqu'un lui rende la pareille. Une fois que le sac fut plein à craquer, Zeke quitta la pièce suffisamment longtemps pour l'amener jusqu'à son pick-up et ouvrir la porte. Puis, il retourna dans la chambre. Il se pencha à nouveau vers Elsie.

Il repoussa les couvertures, ignorant le gémissement de Elsie face à la soudaine perte de chaleur. Il la prit dans ses bras et avança jusqu'à la porte. Elle se réveilla assez pour passer un bras autour de son cou et marmonner :

— Qu'est-ce qui se passe ?

— Rien. Rendors-toi, lui dit Zeke.

Elle acquiesça contre son torse. Sa confiance aveugle et inconsciente, alors qu'elle était totalement vulnérable, valait tout l'or du monde pour lui. Il n'allait pas laisser tomber cette femme. Hors de question.

Il l'installa sur le siège passager et boucla sa ceinture de sécurité. Elle était affalée dans une position qui paraissait très inconfortable. Heureusement, le trajet jusqu'à sa petite maison n'était pas long. Il l'avait trouvée quand il avait emménagé en ville pour la première fois. À l'époque, elle tombait pratiquement en ruines, mais avec l'aide d'Ethan et de Rocky, il avait réussi à la rénover pour qu'elle soit à peu près convenable. Il souhaitait encore réaliser quelques travaux, mais il aimait prendre son temps avec les rénovations plus esthétiques.

Zeke resta là un moment, observant cette femme endormie dans son pick-up.

Elsie était petite, elle faisait au moins quinze centimètres de moins que son mètre quatre-vingt-dix. Elle avait des cheveux bruns épais et bouclés et lorsqu'elle était réveillée, ses yeux étaient marron et expressifs. Elle était rarement maquillée, mais n'en avait pas besoin.

Elle était légèrement plus âgée que lui qui avait trente ans. Elle était également trop mince selon Zeke et il avait l'impression que c'était parce qu'elle s'assurait que Tony mange toujours avant elle et se privait probablement trop elle-même, juste pour économiser de l'argent.

Il avait déjà connu la faim, il connaissait bien trop cette sensation de ventre vide et ne supportait pas que la femme en face de lui soit passée par là, voire pire. Pour autant qu'il sache, Elsie n'avait pas de famille proche sur laquelle elle pouvait compter.

Zeke avait envie d'être son chevalier et de la rassurer en lui affirmant qu'elle ne manquerait plus jamais de rien. L'idée même que Tony et elle puissent souffrir le déchirait de l'intérieur.

Quand Elsie émit un petit gémissement, Zeke secoua la tête. Il fallait qu'il se mette en route. Il n'allait quand même pas rester planté là à regarder cette femme vulnérable toute la journée. Il ne put résister à l'envie de se pencher vers elle pour l'embrasser à nouveau sur le front, détestant sentir la chaleur de sa peau contre ses lèvres. Il ferma la portière du pick-up avant de revenir sur ses pas pour fermer la porte de la chambre d'hôtel. Edna sortit et il croisa son regard avant de grimper sur le siège passager de son véhicule. Elle lui fit un signe de tête. C'était la seule approbation qu'il pourrait obtenir de cette femme et ça lui allait.

Il réfléchit à tout ce qu'il devait faire. Appeler la clinique et voir si le docteur Snow pouvait faire une visite à domicile. Faire baisser la fièvre d'Elsie. Voir ce qu'il avait à manger chez lui, à la fois pour une malade et un enfant de neuf ans. Il était certain que l'un de ses coéquipiers se porterait volontaire pour aller au magasin à sa place si besoin. Il fallait également qu'il aille chercher Tony à l'école. Peut-être que Lilly pourrait venir et rester avec Elsie pendant qu'il récupérerait Tony…

Merde, il fallait aussi qu'il appelle Hank pour le prévenir qu'il ne reviendrait pas au bar aujourd'hui. Peut-être pas demain non plus, tout dépendrait de comment se sentait Elsie. Lance ou Reuben, ses autres barmen n'auraient aucun problème à prendre la relève. Ils le faisaient tout le temps quand il était sollicité pour des recherches.

Incapable de résister, Zeke prit la main d'Elsie. Il la serra dans la sienne et murmura :

— Ne t'inquiète pas, Elsie. Je gère.

Il ne savait pas si c'était vraiment le cas, il se sentait un peu dépassé par les événements, mais il avait envie de la rassurer. Elsie ne lui répondit pas verbalement, mais ses doigts s'enroulèrent brièvement autour des siens.

Se sentant paniqué, sans vraiment savoir pourquoi – elle avait la grippe ou un truc comme ça, elle n'était pas mourante non plus – Zeke roula prudemment jusque chez lui. Cela faisait des semaines qu'il avait envie d'inviter Elsie chez lui, mais ce n'était pas ainsi qu'il avait imaginé les choses. Il y a un mois, quand ce connard lui avait touché les fesses dans le bar, il s'était promis que la vie d'Elsie allait changer pour le mieux. Mais il avait été trop lent à tenir cette promesse et Elsie, qui était fière et réticente, ne lui avait pas facilité la tâche. Désormais, elle était malade, probablement parce qu'elle avait travaillé jusqu'à l'épuisement.

C'était terminé. Jusqu'à présent, il avait échoué dans sa mission, mais Zeke allait réparer cette erreur. À partir de maintenant.

Il imagina d'autres plans dans sa tête et Zeke pinça les

lèvres. Il se doutait qu'Elsie lutterait à chaque étape, mais il savait être persuasif quand c'était nécessaire.

Il était temps qu'Elsie Ireland comprenne qu'elle n'était plus obligée de tout faire toute seule. Désormais, elle l'avait, lui. Et son équipe de recherche et de sauvetage. Lilly. Et les habitants de Fallport.

Premièrement, il fallait qu'il l'aide à se rétablir, ensuite il s'assurerait qu'elle ne travaillerait plus jamais jusqu'à l'épuisement. Il était temps d'arrêter de tourner autour du pot et de s'assurer qu'Elsie réalise à quel point elle comptait pour lui.

L'idée qu'elle ne puisse pas ressentir la même chose que lui ne lui avait jamais traversé l'esprit.

Il avait vu les regards qu'elle lui lançait quand elle pensait qu'il ne l'observait pas. Il était impossible qu'une femme qui n'était pas intéressée révèle un tel... désir. Elle avait juste besoin de se faire confiance pour se fier à ses sentiments. Pour avoir confiance *en lui*. Ce ne serait pas facile, mais rien qui ne vaille la peine ne l'était jamais.

CHAPITRE DEUX

Elsie ne put s'empêcher de gémir quand elle sentit qu'on la déplaçait. Chaque muscle de son corps lui faisait mal. Et elle avait tellement froid. Elle n'arrivait pas à se réchauffer. Elle essayait également de se souvenir de quelque chose, mais actuellement, elle se sentait trop mal pour réfléchir.

— Ouvre la bouche, Else, dit une voix rauque et sexy.

Pendant un instant, Elsie crut qu'elle était en train de rêver, mais quand quelqu'un enroula un bras autour de ses épaules et la força à se redresser, elle réalisa que ce n'était pas le cas. Ouvrant les yeux, Elsie vit le visage d'un homme aux cheveux noirs près du sien. Elle cligna des yeux et une barbe bien taillée entra dans son champ de vision. Elle sut immédiatement de qui il s'agissait.

— Zeke ?

— Oui, c'est moi, chérie. Tu veux bien ouvrir la bouche et prendre quelques cachets pour moi ? C'est pour essayer de faire baisser la fièvre. J'ai appelé le docteur Snow et il sera bientôt là, mais en attendant, je m'inquiète de ta température qui est très haute.

Elsie fronça les sourcils. De la fièvre ? Un docteur ? Elle observa les yeux noisette de Zeke et secoua la tête.

— Pas de docteur, dit-elle d'une voix qu'elle ne reconnut même pas.

— Si, répondit-il fermement.

— Je ne peux pas me le permettre, lui dit-elle, trop malade pour être gênée.

— Je m'en occupe, lui dit-il.

Elle secoua à nouveau la tête. Ce geste fit tourner la pièce autour d'elle, mais elle ne le regretta pas.

— Non, Zeke.

— Si, Elsie, rétorqua-t-il avec fermeté. Tu es malade. *Vraiment* malade. Tu t'es évanouie en pliant les draps au motel. On parlera plus tard du fait que tu as pris un second boulot d'ailleurs. Tu aurais pu m'en parler si tu avais besoin de plus d'argent, chérie. On aurait pu trouver une solution. Enfin bref... Tu as travaillé jusqu'à épuisement. Si tu ne vois pas le docteur, tu seras malade plus longtemps et du coup tu ne pourras pas travailler avant un moment. Et je sais que ce n'est pas ce que tu veux.

Elsie fronça les sourcils. Il avait raison, ce n'était clairement pas ce qu'elle voulait. Elle ne pouvait pas se permettre de ne plus travailler.

— Et puis tu n'as pas non plus envie de le refiler à Tony, n'est-ce pas ?

Elsie ferma les yeux et se détendit dans les bras de Zeke.

— Non, murmura-t-elle.

— OK, alors prends ces cachets, ensuite je te laisserai te reposer jusqu'à ce que le docteur arrive. Ensuite, j'irai chercher Tony et le ramènerai ici.

Elsie ouvrit la bouche et attendit que Zeke mette ce qu'il voulait qu'elle prenne sur sa langue. Elle essaya de rassembler l'énergie nécessaire pour ouvrir les yeux et au moins tenter de prendre soin d'elle. Mais elle était tellement fatiguée. Et avait froid. Et se sentait seule.

Elle ne sut pas pourquoi cette dernière pensée lui traversa l'esprit. Mais c'était vrai. Ces dernières années, elle avait foncé à toute vitesse. Après avoir quitté la région de Washington avec très peu d'argent, elle avait fait ce qu'il fallait pour que Tony et elle ne finissent pas dans la rue. Elle était fière du chemin qu'elle avait parcouru, et même si certaines personnes ne devaient pas trouver cela très impressionnant de vivre dans un motel et d'être serveuse, elle était assez maligne pour réaliser ce qu'elle avait accompli.

Elle avait à peine terminé le lycée et n'avait jamais envisagé d'aller à l'université. Après avoir été diplômée à la fin du lycée, elle avait trouvé un travail de serveuse et s'y était mise immédiatement. Elle aimait rencontrer les gens et arrivait à obtenir de bons pourboires. Elle partageait un appartement avec trois autres femmes et sa vie suivait plutôt bien son cours.

Puis, elle avait rencontré Doug Germain. Il lui avait complètement fait tourner la tête et ils s'étaient mariés six mois plus tard. Elle avait emménagé dans sa grande maison et avait quitté son travail quand il le lui avait demandé. De l'extérieur, elle avait passé les années suivantes à vivre une vie visiblement simple et sans problème en étant l'épouse de Doug.

Mais en réalité, ça n'avait pas été facile d'être sa femme. Il était extrêmement difficile à satisfaire. À ses yeux, ce qu'elle faisait n'était jamais assez bien. Ses cheveux n'étaient pas coiffés correctement, elle ne s'habillait pas comme il le préférait, elle ne savait pas cuisiner selon ses attentes, la maison était toujours en bazar...

Lentement, mais sûrement, il l'avait brisée. Il ne s'était pas servi de ses poings ; ses mots avaient suffi à détruire cette estime de soi qu'elle avait réussi à construire avec le temps. Quand ils sortaient encore ensemble, leur vie sexuelle était épanouie, mais une fois mariés, même cela avait fini par s'essouffler.

Elle avait été prête à abandonner – elle ne comptait pas rester mariée si c'était pour se faire traiter comme de la merde – mais Doug avait soudain changé. Il avait commencé à faire plus attention à elle. La complimentait. L'emmenait souvent dîner. Lui offrait des fleurs. Il était redevenu l'homme qu'elle avait épousé.

Elle ne savait absolument pas pourquoi il s'était amélioré de la sorte, mais à l'époque, elle avait été à la fois soulagée et ravie. Il avait parlé de fonder une famille. Cette idée avait rendu Elsie folle de joie et ils avaient immédiatement essayé. Doug travaillait toujours de longues heures et tard le soir mais il faisait de son mieux pour être à la maison autant que possible.

Quand elle avait appris qu'elle était enceinte quelques mois plus tard, Elsie avait été impatiente d'annoncer à Doug que leur rêve devenait réalité.

Mais quelques semaines seulement après qu'elle lui eut annoncé sa paternité imminente, Doug avait de nouveau changé de façon inexplicable.

Il était devenu froid et distant. Il avait arrêté de la toucher et travaillait encore plus qu'avant. Son changement d'attitude l'avait beaucoup perturbée et pendant longtemps, Elsie avait cru que c'était parce qu'*elle* avait fait quelque chose de mal.

Il ne lui avait pas fallu longtemps pour comprendre pourquoi il était devenu si attentionné si soudainement – et brièvement. Il était en lice pour un poste de cadre supérieur au travail, et son patron lui avait dit que le PDG était un partisan des familles. Pour obtenir sa promotion, Doug avait réalisé qu'Elsie devait avoir un bébé pour augmenter ses chances.

Elsie avait été dévastée. Elle et son enfant n'étaient en réalité que des pions. La vérité avait fait mal. Très mal. Et prendre la décision de quitter son mari était devenue cent fois plus difficile maintenant qu'elle était enceinte. Ses deux parents étaient tombés malades et étaient morts quelques mois plus tôt. Elle n'avait donc plus aucun endroit où aller. Elle avait besoin de l'assurance maladie de Doug pour s'assurer que son bébé soit en aussi bonne santé que possible.

Et même si elle avait envie de partir... elle avait le sentiment que Doug ferait tout son possible pour l'en empêcher. Non pas parce que le bébé et elle comptaient pour lui, mais parce qu'il aurait fait tout ce qu'il fallait pour obtenir cette promotion.

Doug ne l'avait plus jamais retouchée après avoir appris qu'elle était enceinte, mais Elsie s'en fichait. Une fois qu'elle avait compris que son changement d'attitude n'avait été qu'une ruse, elle n'avait plus *voulu* qu'il la touche.

Le jour où elle avait accouché de Tony, elle s'était retrouvée seule chez elle. Doug était parti en voyage d'affaires avec sa secrétaire – Elsie savait parfaitement qu'il couchait avec elle, mais s'en fichait – et le travail avait commencé. Elle avait roulé jusqu'à l'hôpital, s'arrêtant toutes les quelques minutes à cause des contractions et avait fini par accoucher sans personne à ses côtés.

Dès la seconde où les infirmières avaient mis Tony dans ses bras, Elsie était tombée amoureuse. Elle n'avait pas vraiment envie d'entraîner cet enfant dans l'enfer qu'était son mariage, mais elle s'était jurée à ce moment-là de faire tout son possible pour le protéger.

Et elle avait même fait bien plus au fil des ans. Étonnamment, Doug avait d'abord semblé fier de son fils, mais cette fierté s'était rapidement transformée en irritation.

Tout ce qui concernait le fait d'avoir un bébé à la maison l'agaçait. Il ne changeait jamais les couches, se plaignait que Tony pleurait la nuit et avait rapidement commencé à passer de plus en plus de temps loin de la maison. Même si ces horribles commentaires n'avaient jamais cessé. Durant les quelques minutes où il la voyait chaque jour, il ne perdait jamais une occasion de dire à Elsie qu'elle était une mère affreuse ainsi qu'un millier d'autres insultes.

Rien de ce qu'il disait n'avait d'importance. Tout ce qui comptait pour Elsie, c'était son fils. Mais elle avait *essayé* de quitter Doug quand Tony avait deux ans. Elle en avait eu assez des insultes et de ce dénigrement constant. Elle s'inquiétait surtout de la façon dont sa relation épouvantable avec son mari affectait leur fils.

Doug avait refusé de la laisser partir. Il avait obtenu la promotion qu'il voulait désespérément, mais il avait toujours besoin qu'elle se montre à certains événements professionnels, parfois avec Tony pour continuer cette mascarade. Ses insultes étaient devenues des menaces, lui jurant que si elle essayait de briser leur « famille heureuse » elle allait le regretter. Plus il était méchant, plus Elsie avait peur de Doug.

Elle se sentait également coincée. Elle n'avait aucune économie, pas d'endroit où aller. Aucune compétence particulière ni d'éducation universitaire. Le fait de trouver un emploi qui lui permettrait de gagner assez d'argent pour engager une nounou et tout ce dont elle aurait besoin pour élever correctement Tony lui paraissait impossible... à cette époque. Mais ça ne voulait pas dire qu'elle n'était pas constamment en train d'essayer de les sortir, elle et son fils, de cette situation. Elle attendait son heure, observant, attendant... se documentant.

Ce jour était enfin arrivé quand Tony avait quatre ans et demi. Doug avait dit à leur fils qu'il était aussi stupide que sa mère et Elsie en avait eu assez. Elle pouvait supporter que son mari lui hurle dessus. Lui disant qu'elle était nulle et n'arriverait jamais à rien. Mais dès la seconde où il s'en était pris à Tony, elle avait dit stop.

À ce moment-là, Doug vivait quasiment avec sa secrétaire. Il lui avait même acheté une maison et dormait avec elle presque toutes les nuits. Sa promotion avait été accompagnée d'une énorme augmentation et il en dépensait la majeure partie pour sa maîtresse.

Elsie avait fait des recherches en ligne et avait trouvé un site juridique sur lequel elle pouvait payer pour imprimer un accord de divorce sans fioritures. Elle savait qu'elle pouvait se battre comme une folle et récupérer une bonne partie de l'argent de Doug, mais elle n'en voulait pas. Elle voulait simplement être débarrassée de lui.

Le soir où elle lui avait annoncé qu'elle voulait divorcer, Doug s'était moqué d'elle – puis avait réalisé qu'elle était sérieuse quand elle lui avait présenté les papiers du divorce. Elle les avait déjà signés. Elle n'avait pas demandé de pension alimentaire. Elle n'avait pas évoqué son infidélité. Elle lui avait même accordé un droit de visite pour Tony.

Quand il avait refusé de signer, Elsie s'était *énervée*. Pour la première fois durant leur mariage, elle s'était défendue.

Elle lui avait dit que s'il ne signait pas les papiers, elle lui ferait un procès. Elle demanderait à récupérer la moitié de ses investissements, de ses économies et de la maison. Elle dévoilerait toutes ces années d'abus verbal. Mais plus important encore, elle traînerait sa précieuse réputation de « père de famille » dans la boue – publiant les lettres que sa secrétaire incroyablement *stupide* lui avait envoyées au fil des ans ainsi que les photos nues de cette femme qu'Elsie avait retrouvées dans le portable de Doug et qu'elle s'était envoyée à elle-même... juste au cas où.

Elle avait eu extrêmement peur en voyant la rage sur son visage face à ses menaces, mais finalement, il avait accepté de signer les papiers du divorce – tant qu'elle quittait sa maison et sortait de sa vie le lendemain.

C'était loin d'être suffisant pour qu'elle puisse emporter toutes ses affaires et celles de Tony, mais Elsie n'avait même pas hésité. Elle s'en était allée le lendemain. Avec deux cents dollars, sa voiture et le peu de choses qu'elle avait pu mettre dedans. Tony était perdu et ne comprenait pas ce qui se passait, mais à l'époque, c'était pour le mieux. La dernière chose dont Elsie avait envie, c'était qu'il finisse par ressembler à son père.

Ils n'avaient pas besoin de Doug Germain. Tout ce qu'il leur fallait, c'était être là l'un pour l'autre et prendre un nouveau départ.

Mais il lui avait fallu plus de temps qu'elle ne l'aurait souhaité pour en trouver un.

Immédiatement après avoir quitté Doug, l'une des femmes avec qui elle avait partagé un appartement avant son mariage avait accepté de les laisser rester chez elle. À l'époque, elle était hôtesse de l'air et était rarement à la maison. Cette femme était un don du ciel... Mais même avec Elsie en intérim et malgré le loyer peu élevé que lui demandait son amie, Elsie ne pouvait pas se permettre de rester en ville plus d'un an.

Elle avait ensuite trouvé du travail au sud de Washington et elle et Tony avaient de nouveau déménagé, mais le travail n'avait finalement pas abouti.

Elle essayait toujours de rester au même endroit aussi long-temps que possible pour que Tony puisse se faire des amis et suivre une scolarité régulière, mais l'argent était toujours un problème. Elle avait continué à se débrouiller, et ça n'avait pas été facile, mais Tony valait toutes les ampoules aux mains, toutes les nuits tardives qu'elle avait perdues à essayer de trouver un moyen de payer le loyer et d'acheter assez de nour-riture pour les faire vivre.

Après trois longues années et demie, Elsie et Tony avaient fini par emménager à Fallport où le coût de la vie et le taux de criminalité étaient bas, les écoles étaient super et les habitants étaient très chaleureux.

Sa vie n'était *toujours* pas simple. Elle avait trente-trois ans et avait parfois l'impression d'en avoir cinquante. Mais tout ce qu'Elsie avait à faire, c'était de croiser le regard innocent de Tony pour savoir que si elle devait recommencer, elle prendrait exactement les mêmes décisions.

— Else ?

Elle sursauta, se focalisant soudain à nouveau sur le présent et elle réalisa où elle se trouvait. Elle avait avalé les cachets que lui avait donnés Zeke et était désormais allongée dans ses bras, agrippant son poignet alors qu'il portait un verre d'eau à ses lèvres. Se remémorer le passé n'était pas ce qu'elle préférait et elle ne supportait pas de l'avoir fait devant Zeke.

Cet homme la troublait. Il y avait environ un mois, il avait un peu pété les plombs quand l'un des clients du bar avait touché ses fesses. Zeke l'avait traînée jusque dans son bureau et lui avait expliqué que personne n'avait le droit de la toucher à part *lui*, puis l'avait ensuite embrassée avec passion. Depuis, il avait été très attentionné et très tactile... mais il ne l'avait pas embrassée à nouveau.

Depuis, elle repensait *constamment* à ce baiser. Elle n'avait jamais ressenti cette alchimie avec personne.

Et l'attirance mise à part, il ne la prenait jamais de haut. Il la complimentait toujours, faisait attention à elle et à Tony. Elle se sentait plus proche de lui qu'elle ne l'avait jamais été avec Doug, même si elle connaissait à peine Zeke. Il travaillait dur, était *toujours* respectueux avec tout le monde et félicitait et remerciait ses employés chaque jour. Il avait plus de considération pour ceux qui travaillaient pour lui que son propre mari n'en avait jamais eu pour elle.

— Tu m'inquiètes, Elsie. Parle-moi, dit Zeke.

Merde. Elle avait recommencé. Elle était à nouveau partie dans ses pensées.

— Je suis là, dit-elle un peu mollement.

— Comment tu te sens ?

— Comme si on m'avait renversée et qu'on m'avait ensuite forcée à marcher pendant quinze kilomètres avant de me jeter en plein milieu du pôle Nord alors que je suis seulement vêtue d'un short et d'un tee-shirt.

Zeke éclata de rire, un son qui enveloppa Elsie comme une couverture chaude.

— À ce point ? dit-il. Je suis désolé, chérie. Mais le docteur arrive bientôt et il va vite te remettre sur pied. Tout ce que tu as à faire pour le moment, c'est te reposer. OK ?

— OK.

Zeke la pencha doucement en arrière et quand sa tête toucha l'oreiller, Elsie tourna la tête et inspira profondément.

— Huuuum.

— Quoi ?

— Ça sent comme toi.

— Logique, puisque c'est mon lit.

Elsie aurait pu s'inquiéter de sa remarque, mais elle ne comprenait pas vraiment ce qu'il disait. Elle ferma les yeux...

Elle eut l'impression que quelques secondes seulement s'étaient écoulées lorsque Zeke la réveilla à nouveau.

— Elsie ?

— Quoi ? demanda-t-elle un peu brutalement. Je croyais que tu voulais que je dorme, se plaignit-elle. Je le pourrais si tu me laissais tranquille.

À sa grande surprise, au lieu de s'énerver – Doug l'aurait défoncée si elle avait osé lui parler comme ça – Zeke se contenta de rire.

— Tu dors déjà depuis une heure et demie. Le docteur est là.

Elsie ouvrit les yeux et regarda Zeke d'un air confus.

— Pour de vrai ?

— Oui, il est vraiment là.

— Non, je veux dire, je dors depuis si longtemps ?

— Oui. Mais tu n'es plus si brûlante, Dieu merci. Je pense que le Tylenol t'a fait du bien. Tu peux te redresser ?

— Bien sûr.

Mais ce fut plus facile à dire qu'à faire. Elsie se redressa et s'appuya contre la tête de lit. En regardant autour d'elle, elle réalisa qu'elle n'était pas dans sa chambre, au motel.

— Euh, où est-ce que je suis ?

— Chez moi.

— Comment j'ai fait pour arriver jusqu'ici ? demanda-t-elle.

Zeke fronça les sourcils.

— Tu ne t'en souviens pas ?

— Non.

— Je me suis inquiété quand Reina est venue me dire que tu lui avais demandé de la remplacer. Je suis allée voir comment tu allais et Edna m'a dit qu'elle t'avait retrouvée inconsciente sur une pile de draps que tu pliais. Elle t'a ramenée à ta chambre. Tu étais toujours dans les vapes quand je suis arrivé et je t'ai amenée jusqu'ici pour pouvoir garder un œil sur toi. Mais le docteur Snow est là pour que te remettre sur pied.

— Oh. Hmm... merci.

Zeke lui sourit et tendit la main pour écarter une mèche de cheveux sur le front d'Elsie.

— De rien. Bon, du coup tu vas donner du fil à retordre au médecin ou tu vas être une gentille fille ?

Elsie eut envie de rire. Elle n'avait pas huit ans. Elle avait trente-trois ans. Mais comme Zeke n'avait pas pris un air condescendant et qu'il était évident qu'il la taquinait – chose pour laquelle elle n'avait pas beaucoup d'expérience – elle se contenta de le regarder fixement.

— Salut, Elsie. Ça fait plaisir de te voir... mais pas dans ces circonstances, dit le docteur en entrant.

Robert Snow, âgé d'une quarantaine d'années, était blond aux yeux bleus et avait un peu de ventre. Il n'était pas marié, mais était en couple depuis longtemps avec Craig qui vivait avec lui et était son assistant administratif à la clinique.

— Bon alors, qu'est-ce qui ne va pas ?

Elsie lui sourit. Elle avait toujours aimé le docteur, même si elle n'avait jamais cherché à le consulter par le passé. Elle ne pouvait tout simplement pas se payer ses services.

— Je suis malade, l'informa-t-elle.

Ce fut à son tour de rire.

— Je vois, dit-il avant de se tourner vers Zeke. Dehors, lâcha-t-il d'un ton sévère.

Zeke croisa les bras sur sa poitrine.

— Je reste.

— Non, dit le docteur. Tu ne vas pas rester planté là. Et je te rappelle que la confidentialité entre le docteur et son patient existe. J'ai besoin de lui poser des questions sur son passé médical et le fait que tu restes là en fronçant les sourcils et en t'inquiétant n'aide pas.

Elsie eut envie d'éclater de rire face aux propos du médecin, mais tout à coup, elle se sentit à nouveau exténuée. Elle ferma les yeux et se laissa retomber contre la tête de lit.

— Dehors, ordonna le docteur Snow d'une voix plus ferme.

— Je serai juste derrière la porte si jamais vous avez besoin de moi, dit Zeke.

Elsie ouvrit les yeux et croisa son regard. Bizarrement, ces mots la rassurèrent.

— Merci, murmura-t-elle.

Il maintint son regard quelques secondes, puis tourna les talons et quitta la chambre.

— Ouf ! Je ne l'ai jamais vu être aussi intense auparavant. C'est un sacré spectacle, dit Robert avec un clin d'œil. Bon, raconte-moi quand tu as commencé à te sentir mal pendant que je prends ta température.

Dix minutes plus tard, Elsie était à nouveau allongée sous les couvertures et le docteur parlait doucement à Zeke près de la porte. Il pensait qu'elle avait la grippe et comme elle avait travaillé jusqu'à l'épuisement, le virus l'affectait plus qu'il ne l'aurait habituellement fait. Il lui avait demandé de boire autant de liquide que possible, de prendre du Tylenol pour faire baisser la fièvre et de se reposer. Si elle ne se sentait pas mieux d'ici quelques jours, il devrait le rappeler et il l'examinerait à nouveau.

Elsie ne pouvait pas être malade plusieurs jours. Elle venait tout juste d'avoir l'impression de grimper hors de ce trou dans lequel elle était restée bloquée depuis si longtemps et elle était à deux doigts de pouvoir louer un vrai appartement pour Tony et elle. Prendre quelques jours de congé serait un vrai coup dur et elle ne pouvait pas se le permettre. Avec un peu de chance, elle se sentirait mieux demain et pourrait retourner travailler.

Elle sentit le lit s'affaisser à côté d'elle et elle ouvrit les yeux. Elle serrait l'un des oreillers supplémentaires sur le lit de Zeke contre sa poitrine, trop malade pour en être gênée. Ses draps sentaient tellement bon. Cela faisait une éternité qu'elle n'avait pas été avec un homme et le fait de sentir l'odeur de Zeke, surtout la sienne, autour d'elle, était un vrai réconfort.

Zeke repoussa une fois de plus ses cheveux sur sa joue et cette fois-ci, il laissa sa main sur son visage tout en lui parlant.

— Comment tu te sens ?

— Super. Je suis prête à courir le semi-marathon de Fallport. Donne-moi encore une minute et je serai prête à partir.

Il gloussa et Elsie lui sourit en retour.

— Je ne doute pas que tu le ferais si tu le devais, dit-il. Tu es l'une des femmes les plus fortes que j'ai jamais rencontrées.

Et voilà qu'il lui faisait encore des compliments. Elsie garda celui-ci dans un coin de sa tête pour les jours où elle se sentirait déprimée et aurait besoin d'un petit remontant.

— Tu as faim ? demanda-t-il.

Elsie secoua la tête.

— OK. Je te prendrai du Pedialyte[1] quand j'irai dehors pour que tu restes hydratée.

Y a-t-il autre chose qui te fait plaisir quand tu es malade ? Du bouillon de poulet ?

— Des macaronis au fromage Velveeta[2], marmonna Elsie. Et du pain. Le pain sucré.

— Du pain hawaïen ? demanda Zeke.

— Oui. Et des bâtons de fromage.

Il sourit.

— Ça marche. À quand remonte la dernière fois où tu as été malade, chérie ?

Elsie fronça les sourcils, essayant de se souvenir.

— Je crois que c'était quand Tony avait environ deux ans. Je vomissais quasiment toutes les trente minutes tout en essayant de l'empêcher de détruire la maison.

— Tu étais mariée, c'est ça ?

— Oui.

— Où était ton mari ? Il aurait dû être là pour surveiller Tony.

Sans réfléchir, les mots lui échappèrent. Elsie avait toujours fait attention à ne pas parler de son ex. Elle n'avait pas envie de le dénigrer devant Tony ou même de penser à lui. Mais maintenant qu'elle avait baissé sa garde et qu'elle se sentait si mal, elle ne put retenir ces mots amers :

— Probablement en train de baiser sa secrétaire. Il me trouvait inutile et faible. Il n'aurait jamais levé le petit doigt pour m'aider avec Tony. Pour lui, c'était mon boulot... que je sois malade ou non.

— Quel connard.

Elsie regarda Zeke en clignant des yeux, puis acquiesça.

— Effectivement.

— Pour info, élever un enfant ce n'est pas un *travail*, c'est un privilège. Et je suis désolé que tu n'aies eu personne pour prendre soin de toi. Ça craint. Mais je suis là désormais et la seule chose dont tu dois t'inquiéter, c'est d'aller mieux.

Son inquiétude pour elle était presque bouleversante dans son état émotionnel actuel.

— Ça ira mieux. Je partirai bientôt.

Zeke ne rebondit pas sur sa remarque.

— Tony rentre de l'école vers seize heures, c'est ça ?

Elsie fronça les sourcils.

— Oui, pourquoi ?

Au lieu de lui répondre directement, il dit :

— J'ai juste le temps d'aller au magasin et de te prendre quelques trucs avant de rejoindre son bus.

— Oh merde ! lâcha Elsie en essayant de se redresser. Quelle heure est-il ?

— Non, dit Zeke en posant les mains sur ses épaules et en la repoussant. Je m'en occupe.

Elsie fronça les sourcils.

— Tu t'occupes de quoi ?

— De toi. Et de Tony. Je retrouverai le bus au motel et je le ramènerai ici.

— Mais...

— Il n'y a pas de « mais », dit-il fermement. Toi tu restes ici et tu dors. Ne. Sors. Pas. De. Ce. Lit.

Elsie secoua la tête.

— Tu es vraiment autoritaire.

— Oui. Surtout quand il s'agit de ta santé et de ton bien-être. Dors, Else. C'est ce dont ton corps a besoin, là tout de suite.

Elle savait qu'elle devait protester davantage. Il fallait qu'elle sorte du lit et aille chercher son fils. Mais elle était tellement fatiguée. Elle se détendit contre le matelas et ferma les yeux.

Elle sentit les lèvres de Zeke contre son front et elle fut certaine qu'il l'avait déjà fait auparavant. Pendant qu'il la portait peut-être ? Elle n'était pas sûre. Mais la sensation de ses lèvres contre sa peau n'était pas quelque chose qu'elle pourrait oublier. C'était... réconfortant. Intime.

— Je serai bientôt de retour, dit-il doucement.

Elle ouvrit les yeux et Elsie lui attrapa la main avant qu'il n'ait le temps de se lever.

— Attends.

— Oui ? Qu'est-ce qui ne va pas ?

— Le mot de passe. Il faut que tu le dises à Tony avant qu'il ne parte avec toi.

— Le mot de passe ? demanda-t-il.

— Oui. On le change chaque mois. C'est bête, je sais, mais je lui ai appris qu'il ne devait jamais repartir avec quelqu'un, même s'il connaît la personne, tant que celle-ci ne lui donne pas notre mot de passe.

— Ce n'est pas bête du tout, déclara Zeke d'un air admiratif. C'est super malin. C'est quoi le mot de passe ?

Elsie fronça les sourcils et paniqua quelques secondes, n'arrivant pas à se rappeler le mot qu'elle avait choisi pour ce mois-ci. Puis, cela lui revint.

— Austère.

Zeke resta silencieux un instant, puis dit :

— Waouh. OK.

— Je sais que c'est bizarre, mais je suis allée sur Internet et j'ai trouvé une liste de mots de vocabulaire du test SAT[3]. Je veux que ce soit un mot qui ne ressorte pas habituellement dans une conversation et que quelqu'un ne puisse pas deviner accidentellement, mais j'ai aussi envie qu'il apprenne quelque chose tout en étant en sécurité.

— Ce n'est pas bizarre, insista Zeke. C'est... génial. Tu es une mère formidable.

Une fois de plus, son compliment lui fit beaucoup de bien. Chaque fois qu'il disait quelque chose de gentil, surtout quand c'était en rapport avec le fait qu'elle était une bonne mère, cela semblait combler le trou que Doug avait créé avec ses paroles acerbes.

Zeke se leva et se dirigea vers la porte.

— Zeke ?

Il se retourna.

— Oui, Else ?

— Je... Merci. J'apprécie que tu passes prendre Tony. Tu ne nous auras plus dans les pattes avant le dîner.

Zeke revint vers le lit et s'assit à nouveau.

— Oh que non.

— Crois-moi tu n'as pas envie qu'on reste ici. J'adore mon fils, mais il est... exubérant. Il pose une tonne de questions et il en aura probablement plein d'autres lorsqu'il réalisera que tu viens le chercher.

— Et tu crois que ces questions vont m'agacer ? demanda Zeke.

Elsie grimaça.

— Eh bien, hum...

Elle hésita, réticente à offenser son patron. Il avait été extrêmement gentil avec elle aujourd'hui et elle ne voulait pas dire ou faire quoi que ce soit qui puisse le froisser.

À sa grande surprise, Zeke sourit.

— Bon, il vaut mieux qu'on ait cette conversation le plus tôt possible. Ce n'est peut-être pas le bon moment, puisque tu es malade, mais à l'avenir, je te rappellerai que nous avons eu cette conversation, si jamais tu ne t'en souviens pas. *J'adore* les enfants, Else. Ils sont honnêtes, curieux et oui, ce sont parfois de sacrés défis. Ça ne me pose aucun problème que Tony me pose des questions. Je suis heureux de pouvoir lui apprendre tout ce que je peux.

Puis, il sourit.

— Même si je pense qu'il aura surtout envie d'apprendre à connaître Ethan et Rocky, plus que moi. Ils peuvent lui apprendre des choses sympas comme démonter les toilettes, ou comment ne pas s'électrocuter quand on branche un ventila-teur au plafond, comment changer l'huile du moteur de la voiture. Je ne suis pas sûr que tu aies envie que je lui apprenne à faire des cocktails... et je ne suis pas sûr qu'à son âge il ait envie de le savoir.

Elsie lui prit la main.

— Il a besoin de l'attention d'un homme. Je peux lui offrir beaucoup de choses dans sa vie, mais je ne pourrai jamais être son père. Il est à un âge où il comprend qu'il est différent de beaucoup de ses camarades et je déteste ça. J'étais ravie quand Lilly lui a expliqué comment changer notre pneu, mais j'ai l'impression que ça a ouvert une boîte de Pandore que je n'ar-rive pas à refermer. Il a envie d'apprendre tout un tas de trucs « virils » que je ne maîtrise pas du tout. Je ne dis pas que j'ai envie que tu lui apprennes à faire un Tom Collins[4], mais le simple fait d'être à tes côtés, un gars qui est plus masculin que toutes les personnes que j'ai pu rencontrer, lui fera énormé-ment plaisir.

Zeke lui sourit.

— Merci. Maintenant, je t'interdis de dire que tu vas partir ce soir. Tu es malade, j'ai hâte d'apprendre à connaître ton fils et j'adore ne pas être seul chez moi.

Eh ben. Comment pouvait-elle insister pour partir après ça ? Elle ne pouvait pas. Elle hocha simplement la tête.

— Fais attention sur la route, murmura-t-elle sans savoir quoi dire d'autre.

— Bien sûr. J'aurai une précieuse cargaison à mes côtés. Dors, Else. Je suis sérieux. Détends-toi. Il n'y a rien dont tu doives t'inquiéter pour les douze prochaines heures, au minimum.

Elsie acquiesça. Il avait raison. Elle avait déjà demandé à Reina de la remplacer. Elle n'avait pas à se soucier de quoi que ce soit jusqu'à demain matin, quand elle devrait préparer Tony pour l'école et retourner au motel pour travailler avant de commencer sa journée de travail au *On the Rocks*.

Zeke se pencha à nouveau... mais cette fois-ci, au lieu de l'embrasser sur le front, il effleura ses lèvres des siennes.

Troublée, Elsie rougit et dit :

— Les microbes. Je ne voudrais pas que tu tombes malade.

— Ça en vaudrait la peine, répondit Zeke en caressant sa joue du pouce avant de se relever.

Elsie ne l'arrêta pas lorsqu'il franchit la porte et la ferma doucement derrière lui.

Elle ferma les yeux et soupira. Elle ne savait pas vraiment ce qui venait de se passer, mais elle était encore trop fatiguée pour y réfléchir.

C'était incroyablement agréable de ne pas avoir à se soucier de quoi que ce soit, là, tout de suite. Elle aurait dû se sentir coupable étant donné que sa vie tournait autour de son fils, mais sachant que Zeke s'occuperait bien de lui, elle se détendit. Elle s'endormit en l'espace de quelques secondes, satisfaite de savoir que pour l'instant, même brièvement, elle n'avait absolument aucune obligation. C'était le paradis.

CHAPITRE TROIS

Zeke ne supportait pas de laisser Elsie seule, mais plus vite il récupérait Tony et partait chercher de la nourriture qu'elle accepterait de manger, plus vite il pourrait la retrouver.

Il se rendit au magasin d'alimentation générale du vieux Grogan en ville au lieu de se rendre dans une grande surface mieux approvisionnée, car il voulait être certain d'être là quand le bus de Tony arriverait au motel *Mangree*. Il n'y avait pas tout ce qu'Elsie voulait au magasin, mais il trouva les bâtonnets de fromage, le Pedialyte et les macaronis au fromage Velveeta Shells. Grogan n'avait pas de pain sucré alors Zeke prit des petits pains classiques.

Il acheta également de la viande, pour faire des burgers, des hot-dogs, des fruits frais et une boîte de donuts. Ces derniers n'étaient pas ce qu'il y avait de plus sain pour le petit-déjeuner de Tony, mais il pourrait aussi manger quelques fruits pour rééquilibrer. Ce n'était pas comme si une matinée de malbouffe allait faire du mal au gamin. Du moins, il l'espérait.

Il était appuyé contre son pick-up quand le bus scolaire remonta la route en grondant et s'arrêta devant le parking du motel. Tony fut le seul enfant à descendre et il repéra immédiatement Zeke.

Il sourit et courut vers lui.

— Salut, Zeke !

— Salut, bonhomme. Comment c'était l'école ?

Le garçon haussa les épaules.

— Bien.

Puis, comme s'il réalisait soudain que le fait que Zeke soit là pour l'accueillir n'était pas normal, quelques lignes se formèrent sur son petit front alors qu'il fronçait les sourcils.

— Qu'est-ce qui se passe ? Où est maman ?

— Elle est chez moi. Je suis là pour venir te chercher, lui dit Zeke.

— Pourquoi ? demanda Tony alors que la suspicion se faisait entendre dans sa voix.

— Elle est malade, bonhomme. Elle n'est pas allée travailler aujourd'hui et j'étais inquiet pour elle. Donc je suis venu ici et elle avait de la fièvre. Alors je l'ai ramenée chez moi pour pouvoir m'occuper d'elle.

Ses mots ne rassurèrent visiblement pas le petit garçon puisque ce dernier recula.

— Maman n'est jamais malade, déclara-t-il.

— Je sais, dit Zeke, faisant de son mieux pour rester détendu.

La dernière chose dont il avait envie, c'était de faire peur à Tony.

— C'est pour ça que je suis venu voir comment elle allait, continua-t-il. Ça va aller. Elle a juste besoin de repos. Elle a travaillé très dur dernièrement et je pense que c'est devenu trop pour elle.

Tony acquiesça, mais il paraissait toujours inquiet.

— Je suis passé au magasin avant de venir te chercher et j'ai pris de quoi faire des hamburgers pour ce soir. Tu aimes bien les hamburgers, non ? Sinon, j'ai aussi pris des hot-dogs, juste au cas où.

Tony déglutit avec difficulté. Puis il lui demanda timidement :

— Tu as le mot de passe ?

Zeke se frappa mentalement le front. Merde, il aurait dû le dire dès le départ. Tony le connaissait, mais il valait mieux prévenir que guérir. Il s'accroupit sur la plante des pieds de façon à être face à face avec le garçon.

— Oui, bonhomme. C'est austère. Tu sais ce que ça veut dire ?

En entendant le mot, Tony se détendit de façon visible.

— Oui. Il y a même plusieurs significations. La plus utilisée est « simple ». Mais ça peut aussi vouloir dire « sévère ».

Zeke fut impressionné.

— Oui. Je suis désolé de ne pas t'avoir tout de suite rassuré avec le code.

Tony haussa les épaules, puis lui demanda :

— Est-ce que ma mère va vraiment s'en sortir ?

— Bien sûr. Le docteur Snow est passé et pense qu'elle a la grippe. Elle a surtout besoin de beaucoup de repos et de liquide et elle sera de nouveau en pleine forme dans quelques jours.

Tony écarquilla les yeux.

— Elle a vu le docteur ?

Zeke ricana.

— Oui. Elle n'en avait pas envie, mais je ne lui ai pas laissé le choix.

— Elle n'aime pas les médecins. Elle dit qu'ils coûtent trop cher. Elle me fait voir le docteur tous les ans pour un contrôle et l'appelle toujours si je suis malade, mais *elle*, elle n'y va jamais.

— Oui, c'est ce qu'elle m'a dit.

Tony fronça les sourcils et jeta un coup d'œil vers la porte de leur chambre.

— Elle va encore manger des nouilles instantanées pendant longtemps.

— Comment ça ? demanda Zeke.

Tony croisa son regard et lâcha :

— Quand elle doit dépenser de l'argent pour quelque chose qu'elle n'avait pas prévu, elle ne mange pas beaucoup pendant un moment. Elle dit qu'elle n'a pas faim, mais je sais que c'est faux.

Le garçon haussa les épaules et baissa les yeux vers le sol.

Zeke se rendait encore plus compte d'à quel point la vie d'Elsie avait été dure et il n'aimait pas ça. Il avait été tellement idiot en admirant son éthique de travail tout en s'inquiétant de sa maigreur sans rien faire pour l'aider, de peur de l'oppresser.

— Regarde-moi Tony.

Zeke attendit d'avoir l'attention du garçon.

— Le fait que ta mère ne mange pas assez s'arrête aujourd'-hui, dit-il doucement mais fermement. Je vais prendre soin d'elle. Et de toi. Même si elle s'est très bien occupée de toi toute seule, mais tout le monde a besoin d'aide de temps en temps.

— Même toi ? demanda Tony.

— Surtout moi.

— Pourquoi t'as besoin d'aide ? demanda le garçon en inclinant la tête d'un air inquisiteur.

— Pour arrêter de travailler autant. Pour que je profite de la vie. Pour que je prenne une grande inspiration et que je regarde plus souvent autour de moi. J'ai besoin que l'on m'aide à ne pas être seul.

Tony le regarda d'une façon qui n'était pas celle d'un enfant de neuf ans. Ce gamin était bien plus avisé que la plupart des jeunes de son âge. Un fait dont Zeke était fier et qu'il détestait à la fois.

— Maman se sent seule aussi parfois. Elle fait semblant de ne pas l'être, mais c'est faux.

Zeke acquiesça.

— Oui. Donc à partir d'aujourd'hui, la nourriture ne sera plus un problème pour vous deux. Tout comme le fait de voir un docteur quand vous en avez besoin. OK ?

Tony hocha la tête.

— Super. Bon, puisque tu vas passer la nuit chez moi, que

dirais-tu d'aller chercher les vêtements que tu vas porter à l'école demain et tout ce que tu souhaites prendre dans ta chambre avant qu'on y aille pour aller voir comment se porte ta mère ?

— Je vais dormir chez toi ? demanda Tony en écarquillant les yeux.

— Oui. Ça te va ?

— Oui ! C'est génial ! s'exclama-t-il.

Puis il laissa retomber son cartable et courut jusqu'à l'accueil.

Zeke éclata de rire. Il récupéra le cartable et le suivit. Il venait tout juste d'atteindre la porte de l'accueil quand Tony se précipita dehors.

— Maman ne veut pas que je prenne la clé avec moi à l'école alors quand je rentre, je dois aller à l'accueil et en récupérer une, expliqua-t-il en passant devant Zeke et en se dirigeant vers la chambre douze. Edna en a toujours une pour moi, dit-il en se tournant vers Zeke avant d'insérer la clé dans la serrure. Je sais que c'est aussi parce que maman veut s'assurer que je rentre bien à la maison et elle s'est mise d'accord avec Edna pour qu'elle la prévienne si je ne rentre pas à l'heure. Mais ça me va. Je comprends.

Il ouvrit la porte de la chambre et se précipita à l'intérieur.

Zeke n'aimait pas l'idée que Tony puisse être seul entre le moment où il rentrait de l'école et la fin de service d'Elsie. Tony était un enfant assez mature et il était évident qu'Edna gardait un œil sur lui... mais quand même.

Tony se précipita dans la chambre du motel, ouvrant un tiroir, sortant des habits en les jetant sur le lit. Il se rendit ensuite dans la salle de bain et prit ses affaires de toilette. Il attrapa également un petit camion de pompier qui était posé sur la table ainsi que deux livres et des petites voitures Matchbox[1].

Puis il hésita, se mordit la lèvre et regarda Zeke.

— Qu'est-ce qu'il y a, bonhomme ?

— Rien. J'ai terminé. Mais je ne vois pas notre sac. Tu l'as déjà emporté chez toi ?

Zeke regarda autour de lui et réalisa qu'il n'y avait rien pour stocker les affaires de Tony. Lui et sa mère partageaient probablement le sac de transport qu'il avait pris un peu plus tôt. Il se remémora mentalement d'acheter une autre valise ou un autre sac la prochaine fois qu'il passerait au magasin.

— Oui. Ce n'est pas grave. On peut utiliser ton cartable, dit Zeke en ouvrant le sac à dos qu'il tenait toujours.

— Non ! Attends ! s'exclama Tony.

Mais il était déjà trop tard.

Zeke regarda à l'intérieur du sac… et fit de son mieux pour ne pas paraître perplexe. Il leva les yeux vers Tony.

— Tu veux bien m'expliquer ? demanda-t-il en désignant le sac ouvert dans ses mains d'un signe de tête.

Tony baissa les yeux vers le sol.

— Pas vraiment.

Ne sachant pas vraiment comment gérer la situation, Zeke s'assit à l'extrémité du lit, près de la porte.

— Quand j'étais petit, mes parents n'avaient pas beaucoup d'argent. Et quand ils en avaient, ils le dépensaient pour acheter de la drogue, expliqua-t-il doucement au garçon. La plupart du temps, c'était comme s'ils avaient oublié que j'étais là. Il n'y avait jamais assez à manger à la maison. Le pire c'était les week-ends. Au moins, quand j'allais à l'école, je pouvais récupérer les repas gratuits qu'ils offraient aux personnes qui en avaient besoin.

Tony le regardait désormais, alors Zeke continua.

— Je ne suis pas fier de ce que j'ai fait, mais parfois je volais de la nourriture au magasin pour ne pas avoir faim. Et quand mes parents se rappelaient d'acheter à manger, j'en cachais une partie dans ma chambre, pour en avoir plus tard, expliqua-t-il.

Zeke n'avait jamais parlé de son enfance à *personne*, mais ce gamin avait besoin d'entendre qu'il n'était pas seul, plus que

Zeke n'avait besoin de taire son embarras concernant son enfance.

— Je ne les ai pas volés, dit doucement Tony. À midi, je fais les devoirs des autres enfants en échange d'une partie de ce qu'ils ont amené pour manger. Je le ramène ici et le rajoute à notre réserve pendant que maman est encore au travail, dit-il en désignant les caisses de lait qui servaient de garde-manger. Je n'aime pas quand maman ne mange pas. Elle n'a pas remarqué la nourriture en plus et tant qu'il semble y en avoir dans les caisses, elle en prend un peu pour elle. Quand la réserve baisse, elle insiste sur le fait qu'elle n'a pas faim et me fait manger ce qui nous reste.

Zeke dut déglutir deux fois avant de parvenir à parler. Putain. Une fois de plus, il eut envie de se botter le cul. Il n'avait même pas réalisé à quel point Elsie et Tony n'avaient rien. Il aurait dû. Surtout après ce qu'il avait subi durant son enfance.

Il reposa le cartable sur le matelas et fit signe à Tony de s'approcher.

Le garçon traîna des pieds jusqu'à lui et quand il fut assez près, Zeke posa la main sur son épaule.

— Tu es un bon garçon, dit-il fermement. Le fait que tu t'inquiètes pour ta maman et que tu aies envie de prendre soin d'elle, c'est génial. Mais tu n'auras plus besoin de faire les devoirs des autres enfants pour manger. Tu m'entends ?

Tony n'acquiesça pas et ne dit rien. Il regarda simplement Zeke d'un air vide.

— Si elle me laisse faire, je vais prendre soin de ta mère, expliqua-t-il d'un air sérieux. Je savais qu'elle travaillait dur, seulement je n'avais pas bien saisi la réalité de la situation. À partir de maintenant, elle déjeunera au bar *et* elle ramènera à manger pour vous deux. Chaque jour, bonhomme. Aucun de vous ne souffrira plus de la faim.

Le soulagement dans les yeux noisette du petit garçon était douloureux à regarder.

— OK.

— OK. Maintenant, prends cette nourriture et mets-la là-bas, dit Zeke. Ensuite, enlève tes affaires d'école et mets tes affaires de nuit dans ton cartable. Tu as beaucoup de devoirs à faire pour ce soir ?

Tony secoua la tête.

— Juste quelques exercices. Mais ils sont faciles.

— Et combien de ces exercices as-tu fait pour tes autres camarades ? demanda Zeke.

Les lèvres de Tony tressautèrent.

— Trois.

Zeke rit. Ce n'était probablement pas approprié, il ne devait pas rire du fait que ce pauvre gamin allait devoir faire le même exercice qu'il avait déjà réalisé pour trois autres enfants, mais il ne put s'en empêcher.

— Tu n'es pas en colère ? demanda Tony.

— Contre toi ? Non.

Le petit garçon pencha la tête et observa Zeke.

— Tu es en colère contre qui alors ?

— Contre moi-même.

— Pourquoi ?

— Parce que je ne supporte pas l'idée que vous ayez pu avoir faim. Je l'ai expérimenté assez souvent quand j'étais petit pour savoir que ça craint – euh pardon... que ce n'est pas drôle. J'aurais dû le remarquer. J'aurais dû faire plus attention. En fait... j'aime bien ta mère, Tony.

— Ah, tant mieux, dit le garçon.

— Non. Je l'aime *vraiment* bien, souligna doucement Zeke.

Tony écarquilla les yeux.

— Oh ! Tu l'aimes bien comme... Tu veux sortir avec elle ?

— Oui. Si ça ne te dérange pas ?

Il hocha la tête de haut en bas avec enthousiasme.

— Non ! Ça veut dire que tu vas être son petit ami ?

Zeke sourit.

— Oui. Si elle le veut bien.

— Oui, elle le voudra bien, dit Tony avec un énorme sourire. Et est-ce qu'on pourra faire des trucs ?

— Des trucs ? demanda Zeke.

Tony haussa les épaules.

— Oui, tous mes amis font des trucs avec leurs papas.

Zeke savait qu'il n'était pas le père de cet enfant. Mais en l'entendant employer ce terme en parlant de lui, sa gorge se serra.

— Comme quoi, par exemple ? parvint-il à demander.

Il n'avait aucune idée de ce qu'un père pouvait faire avec son fils vu ce qu'il avait vécu durant son enfance, mais il pourrait bien trouver quelque chose. Cependant, il voulait être certain de faire quelque chose que Tony apprécierait.

Tony baissa à nouveau les yeux vers ses pieds et haussa les épaules. Zeke commençait à réaliser qu'il faisait ça chaque fois qu'il était incertain ou gêné.

— Je ne suis pas un expert en voiture comme Brock. Même si je sais changer un pneu comme te l'a montré Lilly, lui expliqua Zeke. Et même si je sais bricoler quelques trucs dans la maison, je ne suis pas aussi doué que Rocky et Ethan pour les travaux et la construction. Mais tu sais ce que j'adore faire ?

Tony leva les yeux vers lui.

— Quoi ?

— De la randonnée. Et du camping. Préparer le dîner sur un feu et faire griller des chamallows ensuite. Et j'adore pêcher. Tu as déjà été à la pêche ?

Tony secoua la tête.

— Tu en as envie ?

— Je ne sais pas comment faire.

— Je t'apprendrai.

Et tout à coup, les yeux de Tony brillèrent à nouveau.

— Cool, souffla-t-il.

— Mais pas aujourd'hui. On doit d'abord retourner chez moi pour voir comment va ta mère. Et préparer le dîner. Tu as déjà fait des hamburgers ?

— Non. Maman a toujours préparé à manger pour nous.

— Il est sans doute temps que tu apprennes à le faire toi-même, tu ne crois pas ?

Le petit garçon hocha à nouveau la tête.

— Oui. Comme ça, si maman retombe malade, je pourrai prendre soin d'elle.

Zeke eut très envie d'assurer à Tony que si sa mère tombait malade à l'avenir, il serait là pour prendre soin *d'eux* – pour toujours. Mais il réalisa qu'il avait déjà assez joué avec le feu pour aujourd'hui. Elsie ne s'était pas vraiment plainte quand il avait marqué son territoire il y a deux semaines, mais de là à dire à son enfant qu'elle et lui allaient se marier et vivre heureux pour toujours, c'était dépasser les bornes.

— OK. Bon... on fait tes affaires et on y va, d'accord ? lui dit Zeke.

Tony pivota et courut jusqu'au coin de la pièce pour décharger son cartable.

Elsie devait se douter que la nourriture dans l'angle n'apparaissait pas par magie, mais elle n'avait rien dit à son fils à ce sujet. Elle voulait probablement qu'il ait l'impression de contribuer. Mais il était certain qu'elle ne devait pas savoir qu'il faisait les devoirs des autres enfants en échange de nourriture. Elle avait dû penser qu'il s'agissait de produits offerts aux enfants qui étaient inscrits au programme de repas gratuits.

Pour Zeke, il était évident que Tony était un enfant incroyablement intelligent, qui parlait comme un adulte et qui était bien plus malin que les gens ne le pensaient. Il se demanda s'il pourrait suivre des cours spéciaux ou des programmes qui le stimuleraient sur le plan scolaire. Il comprenait également mieux les mots de passe qu'Elsie choisissait pour lui. Un vocabulaire de test d'entrée à l'université ne lui paraissait plus si étrange. Tony absorbait les informations comme une éponge avec de l'eau.

Il finit d'emballer ses affaires en quelques minutes et se tint devant Zeke avec un sourire.

— OK, je suis prêt. Allons-y !

Souriant, Zeke se dirigea vers la porte.

— Il faut que tu rendes cette clé à Edna ? demanda-t-il en désignant les clés sur la commode.

Tony secoua la tête.

— Non. Elle va venir les chercher quand on sera parti.

— Très bien. Allons-y alors.

S'assurant que la porte était fermée et verrouillée derrière lui, Zeke secoua la tête face à l'énergie débordante que Tony semblait avoir alors qu'il sautillait presque jusqu'au pick-up. Zeke boucla sa ceinture et sortit prudemment du parking.

Lorsqu'ils furent en chemin jusque chez lui, Tony lui demanda :

— Tu le pensais ?

— Je ne dis jamais quelque chose que je ne pense pas, dit calmement Zeke. Mais de quoi tu parles exactement ?

— Que tu m'emmèneras faire du camping ?

— Bien sûr. C'est l'une de mes activités préférées. Et quand tu seras prêt, je t'emmènerai au point de vue d'Eagle Point. C'est une boucle de seize kilomètres par contre, l'avertit-il. Donc ce sera long et fatigant.

— Cool ! s'exclama Tony. J'en ai déjà entendu parler, mais aucun de mes amis n'y est allé.

— Effectivement, c'est cool, dit Zeke. C'est une ancienne tour de guet pour les pompiers. Tu sais à quoi ça sert ?

— Oui. C'est là que les gens vivaient et surveillaient la forêt pour détecter les signes d'incendie.

— Exactement. Alors évidemment c'est assez délabré et plus personne ne vit ici. Il existe des moyens plus modernes pour détecter les feux de nos jours. Mais la vue de là-haut est imbattable. Tu crois que ta mère aimerait venir avec nous ?

Tony ricana.

— Certainement pas. Elle n'aime pas les insectes. Ni la randonnée. Ou les activités de plein air.

— OK, alors on sera entre mecs, dit Zeke.

— Oui, soupira Tony. Entre mecs.

Il était évident qu'Else avait raison – ce gamin était en manque d'attention masculine. Non pas qu'elle n'ait pas fait du bon travail en l'élevant. Mais parfois, un garçon avait juste envie d'être un garçon. De se salir. De jouer dans la forêt. Trouver des insectes. Zeke n'était peut-être pas en mesure de lui apprendre ce que ses amis savaient faire, mais par contre il pouvait l'emmener camper. L'une de ses activités préférées, c'était d'aller dans la nature le plus souvent possible.

— Zeke ? lui demanda Tony, interrompant ses rêveries.

— Oui, bonhomme ?

— C'est le *plus* beau jour de ma vie.

— Moi aussi je passe une bonne journée, bonhomme, lui dit Zeke.

Il n'avait pas menti à Elsie. Il aimait vraiment les enfants. Ils étaient si ouverts et enthousiastes à propos de tout. Il avait hâte d'apprendre à connaître Tony.

CHAPITRE QUATRE

Elsie se sentait terriblement mal. Mais même si elle était plus malade qu'elle ne l'avait été depuis très longtemps, elle était aussi contente. Une fois que le docteur s'en était allé et que Zeke était parti chercher Tony, elle s'était assoupie, mais ne s'était pas endormie profondément. Elle n'y arrivait pas. Pas jusqu'à ce qu'elle sache que son fils était en sécurité.

Quand ils étaient arrivés, Tony était immédiatement venu voir comment elle allait et lui avait expliqué avec excitation que Zeke allait le laisser l'aider à préparer le dîner. Zeke lui avait demandé si elle voulait sortir de la chambre et s'allonger sur le canapé dans le salon et elle avait accepté avec enthousiasme.

Et maintenant qu'elle y était, elle alternait entre le fait d'avoir chaud puis froid, essayant de ne pas vomir face aux odeurs de la cuisine... mais elle adorait chaque seconde qu'elle passait à écouter et regarder son fils interagir avec Zeke.

— Juste comme ça. Tu écrases bien la viande pour que le burger ne s'éparpille pas quand il cuit, expliqua Zeke à Tony.

L'expression sur le visage de son fils alors que ce dernier se concentrait pour faire le steak du hamburger, exactement comme Zeke le lui demandait, n'était pas quelque chose qu'Elsie allait oublier de sitôt. Ce n'était pas facile de ne pas avoir une vraie cuisine. Elle avait envie d'apprendre à Tony comment cuisiner, mais quand elle ne disposait que d'une bouilloire, d'une casserole et d'un seul feu de cuisson, ce n'était pas vraiment idéal.

— Ça n'a pas l'air bien, se plaignit Tony.

— De quoi tu parles ? C'est parfait, le rassura Zeke.

— Non ! C'est de travers.

— Je vais t'avouer un secret concernant la cuisine qu'il faut que tu saches. Si quelque chose à l'air parfait, c'est souvent dégueulasse, dit Zeke d'un air confiant.

Elsie sourit depuis son cocon de couvertures sur le canapé.

— C'est vrai ! s'exclama Zeke puisque Tony lui avait manifestement lancé un regard sceptique.

Plus il grandissait, plus il était difficile de convaincre Tony des choses les plus simples. Elle supposait que c'était à cause de son esprit curieux mais aussi le signe qu'il devenait de plus en plus avisé et ne la croyait plus aveuglément juste parce que c'était sa mère.

— Je préfère manger un gâteau de travers, fait avec amour, plutôt qu'un gâteau fait par un chef célèbre qui ne me connaît pas ou n'en a rien à faire de moi, dit Zeke. Et puis, les burgers n'ont pas besoin d'être parfaits. On va les mettre sur le gril et ils vont changer de forme dans tous les cas.

Puis, après une pause, il dit :

— Par exemple, est-ce que tu préfères avoir une assiette de frites recouvertes de ketchup à tel point que tu ne peux pas les manger sans t'en mettre partout ou une cuillérée parfaite d'un cercle parfait au bout de chacune d'entre elles ?

— Une assiette recouverte, dit Tony sans hésitation.

— Exactement, dit Zeke. Écoute, si tu avais voulu être un chef cuisinier, je t'aurais peut-être conseillé de faire plus attention pour que chaque morceau de viande ait exactement la même taille. Je pourrais même acheter une balance pour que tu puisses les mesurer et t'assurer qu'ils font tous le même poids. Mais pour autant que je sache, ce n'est pas ce que tu veux... non ?

— Non, dit Tony.

— Qu'est-ce que tu as envie de *faire* plus tard ? demanda Zeke.

Elsie sourit. Elle espérait que Zeke soit prêt pour la réponse de son fils.

— J'ai envie d'être enseignant.

— C'est super ça, bonhomme.

— Et un astronaute. Et j'ai envie de construire des bâtiments très hauts, mais les rendre résistants aux bombes pour que personne ne puisse les faire tomber.

Elsie savait que ce dernier point venait de la leçon qu'il avait eue à l'école concernant l'attentat de New York le onze septembre.

— Oh et j'ai aussi envie d'être un auteur et de découvrir des extraterrestres et de devenir amis avec pour qu'ils puissent nous offrir une super technologie et une cure contre le cancer.

Elsie n'était pas surprise par les réponses de son fils. Il était intéressé par beaucoup de choses en ce moment et elle savait qu'il avait tout le temps de trouver ce qu'il voulait faire pour le reste de sa vie. Pour l'instant, elle était surtout ravie qu'il soit si curieux.

— Waouh. C'est impressionnant, dit Zeke avec beaucoup de sincérité ce qu'Elsie apprécia. Tout ça, ça demande de faire beaucoup d'études.

— J'aime bien l'école, répondit Tony.

— Cool. Donc, revenons-en à ce que je disais, à moins que tu ne sois en train de désamorcer une bombe, tu n'es pas obligé d'être parfait, bonhomme. Les hamburgers de travers seront tout aussi bons que ceux qui sont parfaitement droits.

La cuisine resta silencieuse un moment, puis Tony lui demanda :

— Tu as déjà désamorcé une bombe ?

— Eh bien, il se trouve que oui.

Elsie cligna des yeux de surprise. Elle ne le savait pas. Elle savait qu'il avait été dans l'armée, mais il n'en parlait pas beaucoup. Au travail, il était très souriant et concentré et s'assurait surtout que les clients et ses employés soient heureux.

— C'est *vrai* ? demanda Tony.

— Oui.

— Est-ce qu'elle a explosé ?

— Non, heureusement.

— Et tu as déjà vu une bombe exploser ?

Elsie avait envie de dire à son fils d'arrêter de harceler Zeke. De ne pas poser autant de questions sur un sujet aussi sérieux. Mais elle avait l'impression que ses membres pesaient une tonne... et la réponse de Zeke l'intéressait.

— Oui, malheureusement.

— Mais ce n'était pas cool ? demanda Tony, confus.

— Oui et non. La mécanique, si. Mais les dégâts qu'elle a causés aux bâtiments et aux gens autour n'avaient rien de cool.

Tony resta silencieux un moment.

— Il y a eu des blessés ?

— Oui, bonhomme. Mon travail dans l'armée était de retrouver les méchants et de m'assurer qu'ils ne puissent plus faire de mal aux autres.

— Ça te plaisait ?

— Non.

La réponse de Zeke fut rapide et directe. Et elle sentit une telle détresse dans sa voix qu'Elsie poussa sur son coude pour se redresser et regarder en direction de la cuisine, par-dessus le canapé. Tony avait de la viande jusqu'aux coudes et regardait Zeke, les mains figées dans un bol de ce qu'elle supposa être de la viande crue qu'il façonnait en steaks plats.

Zeke avait les yeux baissés vers son fils, croisant son regard.

Elle ouvrit la bouche pour demander à Tony de ne pas insister, mais ce dernier prit la parole avant qu'elle n'ait le temps de le faire.

— Donc tu as changé de travail. Et maintenant tu peux être un héros sans être obligé de voir les gens exploser.

Elsie vit que Zeke fermait les yeux et contractait la mâchoire. En l'observant, elle vit qu'il parvenait à retrouver son calme. Il ouvrit les yeux et sourit à son fils.

— Quelque chose comme ça, ouais.

— Tu *es* un héros, insista Tony. Je sais ce que tu fais. Tu vas dans la forêt et tu retrouves des gens qui se sont perdus. Il y avait cette petite fille d'un an environ. Son frère est dans ma classe. Il m'a tout raconté. Il m'a expliqué qu'elle était trop jeune pour savoir où elle était ou comment rentrer chez elle. Elle serait morte ; mais toi et tes amis vous êtes allés la chercher et vous l'avez trouvée. Et ramenée chez elle.

Zeke hocha simplement la tête.

— Donc ça fait de toi un héros, dit Tony avec sérieux. Et tu peux également faire un autre travail. Travailler avec ma mère. Tu rends les gens heureux. C'est ce que je veux faire. Avoir plus d'un travail pour pouvoir faire tout ce qui m'intéresse.

— C'est un super plan bonhomme, lui dit Zeke.

— Certains enfants à l'école trouvent ça stupide, dit Tony en baissant les yeux vers le bol.

— Pourquoi ce serait stupide ? demanda Zeke.

— Parce qu'ils disent qu'on ne peut avoir qu'un métier quand on est grand. Tu sais, professeur, astronaute, chauffeur routier. Mais tu ne peux pas être plusieurs choses à la fois.

— Tu peux être qui tu veux, Tony. Regarde ta mère.

— Ma mère ? demanda-t-il sans comprendre.

— Oui. Elle est maman, professeure, serveuse, cuisinière, femme de chambre, conductrice et même docteure parfois.

Tony leva les yeux au ciel. C'était encore une nouvelle attitude. Avant, il ne faisait jamais cela, mais en grandissant, il apprenait l'art du sarcasme et de l'irrespect. À la grande consternation d'Elsie.

— Rien de tout ça ne compte. Sauf pour le travail de serveuse. Elle n'est pas vraiment tout ça à la fois.

— Je ne suis pas d'accord, lui dit Zeke. Continue d'écraser la viande, ces burgers ne vont pas se faire tout seuls. C'était quoi ton dernier mot de passe ?

Elsie appréciait la façon dont Zeke parvenait à faire en sorte que Tony se concentre sur sa tâche tout en continuant la conversation.

— Cautionner.

— Et qu'est-ce que ça veut dire ?

— Approuver quelque chose.

— Tu peux l'utiliser dans une phrase ?

Tony leva à nouveau les yeux au ciel, mais fit comme Zeke lui demandait.

— Je ne cautionne pas que tu me poses toutes ces questions.

Zeke éclata de rire.

— Bien joué, bonhomme. Maintenant – comment as-tu appris la signification de ce mot ?

Tony haussa les épaules.

— C'est maman qui me l'a expliqué.

— Donc, ta mère t'a *appris* ce que ça voulait dire.

— Oui, c'est ce que j'ai dit.

— Et tu ne considères pas que c'est une professeure alors ?

Tony se figea et leva les yeux vers Zeke.

— Euh... peut-être qu'elle l'est, si ?

— Tout ce que je veux dire, c'est que tu n'es pas obligé de te cantonner à une seule chose. Nous avons tous différentes professions. Il y a beaucoup de choses que doivent être les adultes. Des comptables, pour qu'on puisse gérer notre argent, des chefs cuisiniers, pour qu'on puisse se nourrir, des professeurs, des serveuses, des soignants... la liste est longue. Et ce n'est pas parce que nous ne sommes pas payés pour tout ce que nous faisons que ce n'est pas un travail et que ça n'a pas d'importance. Donc c'est tout à faire normal que tu aies envie d'être plusieurs choses à la fois. Ignore ces enfants à l'école qui te disent le contraire.

Elsie avait les larmes aux yeux. Zeke était…

Il était incroyable, voilà ce qu'il était. Elle l'admirait de loin depuis un bon moment déjà, en tant qu'employeur, mais en en apprenant plus sur lui à travers ce qu'il disait à son fils, elle avait l'impression de découvrir une toute nouvelle facette de lui. Il avait également plus encouragé son fils en l'espace de trente secondes que ne l'avait fait son père en neuf ans.

C'est là que Zeke tourna la tête et croisa le regard d'Elsie à l'autre bout de la pièce.

— Tu es censée te reposer, la gronda-t-il.

Mais il souriait en même temps, alors Elsie comprit qu'il n'était pas du tout contrarié.

Elle lui fit un petit sourire.

— Regarde, maman ! Je fais des burgers, dit Tony avec excitation.

— Je vois.

— Ensuite moi et Zeke on te fera des nouilles, l'informa-t-il.

— Zeke et moi, le corrigea-t-elle.

— C'est ce que j'ai dit, rétorqua Tony en soufflant. Et maintenant Zeke on fait quoi ?

L'homme qui avait en quelque sorte pris la vie d'Elsie en main gloussa et expliqua à Tony quelles étaient les prochaines étapes pour la préparation des hamburgers. Elle avait appris beaucoup de choses sur lui ces dernières heures. Elle savait déjà qu'il était autoritaire et surprotecteur. Elle l'avait tout de suite compris le jour où il avait réprimandé l'homme qui avait osé lui toucher les fesses et qu'il avait traîné Elsie jusque dans son bureau pour l'informer qu'ils sortaient désormais ensemble avant de l'embrasser. Enfin, il n'avait pas vraiment dit qu'ils sortaient ensemble, mais il l'avait laissé entendre.

Désormais, elle savait que Zeke était super avec les enfants. Ou du moins avec son enfant à elle. Il avait quitté l'armée, car il n'aimait clairement pas ce qu'il faisait. Et il était très bon pour clore les débats. Non pas que lui et Tony aient vraiment eu un débat, mais il avait réussi à faire changer son fils d'avis avec une facilité déconcertante. Par expérience, Elsie savait que lorsque Tony avait une idée en tête, il était très difficile de le faire changer d'avis. Et Zeke avait réussi à le convaincre qu'il était tout à fait correct et normal d'être intéressé par plusieurs métiers.

Elle aimait bien Zeke. Beaucoup même. Probablement trop. Il était son patron, et la dernière chose dont elle avait besoin, c'était de sortir avec lui et que ça se termine mal. Si elle perdait son travail, elle risquait d'avoir de gros ennuis. Elle avait désormais presque assez d'argent de côté pour les sortir elle et Tony de ce motel. Non seulement elle avait besoin du premier et du dernier mois de loyer plus un dépôt de garantie, mais elle devait également acheter tout ce qui allait avec la location. Des lits, des casseroles et des poêles, des meubles, des affaires de toilette... La liste était longue.

Et tout cela demandait de l'argent.

Elsie n'était pas riche, loin de là, mais elle s'en sortait. Toute seule. Son ex lui avait dit et redit qu'elle n'arriverait jamais à rien sans lui. Que si elle le quittait, elle finirait à la rue puisqu'elle n'avait aucune éducation, aucune compétence. Pendant longtemps, elle l'avait cru et en avait désormais honte.

— Else ?

Elle sursauta en entendant son prénom.

— Oui ?

— Arrête de réfléchir et va dormir. On te réveillera quand tes macaronis au fromage seront prêts.

Elle ne put s'empêcher de sourire.

— OK, marmonna-t-elle avant de s'affaler sur les coussins incroyablement confortables du canapé.

Étonnamment, elle sentit qu'elle s'assoupissait en quelques minutes à peine. Le bavardage joyeux de son fils et la voix rauque de Zeke en fond la firent se sentir en sécurité.

* * *

Zeke entra dans le salon pour voir comment allait Elsie. Elle avait les joues rouges, mais ses yeux étaient fermés et elle respirait profondément et de façon régulière. Il vérifierait sa température plus tard ; il ne voulait pas faire quoi que ce soit qui risque de la réveiller maintenant qu'elle s'était enfin endormie.

Il était conscient qu'elle avait écouté sa conversation avec Tony plus tôt et espérait qu'elle approuvait ce qu'il lui avait dit. Il avait beau aimer les enfants, il n'avait pas beaucoup d'expérience avec eux. Il pensait qu'il valait mieux traiter Tony comme un mini adulte plutôt que de le prendre de haut.

— Tu veux bien apporter un peu de macaronis au fromage à ta maman ? demanda-t-il à Tony.

Le garçon hocha la tête et se dirigea vers la cuisinière. Il observa la casserole un moment, puis regarda Zeke.

— Est-ce que ça va aller pour elle ?

Zeke fronça les sourcils.

— Pour ta mère ? Bien sûr.

— Mais elle n'est jamais malade.

Zeke s'approcha du garçon et posa la main sur son épaule.

— Elle est forte, bonhomme. Et le docteur Snow ne semblait pas inquiet. Elle a juste besoin de sommeil et de se détendre pour un moment.

— Qu'est-ce qui m'arrivera si jamais elle meurt ?

Zeke resserra sa main sur l'épaule de Tony. Son premier réflexe était de lui dire qu'Elsie n'allait pas mourir putain. Qu'il ne la laisserait pas mourir. Mais il ne voulait pas non plus ignorer les craintes de Tony. Il s'accroupit pour pouvoir regarder le garçon dans les yeux.

— Qu'est-ce qui t'amène à penser ça ?

Tony haussa les épaules et se focalisa sur l'épaule de Zeke.

— C'est juste que… je n'ai pas de papa. Donc si elle meurt, je ne pourrais pas rester seul au motel.

Zeke eut du mal à trouver quelque chose qui pourrait rassurer le garçon et qui ne serait également pas un mensonge.

— Il ne va rien lui arriver. Elle est forte et en bonne santé.

Elle a simplement la grippe. Ça arrive. Je vais m'assurer qu'elle ait les meilleurs soins possibles. Je vais aussi m'assurer qu'elle se repose et qu'elle n'essaie pas d'en faire trop jusqu'à ce qu'elle aille à nouveau mieux. Ceci étant dit... je te donne ma parole que si jamais il arrive *quoi que ce soit* à ta mère, je ferai tout mon possible pour m'assurer qu'on s'occupe de toi.

Tony releva le menton et croisa le regard de Zeke.

— Promis ?

— Promis, dit Zeke d'un air solennel. Tu n'es pas seul, bonhomme. Tu m'as moi. Et Rocky. Et Ethan. Et tous les autres gars. Il y a des lois et des règles, mais on fera tout notre possible pour nous assurer que tu es en sécurité. D'accord ?

Tony acquiesça.

— OK. Est-ce que tu crois..., la voix du petit se brisa, mais il leva à nouveau la tête vers Zeke. Est-ce que mon père est parti parce que j'étais pénible ? Parce qu'il ne m'aimait pas ?

Zeke sentit son estomac se nouer.

— Non, dit-il sans réfléchir. Je ne connais pas ton père et je ne sais pas ce qui s'est passé entre lui et ta mère, mais je sais sans l'ombre d'un doute que ton père n'est pas parti à cause de quelque chose que tu aurais fait ou n'aurais pas fait. Parfois, les relations de couple entre adultes ne fonctionnent pas.

— Les parents de Gabe sont divorcés et il voit son père un week-end sur deux. Il peut même passer l'été avec lui, dit Tony.

— Tant mieux pour Gabe, mais encore une fois, il y a beaucoup de raisons pour lesquelles les parents ne voient pas leurs enfants. Mais je vais te dire un truc : ton père rate quelque chose. Tu es un super gamin, punaise. Oh, zut... Ne répète pas ce mot.

Tony sourit.

— Ce n'est pas vraiment un gros mot, expliqua-t-il à Zeke.

— Même. Je ne suis pas sûr que ta mère approuverait. Mais comme je le disais, tu es un gamin incroyable. Tu prends soin de ta mère. Tu remarques des choses que les autres enfants ne voient pas. Tu apprends très vite. Je ne suis pas sûr que quelqu'un ait déjà appris à faire des hamburgers aussi vite que toi. Et tu connais beaucoup de mots que la plupart des enfants de ton âge n'ont jamais entendus. C'est *ton père* qui rate quelque chose en n'étant pas présent, pas toi.

Après un moment, il ajouta :

— En plus, il a probablement des poils dans les oreilles et des crottes de nez qui pendent.

Tony ricana et Zeke se détendit un peu. Il prit le visage du garçon dans ses mains.

— Et moi aussi je trouve que ta mère est assez incroyable. Elle a fait un travail fabuleux en t'élevant toute seule. Tu ne crois pas ?

Tony acquiesça.

— Bien. Bon...pour résumer : s'il arrive quelque chose à ta mère, mes amis et moi, nous serons là pour t'aider. D'accord ?

— Merci, Zeke.

— De rien.

— Zeke ?

Il se leva et sourit à Tony.

— Oui ?

— Tu veux bien être mon papa ?

Le cœur de Zeke rata un battement en entendant sa question. Il n'avait jamais envisagé d'avoir des enfants... Non, c'était un mensonge. Quand il s'était marié, il avait eu hâte de fonder une famille. Mais ce rêve avait fini par mourir, ainsi que la confiance et l'amour qu'il avait eus pour sa femme.

Mais en entendant la question de Tony et après avoir passé l'après-midi avec lui, le désir d'avoir des enfants le frappa soudain de plein fouet. Et s'il devenait le père de cet enfant, Elsie serait également de la partie.

Oui, il était plutôt sans risque de confirmer qu'il était totalement partant.

— Je veux dire, je sais que tu ne l'es pas vraiment. Mais on peut peut-être faire semblant ? demanda nerveusement Tony quand Zeke ne répondit pas immédiatement.

— Je ne suis pas sûr de pouvoir être ton père, bonhomme, parce que c'est surtout ta mère qui décide... mais je peux être encore mieux qu'un père pour le moment, dit Zeke après un moment.

— C'est-à-dire ?

— Je peux être ton ami. On ira camper et pêcher et si jamais tu as des questions sur quoi que ce soit, tu peux venir me voir et on en parlera. D'accord ?

Tony acquiesça.

— Oui.

Zeke eut envie de dire plus, mais il était à deux doigts de devenir sentimental. Ce qui ne lui ressemblait pas du tout.

— Bon, qu'est-ce que tu dirais de servir ces macaronis au fromage et d'installer ta mère ? Ensuite, on goûtera nos chefs-d'œuvre de hamburgers.

— OK.

Zeke l'observa un instant pendant que Tony servait les pâtes gluantes et pleines de fromage dans un bol. Il ébouriffa les cheveux du garçon et se dirigea vers le canapé. Il s'attendait à moitié à ce qu'Elsie soit réveillée et il passa mentalement en revue ce qu'il allait lui dire pour expliquer cette conversation qu'il avait eue avec son fils, mais elle avait les yeux fermés et dormait toujours profondément.

Elle avait enlevé la couverture d'un coup de pied et le tee-shirt qu'elle portait était remonté, dévoilant la chair pâle de son ventre.

Zeke eut l'impression d'avoir pris un coup sur la tête. Tout ce qu'il pouvait faire, c'était de rester planté là en la regardant un moment. En voyant toute cette peau douce et lisse, ses mains le démangèrent tellement il avait envie de la toucher. Même si elle était très mince, elle avait quand même une petite brioche. C'était putain de sexy et Zeke eut envie de l'embrasser à cet endroit pour la réveiller.

Secouant la tête, sachant qu'elle paniquerait s'il la réveillait de la sorte, il prit une grande inspiration et s'accroupit à côté du canapé. Il saisit la couverture et la recouvrit avant de poser la main sur son épaule et de la secouer très délicatement.

— Le dîner est prêt, dit-il doucement.

Elsie se réveilla en un clin d'œil. Elle tourna la tête, ses lèvres à quelques centimètres des siennes et le regarda d'un air confus.

Ne pouvant s'en empêcher, Zeke repoussa une mèche de cheveux sur son front. Elle était encore chaude, mais il ne pensait pas qu'elle était fiévreuse, ce qui fut un soulagement.

— Tony t'a préparé tes macaronis au fromage et c'est prêt. Tu penses que tu peux manger ? Ce serait bien que tu absorbes quelques calories.

— Hmm, ouais. OK.

Elle essaya de se redresser et Zeke enroula un bras autour de ses épaules, l'aidant à se relever.

— Il est probablement l'heure de prendre un autre Tylenol.

— J'ai dormi combien de temps ? demanda-t-elle.

— Pas très longtemps. Assez longtemps pour que Tony maîtrise l'art du découpage avec un couteau, passe le test SAT, ait une petite amie et termine le lycée, la taquina-t-il.

— Je sais que certains parents rêvent du jour où leurs enfants auront leurs diplômes et partiront faire leur vie, mais pas moi, dit-elle doucement. Je redoute ce jour.

— Tu es une bonne mère, répondit Zeke.

Elle ouvrit la bouche pour ajouter autre chose, mais Tony les interrompit.

— Tiens, maman. J'ai rajouté beaucoup de fromage, comme tu les aimes. Et j'ai tout fait tout seul. Zeke m'a appris à savoir quand les pâtes étaient prêtes et j'ai versé le lait dedans, j'ai mesuré et j'ai remué.

— Merci mon bébé. Ça a l'air délicieux.

Tony rayonnait.

— Attends de voir les hamburgers que j'ai préparés. J'ai écrasé la viande, je l'ai retournée et tout !

— Génial, dit Elsie.

Tony s'en alla en courant vers la cuisine.

— Tu veux bien servir un autre verre de Pedialyte à ta maman, bonhomme ?

— OK.

— Et prends deux autres cachets de Tylenol aussi.

— Ça marche ! lui dit Tony.

— Je suis désolée de...

— Non, l'interrompit Zeke.

Elsie fronça les sourcils.

— Tu ne sais même pas ce que je vais dire.

— Si, je le sais. Et tu n'as pas à t'excuser. Tony va bien. Je vais bien.

— C'est juste que... ça fait longtemps qu'on ne m'a pas aidée à le garder.

— Eh bien, maintenant c'est le cas.

— Merci.

— Ce n'est pas très difficile, tu sais. Tony est un super gamin.

Elsie sourit.

— Oui, il l'est.

— Tu te souviens de ce que je t'ai dit dans le bar la semaine dernière ? lui demanda Zeke.

— Euh..., hésita-t-elle.

— Je t'ai dit que désormais il y avait un nous, lui rappela Zeke. Ce qui était extrêmement présomptueux de ma part. Je le sais. Donc j'y suis allé doucement. J'ai essayé de ne pas te faire peur. Mais je ne me suis pas bien occupé de toi. Et ça, ça va changer, Elsie.

Elle le regarda avec de grands yeux.

— Est-ce que ça va poser problème ? demanda-t-il.

— Je ne suis pas sûre d'avoir le temps ni l'énergie pour une relation.

Au lieu d'être contrarié, Zeke fut soulagé qu'elle soit honnête avec lui.

— Être en couple avec moi ne sera pas un fardeau, chérie.

— Mais j'ai Tony, dit-elle.

— Oui, effectivement. Et nous avons déjà établi que je l'aime beaucoup. Ça ne me dérange pas de passer du temps avec vous deux. Je sais que vous êtes un tout. Et ça me *plaît*. Tant que je sais que tu ressens la même alchimie que moi, on pourra trouver une solution pour le reste.

Zeke attendit, retenant presque son souffle. Il n'était pas contre le fait de la pousser un peu en dehors de sa zone de confort pour qu'elle tente sa chance avec lui, mais il ne comptait pas non plus la forcer à sortir avec lui si ce n'était pas ce qu'elle désirait vraiment.

— Ma vie n'est que chaos, murmura-t-elle.

— Mais la vie, de manière générale, est chaotique, rétorqua-t-il.

Il était toujours accroupi devant le canapé et il n'osait pas bouger, attendant sa réponse.

Elle hocha lentement la tête et le poids sur les épaules de Zeke lui parut soudain dix fois plus léger.

— J'ai l'impression que je viens de gagner au loto, murmura-t-il.

Le sourire sur le visage d'Elsie lui garantissait qu'elle ressentait la même chose que lui et c'était tout ce dont il avait besoin. Était-ce de l'amour ? À ce stade, probablement pas. Mais ça pouvait vite évoluer vers de l'amour.

— J'ai eu du mal à ouvrir la bouteille, mais j'ai finalement réussi, dit Tony en se déplaçant prudemment dans le salon avec un verre de Pedialyte rempli à ras bord et deux cachets dans l'autre main.

Elsie les prit en le remerciant faiblement et les avala.

— Je pense que nous allons manger ici avec ta mère si c'est OK pour toi, bonhomme, dit Zeke.

— Génial ! s'exclama Tony en courant vers la cuisine.

— Il ne marche pas beaucoup, dit sèchement Elsie. Pas s'il peut courir et arriver plus rapidement.

Zeke sourit. Il se pencha en avant et posa la main sur sa

joue. Il adorait la toucher. La peau d'Elsie était si douce contre ses mains calleuses. Il hésita avant que ses lèvres n'effleurent les siennes.

— Je peux ?

— Oui. À chaque fois que tu as envie de m'embrasser, Zeke, tu as ma permission. Enfin, sauf si on est au travail. Ce serait bizarre.

— Toujours aussi piquante, même quand elle est malade, murmura Zeke avant de baisser la tête.

Il effleura ses lèvres des siennes, résistant à l'envie de l'embrasser avec plus d'intensité. Ce n'était pas le moment ni le lieu. Pas quand elle était malade et que Tony était là. Mais il y eut une forme d'intimité, même à travers ce contact bref, et il s'en délecta.

Zeke était un amant, pas un combattant. Il avait été un sacré bon soldat dans les forces spéciales, mais à la fin, il ne supportait plus cette violence souvent insensée. Il était du genre à exprimer ses émotions. Il aimait qu'on se tienne la main, il aimait se livrer à des démonstrations publiques d'affection. Mais sa femme n'avait rien aimé de tout ça. Elle ne l'avait même pas aimé *lui*, en fait. Pas assez pour rester fidèle. Alors il avait plus ou moins enterré cette partie de lui. Désormais, Elsie la ramenait avec force.

— Tiens, Zeke. Je t'ai aussi ramené ton plat, dit Tony en lui tendant une assiette avec deux hamburgers.

— Merci, bonhomme. C'est gentil de ta part. J'apprécie.

Le garçon sembla rayonner face à ce compliment. Il fit un grand sourire à Zeke et retourna dans la cuisine pour récupérer sa propre assiette.

— J'aimerais bien savoir combien de pas fait cet enfant en une journée, dit Elsie.

Zeke s'installa jusqu'à ce qu'il soit assis sur le sol, dos au canapé. Oui, il aurait pu se lever et s'asseoir à l'autre bout, mais il aimait être proche d'elle. Tony revint dans la pièce et s'assit dans le fauteuil rembourré, perpendiculaire au canapé.

Alors qu'ils mangeaient, Elsie demanda à Tony comment s'était passée sa journée. Ils parlèrent de l'école et d'enfants que Zeke ne connaissait pas. Quand Tony commença à parler de camping et d'à quel point il avait hâte d'en faire, Zeke réalisa que cette promesse qu'il lui avait faite lorsqu'il lui avait dit qu'un jour ils en feraient, signifiait clairement plus pour le garçon. Il se jura mentalement de trouver le temps d'emmener Tony camper le plus tôt possible.

Elsie mangea la moitié de son repas alors que son fils terminait les deux énormes burgers qu'il avait préparés. Zeke aurait bien aimé qu'elle mange plus, mais ses paupières étaient de nouveau lourdes. Il l'encouragea à finir sa boisson – si en plus d'avoir la grippe elle était déshydratée, ça n'allait pas aider – et alors que Tony ramenait leurs assiettes jusqu'à l'évier, Zeke se pencha et prit Elsie dans ses bras.

Elle ne protesta pas et posa simplement sa tête contre son épaule en enroulant les bras autour de son cou. Zeke la ramena dans sa chambre et l'installa à nouveau dans son lit.

— Dors, Else. Je gère.

— Tony a probablement des devoirs, marmonna-t-elle.

— Je m'en occupe.

— Et il prend généralement sa douche avant d'aller dormir.

— OK.

— J'essaie de le mettre au lit vers vingt heures trente. Attends, où est-ce qu'il va dormir ? Il faudrait vraiment qu'on retourne au motel.

— Non. J'ai une chambre d'amis. Il y sera très bien.

— Il n'a pas dormi seul dans une chambre depuis des années... assure-toi qu'il n'ait pas peur, d'accord ?

— Je le ferai. Je lui dirai qu'il peut venir ici s'il se réveille au milieu de la nuit.

— OK. Merci. Zeke ?

— Oui, chérie ?

Elle l'étudia un moment avant de lui dire :

— S'il te plaît, ne me fais pas de mal. Je ne pourrai pas le supporter, pas après tout ce que la vie m'a fait endurer.

— Je ne le ferai pas. Et je pourrais même te demander la même chose, lui dit Zeke.

Elle fronça les sourcils. Comme si elle n'avait même pas envisagé qu'*elle* puisse *lui* faire du mal.

— Je ne le ferai pas, répéta-t-elle à son tour.

Zeke se pencha vers elle et l'embrassa à nouveau sur le front.

— Dors bien. Je vais te mettre un verre d'eau sur la table de nuit si jamais tu te réveilles et que tu as soif. Je te mettrai aussi d'autres cachets. Juste au cas où.

— Merci.

— Tu n'es pas obligée de me remercier de prendre soin de toi, Else. C'est un privilège pour moi. Dors bien. On se voit demain matin.

Zeke dut lutter pour ne pas se glisser sous les couvertures et la prendre dans ses bras. Mais il parvint à se contrôler. Cette soirée était un nouveau départ pour tous les deux.

Ils auraient tout le temps d'être intimes plus tard.

Il ferma la porte derrière lui et retourna dans le salon.

— Prêt à faire tes devoirs, bonhomme ?

— Oui. J'ai vu que tu avais des tonnes de livres. Est-ce que tu crois que... peut-être je pourrai lire après ?

Zeke fut surpris par cette question. Il allait plutôt suggérer qu'ils pouvaient regarder la TV, mais il aurait dû deviner que Tony préférerait lire. Ce gamin était terriblement intelligent. Il ne serait pas surpris que son niveau de lecture soit bien supérieur à la normale pour quelqu'un de son âge.

— Bien sûr. Je suis sûr de trouver quelque chose qui te plaira.

— Génial ! dit Tony.

— Oh et ça te va de dormir dans la chambre d'amis ?

Tony écarquilla les yeux.

— J'ai ma propre chambre ? demanda-t-il.

Zeke sourit. Il ne semblait pas avoir peur d'être tout seul finalement.

— Si tu le veux, oui.

— Oui ! Oui ! Oui ! s'exclama Tony en levant le poing en l'air.

— Allez. Les devoirs. Un peu de lecture. La douche. Et ensuite, tu pourras à nouveau lire un peu après t'être mis au lit.

En guise de réponse, Tony courut vers l'endroit où Zeke avait posé son cartable quand ils étaient arrivés, prêt à s'attaquer à ses devoirs.

CHAPITRE CINQ

— Comment tu te sens ? chuchota Zeke.

C'était le lendemain matin et il s'était levé de son canapé plusieurs fois dans la nuit pour voir comment allaient ses invités.

Tony avait été excité d'avoir une chambre pour lui tout seul... au début. Mais il était retourné dans le salon environ une heure après qu'il se fut installé dans la chambre d'amis avec un livre, admettant qu'il était anxieux. Zeke s'était assis dans sa chambre avec lui pendant environ trente minutes et avait convaincu le garçon qu'il n'y avait rien de mal à laisser la lumière allumée à côté du lit.

Elsie s'était retournée dans tous les sens toute la nuit, du moins c'était ce qu'indiquait l'enchevêtrement des couvertures. Et chaque fois qu'il jetait un coup d'œil dans sa chambre, elle était dans une position différente. Zeke ne savait absolument pas si c'était sa façon de dormir habituelle ou si c'était à cause de la fièvre dont elle souffrait toujours. Quoi qu'il en soit, chaque fois qu'il la voyait dans son lit, il avait envie de la rejoindre. Et chaque fois, il se forçait à retourner dans son salon. Habituellement, s'il avait ce genre de réaction vis-à-vis d'une femme, il restait sur ses gardes. Même s'il était affectueux, il n'était pas du genre à tomber amoureux sur un coup de tête. Mais il connaissait Elsie depuis un an environ. Il était toujours impressionné par son éthique de travail et sa capacité à calmer les situations parfois tendues au bar. Ce respect s'était transformé en admiration, puis en quelque chose de plus.

Il avait fallu que quelqu'un pose la main sur elle pour qu'il se sorte les doigts des fesses. Mais même après, il avait pris son temps. Sa réticence avait fini par lui faire du mal. Il n'était pas assez prétentieux pour penser que s'il avait agi plus vite elle ne serait pas tombée malade... mais peut-être qu'elle n'aurait pas été *aussi* malade. Zeke avait envie de croire qu'il aurait pu remarquer qu'elle n'allait pas bien et qu'il aurait fait en sorte qu'elle se repose avant d'être au bout du rouleau.

Elsie était spéciale. Tout comme son fils. Il serait idiot de les laisser lui filer entre les doigts. Il leur avait tous les deux montré qu'il était quelqu'un sur qui ils pouvaient compter... ce qui leur avait manqué dans leur vie jusqu'à présent d'après le commentaire d'Elsie sur son mari infidèle.

— Else, dit-il un peu plus fort lorsqu'elle ne répondit pas tout de suite.

Zeke posa une main sur son épaule et la secoua doucement. Elle était allongée sur le côté, roulée en boule.

Elle ouvrit les yeux et tressaillit, s'appuyant sur son coude.

— Tony ?

— Non, c'est Zeke. Et Tony va bien. Il est dans l'autre pièce, en train de manger son petit-déjeuner.

Elsie gémit et se laissa retomber sur le matelas.

— Quelle heure est-il ?

— Environ sept heures.

Elle émit un son guttural et essaya de se lever.

Zeke l'arrêta.

— Attends. Où est-ce que tu vas ?

— Faut que j'amène Tony à l'école, dit-elle.

Zeke la repoussa doucement vers le matelas.

— Je m'en occupe. Seulement, je ne voulais pas partir sans te le dire.

Elsie le regarda d'une façon qu'il ne sut pas interpréter.

— Quoi ? demanda-t-il.

— Je... je ne sais pas si je suis agacée ou reconnaissante.

Zeke ne put s'empêcher de rire.

— Sois reconnaissante. Mais comme je suis curieux, pourquoi serais-tu irritée ?

Elsie ferma les yeux et Zeke ne put s'empêcher de tendre la main pour lui masser l'épaule. C'était comme si elle était un aimant et qu'il était désespérément attiré par elle dès qu'il s'approchait trop près.

— Ça a toujours été seulement moi et Tony, toute sa vie, dit-elle.

— Ton ex ne t'a jamais aidée ?

Elsie fronça le nez.

— Non. Il disait que c'était mon travail de l'élever. Il ne voulait rien avoir à faire avec ce qu'il jugeait être « le travail des femmes ». Y compris son fils.

— C'est n'importe quoi.

— Je sais.

— Et pour info, je n'essaie absolument pas d'usurper ta position de mère.

— Usurper... c'est un super mot ça. Je vais devoir en faire notre prochain mot de passe, marmonna Elsie.

Putain. Cette femme le tuait.

— Qu'est-ce qu'il mange ? demanda-t-elle.

— Pardon ?

— Pour le petit-déjeuner. Qu'est-ce qu'il mange ?

— Je lui ai fait des œufs brouillés avec beaucoup de fromage et j'y ai ajouté quelques morceaux de jambon qu'il me restait.

— Des protéines. C'est bien, dit-elle avant de renifler et de froncer les sourcils. D'habitude, je lui donne toujours un truc merdique. Comme une barre de granola très industrielle ou autre. Il les déteste, mais il ne se plaint pas. Je crois qu'il les échange pour quelque chose de mieux à l'école. Il rentre aussi parfois à la maison avec de la nourriture dans son sac à dos. Je fais semblant de ne pas le remarquer, mais c'est difficile de ne pas en parler.

Zeke décida lui-même de ne pas mentionner les donuts qu'il avait achetés la veille et à quel point Tony avait hâte d'en manger un après avoir terminé ses œufs.

— Regarde-moi, Else, ordonna-t-il.

Il ne fut pas surpris qu'elle soit au courant pour la nourriture que Tony ramenait à la maison. Il n'était également pas surpris qu'elle ne sache *pas* comment il faisait pour rapporter toute cette nourriture en plus. Il avait le sentiment qu'elle ne serait pas ravie d'apprendre qu'il faisait les devoirs d'autres élèves pour qu'*elle* n'ait pas faim.

— Tu es une mère géniale. Tony est heureux, en bonne santé, et intelligent. Sois indulgente avec toi-même, d'accord ?

Elle ne lui répondit pas et le fixa seulement du regard.

— La première chose qu'il a voulu savoir quand je l'ai vu ce matin, c'était comment tu allais. Avant de commencer à manger, il s'est assuré que j'avais assez d'œufs pour que je puisse t'en préparer une fois que tu serais debout. Tu as élevé un jeune homme compatissant et curieux. Je ne pourrais jamais prendre ta place dans sa vie ou son cœur. Peu importe ce que je lui donne à manger le matin.

— Merci, murmura-t-elle.

— De rien. Maintenant, puisque tu es réveillée, assieds-toi et prends ces cachets. On dirait que tu as encore un peu de fièvre. J'aimerais vraiment qu'elle descende complètement aujourd'hui. Sinon, j'appellerai à nouveau le docteur.

— Non, c'est...

— C'est *absolument* nécessaire, l'interrompit doucement

Zeke. Je sais que tu n'as pas l'habitude qu'on s'occupe de toi, mais j'espère que tu vas t'y *habituer*, chérie. Parce qu'à partir de maintenant, tu as en face de toi un protecteur.

Elle l'étudia du regard d'un air à la fois plein d'espoir et de scepticisme. Zeke pria pour ne jamais faire quoi que ce soit qui puisse la faire douter de lui.

— Et je t'ai ramené un verre de Pedialyte. Si tu peux, bois-le en entier. Puis dors encore un peu. Quand je reviendrai, on verra si tu es en état de manger et je te préparerais ce que tu veux.

— Il faut que j'appelle Edna. Je suis censée travailler ce matin.

— Je l'appellerai après avoir déposé Tony. Mais j'imagine qu'elle sait déjà que tu ne viendras pas. Et... il faudra qu'on parle du fait que tu as pris ce deuxième travail.

— Non, dit Elsie d'un ton ferme.

Zeke soupira.

— Je n'ai pas envie de trop m'imposer, mais...

— Alors, ne le fais pas, l'interrompit Elsie. Écoute, j'apprécie ce que tu as fait pour Tony et moi. Mais ce que je fais pour gagner de l'argent ne te concerne pas. Si j'ai quatre boulots en même temps, ça me regarde.

— Faux. Ce que tu faisais par le passé ne me concernait pas. Mais ce que tu fais désormais me concerne à cent pour cent. Je veux être en couple avec toi, Else. Et pour moi, cela implique de faire tout ce qu'il faut pour m'assurer que tu es en bonne santé et que tu ne t'épuises pas. Dis-moi honnêtement, tu n'as jamais été malade avant de prendre ce second travail, n'est-ce pas ?

Elle pinça les lèvres.

— Voilà. C'est bien ce que je pensais. Et puis je suis aussi égoïste. J'ai envie de passer du temps avec toi en dehors du *On the Rocks*. Et même si je trouve que Tony est merveilleux, ça ne me dérangerait pas de passer un peu de ce temps libre, seul avec toi. Ce qui veut dire que le seul moment que nous pouvons passer ensemble, c'est le matin, après que Tony est parti à l'école et avant que nous allions travailler. Si tu nettoies des chambres de motel ou que tu plies des draps et serviettes, on ne pourra pas.

— Je n'ai pas envie de vivre au *Mangree* pour toujours, dit Elsie. J'ai presque assez d'économies pour un appartement ainsi que quelques articles ménagers de base. Sans ce second emploi, ce sera encore plus long avant que je ne puisse offrir une vie normale à Tony.

Zeke lutta contre son instinct. Il avait envie de lui dire qu'il paierait pour tout ce dont elle avait besoin, mais c'était une femme fière. Elle n'allait jamais accepter. Et il ne pouvait pas lui en vouloir.

— Si j'arrive à trouver une solution – qui n'inclurait pas que je paie pour que vous puissiez vivre dans un appartement – est-ce que tu l'envisageras ?

Au lieu de le repousser immédiatement, Elsie sembla réfléchir à sa question soigneusement formulée, ce que Zeke apprécia.

Finalement, elle lui demanda :

— Comme quoi ?

— Je ne sais pas. Pas encore. Mais je ne mentais pas. J'ai envie de passer du temps avec toi. Je veux apprendre à mieux te connaître. Je sais déjà que tu es une mère incroyable, une vraie bosseuse et que tu sais même charmer les clients les plus grincheux. Mais je veux en savoir plus. Je veux tout savoir.

— Je ne suis pas vraiment intéressante, lui dit-elle.

Zeke secoua simplement la tête.

— Tu es la femme la plus intéressante et la plus fascinante que j'aie jamais rencontrée... et ça, c'était même avant que je n'apprenne à connaître la femme que tu caches au reste du monde. Est-ce que tu pourras au moins y réfléchir ?

Elsie soupira.

— Tu n'envisages quand même pas qu'on s'installe ici, si ?

Zeke ne pouvait pas nier que c'était exactement ce à quoi il avait pensé.

— Tu accepterais ?

— Non.

Sa réponse fut rapide et ferme. Merde.

— C'est bien ce que je pensais. Est-ce que tu peux au moins me faire un peu confiance pour que je t'aide ? Je sais que c'est dur pour toi, mais tout en moi s'oppose à l'idée que tu puisses travailler de sept heures du matin à dix-huit heures le soir. Onze heures à dix-huit heures c'est largement suffisant.

— Tu travailles bien plus longtemps, rétorqua-t-elle.

— C'est vrai. Mais je ne suis pas un parent.

— Et si tu l'étais ?

Une vision d'Elsie en train de tenir un enfant avec ses cheveux bruns et ses yeux noisette lui traversa l'esprit si rapidement qu'il se sentit presque étourdi. Il répondit sans réfléchir.

— Si j'avais un enfant, rien ne pourrait me séparer de lui... ou de sa mère. J'engagerais plus de serveurs pour que je puisse être à la maison avec eux.

Ses mots semblèrent briser le mur qu'elle avait érigé entre eux. Du moins pour le moment. Zeke devait se rappeler qu'elle ne fonctionnait pas à cent pour cent. Elle était malade, avait de la fièvre et finirait probablement par s'énerver contre lui après qu'il eut découvert toutes ces choses sur son mode de vie. Mais pour le moment, il prenait ce qu'on lui offrait.

— Je parlerai à Edna quand je me sentirai mieux, dit-elle doucement.

— Merci, dit Zeke.

Elle n'avait pas officiellement dit qu'elle démissionnerait, mais c'était déjà ça. Se penchant en avant, il pressa ses lèvres contre son front. Elle était toujours brûlante.

Se redressant, il lui ordonna :

— Prends les cachets et bois le verre en entier. Je reviens dès que possible pour voir comment tu te sens.

— T'es autoritaire, murmura-t-elle.

Zeke sourit.

— Oui. Il vaut mieux que tu t'y habitues dès maintenant.

— N'importe quoi, dit-elle en levant les yeux au ciel.

Il se força à se lever et se dirigea vers la porte.

— Zeke ?

Il se retourna.

— Oui ?

— Bonne chance pour le dépose-minute.

Fronçant les sourcils, il lui demanda :

— Pourquoi ?

— Tu verras, dit-elle avec un petit sourire.

Même s'il adorait la voir sourire, Zeke préféra se méfier.

Il lui fit un signe du menton et se dirigea à nouveau vers la porte. Ça ne devait pas être si horrible que ça, non ? Il s'y rendrait, déposerait Tony, puis rentrerait à la maison. Fastoche.

* * *

— Non, mais c'est une blague, marmonna Zeke dans sa barbe.

Tony rit à côté de lui.

— Ce n'est pas drôle, grommela Zeke. Ça prend une *éternité*. Combien de temps faut-il à un enfant pour sortir d'une voiture et au véhicule suivant pour avancer ? Oh, mon Dieu, ne me dis pas que cette femme est en train de sortir pour dire au revoir à son fils, se plaignit Zeke.

— Maman déteste le dépose-minute, dit Tony. Elle dit souvent : « Oh, *mercredi*, quel enfer ! »

— Elle n'a pas tort, acquiesça Zeke en regardant avec incrédulité un autre enfant mettre deux bonnes minutes à récupérer ses affaires sur le siège arrière de la voiture.

Décidant de ne plus penser à cette file d'attente extrêmement lente devant lui, Zeke se tourna vers Tony.

— Alors, tu as bien dormi cette nuit ?

— Oui, oui.

— Tu es sûr ? Je sais que ma chambre d'amis est différente

de ce dont tu as l'habitude. Il n'y a pas de mal à reconnaître que tu étais mal à l'aise.

— Je ne l'étais pas. Je veux dire, pas vraiment. Je me suis réveillé à un moment donné et comme je n'ai pas vu maman dans le lit à côté de moi j'étais un peu perdu, mais vu que c'était éclairé j'ai vite réalisé où j'étais.

— Tant mieux. Et ce n'est pas grave de dormir avec la lumière allumée, dit Zeke.

Tony haussa les épaules et regarda par la fenêtre.

— Seuls les bébés ont besoin de veilleuse, marmonna-t-il.

— Ce n'est pas vrai, rétorqua Zeke. Tu sais que j'étais dans l'armée, dit-il avant de continuer quand Tony hocha la tête. Eh bien, j'ai vu des choses assez horribles quand j'étais à l'étranger. Les gens peuvent être très méchants les uns envers les autres. Quoi qu'il en soit, je faisais souvent des cauchemars quand je rentrais. J'ai dormi avec la lumière allumée pendant six mois après ma dernière mission avant de me sentir à l'aise dans le noir.

Tony le regarda.

— C'est vrai ? Tu ne dis pas ça seulement pour me rassurer ?

— Oui, c'est vrai. Et je ne te mentirai pas, Tony. Jamais. Tu es assez grand pour connaître la vérité.

— Tu aimes ma mère ? Je veux dire, tu l'aimes *vraiment* ?

Zeke fit de son mieux pour rester impassible. Il n'était pas certain d'être prêt à parler de sa relation avec Elsie à Tony, s'il pouvait appeler ça comme ça. Il ne l'avait même pas encore emmenée dehors pour un rencard. Il en avait envie, beaucoup, mais ils avaient tous les deux été très occupés. Sans compter qu'il avait essayé d'y aller lentement... comme un idiot.

Mais il venait tout juste de promettre au garçon qu'il ne lui mentirait jamais. Et puis ils avaient déjà plus ou moins eu cette conversation au motel quand il l'avait récupéré la veille. Si Tony avait souvent besoin d'être rassuré sur le fait qu'il aimait vraiment sa mère, alors il le ferait.

Il le regarda dans les yeux et lui dit :

— Oui. Je l'aime beaucoup.

— Elle t'aime bien aussi, dit Tony en tournant la tête vers la fenêtre.

— Ah oui ?

Zeke n'hésita pas à demander plus d'informations. Il allait peut-être le regretter, mais il avait le sentiment qu'il allait avoir besoin d'autant d'informations que possible s'il voulait vraiment gagner la confiance d'Elsie.

— Oui, oui. Elle parle de toi tout le temps. Elle dit que tu es un bon patron et que tu te soucies de tes employés.

Zeke fronça les sourcils en entendant cela. Il n'avait pas vraiment envie d'être seulement perçu comme le patron d'Elsie.

— Et je l'ai entendu dire à mademoiselle Lilly que tu avais un beau fessier. Même si je ne comprends pas ce que ça veut dire. Des fesses c'est des fesses. Je ne vois pas ce qu'il peut y avoir de si bien chez l'un plutôt que chez l'autre.

Zeke sourit. Il aimait bien Lilly. Elle était très terre à terre et après être arrivée en ville avec une société de production télévisuelle, elle s'était immédiatement liée d'amitié avec Elsie... ce qu'il approuvait complètement. Il ne supportait pas ce qui était arrivé à Lilly qui s'était fait kidnapper par un collègue. Et il était toujours autant soulagé qu'elle ait été retrouvée à temps. Mais ce terrible incident était désormais derrière elle et Ethan et elle étaient les plus heureux du monde.

Zeke était ravi pour son ami... et avait envie de vivre la même chose.

Le fait qu'Elsie parle de lui avec Lilly le fit sourire. Selon lui, elle ne prendrait pas la peine de le faire si elle n'avait pas de sentiments pour lui. Ça lui allait.

Il finit par hausser les épaules.

— Je vais te donner un conseil, bonhomme... N'essaie pas trop de comprendre les femmes. Hoche simplement la tête, acquiesce et passe à autre chose.

— Pourquoi devrais-je acquiescer si elles disent quelque chose de bête ? demanda le garçon.

Zeke eut le sentiment qu'il était sur le point de se lancer dans une conversation trop complexe pour Tony, mais heureusement, ils purent enfin avancer après deux voitures.

Puis, alors qu'une autre élève sortait de la voiture, elle fit tomber son cartable et tout son contenu s'éparpilla sur le sol.

— Oh, mon Dieu, souffla-t-il dans sa barbe.

— Zeke ?

— Oui, bonhomme ? dit-il en se reconcentrant sur Tony.

— Merci de m'avoir préparé mon petit-déjeuner.

— De rien.

— Et de m'avoir donné de l'argent pour le déjeuner. Mais... ne le dis pas à Maman d'accord ?

— Pourquoi ? demanda Zeke.

— Je ne veux pas qu'elle soit vexée. Elle fait beaucoup pour moi, mais je sais qu'elle n'a pas d'argent pour que je puisse manger chaud le midi. J'ai l'habitude de prendre le repas gratuit pour les enfants pauvres.

Zeke ferma les yeux pendant une seconde. Puis il tendit la main vers Tony et lui serra l'épaule.

— Ta mère a de la chance de t'avoir, dit-il.

Tony se mordit la lèvre en le regardant.

— Je suis sincère. Beaucoup de gens seraient gênés pour le déjeuner gratuit. Ou seraient contrariés et vexés de ne pas avoir ce qu'ont les autres enfants. Mais toi, tu te soucies plus de ce que peut ressentir ta mère. C'est génial, Tony. *Tu* es génial.

— Alors tu ne lui diras pas ?

— Je ne peux pas te le promettre, bonhomme. Comme je t'ai dit que je ne te mentirai jamais tout à l'heure, je ne pourrai également pas mentir à ta mère non plus. Mais je *m'assurerai* que ça ne la dérange pas.

Tony parut extrêmement sceptique et Zeke ne put s'empêcher de rire.

— Je sais, ce ne sera pas facile puisque ta mère est la

personne la plus fière que je connaisse. Elle n'aime pas recevoir de l'aide. Mais ça ira. Tu sais comment je le sais ?

— Comment ?

— Parce que c'est pour toi. Elle t'aime plus que tout au monde. Et puisqu'on en parle... Ne fais plus les devoirs des autres pour manger, d'accord ? Ce n'est pas juste ni pour eux *ni* pour toi, même si le travail te paraît facile. Je ferai en sorte que ta mère ait toujours assez à manger. Aujourd'hui et à partir de maintenant. Tu sais déjà que j'aime ta mère. Beaucoup. Et je t'aime *toi*. À partir de maintenant, j'ai envie d'être impliqué dans vos vies. Et par impliqué je veux dire que je viendrai chez vous et vous viendrez chez moi. On sortira, on fera des trucs funs, du camping, des randonnées, peut-être même du bowling. On sortira avec mes amis, on ira à la bibliothèque, on pourra même aller manger tous ensemble. Les galères sont terminées pour ta mère. Je t'en donne ma parole. Vous bataillez depuis un moment déjà, mais c'est fini. Je te le promets.

Tony le regarda à travers les yeux de quelqu'un qui paraissait avoir plus de neuf ans.

— Ne nous promets pas tout ça pour ensuite réaliser qu'on te cause trop d'ennuis.

La mâchoire de Zeke se contracta.

— C'est déjà arrivé auparavant ?

Tony haussa les épaules.

— Il y a déjà eu d'autres gens qui ont dit qu'ils nous aideraient maman et moi, mais ils ne l'ont pas fait. Je ne suis pas un imbécile. Je sais que nous avons dû beaucoup déménager avant d'arriver ici parce que nous n'avions pas assez d'argent. Maman ne voulait jamais me laisser seul après l'école, mais c'était difficile pour elle de payer des gens pour me garder.

Zeke ne supportait pas que Tony soit si conscient de la situation financière de sa mère à un si jeune âge, mais il était également fier de voir à quel point il avait envie de la protéger.

— Toi et ta mère, vous ne me causerez jamais trop d'ennuis,

dit Zeke d'un air sérieux. À vrai dire, c'est plutôt moi qui devrais avoir peur que vous *me trouviez* trop...

Il s'arrêta, essayant de trouver les bons mots. Mais il ne les trouvait pas.

Tony pencha la tête sur le côté.

— Trop quoi ?

— Envahissant. Intéressé. Aidant. Jovial. Il y a le choix.

— Tant que tu ne cries pas sur maman. Ou moi.

— Je peux être bruyant, mais je ne vous rabaisserai jamais.

— Rabaisser ?

— Faire sentir à quelqu'un qu'il est insignifiant.

Tony se redressa dans son siège et acquiesça.

— OK.

— OK ?

— Oui. Oh, c'est bientôt notre tour, dit Tony en pointant l'avant du pick-up.

Zeke s'avança consciencieusement et quand ce fut enfin à eux, Tony ouvrit la porte et descendit.

— Passe une bonne journée. Et prends le bus pour rentrer, je viendrai te récupérer. Si je ne peux pas être là, j'enverrai l'un de mes amis. Tu sais... Ethan, Drew, Brock ou quelqu'un d'autre. Vérifie bien qu'ils te donnent le mot de passe. C'est toujours austère, jusqu'à ce que ta mère te dise le contraire.

— Je sais Zeke. Roooh. Maintenant, c'est *toi* qui bloques le dépose-minute.

Zeke gloussa. Bon sang. Le gamin avait raison.

— OK. Vas-y, alors. Apprends quelque chose de nouveau aujourd'hui.

— Pfff.

Tony sourit puis claqua la portière. Il se tourna et se précipita vers les portes devant l'école. Pendant un moment, Zeke le regarda partir, sursautant lorsqu'un klaxon retentit derrière lui.

Secouant la tête en réalisant qu'il était ridicule – il venait de reprocher mentalement à d'autres parents de faire la même chose que lui... c'est-à-dire bloquer le trafic – Zeke s'avança vers la rue et se remémora la conversation qu'il venait d'avoir avec Tony. Lui et Elsie avaient clairement traversé beaucoup d'épreuves ensemble. Il n'avait pas envie de débarquer dans leur vie et de perturber leur dynamique. Il avait simplement envie de faire *partie* de leur quotidien. Quelle que soit la façon dont ils le laisseraient faire.

Il avait toujours eu l'impression que c'était mal vu dans l'armée d'être ouvertement amoureux de quelqu'un. Les soldats étaient censés être des durs et garder leurs émotions sous contrôle. Désormais, Zeke soupçonnait que c'était l'une des nombreuses raisons pour lesquelles il avait quitté l'armée. Il s'était juré de ne plus jamais mettre son cœur en péril, pas après son ex. Mais Elsie lui faisait réaliser qu'il avait envie de partager sa vie avec quelqu'un, de prendre soin de quelqu'un. Mais il n'avait pas réussi à se l'avouer jusqu'à présent.

Avant son ex, il adorait faire sourire les femmes. Les faire se sentir importantes et chéries. Il allait bien quand *elles* allaient bien. Quand il s'était marié, il avait ouvertement parlé de sa femme, expliquant à quel point il la trouvait géniale et l'aimait. Il avait tendance à en faire trop – du moins, c'était ce que lui avait dit son ex. Quand il partait en mission, elle se plaignait, affirmant qu'il aimait plus son travail qu'elle. Mais quand il revenait, elle changeait de version et l'accusait de l'étouffer, se plaignant qu'il la laissait à peine respirer et que ça l'irritait. Ce qu'il trouvait ridicule, vu le nombre de fois où il était absent.

Son mariage avait été déroutant et blessant. Désormais, il savait qu'en réalité elle voulait tout à la fois. Qu'il soit parti pour qu'elle puisse faire ce qu'elle voulait quand elle le voulait. C'est-à-dire dépenser son argent et voir d'autres hommes. Quand il était à la maison, elle voulait d'un homme à tout faire.

Il aurait dû voir tous ces signes avant de lui demander de l'épouser. Mais il était trop heureux d'avoir quelqu'un à aimer pour réaliser que son ex ne semblait pas l'aimer tant que ça.

Elsie était différente. Alors que l'ex de Zeke prenait tout ce qu'il lui offrait sans même l'apprécier, Elsie était déterminée à tout faire toute seule. Cela donnait envie à Zeke de l'aider encore plus. Mais elle était très fière, ce que Zeke respectait.

Il ferait tout ce qu'Elsie autoriserait pour les aider elle et Tony à vivre une vie plus confortable. Ce ne serait peut-être pas parfait, et il ne pourrait pas la protéger de toutes les tempêtes que la vie semblait lui lancer à la figure, mais il essaierait.

CHAPITRE SIX

Elsie se tenait à côté de ses collègues au *On the Rocks*, écoutant Zeke qui leur parlait des plats du jour. Quelques jours s'étaient écoulés depuis son séjour chez lui. Sa fièvre était tombée dès le deuxième jour, mais il avait insisté pour qu'elle et Tony restent une nuit de plus. Elle n'avait jamais aussi bien dormi ni ne s'était sentie aussi...libre... que lorsqu'elle était restée chez lui. C'était un bonheur d'avoir une chambre pour elle seule. Et une salle de bain. Même si elle adorait son fils, il avait un sommeil agité. À chaque fois qu'il se retournait, elle se réveillait, inconsciemment inquiète que quelqu'un essaie de s'introduire dans leur chambre de motel.

Bêtement (car où aurait-il pu dormir sinon ?) elle n'avait pas réalisé que Zeke dormait sur le canapé jusqu'à après le deuxième soir, lorsqu'elle était sortie de sa chambre, se sentant mieux reposée qu'elle ne l'avait été depuis des semaines et qu'elle l'avait vu là. Il ne portait pas de tee-shirt et la vue de son torse nu avec ses poils noirs, sa barbe fraîchement taillée qui recouvrait la moitié inférieure de son visage, ses cheveux ébouriffés, un bras sur la tête pendant qu'il ronflait légèrement, lui avait donné envie de se blottir contre lui et de le supplier de l'embrasser... voire plus encore.

Cette pensée n'était pas vraiment surprenante. Non seulement parce qu'elle avait fini par adorer ses baisers platoniques ces deux derniers jours – et il l'avait beaucoup embrassée. Sur la joue, le front, même sur les lèvres – mais aussi parce que depuis ce jour, il y a un mois, lorsqu'il avait déclaré que personne n'avait le droit de la toucher à part lui, elle avait eu envie de lui, d'une façon qu'elle n'avait pas éprouvée depuis son premier mariage.

Zeke était habituellement un gars facile à vivre. Elle l'avait observé de nombreuses fois au bar cette année. Même lorsque quelqu'un était saoul et devait être escorté dehors, il n'avait jamais l'air d'être sur le point de perdre son sang-froid. Elle avait eu la trouille quand cet homme lui avait touché les fesses le mois dernier, mais jamais, depuis qu'elle le connaissait, Elsie n'avait eu peur de Zeke.

Le béguin qu'elle avait pour lui n'avait fait que croître depuis ce soir-là. De façon embarrassante. Quand il lui avait dit que désormais il y avait un « eux », elle avait été transportée de joie et très nerveuse. Puis, comme le temps passait et qu'il ne l'avait pas réembrassée et avait semblé redevenir ce patron sympathique qu'elle avait toujours connu, Elsie avait cru qu'il avait changé d'avis.

Après l'avoir trouvée malade et être venu à sa rescousse, il avait été clair que ce n'était pas le cas. Au contraire, il essayait de rattraper le temps perdu. Pour ce long mois après leur baiser où il ne l'avait pas activement séduite.

Elsie n'avait désormais aucun doute sur le fait que Zeke Calhoun avait fini de tourner autour du pot. Elle l'avait vu tous les jours depuis qu'il les avait ramenés Tony et elle au motel *Mangree*. Il arrivait le matin avec des pâtisseries du *Bec Sucré* pour leur petit-déjeuner. Puis il restait jusqu'à ce qu'il soit temps pour eux d'aller travailler. Elle n'avait pas voulu démissionner auprès d'Edna sans préavis, alors il l'avait aidée à nettoyer les chambres et à plier le linge.

Le fait qu'ils passent autant de temps ensemble aurait dû

être bizarre – il *était* son patron après tout – mais Zeke faisait en sorte que cela paraisse normal. Elle ne s'était jamais sentie aussi confortable avec quelqu'un.

Une fois qu'Elsie avait fini sa journée au bar, Zeke la suivait généralement au motel. Ils passaient prendre Tony et retournaient chez Zeke où Tony et lui préparaient de délicieux dîners. Zeke aidait son fils à faire ses devoirs, puis pendant que Tony lisait un livre, elle et Zeke discutaient. Quand il était l'heure d'aller se coucher avec Tony, Zeke les ramenait tous les deux au motel, puis ils recommençaient le lendemain.

C'était agréable, mais un peu difficile de s'habituer à partager sa vie avec quelqu'un d'autre après tant d'années.

Et hier encore, Zeke avait fait une annonce à tout le personnel, expliquant que ceux qui travaillaient plus de quatre heures d'affilée avaient droit à un repas gratuit. Que ce soit pour le déjeuner ou le dîner. Ils pouvaient le manger durant leur pause ou le ramener chez eux. Tout ce qu'il demandait, c'était qu'ils passent la commande au cuisinier au moins trente minutes avant de manger ou de partir afin que les cuisiniers n'aient pas à s'inquiéter de préparer un repas gratuit précipité entre les autres commandes s'ils étaient occupés.

Grâce à cela, Elsie ne s'était pas privée de manger pour nourrir Tony, ce qu'elle avait souvent fait cette année. Il était difficile de croire qu'il y a une semaine à peine, elle s'inquiétait de ce qu'elle pourrait préparer à son fils pour le dîner... et de savoir s'il en resterait assez pour elle-même.

Zeke ne lui avait pas parlé de cette annonce juste avant – pourquoi l'aurait-il fait ? Mais elle ne pouvait pas s'empêcher d'avoir l'impression que le fait d'offrir des repas à ses employés était en partie à cause d'elle. Elle avait bien remarqué qu'il jetait fréquemment des coups d'œil à son petit garde-manger dans sa chambre de motel en pinçant les lèvres. Et il était évident qu'il faisait des efforts pour les nourrir elle et Tony. C'était tellement typique de Zeke... s'assurer que tous ses employés avaient assez à manger. Son fils avait besoin de meilleurs repas que ceux qu'il avait mangés ces derniers mois. Et l'argent qu'elle économisait grâce aux dîners que leur préparait Zeke tous les soirs lui permettrait de meubler un futur appartement.

Après Doug, elle aurait dû être bien plus méfiante et sur la défensive si un homme débarquait dans sa vie comme l'avait fait Zeke. Mais il y avait quelque chose chez lui qui lui donnait *envie* de le voir tout le temps.

Zeke mit fin à la réunion avec les employés et Elsie réalisa qu'elle n'avait pas écouté ce qu'il avait dit à la fin. Haussant mentalement les épaules – Reina et les autres lui expliqueraient ce qu'elle avait raté – Elsie se prépara à travailler.

Même si le bar ouvrait à onze heures trente, la plupart des tâches qu'ils réalisaient au déjeuner étaient pour les clients qui venaient manger. Il y avait plus d'argent à se faire avec les pourboires le soir et même si Elsie avait envie et besoin de cet argent, il fallait qu'elle soit rentrée pour chercher Tony. Elle se contentait donc de travailler le jour. Et à part pour les pourboires, elle préférait ce fonctionnement, car elle n'était pas à l'aise avec les hommes saouls. Ils lui faisaient peur. Laisser le service du soir aux autres serveuses lui convenait parfaitement. Durant ses journées de travail, elle était très consciente du regard de Zeke. À chaque fois qu'elle levait les yeux, il semblait la regarder en retour. C'était étourdissant. Elsie ne se souvenait pas avoir autant attiré l'attention de quelqu'un.

La porte du bar s'ouvrit et trois hommes entrèrent. Silas, Otto et Art. Surprise de les voir, Elsie s'avança vers eux.

— Salut les gars. Tout va bien ? demanda-t-elle.

— Pourquoi ça n'irait pas ? demanda Silas.

Âgé de soixante-neuf ans, il était le plus jeune du trio. Otto avait environ quatre-vingts ans et ses cheveux blancs lui donnaient un air majestueux plutôt que vieux. Art était le plus âgé et avait un peu plus de quatre-vingt-dix ans, mais il était tout aussi vif que ses amis.

— Non, je ne sais pas, dit Elsie. C'est juste que d'habitude vous mangez au restaurant, pas ici.

— On avait envie de faire une pause aujourd'hui, dit Otto en souriant et en lui faisant un clin d'œil.

— Place-nous dans ta zone de service, fillette, dit Art. On a des questions à te poser.

Elsie le regarda d'un air perplexe pendant une seconde. Ils avaient des questions à lui poser ? À propos de quoi ?

— Salut, dit une voix rauque derrière elle et Elsie sursauta.

Elle sentit la main de Zeke sur son dos, la stabilisant.

— Pardon. Je ne voulais pas te faire peur, lui dit-il doucement.

En levant les yeux vers lui, Elsie fut à nouveau frappée par la beauté de Zeke. Certaines femmes étaient gagas des hommes en smoking, mais là, habillé comme ça, Zeke lui plairait tous les jours. Un pantalon kaki, un polo avec le logo du *On the Rocks* devant et l'odeur de savon frais et masculin qui l'enveloppait.

Ce n'était pas comme si c'était la première fois qu'elle le voyait aujourd'hui. Il était venu l'aider à plier les draps et les serviettes pendant deux heures avant qu'ils ne partent au bar.

Mais chaque fois qu'elle posait les yeux sur lui, elle était frappée par l'attirance qu'elle éprouvait pour cet homme... et ne comprenait pas vraiment ce qu'il voyait en *elle*.

— Oui, c'est justement de ça qu'il faut qu'on parle, dit Art.

Surprise et réalisant qu'elle avait fixé Zeke trop longtemps, Elsie rougit.

— Pardon. Si vous voulez bien me suivre, je vais vous installer.

Zeke les suivit jusqu'à une table au milieu de la salle et quand les trois hommes furent assis, il dit :

— Ça fait plaisir de vous voir ici les gars, mais s'il vous plaît, ne mettez pas Elsie mal à l'aise. Posez vos questions, mais restez polis. OK ?

Elsie eut envie de lui dire qu'il n'y avait pas de problème et qu'ils pouvaient lui demander ce qu'ils voulaient. Mais tout le monde savait que les trois hommes étaient les plus grosses commères de Fallport. Elle n'avait pas vraiment envie d'être l'objet de leur curiosité. Et maintenant qu'elle semblait l'être, elle était contente que Zeke la soutienne.

— On ne mettra personne mal à l'aise, lui dit Otto.

— Tant mieux. Et, Silas... elle est prise, alors pas touche, l'avertit Zeke.

Les trois hommes gloussèrent comme s'ils avaient huit ans.

— Il a vu clair dans ton jeu ! chantonna Art.

— J'imagine que ça répond à l'une de nos questions, songea Otto à voix haute.

— Je ne comptais pas la toucher, grommela Silas.

— Tu n'as pas un inventaire à faire ou autre ? demanda Elsie à Zeke d'un air suggestif.

— Oui. Je m'assure juste que ces trois-là se comportent bien avant que je ne m'y mette.

Puis il la choqua énormément en se penchant en avant pour l'embrasser rapidement avant de repousser une mèche de cheveux derrière son oreille, car celle-ci refusait de rester dans sa queue de cheval. Elsie tressaillit alors qu'il retournait derrière le bar.

— Ehhh ben, dit Silas en exagérant. On dirait que notre gars a enfin fait le premier pas.

— Il était temps, approuva Art.

— C'est une belle prise, mademoiselle, ajouta Otto.

Elsie sut qu'elle rougissait à nouveau, mais elle ne pouvait pas vraiment nier ce dernier point.

— Bon, on sait tous que vous êtes venus ici pour les détails croustillants, alors autant aller droit au but. Zeke et moi sortons ensemble.

— Sans blague, murmura Silas.

— Je ne l'ai pas vu te sortir, dit Art en plissant les yeux. Vous travaillez ensemble, mais ce n'est pas sortir ensemble ça.

Elle n'appréciait pas qu'il semble juger Zeke. Elsie se redressa.

— Il apprend à cuisiner à Tony. Il lui a prêté ses livres préférés. Il vient au motel et m'aide à plier le linge. Il s'est occupé de moi quand j'étais malade la semaine dernière, s'est assuré que je mangeais et que je restais bien hydratée et a même demandé au docteur Snow de venir m'ausculter. Je n'ai pas envie, n'ai pas besoin et n'ai pas le temps d'aller au bowling ou au cinéma ni rien de tout ça. Je préfère m'asseoir sur sa terrasse et écouter les grillons que de correspondre à n'importe quelle idée préconçue que vous pourriez avoir sur ce que cela implique de sortir ensemble. Maintenant, je vais vous laisser choisir ce que vous voulez et je reviens dans quelques minutes pour prendre vos commandes.

Ne leur laissant pas le temps de répondre, Elsie tourna les talons et se dirigea vers une autre table d'invités. Elle était agacée par l'idée même que quelqu'un puisse trouver que Zeke n'en fasse pas assez. Ce qu'ils faisaient quand ils étaient ensemble ne regardait personne. Si elle devait être honnête avec elle-même, elle était également agacée, car elle n'aimait pas être au centre des commérages. Mais surtout, elle détestait que l'on dise du mal de quelqu'un qui avait été plus gentil avec elle et Tony que n'importe qui depuis très longtemps.

Le temps qu'elle termine avec la table d'à côté, Elsie s'était calmée et avait réalisé qu'elle avait réagi de façon excessive. Art n'avait rien dit de mal sur Zeke. De plus, depuis leur emplacement habituel devant le bureau de poste de l'autre côté de la place, *tout* ce qu'ils voyaient, c'était elle et Zeke qui travaillaient ensemble.

Se sentant un peu bête par rapport à sa réaction, elle retourna à leur table.

— Pardon les gars. Je...

— Tu n'as pas à t'excuser, dit Otto. Je pense que ta réaction était légitime.

— Tout comme celle de Zeke quand il nous a prévenus pour ne pas que nous te mettions mal à l'aise, ajouta Art.

— Ce qui est pile ce que nous avons fait. Désolé, dit Silas.

Un peu surprise que ces vieux bourrus se soient excusés si rapidement, Elsie hocha la tête.

— Zeke est super, leur dit-elle. On ne sort pas ensemble depuis longtemps, mais c'est vraiment quelqu'un de bien.

— C'est vrai, approuva Otto. Je crois que je vais essayer le plat du jour. Du pain de viande, c'est ça ?

Soulagée que l'interrogatoire semble terminé, Elsie acquiesça.

— Oui. Et d'après l'odeur qui s'échappe de la cuisine, ça va te faire tomber à la renverse.

— Je vais prendre le poulet frit, lui dit Art.

— Je croyais que tu devais réduire les aliments gras ? lui demanda Silas.

— Tu te prends pour qui, ma mère ? gronda Art.

— Non, mais je ne suis qu'à huit cent quarante-six et toi huit cent cinquante-deux. Je ne peux pas te laisser mourir avant d'avoir pris de l'avance et de t'avoir battu, rétorqua Silas.

Elsie ne réalisa pas qu'elle fronçait les sourcils jusqu'à ce que Otto traduise.

— Les échecs, chérie. Art a gagné pas mal de parties et Silas ne le supporte pas.

— Oh, je vois.

— Je vais prendre une salade pour aller avec mon poulet, lui dit Art avant de tourner la tête vers Silas. Pour la mère poule là-bas.

Elsie sourit et acquiesça en écrivant sur son carnet.

— Silas ? Qu'est-ce qui te ferait plaisir aujourd'hui ?

— La soupe est bonne ? demanda-t-elle.

— Je recommande le velouté de pommes de terre plutôt que de légumes, dit Elsie.

— Parfait. Je vais prendre ça. Et des gombos frits aussi. Et une sauce ranch avec.

Elle eut envie de rire, mais parvint à se retenir.

— D'accord. Et les boissons ?

Les trois hommes demandèrent du thé sucré et Elsie leur dit :

— Je reviens vous apporter ça rapidement.

— Prends ton temps ! cria Silas. On profite de la vue.

Elle se retourna pour regarder le vieil homme et rougit quand elle vit qu'il avait les yeux rivés sur ses fesses.

La première fois qu'elle était arrivée à Fallport, Elsie avait mis un peu de temps à s'habituer au fait que les trois commères semblaient tout savoir sur tout le monde. Mais avec le temps, elle avait compris qu'ils étaient inoffensifs... et surtout seuls. Ils se retrouvaient tous les jours pour traîner et jouer aux échecs devant le bureau de poste parce qu'ils n'avaient plus personne chez eux. Elle ne le comprenait que trop bien. Même si elle était occupée dès son réveil et jusqu'à ce qu'elle pose la tête sur l'oreiller, mais ça ne l'empêchait pas d'avoir envie de se rapprocher de quelqu'un.

Elle s'arrêta devant la cuisine et attacha la commande sur la roue pour les cuisiniers, puis se rendit au bar.

— Ça va ? lui demanda Zeke.

— Oui.

— Ils sont sympas, ça va ?

Elle soupira mentalement. Elle risquait de s'habituer à ce que Zeke soit son protecteur. Ce qui la réconfortait *et* l'inquiétait à la fois. Sortir avec son patron n'était probablement pas la chose la plus intelligente qu'elle ait faite. Si ça ne fonctionnait pas entre eux, son travail deviendrait très inconfortable. Et comme le bar appartenait à Zeke, c'était elle qui devrait démissionner.

Et il serait difficile de trouver un travail aussi bien payé et qu'elle apprécierait autant que celui-ci dans une petite ville.

— À quoi tu penses ? lui demanda Zeke en penchant la tête sur le côté, le regard plein d'inquiétude. Tu veux que je demande à Tania de les servir ?

— Non, ce n'est pas ça. Ils sont corrects. Ils sont juste curieux.

— Tu es sûre ? demanda Zeke. Je peux à nouveau aller leur parler. Je devrais même peut-être le faire, vu la façon dont Silas matait tes fesses.

Elsie ne put s'empêcher de sourire.

— Il n'y a pas grand-chose à mater, dit-elle en haussant les épaules.

— Tu as tort de penser ça, Else, dit Zeke avec un regard enflammé.

Elsie se sentit figée un instant. Zeke était un gentleman avec elle. Toujours. À part ce baiser dans son bureau, il ne la forçait jamais. Il ne la faisait jamais se sentir mal à l'aise. Mais de temps en temps, il laissait transparaître, à travers son regard, la profondeur de son désir pour elle. Elle déglutit avec difficulté.

— Laisse-moi deviner, trois thés sucrés, c'est ça ? demanda-t-il, brisant ce moment intense entre eux.

Zeke saisit trois verres sous le comptoir et se mit à les remplir. Cela permit à Elsie de retrouver un peu son équilibre. Elle n'avait jamais été quelqu'un de très sexuel. Son ex ne l'avait pas vraiment inspirée sous la couette. Au début, c'était assez agréable, mais son intérêt s'était rapidement estompé après leur mariage. Et *quand* ils couchaient ensemble, il ne se préoccupait pas de son plaisir. Il utilisait toujours du lubrifiant, car il disait qu'elle était trop sèche. Elle lui avait suggéré que s'il passait plus de temps sur les préliminaires, ils n'auraient pas besoin de lubrifiant supplémentaire, mais il était trop égoïste et trop pressé de finir pour s'en soucier.

Elsie avait le sentiment qu'avec Zeke, le sexe serait complètement différent. Il s'assurerait qu'elle soit plus que prête et insisterait probablement pour qu'elle jouisse avant lui. Elle ignorait comment elle savait ça, mais vu comment il était attentionné dans la vie de tous les jours, elle ne l'imaginait pas être un amant du genre paf-boum-ciao-merci-madame.

— J'aurais bien aimé savoir ce qu'était *cette* pensée, dit Zeke avec un petit sourire en plaçant les trois verres de thé sur un plateau.

Se sentant plus courageuse que d'habitude et sortant clairement de sa zone de confort, Elsie lui retourna son sourire et lui dit :

— Je pensais au fait que j'apprécie que tu n'aies pas peur de me toucher en public.

OK, bon pas si courageuse après tout. Et pas vraiment honnête non plus... mais elle trouvait cela beaucoup plus facile que de lui avouer qu'elle imaginait quel genre d'amant il était.

— Non, jamais. Je suis plutôt du genre tactile, dit-il, ne paraissant pas du tout gêné par cet aveu. J'adore tenir la main de ma femme. Toucher ce point sensible en bas de son dos quand elle marche. L'embrasser pour que tout le monde sache qu'elle est prise. C'est bon de savoir que tu n'y vois pas d'inconvénient.

En repensant à son mariage, Elsie réalisa que Doug ne lui avait pas tenu la main une seule fois. Il lui avait expliqué de façon très claire qu'il n'aimait pas les démonstrations d'affection en public.

— Je n'y vois pas d'inconvénient, lui confirma-t-elle.

— Tant mieux. Mon ex-femme détestait ça. Elle disait que j'étais toujours en train de la peloter et que je pouvais tout aussi bien pisser sur elle pour marquer mon territoire.

Elsie fronça les sourcils. C'était un drôle de changement de sujet, mais elle n'allait pas laisser cette remarque sans réponse.

— C'était une idiote, dit-elle fermement. Il y a une différence entre faire comprendre à une personne qu'on tient à elle et qu'on a envie de la protéger et être un connard autoritaire.

Zeke se lécha les lèvres et Elsie ne put s'empêcher de garder les yeux rivés sur celles-ci.

— C'est vrai. Else, je...

Ce qu'il comptait dire fut soudain interrompu par la sonnerie de son téléphone portable dans sa poche.

— Attends, on en reparle, dit-il avec un sourire en le sortant. Zeke à l'appareil, j'écoute, répondit-il.

Et tout à coup, la posture décontractée qu'il adoptait un peu plus tôt disparut face à ce que disait la personne au bout du fil.

— D'accord. Combien de temps ? Où ? Merde. OK. Il faut que j'appelle Reuben, mais je vous retrouve là-bas. Salut.

Avant même que Zeke ne prenne la parole, Elsie sut qu'il venait d'être recruté pour des recherches.

— Il faut que j'y aille, lui dit-il en se dirigeant déjà vers l'extrémité du bar.

— Je peux appeler Reuben si tu veux, lui proposa-t-elle.

— Merci. Je veux bien si ça ne te dérange pas.

— Ça ne me dérange pas.

— S'il ne peut pas venir, appelle Lance. Hank devrait arriver vers seize heures. S'il ne peut pas...

— On s'occupera du bar, lui dit Elsie.

Ce n'était pas la première fois que les serveurs devaient faire office de barmen en urgence. La plupart d'entre eux ne savaient rien préparer de compliqué, mais heureusement, les clients étaient compréhensifs quand l'équipe de sauvetage et de recherche d'Eagle Point était sollicitée. C'était comme ça dans les petites villes. Du moins, à Fallport. Tout le monde savait que si c'était eux ou un être cher qui disparaissait, l'équipe serait là pour les aider.

— Merci, dit-il un peu distraitement.

Zeke prit la direction du couloir, vers son bureau. Il revint au bout de quelques minutes et au lieu de s'avancer directement vers la porte, comme elle s'y attendait, il se dirigea droit vers elle.

Zeke prit son visage dans ses mains et se pencha. C'était un geste intime auquel Elsie s'était habituée.

— Je ne sais pas quand je reviendrai. Deux randonneurs ont disparu sur le sentier qui mène au point de vue d'Eagle Point. Ils étaient censés quitter leur hôtel aujourd'hui, mais comme la réception de l'hôtel n'a pas eu de nouvelles ils sont allés vérifier leur chambre. Et aucune valise n'avait été faite. Quand la police a géolocalisé leur voiture, ils ont retrouvé un mot à l'intérieur expliquant qu'ils avaient prévu de camper pour la nuit.

Elsie lui prit les poignets.

— Sois prudent là-bas.

Zeke acquiesça.

— Je le serai. Ne pars pas sans avoir pris quelque chose pour toi et Tony ce soir. Demain c'est ton dernier jour de travail pour Edna, c'est ça ?

Elle hocha la tête.

— J'essaierai d'être là demain, mais je ne sais pas ce qu'on va retrouver.

— Je sais, ce n'est pas grave, le rassura Elsie.

Il pouvait être absent pendant une heure ou plusieurs jours. Cela dépendait de ce qu'ils retrouveraient sur le sentier des personnes disparues. *Si* ceux-ci avaient pris ce sentier.

— Dis à Tony que je suis désolé de ne pas être là ce soir pour lui parler du chapitre vingt-deux. On en reparlera quand je reviendrai.

Voilà. Ça, *là*. Le fait que cet homme doive se rendre quelque part et ait des obligations et pourtant, il s'inquiétait quand même qu'ils mangent et que son fils soit déçu qu'il ne puisse pas parler d'un livre avec lui, c'était l'une des nombreuses raisons pour lesquelles elle tombait amoureuse de lui.

— Je lui dirai.

— Je te contacterai dès que je le pourrai. Le réseau est très mauvais là-haut, mais je verrai ce que je peux faire.

— Ce n'est pas *grave,* Zeke. Vas-y. Fais ce que tu as à faire.

Il acquiesça.

— Ça ne te dérange pas que je parte, tu es sûre ?

Elsie fronça les sourcils, ne comprenant pas vraiment pourquoi il lui posait la question.

— Non, bien sûr que non. Pourquoi ?

— Parce qu'on avait des choses de prévues pour ce soir.

Leur plan était de s'arrêter au magasin d'alimentation générale de Grogan avant de retourner à l'hôtel pour récupérer

Tony et de faire ensuite des pizzas maison pour le dîner. Ce n'était pas impossible de le reporter.

— Zeke, quelqu'un a besoin de toi. Tout ira bien pour Tony et moi. On fera les pizzas une autre fois.

— Elle détestait quand je devais partir en mission, dit doucement Zeke.

Elsie lui serra les poignets tout en sachant très bien de qui il parlait. Elle n'aimait pas beaucoup son ex.

— Mais... elle détestait aussi quand j'étais à la maison, dit-il en haussant les épaules. Quand je partais, elle râlait parce que je l'abandonnais alors qu'elle avait besoin que je sois à la maison, pas de partir sauver le monde. Elle disait que j'aimais plus mon travail qu'elle.

— Si elle t'a dit ça, c'est qu'elle ne te connaissait pas vraiment, dit Elsie avec assurance en posant une main sur son torse. Et puis, c'était aussi une idiote, lui dit-elle. Vas-y. Fais ce que tu as à faire. On se voit à ton retour. Sois prudent.

— Merci, dit Zeke. Et je le serai.

Il la regarda encore un moment, puis se pencha pour l'embrasser à nouveau. Cette fois-ci, ce ne fut pas un baiser bref. C'était intense, profond et presque désespéré. Le temps qu'ils s'écartent, ils haletaient tous les deux... et Elsie était certaine que le lubrifiant ne serait pas quelque chose dont ils pourraient avoir besoin à l'avenir si leur relation allait aussi loin. Et elle espérait vraiment, *vraiment* que ce soit le cas.

Zeke prit une grande inspiration, se lécha les lèvres, comme s'il essayait de mémoriser son goût, puis l'attira contre lui. Il la serra dans ses bras avant de la relâcher et de se retourner brusquement pour partir.

Elsie le regarda s'en aller, se sentant à la fois fière du travail qu'il effectuait et inquiète.

Puis, elle respira un bon coup et retourna vers le bar. Elle allait devoir passer quelques appels et faire sa part du travail pour s'assurer que le bar de Zeke fonctionnait bien en son absence.

Le temps qu'elle revienne à la table de Silas, Otto et Art avec leurs thés sucrés, les trois hommes avaient un grand sourire. Elle leva la main en l'air après avoir posé les verres sur la table.

— Ne commencez pas, les avertit-elle.

— On allait rien dire, hein, dit Art.

— Toi peut-être, mais moi si, rétorqua Silas.

— *Ça*, c'était du baiser, ajouta Otto avec un clin d'œil.

Elsie ne put s'empêcher de lui rendre son sourire. Il n'avait pas tort.

— Vous avez d'autres questions ? demanda-t-elle avec impertinence.

— Non.

— Je crois qu'on a eu nos réponses.

— Non.

— Tant mieux. Vos plats seront bientôt prêts. Un peu de patience avant que Reuben n'arrive et ne prenne le relais pour le bar.

— Zeke a été appelé ? demanda Otto.

— Oui.

Les trois hommes se regardèrent et Elsie vit presque les rouages qui s'activaient dans leurs têtes. Ils avaient visiblement très envie de savoir qui avait disparu et où. Même s'ils étaient des commères, ils avaient de grands cœurs et se souciaient vraiment des habitants de Fallport.

— Comme je vous l'ai dit, vos plats vont bientôt arriver. J'imagine que vous pourrez retourner à votre place, devant le bureau de poste dans vingt minutes. Maximum, leur dit-elle.

— Merci, dit Silas.

Elsie leur fit un signe de tête, puis alla prendre les commandes des autres tables.

Zeke lui avait expliqué que le sentier jusqu'au point de vue d'Eagle Point était difficile. Il y avait beaucoup de dénivelés et il s'étendait sur plusieurs kilomètres, même au-delà du point de vue. Si les randonneurs disparus avaient quitté le sentier, il serait plus difficile de les retrouver. Mais si certains pouvaient le faire, c'était bien Zeke et son équipe.

Il serait bientôt de retour à la maison et s'il le pouvait, il leur raconterait, à elle et Tony, ce qui s'était passé.

Son fils adorait écouter ses histoires et il était plus qu'évident qu'il commençait à aimer Zeke autant que sa mère l'aimait aussi.

Se rappelant que Zeke lui avait demandé de ramener à manger pour elle et Tony ce soir, elle sourit. Il la traitait mieux que personne et elle ne le prendrait jamais pour acquis.

CHAPITRE SEPT

Ce soir-là, Tony eut une tonne de questions, demandant où se trouvait Zeke et ce qu'il faisait. Il fut déçu de ne pas pouvoir continuer à lire le livre qu'il avait laissé chez Zeke, mais comprit qu'il aidait quelqu'un qui s'était perdu. Le cuisinier du bar leur avait préparé une énorme portion de pain de viande pour qu'ils l'emportent chez eux. Et même si ce n'était pas pareil que lorsqu'ils mangeaient à table chez Zeke, c'était quand même délicieux et très nourrissant.

Le lendemain matin, après que Tony fut parti à l'école et après qu'elle eut terminé sa dernière matinée de travail en pliant le linge pour Edna, Elsie se rendit au *On the Rocks*. Elle s'attendait à moitié à retrouver Zeke derrière le bar, mas ce fut Lance qui l'accueillit quand elle entra.

— Tu as eu des nouvelles ? demanda-t-elle.

— De Zeke ? Non.

— Tu crois qu'ils ont cherché toute la nuit ?

Lance haussa les épaules.

— Probablement.

Puis il continua l'inventaire qu'il effectuait avant qu'ils n'ouvrent pour la journée.

Avant même d'arriver au travail, Elsie avait eu l'intuition

que Zeke ne serait pas rentré. Il lui avait dit qu'il la contacterait dès qu'il le pourrait et son téléphone n'avait pas sonné de la nuit. Elle le savait, car elle avait passé la nuit à se retourner dans tous les sens en vérifiant l'écran chaque fois qu'elle se réveillait. Lance n'avait pas l'air de s'inquiéter pour lui, tout comme les autres serveuses quand elles arrivèrent.

Pour eux, c'était une journée comme les autres.

Mais Elsie n'arrêtait pas de penser à Zeke. Avait-il faim ? Avait-il assez bu ? Il devait être épuisé. Et même si l'été approchait à grands pas, il faisait encore assez froid le soir. Avait-il pu dormir un peu ? Avaient-ils retrouvé les randonneurs disparus ? Allaient-*ils* bien ? Zeke avait beau avoir été un soldat des forces spéciales, il restait humain et s'il s'était passé quelque chose de grave, Elsie avait le sentiment que Zeke le vivrait mal.

Se tenant devant le bar vingt minutes plus tard alors que Lance préparait des boissons pour un groupe de quatre hommes et femmes pour lesquels elle avait pris une commande, Elsie inspira à nouveau profondément, comme elle l'avait fait depuis son arrivée.

Les sauvetages et les recherches faisaient partie des compétences de Zeke. Il allait bien. C'était obligé.

Elle avait presque terminé sa journée de travail lorsque la porte du bar s'ouvrit à nouveau. Levant les yeux, Elsie s'apprêta à saluer le client comme d'habitude – mais les mots restèrent coincés dans sa gorge quand elle vit Zeke.

Il paraissait éreinté. Il avait des traces de saleté sur le visage et son pantalon cargo était recouvert de ce qui semblait être de la boue et de l'herbe au niveau des genoux. Son tee-shirt comportait le même genre de taches, mais elle n'avait jamais été aussi soulagée de voir quelqu'un.

— Zeke ! s'exclama-t-elle.

Elle s'avança vers lui, mais il était déjà en mouvement.

Elle entendit vaguement ses amis et collègues l'accueillir, mais ses yeux intenses et fatigués l'empêchèrent de détourner le regard.

Il s'arrêta devant elle et prit son visage dans ses mains, l'inclinant vers lui pour qu'il puisse croiser son regard.

— Salut. Ça va ?

Elsie fronça les sourcils. Pourquoi lui demandait-il ça à *elle* ?

— Oui, bien sûr. Et *toi* ? rétorqua-t-elle.

— Maintenant, oui, lui dit-il.

Elsie fut presque submergée par l'émotion. Il avait passé près de vingt-quatre heures d'affilée dans la nature. Il était sale, sentait fort et était visiblement épuisé.

Et pourtant, au lieu de rentrer chez lui pour se doucher, manger et dormir un peu, il était venu directement ici. Et sa première question n'avait pas été de savoir comment ça s'était passé au bar ou s'il y avait eu des soucis. Il lui avait d'abord demandé si elle allait bien. C'était presque impossible pour elle de réaliser qu'il faisait preuve d'une telle attention.

Durant tout son mariage avec Doug, elle n'était jamais passée en premier. Dès l'instant où elle avait emménagé chez lui, Doug s'était attendu à ce qu'elle le serve, nettoie la maison, prépare le dîner, côtoie ses collègues et ses clients. Il lui demandait rarement comme s'était passée sa journée quand il rentrait du travail. Il se plaignait simplement que la maison n'était pas assez propre ou que le plat qu'elle avait préparé était nul ou qu'elle n'était pas aussi attentive à ses besoins sexuels qu'elle aurait dû l'être.

Quand elle avait eu Tony, elle avait fait passer son *fils* en premier dans sa vie. Elle n'aurait pas voulu qu'il en soit autrement et après avoir quitté Doug, elle avait continué à faire tout son possible pour s'assurer de bien prendre soin de son fils. Ses besoins devaient être satisfaits avant les siens. Ce qui voulait dire que cela faisait très longtemps que personne ne lui avait montré l'intérêt que lui portait actuellement Zeke.

— Else ? demanda-t-il en fronçant les sourcils avec désarroi en voyant l'expression sur son visage. Qu'est-ce qui ne va pas ?

— Rien, dit-elle après avoir dégluti avec difficulté. Tu as

mangé ? Tu les as retrouvés ? Est-ce qu'ils vont bien ? Tu as pu dormir un peu hier ? Qu'est-ce que je peux faire pour t'aider ?

Son visage s'adoucit et il effleura sa joue de son pouce.

— Tu le fais déjà, lui dit-il doucement.

Elsie fronça les sourcils.

— Ce n'est pas une réponse, se plaignit-elle.

Mais elle ne lui laissa pas l'occasion de répondre à toutes ses questions. Elle s'écarta et se tourna vers le bar.

— Lance ? Ça te va toujours de rester comme prévu ? demanda-t-elle.

— Bien sûr. Salut, Zeke. Ça fait plaisir de te voir.

Zeke lui fit un signe du menton pour le saluer et même cela fit fondre Elsie. D'où venait ce truc viril de lever le menton pour se dire bonjour entre mecs ? Où l'avaient-ils appris ? Était-ce ancré dans leur ADN ? Sachant que son esprit s'égarait, Elsie se força à se concentrer.

En regardant sa montre, elle vit que Tony allait bientôt descendre du bus devant le motel. Elle se tourna vers Zeke et le pointa du doigt.

— Ne bouge pas, ordonna-t-elle.

Ses lèvres tressautèrent.

— Oui, madame. Je n'y songerais même pas.

Elle savait qu'elle l'amusait, mais elle s'en fichait. Elle marcha vers Reina qui récupérait des plats de nourriture depuis la cuisine.

— Hé, tu penses que Valérie et toi vous seriez OK de rester seules jusqu'à ce que le personnel du soir arrive ? lui demanda-t-elle.

Reina sourit.

— Laisse-moi deviner. Tu as envie de prendre soin de Zeke.

— Il faut bien que quelqu'un le fasse. Il se démène pour essayer d'aider les autres.

— Évidemment qu'on peut. Vas-y. On ne va pas être débordés ces prochaines heures et si c'est le cas, j'appellerai les autres pour savoir s'ils peuvent venir plus tôt. Ils ne vont pas se plaindre de pouvoir récupérer des pourboires supplémentaires.

C'était vrai. Les serveurs du soir obtenaient plus de pourboires qu'en journée, mais même si c'était tentant pour Elsie de changer d'horaires, elle ne pouvait pas laisser Tony se débrouiller seul le soir. Et elle n'en avait pas non plus envie. Elle chérissait le temps qu'elle pouvait passer avec son fils. Bientôt, il ne voudrait plus passer de temps avec sa mère et finirait par être diplômé et partirait faire sa vie. Cela l'attristait et l'excitait à la fois.

— Je dois dire, remarqua Reina en portant facilement le plateau sur son épaule, que je n'aurais jamais cru te voir un jour renoncer à une heure de travail si tu n'y étais pas obligée.

Elle avait raison. À part quand elle était malade, Elsie ne demandait jamais à personne de la remplacer au travail. Même quand elle était de mauvaise humeur, elle se forçait à travailler. Tony comptait sur elle pour tout, elle n'allait pas le laisser tomber.

— J'approuve en tout cas, continua Reina. Zeke est génial. En tant que patron et personne. Et vous êtes trop mignons ensemble, ajouta-t-elle.

Elsie rougit.

— Merci.

— Donc tu ne nies pas que vous sortez ensemble ? la taquina Reina.

— Non.

Ce serait bête de le faire. Zeke et elle avaient passé beaucoup de temps ensemble en dehors du travail et quand ils avaient fini par arriver et repartir ensemble, les gens avaient rapidement fait le lien.

— Wouhou ! Profite pour nous les célibataires.

Elsie s'esclaffa. Reina se dirigea vers sa table avec les plats et Elsie retourna vers Zeke qui se tenait au bar, parlant à Lance. Elle les entendit discuter de la façon dont s'était déroulée la journée d'hier et d'où en était l'inventaire.

— OK, on peut y aller, dit-elle en approchant.

Les deux hommes se tournèrent vers elle.

— Ah oui ? demanda Zeke avec un léger sourire.

— Oui. Lance peut gérer le bar et Reina m'a dit qu'elle et Valérie étaient OK pour qu'on parte plus tôt.

— Bon ben c'est *elle* qui décide alors, répondit Lance en riant.

— On dirait bien, acquiesça Zeke avant de se tourner complètement vers Elsie en lui demandant doucement : Tu es sûre ? Tu n'es pas obligée de partir plus tôt à cause de moi. Je vais simplement rentrer chez moi et dormir.

C'était tout à fait son genre de s'inquiéter du fait qu'elle rate quelques heures de paye et de pourboires.

Et dire qu'il y a un mois elle n'aurait même pas songé à partir plus tôt. Mais Zeke était plus important que l'argent.

— Tu vas manger ?

Il haussa les épaules.

— Je n'ai pas si faim que ça.

— Ça, c'est parce que tu es probablement déshydraté et très fatigué. Je vais conduire. On peut aller chercher Tony, ensuite on ira chez toi. Et pendant que tu te douches, je pourrais préparer quelque chose. Ensuite, tu pourras dormir.

Zeke la fixa simplement du regard.

Elsie réalisa soudain qu'elle était un peu présomptueuse.

— Enfin, si c'est OK pour toi, je veux dire.

— C'est plus qu'OK, la rassura Zeke.

Comme il ne disait rien de plus et continuait simplement de l'étudier du regard, Elsie fut mal à l'aise.

Il prit une grande inspiration et lui saisit la main.

— Allez, viens. Allons chercher ton sac et ensuite on s'en va.

Elle le laissa la guider jusqu'au bout du couloir vers la salle de pause au fond. Elle récupéra ses affaires et il lui prit à nouveau la main dès qu'elle eut terminé. Ils traversèrent le bar en direction de la porte.

— À plus tard les gars ! dit-il.

— À plus ! répondirent ses employés et certains clients.

Peu de temps après, Elsie se garait dans l'allée de chez Zeke. Tony était excité de voir Zeke et n'avait pas arrêté de parler sur le chemin du retour. Elsie voyait bien que son homme faiblissait de plus en plus.

Tony courut jusqu'à la porte d'entrée avec la clé que Zeke lui avait donnée et ce fut au tour d'Elsie de prendre son petit ami par la main pour le tirer vers la maison. Ils entrèrent et Elsie prit le visage de Zeke dans ses mains. Sa barbe gratta sa paume et elle résista à l'envie de frotter ses mains sur lui.

— Tu les as retrouvés ? demanda-t-elle doucement.

Elle le lui avait demandé un peu plus tôt, mais venait de réaliser qu'il ne lui avait pas répondu. Elle n'avait pas voulu lui poser à nouveau la question quand Tony était dans la voiture, juste au cas où l'issue ne soit pas positive.

Il hocha la tête.

— Ils avaient froid, étaient épuisés et effrayés, mais en vie.

— Dieu merci.

— Oui. Ils sont sortis du sentier parce qu'ils ont entendu quelque chose et avaient envie d'apercevoir un ours ou je ne sais quoi et ont fait demi-tour. Ensuite, ils ont marché dans la mauvaise direction pendant des kilomètres, un peu plus loin dans la forêt. Ils auraient mieux fait de s'arrêter quand ils ont réalisé qu'ils s'étaient perdus et attendre que quelqu'un les retrouve. Il nous a fallu toute la nuit et une partie de la matinée pour retourner au sentier tellement ils étaient fatigués et étaient allés loin, tout est bien qui finit bien.

— Je suis contente.

— Moi aussi, approuva Zeke.

— Zeke, tu veux bien lire avec moi ce soir ? demanda Tony en pointant le bout de son nez dans l'entrée où elle et Zeke se tenaient toujours.

— Pas ce soir, dit Elsie en répondant à sa place. Zeke est épuisé. Il a randonné toute la nuit. Et si on préparait à manger pour le dîner et qu'on laissait Zeke se laver et se reposer un peu, hein ?

— Est-ce qu'on peut faire des tacos ? demanda Tony.

Elsie regarda Zeke en haussant les sourcils.

— Je crois que j'ai ce qu'il faut. La laitue est peut-être un peu flétrie, mais j'ai du fromage et des tomates. Ah, par contre il faudra décongeler la viande.

— On s'en occupe, le rassura-t-elle. Vas-y. Tu pues, le taquina-t-elle.

Zeke éclata de rire. Quand Elsie retira sa main de son visage, il la saisit et la serra.

— Merci, murmura-t-il.

Elsie réalisa que Zeke lui ressemblait plus que ce qu'elle avait cru. Il prenait soin de tout le monde sans que personne ne veille sur lui quand il en avait besoin. Elle sentit la détermination monter en elle. Elle remplirait volontiers cette mission.

Il porta sa main à ses lèvres et embrassa ses phalanges avant de se diriger vers le couloir et sa chambre. Il ébouriffa les cheveux de Tony au passage.

Elsie regarda un peu trop longtemps son fessier avant de prendre une profonde inspiration.

— Tu es prêt à voir ce que nous avons pour le dîner, Tony ?

— Oui. Après manger tu voudras bien t'asseoir à côté de moi pendant que je lis ?

— Bien sûr que oui, lui dit Elsie, ravie que pour le moment, son fils ait toujours envie de passer du temps avec elle.

* * *

Une heure plus tard, Elsie marcha sur la pointe des pieds jusqu'à la chambre de Zeke. Elle l'avait entendu prendre sa douche et lui avait laissé autant de temps que possible avant d'aller le réveiller pour le dîner. Mais Tony mourait de faim et l'odeur délicieuse de la viande ne l'aidait pas à être patient.

Elle ouvrit la porte et jeta un coup d'œil à l'intérieur. Zeke était allongé sur son lit, vêtu d'un jogging et d'un tee-shirt. Un bras au-dessus de la tête, la bouche légèrement ouverte et il semblait complètement endormi. Elle prit le temps de simplement l'observer. C'était presque effrayant de voir à quel point elle était attirée par cet homme.

Pendant un instant, elle paniqua en méditant sur la profondeur de ses sentiments. Et s'il s'avérait être comme Doug ?

Mais dès que cette idée lui traversa l'esprit, Elsie la repoussa. Zeke n'avait *rien* à voir avec son ex.

Elle se força à entrer dans la chambre. Se rappelant qu'il était un ancien soldat des forces spéciales, elle réalisa qu'il était probablement plus prudent de ne pas le faire sursauter en le réveillant.

— Zeke ? dit-elle doucement.

Il ne bougea pas.

Elle l'appela à nouveau, cette fois-ci un peu plus fort.

Peu surprise quand il se réveilla en sursaut, Elsie dit rapidement :

— C'est moi, Elsie. Le dîner est prêt.

Zeke soupira et gémit en acquiesçant. Il balança les jambes hors du lit et regarda dans le vide un moment.

Il était délicieusement ébouriffé. Et Elsie regretta un peu de l'avoir réveillé. Il était évident qu'il était encore dans les vapes. Elle lui tendit la main et il la saisit. Puis, il la surprit en l'attirant plus près. Elsie inspira profondément, adorant son odeur fraîche et propre après la douche.

— Merci, dit-il.

Elsie ne savait pas vraiment pourquoi il la remerciait, mais elle supposa que ça n'avait pas d'importance alors elle hocha simplement la tête contre son torse.

— De rien. Allez, viens. Tony risque de décéder s'il ne mange pas dans les deux prochaines minutes – c'est lui qui l'a dit, pas moi.

Elle sentit plus qu'elle n'entendit un gloussement traverser Zeke.

— Ce serait dommage, marmonna-t-il.

Il enroula les bras autour de ses épaules et ils quittèrent la chambre ensemble. Zeke se dirigea vers la cuisine, mais elle le tira vers la table.

— Assieds-toi, lui ordonna-t-elle.

— Vous n'êtes pas obligés de m'attendre, lui dit-il en s'asseyant quand même.

— Je sais. Mais j'ai peur que si tu te sers tout seul tu ne finisses par manger un tacos à la tomate et au fromage et que tu n'oublies de rajouter de la viande vu l'état dans lequel tu es.

— Tu as probablement raison. Mais je tiens quand même à préciser que… je n'ai pas envie et ne m'attends pas à ce que tu penses que ce sera quelque chose de normal désormais.

— Je le sais aussi.

Et c'était vrai. Durant le peu de temps qu'elle avait passé avec Zeke, il ne lui avait jamais donné l'impression d'être inférieure à lui, seulement parce qu'elle était une femme. Il n'y avait pas eu de rôles prédéfinis durant le temps qu'ils avaient passé ensemble.

Elle prépara une assiette pour Zeke et aida Tony à faire son quatrième tacos. Ils s'assirent à table et Elsie écouta son fils raconter à Zeke ce qu'il avait fait à l'école aujourd'hui et ce qu'il avait lu pendant que Zeke dormait.

Il était évident que Zeke était encore un peu groggy, mais il acquiesça et répondit tout ce qu'il fallait alors que Tony continuait son quasi-monologue.

Une fois qu'ils eurent terminé de manger, Elsie refusa de laisser Zeke l'aider à ranger la table.

— C'est au tour de Tony de faire la vaisselle ce soir, insista-t-elle. Retourne te coucher.

— Je me sens mal, dit Zeke. Je suis un très mauvais hôte.

Elsie ne put s'empêcher de lever les yeux au ciel.

— N'importe quoi. Ce n'est pas nous qui étions en train de marcher dans les bois pour sauver des vies. Vas-y, Zeke. On gère.

Zeke hocha simplement la tête, ce qui prouvait à quel point il était épuisé. Il se pencha et l'embrassa brièvement sur les lèvres, puis tourna les talons et repartit dans le couloir.

Elsie le regarda un long moment, éprouvant tout un tas d'émotions. De la fierté. De l'exaspération en voyant qu'il pouvait être dans cet état. De l'inquiétude quant à ce qu'il avait pu faire dans le passé lorsqu'il était rentré chez lui après une longue recherche.

Mais Zeke était un adulte et était évidemment capable de prendre soin de lui. Seulement, elle ne supportait pas de l'imaginer être épuisé au point de ne même pas réussir à manger quelque chose avant d'aller dormir.

Le reste de la soirée se déroula paisiblement. Elsie alla vérifier comment allait Zeke de nombreuses fois et il était toujours aussi sonné. Quand il fut vingt et une heures, elle sut qu'elle devait retourner au motel. L'heure du coucher pour Tony était déjà largement dépassée et il avait école le lendemain. Il avait déjà fait ses devoirs et avait été heureux de pouvoir s'asseoir pour lire le livre que lui avait prêté Zeke.

— Va à la voiture pendant que je vérifie qu'on a bien tout, dit-elle à Tony.

— Je peux la démarrer ? demanda-t-il avec excitation.

— Bien sûr.

Depuis que Lilly lui avait montré comment changer un pneu quand ils s'étaient retrouvés bloqués sur le bord de la route il y a quelques mois, Tony s'intéressait de plus en plus à tout ce qui était en rapport avec les voitures.

— Cool ! s'exclama-t-il en courant vers la porte.

Souriant face à son exubérance, Elsie se dirigea de nouveau vers la chambre de Zeke. Elle avait l'intention de le réveiller pour le prévenir qu'ils partaient, mais quand elle l'entendit ronfler doucement, elle n'osa pas le déranger.

Repérant le radio-réveil sur la table de nuit, elle le régla pour neuf heures du matin. Elle ne savait pas vraiment combien de temps il dormirait, mais supposa qu'il n'avait pas envie d'être en retard au travail. Elsie sourit par rapport au fait qu'il ait cet ancien radio-réveil en premier lieu. Il se servait probablement de son téléphone comme alarme, comme la plupart des gens de nos jours, mais elle ne connaissait pas son mot de passe.

Ne pouvant pas s'en empêcher, Elsie se pencha vers lui et l'embrassa doucement sur le front, comme il le lui faisait tout le temps.

— Dors bien, murmura-t-elle. Je suis fière de toi.

Zeke ne se réveilla pas, mais soupira dans son sommeil.

Elsie se força à reculer jusqu'à la porte. Elle jeta un dernier long regard à l'homme qui volait à la fois son cœur et celui de son fils et ferma la porte derrière elle. Elle récupéra le cartable de Tony, vérifia que tout était en ordre dans la cuisine, verrouilla la porte d'entrée et retourna chez elle pour la nuit.

CHAPITRE HUIT

Zeke avait dormi comme un loir la nuit précédente. À trente ans, il n'aurait pas dû être aussi épuisé qu'il l'avait été après une fouille, mais apparemment, le temps passé loin de l'armée l'avait ramolli.

Il se rappelait vaguement avoir dîné avec Elsie et Tony, mais la majeure partie de la soirée était floue. Il s'était réveillé vers sept heures, complètement revigoré. Souvent, après une longue fouille intense comme celle de la veille, il rentrait chez lui et s'écroulait sur son lit, juste après sa douche, sans manger. Mais ce matin, son ventre n'était pas creux et il n'avait pas mal à la tête.

Tout cela grâce aux soins qu'Elsie lui avait apportés. Elle s'était assuré qu'il mange et boive plusieurs verres d'eau. Elle ne l'avait pas fait culpabiliser de ne pas passer du temps avec elle et Tony. À vrai dire, elle l'avait même renvoyé au lit après qu'il eut mangé, comme un enfant.

Zeke sourit. Oui, il pourrait clairement s'habituer à ce qu'Elsie prenne soin de lui. Il ne se souvenait même pas que son ex ait pu faire quelque chose comme ça après ses retours de missions. Et il y avait eu de nombreuses fois où il avait désespérément eu envie d'un peu d'amour. Au lieu de ça, elle commençait immédiatement à le harceler, énumérant tout ce qui devait être fait dans la maison... et expliquant à quel point elle était agacée qu'il n'ait pas été là pour s'en occuper.

Alors qu'il regardait les informations un peu plus tôt ce matin, rattrapant ce qu'il avait raté pendant qu'ils étaient dans la forêt ces dernières vingt-quatre heures, il entendit un drôle de bruit provenant de sa chambre. Quand il alla voir ce que c'était, Zeke réalisa qu'il s'agissait de l'alarme de son vieux radio-réveil qui s'était déclenchée. Il avait ce truc depuis qu'il était enfant et bizarrement, il l'avait gardé. Peut-être était-ce la nostalgie, ou lui qui était fou, mais il ne se souvenait pas avoir utilisé le réveil depuis qu'il était au lycée.

En l'éteignant, il réalisa qu'Elsie avait dû le régler pour lui. Une autre vague de chaleur le traversa. C'était un tout petit détail... mais c'était une autre façon de prendre soin de lui. Il était neuf heures et elle avait probablement voulu s'assurer qu'il ne rate pas l'ouverture du bar.

Il était trop tôt pour aller travailler, mais il avait besoin de voir Elsie. Il avait appelé Brock en se réveillant et lui et Talon avaient récupéré sa voiture depuis le parking du bar, la ramenant chez lui. Il aurait pu marcher pour se rendre au travail, comme il ne vivait pas loin de la place – rien n'était jamais trop loin du centre-ville en vérité, mais il était soulagé d'avoir un moyen de transport.

Sans même y réfléchir, Zeke se rendit à sa voiture. Il s'arrêta au *Bec Sucré* pour prendre un énorme pain à la cannelle bien collant pour Elsie, car il savait que c'était son péché mignon et s'arrêta même au *Broyeur* pour prendre un macchiato au caramel. Il ne sortait peut-être pas avec elle depuis longtemps, mais il était difficile de ne pas remarquer qu'elle était gourmande.

Il était désormais arrivé au motel *Mangree* et avait hâte de la voir.

Jonglant avec la tasse de café et le sac contenant le petit pain à la cannelle, Zeke toqua à la porte.

— C'est qui ? demanda Elsie depuis l'intérieur.

Zeke sourit. Il n'aimait pas qu'il n'y ait pas de judas à la porte, mais il était heureux de voir qu'elle était prudente. Même si sa question risquait d'alerter toute personne aux intentions malveillantes qu'il y avait une femme à l'intérieur.

— C'est moi, dit-il. Et je crois que le mot de passe est toujours « austère », à moins que tu ne l'aies changé.

Il l'entendit glousser quelques secondes avant qu'elle ne déverrouille la porte.

Puis il se retrouva face à son visage souriant. Et tout à coup, la journée de Zeke passa de bonne à excellente.

— C'est toujours austère. Mais tu as raison, il faut que je le change. Et oui, on utilise aussi le mot de passe quand quelqu'un toque à la porte. Comme Tony est souvent seul ici, je l'ai prévenu maintes et maintes fois de ne jamais ouvrir la porte à quiconque. Même s'ils affirment travailler pour l'hôtel ou être une femme de chambre. Oh mon Dieu, c'est de la cannelle que je sens-là ?

Zeke ne put s'empêcher de sourire.

— Oui. Si tu me laisses entrer, je te donnerai ce petit pain à la cannelle bien collant que j'ai pris sur le chemin. Et peut-être que, si tu es *vraiment* gentille, je te laisserai boire le macchiato au caramel.

— Viens là, dit Elsie en l'attrapant par sa chemise avant de l'attirer dans la chambre.

Elle n'aurait jamais pu le tirer s'il avait refusé de bouger, mais comme il avait envie d'être là où elle était, Zeke entra dans la pièce. Une fois de plus, il réalisa à quel point il détestait qu'Elsie vive ici. Il n'y avait rien de mal avec l'endroit en lui-même. La chambre était propre et bien rangée. C'était sécurisé, autant que cela *pouvait* l'être pour un motel puisque la chambre était à côté de la réception. Mais cela restait un motel avec des portes bon marché et des serrures encore plus bon marché sur les fenêtres. C'était également fade. Ennuyeux. Et son Elsie était tout l'inverse.

— Tu n'étais pas obligé de me prendre tout ça, le gronda-t-elle en attrapant quand même le sac et le gobelet.

— Je sais. Tout comme tu n'étais pas obligée de venir hier pour me nourrir, me mettre au lit et régler mon alarme.

En la voyant légèrement rougir, Zeke eut envie de l'attirer dans ses bras et de ne jamais la laisser partir.

— Tu aurais fait la même chose pour moi, dit-elle en haussant les épaules et en s'affairant sur le petit pain à la cannelle.

Elle posa le sac sur une table ronde après avoir écarté quelques voitures Matchbox, puis récupéra deux assiettes, deux fourchettes et un couteau dans les caisses à lait.

Elle retourna vers la table, sortit la pâtisserie et la coupa en deux en posant un morceau sur chaque assiette. Puis, elle lui sourit et lui fit signe d'en prendre une.

— Tu manges avec moi ? lui demanda-t-elle.

Zeke avait déjà mangé son petit-déjeuner et n'avait pas faim, mais il prit le siège à côté d'elle et la regarda avec les paupières à moitié fermées alors qu'elle engloutissait une bouchée de pain à la cannelle en gémissant.

Son sexe tressauta face au bruit. Il ne put s'empêcher de sourire.

— Quoi ? demanda-t-elle.

— Je ne me moque pas de toi, la rassura-t-il.

Réalisant qu'il devait lui en dire plus avant d'avouer qu'il avait une érection en l'entendant gémir à cause d'une pâtisserie, il lui dit :

— Je ne me souviens pas de la dernière fois où quelqu'un s'est assez soucié de moi pour faire ce que tu as fait hier soir.

Elsie mâcha et avala, prit une gorgée de café, puis lui répondit :

— Je n'ai pas fait grand-chose.

— Else, tu m'as nourri et tu t'es assurée que je me repose. Tu as pris *soin* de moi. Tu as même réglé mon alarme, bon sang. Personne n'a jamais fait ça pour moi auparavant.

Elle croisa son regard.

— Tu étais complètement dans les vapes quand je suis partie hier soir. Je ne savais pas jusqu'à quelle heure tu voulais dormir et j'avais le sentiment que tu détesterais être en retard au travail.

— Tu as raison. Je me suis réveillé complètement reposé vers sept heures. Il m'a fallu quelques secondes pour comprendre ce qu'était ce bruit désagréable qui provenait de ma chambre quand l'alarme s'est déclenchée.

Elsie gloussa.

— Oui, je suis sûre que si tu appelais un musée, ils seraient ravis de t'en débarrasser, parce que c'est une sacrée antiquité. Enfin bref, j'imagine que tu te sers de ton téléphone mais je n'avais pas le mot de passe pour le régler.

— Quatre, six, deux, sept, six, neuf, dit Zeke sans aucune hésitation.

— Quoi ?

— Mon mot de passe. Ce sont les numéros du service de recrutement de l'armée, au cas où tu les oublies.

Elsie le regarda avec incrédulité.

— Tu viens de me donner le mot de passe de ton téléphone là ?

— Oui.

— Pourquoi ?

— Pourquoi pas ?

— Parce que ! C'est privé, Zeke.

— Je n'ai rien à te cacher. Elsie... mon mariage s'est avéré être plein de secrets. J'ai détesté ça. *Vraiment*. Je me suis juré que si je prenais le risque de me lancer dans une autre relation, je ferais tout mon possible pour que celle-ci soit ouverte et honnête. Plus de secrets. Et pour ça, il faut que je sois prêt à te donner mon mot de passe. Si tu veux vérifier mes textos et mes emails, vas-y. Même s'il n'y a pas grand-chose à voir. C'est surtout des discussions entre moi et les gars. Et beaucoup de courriers indésirables dans ma boîte de réception.

Elsie le fixa si longtemps que Zeke finit par s'inquiéter.

— Elsie ? Ça va ?

— C'est juste que... waouh.

Zeke lui prit la main et la plaça contre sa joue.

Il se souvint qu'elle l'avait touché de cette manière-là hier soir et il avait adoré.

— Pas de pression, Else.

— Un, un, un, un, neuf, neuf, lâcha-t-elle.

— Pardon ?

— C'est le mien. Je sais, c'est nul, mais je n'arrive jamais à m'en rappeler. J'aurais dû faire comme toi et penser à un moyen mnémotechnique ou quoi, mais je ne l'ai pas fait. Et mon téléphone est super low cost. C'est un de ces trucs qui se paie à la minute. C'est tout ce que je pouvais me permettre quand je suis arrivée ici. Je n'envoie pas beaucoup de textos, même si maintenant que j'y pense, je devrais *probablement* vérifier mon forfait depuis que j'ai appris à connaître Lilly, et elle envoie tout le temps des textos.

Elle parlait vite, comme si elle était mal à l'aise. Zeke tourna la tête et embrassa sa paume de main, puis baissa sa main et la serra dans la sienne sur la table.

— Je ne t'ai pas dit mon mot de passe pour que tu te sentes obligée de me donner le tien.

— Je sais, dit-elle sans hésiter. Je n'ai rien à cacher non plus.

Zeke apprécia sa réponse. Beaucoup. Son ex avait été très protectrice envers son téléphone et son contenu et s'était emportée contre lui la seule fois où il lui avait demandé qui était la personne qui lui envoyait autant de messages.

— Je suis désolée pour ton mariage, dit-elle comme si elle pouvait lire dans ses pensées.

Zeke haussa les épaules et relâcha sa main pour qu'elle puisse continuer à manger son petit pain à la cannelle.

— Merci. J'ai réalisé, de façon difficile, qu'elle n'était pas faite pour être l'épouse d'un militaire. Quelques années après qu'on se fut mariés, j'ai découvert qu'elle me trompait depuis ma première mission après notre mariage.

— Quelle garce ! s'exclama Elsie.

Même sa remarque fit sourire Zeke.

— Corinne cachait plutôt bien ses liaisons au début. Mais plus le temps passait, plus elle se relâchait à ce sujet... même si je ne l'ai pas remarqué tout de suite. Je pense que vers la fin elle voulait que je le découvre. J'étais encore dans le déni jusqu'à ce que je la surprenne littéralement au lit avec quelqu'un. Elle m'a balancé les noms de tous ses amants au visage quand je l'ai confrontée en disant que c'était de ma faute si elle me trompait. Que si je n'étais pas parti si souvent, que si je lui avais donné toute l'attention dont elle avait besoin, elle serait restée fidèle.

— C'est des conneries, ça ! s'emporta Elsie. Sérieux. Te reprocher de servir ton pays, de mettre ta vie en danger. Qu'est-ce que c'est nul de faire ça !

Étonnamment, sa réaction rassura beaucoup Zeke.

— Et toi alors ? Que s'est-il passé avec ton ex ? Tu as également mentionné qu'il t'avait trompée. C'est pour ça que tu es partie ?

Elsie secoua la tête, prenant une grande inspiration avant d'expirer doucement.

— C'est pour ça que j'aurais *dû* partir. Mais... il était méchant, dit-elle simplement.

Zeke se raidit.

— Il te frappait ?

— Non. Mais chaque journée que nous avons passée en tant que couple marié, il me brisait avec ses mots. Il me donnait l'impression d'être stupide, pas assez bien pour lui, pas assez bien pour tout. J'étais vraiment prête à partir, mais Doug a soudain changé. Il est redevenu l'homme que j'avais connu avant que l'on ne se marie. Je suis tombée enceinte de Tony et j'étais tellement heureuse. Mais tout ça n'était qu'une mascarade. Il m'avait fait de la lèche pour me convaincre d'avoir un enfant. Son patron pensait que ce serait mieux s'il était un père de famille. Une fois que j'ai eu Tony, Doug est redevenu cette personne affreuse qu'il était avant. Il me hurlait à nouveau dessus en me disant à quel point j'étais bête. Je suis restée quelque temps parce que je n'avais littéralement aucun autre endroit où aller et aucun moyen de subvenir à mes besoins... et je savais que si je partais, la vie de Tony serait bien plus compliquée sans l'argent et l'assurance de Doug. Mais il ne supportait *pas* d'avoir un enfant. Les pleurs, les crises, le désordre... rien. Quand il s'en est pris à Tony, j'en ai eu assez. Il a quand même dit à son propre fils qu'il se comportait comme un bébé et que s'il ne faisait pas attention il allait finir par être aussi bête que sa mère. J'ai enfin réalisé que... si je restais, je condamnais Tony à passer sa vie à essayer de satisfaire un homme qui ne pouvait pas l'être. Je n'avais pas envie qu'il prenne les critiques de son père au pied de la lettre. Alors je nous ai tirés de là. Ce n'était pas facile. J'ai accepté tous les boulots que je trouvais et j'ai déménagé de nombreuses fois avant de m'installer à Fallport.

Zeke savait que son histoire ne s'arrêtait pas là, mais elle paraissait si désemparée qu'il n'insista pas.

— Je suis content que tu l'aies fait. Toi et Tony êtes les meilleures choses qui me soient arrivées depuis mon divorce.

Elle lui sourit.

— Merci. Nous aussi on te trouve plutôt génial.

Zeke rit. Puis il plaça un doigt sous son menton et inclina sa tête en se penchant en avant. Il l'embrassa. Longuement et lentement, essayant d'y réunir tout ce qu'il n'arrivait pas encore à lui dire.

Quand il s'écarta, le regard rêveur d'Elsie le poussa presque à l'entraîner vers l'un des lits derrière eux. Mais ce n'était pas ici qu'il avait envie de lui faire l'amour pour la première fois.

Il voulait aussi s'assurer qu'Elsie sache au plus profond d'elle-même qu'il ne la manipulait pas ni n'essayait de profiter d'elle de quelque manière que ce soit. Il ne l'aidait pas et ne passait pas du temps avec elle dans le simple but de coucher avec elle. Il aimait simplement passer du temps avec elle. Et Tony.

Sa détermination fut mise à l'épreuve quand elle se lécha les lèvres.

— Tu as un goût de cannelle, lâcha-t-elle.

Zeke ricana.

— Toi aussi. Avec une pointe de caramel.

Ils se sourirent avant que Zeke ne dise :

— Vas-y, termine tout ça qu'on puisse y aller. Je veux m'assurer que mon bar a survécu sans moi pendant un jour et demi.

Elsie leva les yeux au ciel.

— Comme si on n'était pas capables de garder la tête hors de l'eau pendant encore un moment.

Il adorait sa répartie. Quand elle eut terminé la moitié de son petit pain à la cannelle, elle observa la sienne.

— Tu vas la finir ?

— Non.

— Je peux l'emballer pour Tony ? Il va adorer avoir ça comme goûter après l'école.

À chaque fois qu'elle ouvrait la bouche, Zeke tombait un peu plus amoureux d'elle. Il savait à quel point elle adorait les pâtisseries du *Bec Sucré*. Et il savait aussi qu'elle faisait rarement des folies. Elle aurait facilement pu finir sa moitié et son fils n'en aurait rien su. Mais au lieu de ça, elle pensait déjà au fait qu'il allait adorer avoir un goûter surprise.

Zeke fut alors encore plus déterminé à offrir à Elsie et son fils autant de pâtisseries qu'ils pourraient en engloutir à l'avenir.

— Bien sûr que tu peux, dit-il un peu tardivement.

Elle le gratifia d'un sourire et se leva. Elle apporta une petite barquette en plastique abîmée qu'elle posa sur la table et plaça ce qu'il n'avait pas mangé dedans. Puis, elle jeta le sac, mit les couverts dans l'évier, les nettoya et retourna jusqu'à la table.

— OK, je suis prête.

— Tu penses que Tony aimerait venir camper avec moi ce week-end ? lui demanda Zeke.

Elsie parut prise au dépourvu durant quelques secondes. Puis, elle sourit.

— Je crois que Tony adorerait faire *n'importe quoi* avec toi ce week-end. Mais si tu lui proposes d'aller camper, il sera très excité.

— Je me disais qu'on pourrait commencer doucement. Peut-être, juste planter une tente dans mon jardin. Comme ça, si jamais il a peur ou n'aime pas ça, on pourra rentrer, dit Zeke.

Elsie eut soudain les larmes aux yeux.

— Merci.

— Pour ?

— De penser à ce genre de détail. Je suis assez certaine qu'il va en aimer chaque seconde. Être sale, faire pipi dehors, manger des hot-dogs cuits sur le feu. Mais il n'a jamais campé auparavant. Je ne suis pas du genre à aller dans la nature et faire des activités de plein air. De toute façon, on n'a pas les équipements...

— Tu lui as *tout* donné, Elsie. Ne crois jamais que l'amour que tu lui portes n'est pas assez.

Elle sourit et Zeke ne put y résister. Il se leva et enroula un bras autour de sa taille. Elle le retrouva à mi-chemin quand il baissa la tête.

Il ne sut pas combien de temps il resta là, à l'embrasser, mais il savait que s'il ne s'arrêtait pas, ils seraient en retard.

— Je voudrais que tu restes dormir chez moi pendant qu'on campe. Tu pourras garder un œil sur lui et je crois que, même s'il sera excité de dormir dans une tente dehors, il se sentira mieux si tu es près de lui.

— OK.

Elsie traça un motif sur son torse. Il n'était pas certain qu'elle sache qu'elle était en train de le caresser. Son contact lui donna la chair de poule. Si la caresse de ses doigts était si agréable à travers le tissu, il supposa que ses mains sur sa peau nue le mettraient à genoux.

— Mais, interdis d'interrompre notre moment entre mecs,

dit-il d'un air sévère en gâchant tout quand il ne put retenir son sourire.

Elsie gloussa.

— Je n'y songerais même pas. Je resterai assise à l'intérieur et lirai des romans d'amour en tricotant une écharpe et en mangeant du chocolat. Ça te va ?

— Tu sais tricoter ? demanda-t-il.

— Non. Et je n'ai aucun roman d'amour non plus. Il n'y a pas de place pour ça ici, dit-elle sans la moindre gêne.

— La bibliothèque, dit Zeke.

— Quoi ?

— On ira à la bibliothèque. J'aurais déjà dû y penser. On pourra vous obtenir des cartes de bibliothèques. Raid travaille là-bas et sera ravi de pouvoir vous aider.

— Je n'ai pas d'adresse, dit Elsie qui pour la première fois n'avait pas l'air sûre d'elle.

— Bien sûr que si. Le *Mangree* reçoit bien du courrier, non ?

Elle haussa les épaules et acquiesça.

— J'ai hâte de voir quel genre de roman d'amour tu choisis, lui dit Zeke.

— Ah ouais ? Tu en lis beaucoup ?

— J'en ai lu quelques-uns.

Elsie parut choquée.

— Ah bon ?

— Oui. Je les ai récupérés quand j'étais marié pour essayer de comprendre ma femme. Je pensais pouvoir y trouver quelques conseils concernant ce qu'aimaient les femmes et arranger les choses entre nous.

— Et alors, ça a marché ?

— Est-ce que j'ai trouvé de bons conseils ? Oui. Mais comme Corinne était une garce de premier ordre, ils n'avaient aucun effet sur elle.

Elsie rit à nouveau.

— D'accord.

— Et maintenant il faut *vraiment* qu'on y aille si on veut pouvoir ouvrir le *On the Rocks* à temps.

Il la relâcha pour qu'elle puisse récupérer son sac et s'assurer que la chambre était en ordre. Une fois qu'elle fut prête, Zeke posa la main sur le bas de son dos et la suivit jusqu'à la porte.

Elle la verrouilla fermement derrière elle et dit :

— Je peux conduire.

Zeke secoua la tête avant même qu'elle n'ait fini de parler.

— Non. Je m'en occupe.

— Attends, comment est-ce que tu as fait pour récupérer ton pick-up qui était au bar ?

Il ouvrit la porte côté passager et attendit qu'elle grimpe sur le siège pour lui répondre.

— Les gars s'en sont occupés pour moi.

— Ça doit être agréable, dit-elle doucement.

— *C'est* agréable, dit Zeke, refusant de laisser passer sa remarque. Et mes amis sont *tes* amis, Else. Si tu as besoin de quelque chose, de quoi que ce soit, tu appelles l'un d'entre eux. Je te donnerai tous leurs numéros et tu pourras les enregistrer dans ton téléphone une fois qu'on sera au bar.

Elsie parut incertaine.

Zeke se pencha vers elle et boucla sa ceinture sans s'écarter quand celle-ci s'inséra avec un « clic ».

— Qu'est-ce que tu crois qu'on fait là, Else ?

— Euh..., dit-elle en fronçant les sourcils.

— On sort ensemble. Tu es ma petite copine...

— Ta femme, le corrigea-t-elle immédiatement.

— Oui pardon. Tu es ma femme et je suis ton homme. Ce qui veut dire que tu fais partie de mon cercle proche. Même si tu te casses un ongle, que tu as besoin d'une lime et que je ne suis pas là, tu appelles Ethan, Rocky, Drew, Brock, Talon ou Raiden.

— Je ne suis pas sûre qu'ils soient ravis de faire une course aussi stupide, le taquina-t-elle.

— Tu te trompes. Ils seraient honorés que tu leur aies demandé de l'aide. On est comme ça nous, dit-il. On a vu pas mal d'horreurs dans nos vies et nous savons ce qui est vraiment important. L'amitié. L'amour. La loyauté. Si tu as des questions à ce propos, parles-en à Lilly. Elle t'expliquera.

Sur ce, Zeke embrassa le bout de son nez, recula et ferma la portière.

Il contourna le pick-up jusqu'au siège conducteur.

— Ça va ? demanda-t-il après avoir grimpé derrière le volant.

Il ne pouvait pas vraiment expliquer la façon dont l'équipe était soudée. Ce n'était pas quelque chose dont ils avaient déjà parlé, c'était juste ce qu'ils faisaient et qui ils étaient. Personne n'avait le droit de toucher à l'un des leurs. Et cela impliquait toutes les personnes qui, à l'avenir, sortiraient avec quelqu'un de l'équipe de recherche et de sauvetage d'Eagle Point.

— Ça va, dit doucement Elsie, probablement toujours en train de penser à ce qu'il venait de lui dire.

Une fois que Zeke eut quitté le parking et se fut dirigé vers le centre de Fallport, il fut extrêmement heureux quand Elsie tenta de lui prendre la main. Il l'avait peut-être un peu effrayée, mais pas assez pour qu'elle s'éloigne.

Elsie Ireland était faite pour lui et il était heureux de le lui rappeler autant de fois que nécessaire qu'elle et Tony avaient désormais un protecteur et toute une équipe derrière eux.

CHAPITRE NEUF

Ce week-end-là, Tony fut plus excité que jamais et Elsie ne l'avait jamais vu comme cela. Il était si enthousiaste pour le camping qu'il n'arrivait pas à se contenir.

Elle se tenait à la fenêtre, observant son fils et Zeke installer la tente. Zeke était extrêmement patient, comme toujours, laissant le garçon faire la majeure partie du travail, même si cela prenait deux fois plus de temps.

Elsie but son thé et soupira. C'était exactement ce qu'elle avait toujours voulu pour son fils. Qu'il soit traité avec respect. D'avoir quelqu'un d'honorable à admirer et imiter. Et elle n'aurait pas pu choisir mieux que Zeke.

Mais au fond, il y avait une partie d'elle qui hésitait toujours à aller plus loin dans leur relation. Doug aussi lui avait paru génial durant les six premiers mois avant leur mariage.

Secouant la tête, Elsie sut qu'elle n'était pas juste. Zeke était l'opposé de Doug, dans tous les sens du terme. Elle sourit dans sa tasse. Elle aimait particulièrement à quel point il était tactile. Il n'avait pas menti à ce sujet ; il n'arrivait pas à ne pas la toucher. Il lui touchait le bras quand ils parlaient, repoussait ses cheveux derrière son oreille quand ceux-ci tombaient de sa queue de cheval, quand ils marchaient l'un à côté de l'autre il plaçait sa main dans le bas de son dos... et il l'embrassait constamment. C'était rarement des baisers intenses. Plutôt des bisous légers sur la joue, le front ou les lèvres. Et il lui tenait la main autant qu'il pouvait le faire. Pas souvent au travail, car ils étaient toujours occupés, mais en dehors du bar il la lui prenait chaque fois.

— Bien joué, bonhomme ! dit Zeke en levant la main pour un high-five.

Tony sourit et tapa la main bien plus large de Zeke.

Zeke lui donna deux sacs de couchage et son fils s'engouffra dans la tente pendant que Zeke avançait vers la maison.

Elsie se retourna quand il entra. Il se dirigea droit sur elle. Il lui prit son mug des mains, le posa sur la table, puis enroula un bras autour de sa taille, passant son autre main dans ses cheveux alors qu'il se penchait en avant.

Puis il l'embrassa comme un fou.

Tout ce qu'Elsie put faire, fut de tenir bon alors qu'il lui faisait oublier tout le reste, sauf la sensation de ses lèvres sur les siennes. Adieu les petits bisous auxquels elle pensait tout à l'heure. Il inclina la tête, l'incitant à écarter les lèvres et leurs langues s'entremêlèrent, encore et encore, faisant le vide dans sa tête et la remplissant de désir.

Quand il s'écarta enfin, ils haletaient tous les deux.

— Tu as à nouveau le goût de la cannelle, dit-il avec un sourire sexy.

Il n'avait pas enlevé ses mains et Elsie eut l'impression qu'il l'enveloppait.

— Logique, puisque je viens de boire du thé à la cannelle, dit-elle d'une voix un peu tremblante.

— Même si j'adore enseigner les joies du camping à ton fils, je dois avouer que je préférerais être à l'intérieur pour passer du temps avec toi.

En entendant qu'il aimait sincèrement passer du temps avec son fils, Elsie ne put que l'aimer encore plus. Mais elle ne pouvait pas nier que l'idée d'avoir Zeke rien que pour elle cette nuit était excitante. Cela faisait très longtemps qu'elle n'avait pas passé une soirée sans Tony ou qu'elle en ait eu l'envie.

Elle enroula les doigts autour de la chemise de Zeke en murmurant :

— Moi aussi.

Le sourire qu'il lui adressa valait la peine d'éprouver ce léger sentiment de trahison qu'elle ressentait en regrettant de ne pas être seule avec cet homme.

— Tu penses que Tony va tenir toute la nuit dans la tente ? Ou il va se défiler ?

Elsie sourit.

— Il va probablement te supplier de le laisser dormir dans la tente chaque fois qu'on viendra chez toi après ce soir.

— Alors on va rester dehors toute la nuit, dit Zeke en soupirant. J'espérais qu'il finirait par vouloir rentrer pour qu'on puisse faire des câlins.

Elsie sourit.

— Des câlins ? demanda-t-elle. Je ne suis pas sûre d'avoir un jour rencontré un homme qui emploie ce mot, sans parler de l'envie de le faire.

— Eh bien maintenant, si. J'imagine que je ne devrais pas l'admettre, mais après ces deux nuits où tu étais dans mon lit, j'ai dormi comme un bébé. Mes draps sentaient ton odeur. J'ai hâte d'être demain soir, quand ce sera à nouveau le cas.

— Je comptais dormir sur le canapé, l'informa Elsie.

Son air déçu la fit rire.

— Je plaisante, dit-elle.

— Tu es méchante, dit-il avant de serrer ses cheveux dans sa main.

Puis, il prit un air plus sérieux.

— Tu es rapidement en train de devenir une addiction, Elsie Ireland. Une addiction que je n'ai pas l'intention d'abandonner.

Elle le regarda, puis ouvrit la bouche pour lui répondre,

mais Tony choisit ce moment pour pointer le bout de son nez et dire :

— OK Zeke, j'ai installé les sacs de couchage. C'est quoi la suite ? Le feu de camp ?

Sans la lâcher, Zeke se tourna vers Tony.

— Oui. J'ai ramassé de plus gros morceaux de bois l'autre jour, mais il nous faut du petit bois d'allumage pour le démarrer. Il devrait y avoir pas mal de bâtons dans le jardin. Si tu peux en ramasser quelques-uns, on sera prêts.

— C'est parti ! dit Tony en fermant la porte vitrée et coulissante un peu trop fort dans son excitation, voulant faire ce que Zeke lui demandait.

Elle aurait bien dit à son fils de ne pas fermer la porte aussi violemment, mais c'était trop tard, il était déjà parti.

— Désolée pour ça.

— Pour quoi ? demanda Zeke.

— Qu'il ait claqué la porte. La dernière chose dont tu as besoin, c'est qu'il casse la vitre.

Zeke haussa les épaules.

— Si c'est le cas, je la remplacerai. Ce n'est pas grave.

Puis, après un mot, il ajouta :

— Que me vaut ce regard ?

— Cette baie vitrée doit coûter cher.

— Peut-être. Je n'en sais rien. Mais quand on y pense, une vitre cassée ce n'est pas bien important. Le fait que Tony soit excité de camper et essaie quelque chose de nouveau, ça c'est important.

Une fois de plus, Elsie ne put s'empêcher de s'émerveiller de la réaction de Zeke. Doug avait toujours quelque chose à dire quand plus jeune, Tony cassait quelque chose dans leur maison.

Un souvenir en particulier lui revint à l'esprit quand Tony avait trouvé un marqueur permanent et avait dessiné partout sur l'un des meubles de la cuisine. Elsie avait eu beau frotter de toutes ses forces, elle n'avait pas réussi à enlever les marques.

Quand Doug était rentré à la maison et avait vu les dégâts, il avait piqué une crise. Il avait crié sur Tony, le faisant pleurer, puis s'en était pris à Elsie. Lui disant qu'elle était une mauvaise mère, car elle avait laissé leur fils détruire quelque chose d'aussi cher. Il l'avait réprimandée pendant des mois, lui rappelant sans cesse qu'il avait dû remplacer la porte du meuble.

— Tu es trop beau pour être vrai, dit-elle doucement.

— Non. Je sais juste ce qui est important et quand est-ce que j'ai quelque chose de précieux entre les mains. Toi et ton fils valez bien plus que tous les biens matériels que je possède.

Comme s'il savait qu'elle devenait émotive, Zeke changea subtilement de sujet, laissant à Elsie le temps de se contrôler et de ne pas se mettre à pleurer.

— Tu es sûre que tu n'as pas envie de camper avec nous ? Je peux partager mon sac de couchage, dit-il en ondulant des sourcils d'un air suggestif.

— Je suis une fille d'intérieur, lui rappela-t-elle. Pourquoi tu crois que Tony n'a jamais fait de camping ?

— Très bien, mais l'offre tient toujours. Si tu deviens jalouse parce qu'on s'amuse trop, n'hésite pas à te joindre à nous.

— C'est ça. N'y compte pas trop, Zeke.

Il gloussa.

— Peut-être que c'est *moi* qui aurai peur et aurai besoin de rentrer pour que l'on me réconforte, plaisanta-t-il.

Elsie leva les yeux au ciel.

— N'importe quoi. Mais pour info, si tu as parfois besoin de réconfort, je suis là.

Il redevint sérieux.

— Merci, j'apprécie. J'ai vu et fait des choses assez horribles. Je ne dors pas très bien parfois.

Elsie posa la main sur sa joue. Elle adorait le toucher de cette manière. C'était intime, encore plus quand il inclinait la tête et s'appuyait sur sa main.

— Merci pour ton service, Zeke. Ça semble peut-être banal, mais...

— Venant de toi, ça ne l'est pas, dit-il en l'interrompant avant de soupirer. Je ferais mieux d'y aller pour m'assurer que Tony n'est pas en train d'empiler un tas de branches plus haut que lui.

— Il est un peu enthousiaste, approuva Elsie en s'excusant à moitié.

— Il n'y a rien de mal à ça, la rassura Zeke. Chez moi c'est chez toi, lui dit-il. Sens-toi libre de manger et de boire ce que tu veux. Je vais fermer cette porte derrière moi, j'ai la clé. Je ne m'attends pas à avoir de problèmes, mais il est hors de question que je te laisse rester dans ma maison si la porte n'est pas verrouillée.

— Mais toi et Tony serez dans le jardin. Sans aucune porte entre vous et... ceux qui pourraient entrer.

— Ton fils est en sécurité avec moi, Else, dit Zeke d'un air sérieux.

Elsie avait du mal à suivre son raisonnement. Ça ne posait pas de problème que Tony et lui soient dans le jardin, vulnérables aux yeux de quiconque voudrait s'approcher – surtout qu'il n'avait pas de clôture autour de son jardin – mais elle, en revanche, ne pouvait pas rester chez lui si la porte arrière n'était pas fermée ?

— Je sais, dit-elle quelques secondes plus tard.

— J'ai déjà pris une tonne de snacks et de boissons avec nous dans la glacière, alors on ne devrait pas avoir à entrer pour quelque raison que ce soit, à moins que Tony ne soit pas à l'aise. Si c'est le cas, je m'assurerai de te prévenir que c'est bien nous qui entrons. Détends-toi ce soir, prends un bain, fais ce que tu veux. Profite de ta nuit de repos, chérie.

Puis Zeke l'attira vers lui et l'embrassa à nouveau.

La libido endormie d'Elsie se réveilla en rugissant et quand il mit fin à ce baiser incroyable, elle était plus que prête à le supplier de rester à l'intérieur.

— Merde, murmura-t-il en la relâchant doucement et en reculant. C'est difficile de partir avec toi, lui dit-il.

Elsie jeta un coup d'œil à son entrejambe et sourit.

— Je vois ça.

Zeke éclata de rire et secoua la tête dans sa direction.

— Ça va marcher, dit-il fermement. Toi et moi. On va être bien ensemble.

Elsie ne pouvait qu'être d'accord. Elle hocha simplement la tête.

Son sourire s'agrandit.

— C'est la meilleure soirée du monde, dit-il. J'apprends à connaître Tony, je passe du temps dehors et toi tu dors dans mon lit. La seule chose qui pourrait faire que ce soit encore mieux, ce serait que j'y sois avec toi. Dors bien, chérie.

Des frissons la parcoururent, mais Elsie parvint à dire :

— Toi aussi.

Il sourit et retourna dans le jardin. Comme il l'avait promis, il prit le temps de verrouiller la porte derrière lui, puis se retourna et rejoignit Tony qui avait amassé toute une pile de petit bois en peu de temps.

Plus Elsie passait du temps avec Zeke, plus elle tombait amoureuse. La situation s'améliorait vraiment pour Tony et elle. Pendant longtemps, elle s'était demandé si Fallport serait le bon endroit pour eux ; ce n'était pas comme s'il y avait beaucoup d'opportunités professionnelles pour elle et les petites villes pouvaient parfois être très hostiles envers les nouveaux arrivants. Mais elle avait trouvé bien plus qu'un endroit où s'installer. Elle avait trouvé quelqu'un avec qui elle se voyait passer le restant de ses jours.

Avec un sourire, Elsie prit sa tasse de thé et but une autre gorgée en regardant Zeke qui apprenait minutieusement à son fils comment démarrer un feu.

* * *

Tout chez Zeke l'incitait à retourner à l'intérieur, traîner Elsie jusqu'à sa chambre et lui faire lentement et longuement l'amour toute la nuit. Après Corinne, il n'avait jamais pensé qu'il aurait à nouveau envie de s'impliquer sérieusement avec une femme. Mais il ne pouvait déjà plus s'imaginer sans Elsie. Elle était une lumière vive dans sa vie autrefois terne.

Le fait de passer du temps avec Tony lui rappela également qu'il voulait *vraiment* des enfants. Le fils d'Elsie était curieux, intelligent et stimulant. Il posait une tonne de questions et forçait Zeke à rester sur le qui-vive. Il s'imprégnait également de toutes les informations qu'il entendait.

Tony avait attentivement écouté Zeke quand ce dernier lui avait expliqué comment faire un feu. Il lui avait appris à utiliser une pierre à feu pour démarrer les flammes et même si le garçon avait mis un peu de temps à savoir frapper la pierre, la fierté dans ses yeux quand il avait enfin réussi à allumer le feu avait été extrêmement gratifiante pour Zeke. Il adorait être celui qui enseignait de nouvelles compétences.

Ils firent rôtir des hot-dogs et griller des guimauves sur le feu, observèrent les constellations d'étoiles et s'installèrent finalement dans leur tente pour la nuit. La météo était parfaite pour camper, il ne faisait ni trop froid ni trop chaud. L'homme et le garçon étaient allongés côte à côte et Zeke soupira de satisfaction.

— Zeke ?

— Oui, bonhomme ?

— On est en sécurité ici, hein ?

S'appuyant sur son coude, Zeke pouvait tout juste distinguer le visage de Tony dans l'obscurité de la tente.

— Bien sûr. Pourquoi ? Qu'est-ce qui t'inquiète ?

— C'est idiot, dit Tony.

— Laisse-moi en juger.

Tony soupira.

— C'est juste que... tu sais cette émission qu'ils tournaient il n'y a pas longtemps ? Ils cherchaient Bigfoot. Et s'il était réel et venait ici pour se venger du fait que sa cachette ait été dévoilée au monde entier ?

Zeke se retint de rire. La dernière chose dont Tony avait besoin, c'était de penser qu'on se moquait de lui.

— Tu n'as absolument aucune crainte à avoir, Bigfoot ne viendra pas dans mon jardin, lui dit-il avec honnêteté.

— Comment tu le sais ? Il est peut-être là en ce moment, en train de nous observer. Attendant qu'on s'endorme.

— Je pense que Bigfoot fait tout ce qu'il peut pour rester loin des humains.

— Mais et s'il veut se venger de ces gens qui ont essayé de le trouver ? Et s'il sent l'odeur des hot-dogs qu'on a préparés et qu'il a faim ? Et le feu a peut-être attiré son attention. Il n'y a pas de clôture autour de ton jardin. Et si...

— Doucement, bonhomme. Écoute... as-tu déjà entendu dire que *quelqu'un* dans le coin a déjà vu Bigfoot ?

Tony réfléchit à sa remarque durant un moment avant de dire :

— Non.

— Voilà. Si Bigfoot existe vraiment, je suis certain qu'il est assez malin pour rester bien loin de nous, les humains. Il a peut-être une famille à protéger et la dernière chose qu'il a envie de faire, c'est de venir dans notre jardin pour nous causer des problèmes. Car ça attirerait beaucoup d'ennuis à *sa* famille et lui. La forêt a été une super cachette pour lui pendant des années et des années. Ce n'est pas parce que l'équipe de l'émission est venue ici pour tourner que Bigfoot va soudainement venir se promener sur la place du centre-ville. Tu imagines ce qu'Otto, Art et Silas feraient si ça arrivait ?

Tony gloussa et Zeke se détendit. Il n'était pas certain d'employer les bons mots pour assurer au garçon qu'ils étaient en sécurité.

— J'ai une autre question, dit Tony.

— Vas-y.

— C'est quoi le pluriel de Bigfoot ? Bigfeet ? Bigfoots ?

Zeke éclata de rire.

— Je n'en ai aucune idée.

— Je demanderai à maman demain. Elle saura. Elle sait toujours tout.

— Tony ?

— Oui ?

— Ta mère et toi serez toujours en sécurité avec moi. Si tu as peur, tu viens me voir. Je ferai tout mon possible pour te protéger. D'accord ?

Tony resta silencieux un moment. Puis dit :

— OK.

— OK, acquiesça Zeke. Tu penses pouvoir dormir maintenant ?

— Oui, oui.

— Bien. Si tu as besoin de quoi que ce soit au milieu de la nuit, fais-moi signe. J'ai enfermé ta mère dans la maison, juste pour être sûr. Même si je ne pense pas qu'il puisse se passer quoi que ce soit, mais ce n'est jamais prudent de dormir avec la porte ouverte.

— Tu as verrouillé la tente ? demanda Tony.

Zeke grimaça. Il ne l'avait pas vu venir celle-là.

— On a tout bien zippé oui, dit-il.

— OK. C'était une super soirée. J'ai trop hâte de retourner à l'école pour le raconter à Bridger.

— Bridger ? Il y a vraiment quelqu'un qui s'appelle comme ça ? demanda Zeke en se retenant de rire.

— Oui, oui. Il a un quad et se vante toujours de pouvoir le conduire partout. Il fait le beau parce qu'il sait conduire.

Un sourire étira les lèvres de Zeke.

— Je n'ai pas de quad, mais je pense que tu es assez grand pour apprendre à conduire, dit-il impulsivement.

Le sac de couchage à côté de lui bruissa alors que Tony se redressait précipitamment.

— *Sérieux ?*

— Oui. Peut-être pas sur les routes. J'imagine que Simon, le chef de la police, n'apprécierait pas beaucoup. Mais je pense que tu es assez grand pour atteindre les pédales de la voiture de ta mère. On pourra aller sur le parking de l'école un week-end et on verra comment tu te débrouilles.

— Cool, souffla Tony en s'allongeant à nouveau.

— Zeke ?

— Je suis là, bonhomme.

— Je suis content qu'on soit amis.

Zeke n'avait jamais été autant frappé par six mots simples.

— Moi aussi, répondit-il.

— Bonne nuit, dit Tony.

— Bonne nuit, bonhomme.

Zeke fixa le sommet de la tente et écouta la respiration de Tony. Au lieu d'être assailli par les terribles souvenirs qui lui traversaient l'esprit le soir, Zeke resta éveillé en réalisant la chance qu'il avait. Il avait vécu des choses vraiment horribles, mais il avait l'impression d'être enfin récompensé.

Il était amusant et agréable de passer du temps avec Tony et ce dernier remplissait quelque chose en Zeke, quelque chose qui avait été vidé sans que Zeke ne s'en rende compte. Mais il n'était pas idiot ; il savait qu'en grandissant, le garçon allait tester ses limites et serait parfois un emmerdeur. Même s'il avait aussi le sentiment que les bons moments prendraient plus de place que les mauvais.

Puis, il y avait Elsie. Il pouvait l'imaginer allongée dans son lit, serrant un oreiller contre sa poitrine alors qu'elle se mettait sur le côté et s'endormait...

Il avait envie que tout ça soit son avenir. Passer du temps avec Tony, rentrer chez lui en retrouvant Elsie dans son lit. Ils avaient tous les deux vécu de mauvais mariages, et il était persuadé que cela leur servirait beaucoup pour leur relation naissante.

Ses pensées se tournèrent vers une idée qu'il avait eu l'autre jour quand il avait apporté le petit-déjeuner à Elsie au motel. Il en avait déjà parlé à Ethan et son ami l'avait soutenu à cent pour cent. Il était peut-être temps de passer à l'action.

Edna du *Mangree* avait été géniale avec Elsie et Tony. Mais ils avaient besoin d'une vraie maison. Zeke espérait qu'un jour ils emménageraient chez *lui*, mais en attendant, il allait aider la femme dont il tombait amoureux et son fils à trouver leur propre maison.

CHAPITRE DIX

Les jours suivants se déroulèrent comme la semaine précédente. Elsie passa ses journées à travailler avec Zeke, puis lui passait son temps libre après le travail avec elle et Tony. La plupart du temps, ils se rendaient chez lui pour dîner et passer de bons moments ensemble. Après des années d'incertitude, Elsie était de plus en plus heureuse.

Et chaque fois qu'elle voyait Zeke se pencher par-dessus les devoirs de Tony quand ils étaient assis à table, elle avait les larmes aux yeux. Zeke avait passé plus de moments qualitatifs avec son fils que son propre père ne l'avait fait en quatre ans. Le lien qui les unissait était évident et Elsie ne pouvait pas être plus ravie.

Elle était actuellement au *On the Rocks* et sa journée de travail s'était déroulée de façon normale. Le rythme avait été régulier mais pas éreintant.

— Elsie ? Prend ton sac, on va sortir un peu. Lance, ça te va de tenir le fort jusqu'à notre retour ?

Fronçant les sourcils, Elsie regarda Zeke et lui dit :

— Où est-ce qu'on va ? On ne peut pas partir comme ça.

— Bien sûr que si. Il n'y a pas beaucoup de monde. Reina et

Valérie gèrent. Viens, il faut qu'on soit à l'heure quand le bus de Tony le déposera.

— Il y a un problème ? demanda Elsie alors que Zeke plaçait sa main sur son dos et la guidait jusqu'aux bureaux du fond pour qu'elle puisse récupérer ses affaires.

— Non, dit Zeke d'un ton léger.

— Je n'aime pas les surprises, grommela-t-elle en enlevant son tablier.

— Mais si, rétorqua Zeke. Tu as bien aimé le week-end dernier quand Tony et moi sommes allés te chercher un café et des donuts pour le petit-déjeuner après avoir campé. Tu as aimé quand j'ai appris à Tony à laver ta voiture et que tu voyais ton reflet sur la carrosserie une fois qu'on avait terminé. Tu as aimé quand...

— OK, OK, très bien, l'interrompit Elsie en riant. *D'habitude* je n'aime pas les surprises, mais tu es doucement en train de me faire changer d'avis.

— Tant mieux. Viens, ça va être sympa.

Secouant la tête face à l'enthousiasme de Zeke, Elsie eut envie de protester. Normalement, ses « surprises » impliquaient qu'il fasse quelque chose pour Tony et elle. Il ne faisait jamais d'excès ; il n'avait pas fait des folies en leur achetant une nouvelle voiture par exemple, mais c'était toujours bizarre que quelqu'un se plie si souvent en quatre pour la rendre heureuse.

Quand ils se dirigèrent vers le trottoir, longeant la place, Zeke leva la main et salua Silas, Otto et Art qui étaient à leur place habituelle en face de la poste. Ils observaient toujours ce qui se passait et Zeke les saluait toujours quand il quittait le bar.

Il la conduisit jusqu'au parking et quand ils furent installés dans sa voiture, il prit la direction du motel *Mangree*.

— Tu vas me dire ce qui se passe oui ? demanda-t-elle.

— Non. Pas encore, dit Zeke avec un petit sourire.

Elsie ne savait même pas pourquoi elle lui avait posé la question. Elle avait rapidement appris que Zeke était très doué pour garder ses surprises secrètes. Il ne crachait jamais le morceau tant qu'il n'était pas prêt.

Ils se garèrent sur le parking en même temps que le bus de Tony arrivait.

Quand le garçon vit le pick-up de Zeke, il eut un énorme sourire et courut vers eux.

— Salut ! Qu'est-ce que vous faites là ? demanda-t-il.

— Le mot de passe ? lui demanda Zeke en lui rendant son sourire.

— Énumérer, récita consciencieusement Tony. Mais comme maman est là, techniquement je n'en ai pas besoin.

— Qu'est-ce que ça veut dire ? demanda Zeke en ignorant la remarque juste de Tony.

Elsie leur sourit simplement à tous les deux.

Tony leva les yeux au ciel.

— Spécifier ou compter. Et pour l'utiliser dans une phrase, je ne peux même pas énumérer le nombre de fois où je t'ai dit que je n'avais pas besoin du mot de passe quand ma maman était là.

Zeke ricana.

— Bien joué, bonhomme, dit-il en lui ébouriffant les cheveux. Je pensais vous emmener dans un endroit spécial aujourd'hui. Ta mère et moi allons devoir bientôt retourner au travail, mais je pense que vous allez aimer ce que j'ai prévu.

— Allons-y ! dit Tony d'un air enthousiaste en attrapant la poignée de la portière arrière.

Rapidement, ils furent tous les trois en route. Tony n'arrêta pas de parler de l'école et Zeke l'encourageait en lui posant des questions pertinentes. Elsie se détendit dans son siège, heureuse de simplement les écouter. Elle n'arrivait pas à croire qu'elle ait pu se méfier de sa relation avec Zeke. Elle n'aurait pas dû. Il était incroyable et ne donnait jamais l'impression à Tony de tenir la chandelle et il ne l'avait pas poussée à aller plus vite qu'elle ne le souhaitait.

En vérité, Elsie aurait presque aimé qu'il insiste plus.

Elle voulait Zeke. Elle le voulait tellement. Elle avait envie de plus que des baisers volés quand ils le pouvaient.

Pendant que Zeke campait avec son fils, Elsie avait passé la nuit dans son lit. Entourée de son parfum enivrant, elle en avait profité pour se donner du plaisir, respirant son odeur et imaginant que *Zeke* la touchait en même temps.

— Voilà, nous y sommes, annonça Zeke en ramenant Elsie à la réalité.

Elle regarda par le pare-brise et vit qu'ils étaient à la bibliothèque publique de Fallport.

— La bibliothèque ? s'étonna-t-elle.

— Oui. Venez. Raid travaille là-bas, il nous attend.

Tony sortit par l'arrière pendant que Zeke contournait la voiture pour la rejoindre. Il lui prit la main et se pencha pour coller ses lèvres contre son oreille.

— Fais-moi confiance, murmura-t-il.

L'autre soir, ils avaient parlé de l'amour de Tony pour la lecture. Il n'était pas intéressé par la télévision ou les jeux vidéo contrairement aux garçons de son âge, mais il pouvait se perdre dans un livre pendant des heures. Il avait parcouru la sélection de livres adaptés à son âge que Zeke avait chez lui à une vitesse impressionnante.

Elsie avait fait de son mieux pour fournir suffisamment de livres à son fils pour l'occuper, mais ils n'avaient pas beaucoup d'espace au motel. Elle n'avait également pas eu le temps de se rendre à la bibliothèque.

Tony bondit presque jusqu'à la porte avant de la maintenir ouverte pour elle et Zeke.

— N'oublie pas de baisser la voix à l'intérieur, l'avertit Elsie tout en sachant que son fils avait tendance à être bruyant quand il était excité.

— D'accord, dit-il.

Quand ils entrèrent, Zeke dit :

— Donne-nous une seconde à ta mère et moi, bonhomme. Les nouveautés pour les livres de ton âge sont là-bas, expliqua-t-il en désignant une section non loin. Va voir s'il y a quelque chose qui t'intéresse.

— OK ! dit Tony avec excitation en partant d'un pas rapide.

Zeke se tourna vers elle et lui dit :

— Avant que tu ne t'énerves, laisse-moi t'expliquer.

— Je ne suis pas énervée, rétorqua Elsie. J'aurais dû l'amener ici depuis longtemps ou au moins venir le matin avant le travail puisque je ne bosse plus pour Edna. On a même évoqué le fait de lui obtenir une carte de bibliothèque et pour moi aussi. C'est juste que je n'y ai pas pensé depuis.

Zeke hocha la tête.

— C'est bon à savoir. Mais il y a encore autre chose.

Face à son air interrogateur, il continua :

— Toi et moi on a déjà parlé du fait que tu n'aimes pas que Tony soit seul entre le moment où il descend du bus jusqu'au moment où tu rentres à la maison. Honnêtement, ça ne me plaît pas non plus. Du coup, j'ai appelé la vie scolaire et j'ai appris que le bus déposait des enfants à deux pâtés de maisons de la bibliothèque. Et tu sais que Raiden travaille ici. Je lui ai également parlé... et il est plus qu'OK pour que Tony vienne ici après l'école au lieu de rentrer chez lui. Raid est obligé d'être là puisque c'est son travail et tout, et il m'a dit qu'il le surveillerait jusqu'à ce que tu viennes le chercher.

Elsie ne put que regarder Zeke avec incrédulité.

— Tu es en colère ?

Elsie ferma les yeux et fit de son mieux pour ne pas pleurer.

— Else ? Parle-moi.

Elle ouvrit les yeux et lâcha :

— J'ai envie de t'embrasser, là tout de suite.

Il sourit.

— Mais je vais m'abstenir parce que le genre de baiser que je veux te donner serait très inapproprié au milieu de cette bibliothèque. Et parce que mon fils trouverait probablement cela très dégoûtant. Tu es *sûr* que ça ne dérangera pas Raid ? Je ne pense pas que Tony sera problématique, mais au bout d'un moment, le côté nouveau en arrivant ici risque de s'estomper et il pourrait s'ennuyer.

— On s'en occupera si jamais c'est le cas. Ne nous faisons pas de souci pour rien. Et puis, je crois qu'il y a largement assez de bons livres pour le garder occupé un bon moment et si jamais il s'ennuie, je suis sûr que Raid trouvera quelque chose à lui faire faire. Allez, allons lui dire bonjour, ensuite on ira voir si l'on ne peut pas trouver quelques livres que Tony pourra prendre avec lui... et lui annoncer qu'il passera plus de temps ici.

Zeke se dirigea vers l'accueil, mais Elsie posa la main sur son bras, l'arrêtant.

— Sérieux... chaque fois que je pense que tu ne peux pas faire mieux, tu me prouves le contraire, dit-elle doucement.

Zeke se rapprocha et fit cette chose qu'elle adorait : il enroula la main autour de sa nuque.

— Je pourrais déplacer des montagnes pour voir ce doux regard dans tes yeux, Else. Crois-moi, ce n'était pas difficile.

— Je n'ai pas besoin que tu déplaces des montagnes, Zeke. J'ai juste besoin de *toi*.

— Mais tu m'as.

Ils se regardèrent tous les deux pendant un moment avant que Zeke ne prenne une grande inspiration.

— Même si j'ai très envie de rester là avec toi, il faut qu'on aille parler à Raiden, installer Tony et qu'on retourne travailler.

— Je sais, murmura-t-elle.

Zeke sourit.

— Tu ne bouges pas, pourtant.

— Toi non plus, rétorqua-t-elle.

— Qu'est-ce que Tony pense des soirées pyjama ? demanda Zeke.

Elsie fronça les sourcils d'un air confus.

— Les soirées pyjama ?

— Oui, chez un ami ? À moins qu'il n'ait envie de faire une

virée de nuit avec Talon et Rocky ? Je suis certain qu'ils seraient ravis de l'emmener faire une petite randonnée avec sac à dos.

— Il adorerait, dit Elsie. Pourquoi ?

Zeke se pencha en avant et lui murmura à l'oreille :

— Parce que j'ai envie de toi. *Très envie* de toi. Sans aucune distraction et sans que tu ne t'inquiètes de savoir si ton fils va nous entendre. J'ai envie de dormir dans mon lit *avec* toi. De te montrer à quel point tu comptes pour moi. Me réveiller en te serrant dans mes bras. J'ai envie de partager un petit-déjeuner au lit avec toi avant de faire à nouveau l'amour.

Le cœur d'Elsie battait la chamade le temps que Zeke termine de parler.

— Moi aussi j'en ai envie, souffla-t-elle.

— Oh bordel, Dieu merci, soupira-t-il.

Elsie secoua la tête.

— Tu croyais vraiment que j'allais dire non ?

Zeke haussa les épaules.

— La première fois que l'on fera l'amour, je n'ai pas envie que ce soit précipité. J'aimerais pouvoir prendre mon temps. J'ai envie que tu puisses faire autant de bruit que tu le souhaites. Mais je n'étais pas sûr que tu sois à l'aise avec le fait que Tony ne soit pas là une nuit. Vous avez été comme les deux doigts de la main pendant si longtemps.

Et voilà qu'il recommençait, il était encore si attentif à ce qu'elle pouvait ressentir.

— Je ne serais pas à l'aise si je laissais Tony partir avec n'importe qui. Mais avec tes amis ? Non, ça ne me pose aucun problème. Ce sont des hommes bien, comme toi. Et si tu leur fais confiance, je sais que je peux faire de même. Même avec la personne qui compte le plus dans ma vie. Quand est-ce que ce serait possible ?

Il sourit face à son enthousiasme.

— Je leur parlerai ce soir et je verrai quand on pourra faire ça.

Elsie acquiesça. L'excitation et l'anticipation bouillonnèrent dans son sang.

Elle ne savait pas vraiment à quel moment elle était devenue si attachée à Zeke. Mais elle savait comment. Et ce n'était pas seulement parce que c'était un bel homme. Certes, il l'était. Il n'y avait aucun doute. Mais la personne qu'il était à *l'intérieur* avait ébranlé les boucliers qu'elle avait érigés. Il avait été tout aussi blessé qu'elle par quelqu'un mais ça ne l'avait pas endurci au point de ne pas pouvoir prendre le risque de se lancer dans une autre relation. Dieu merci.

— Je n'ai jamais autant désiré une femme comme je te désire, Else, dit-il.

— Pareil, lui répondit-elle.

Zeke acquiesça.

— Bon. Ça va être nul de devoir attendre. Mais tu en vaux la peine. J'attendrais aussi longtemps qu'il le faudra pour être en toi. Pour que tu me regardes avec ces magnifiques yeux bruns, en te donnant à moi.

Elsie déglutit avec difficulté.

— Tu ne me facilites pas la tâche.

Il souffla.

— Oui. Pardon. Je vais essayer d'être sage. Peut-être.

Elsie ne put s'empêcher de secouer la tête.

— J'ai l'impression d'être à nouveau une adolescente qui essaie d'embrasser son petit ami chez elle sans que ses parents ne l'entendent.

Zeke ricana.

— Allez, viens. On va aller voir Raid.

Il entrelaça leurs doigts et porta leurs mains jointes à sa bouche, embrassant ses phalanges avant de l'attirer jusqu'à l'accueil.

Il le contourna et s'avança vers un bureau au fond.

— Salut, Raid, dit Zeke en entrant dans le bureau sans frapper.

Raid les avait manifestement déjà repérés, car il ne fut pas surpris par leur venue. Duke, son grand limier noir et marron leva la tête quand Zeke parla, puis, en voyant de qui il s'agissait, il la reposa avec un long soupir.

— Je vois que Duke est toujours aussi excité de me voir, plaisanta Zeke.

— J'ai aidé à ranger des livres aujourd'hui et il est fatigué de m'avoir suivi partout, dit Raiden en haussant les épaules. Tu interromps sa sieste.

— Pardon, Duke, dit Zeke en s'adressant au chien.

Mais le limier ne leva même pas la tête en entendant son prénom.

— Tu es sûr que Tony peut rester tout seul ici après l'école ? demanda Elsie.

— Je n'aurais pas accepté si ce n'était pas le cas, dit Raid.

De tous les amis de Zeke, Raid était le plus... distant. Elsie n'était pas certaine que c'était ce mot-là qui convenait, mais ça ferait l'affaire. En parlant avec Zeke, elle avait appris que Raiden avait été garde-côtes maître-chien sur des bateaux qui étaient interceptés dans les eaux de Floride. Apparemment, il s'était passé quelque chose – Zeke ne lui avait pas dit de quoi il s'agissait – et il avait démissionné avant de trouver le chemin de Fallport en tant que membre de l'équipe de sauvetage et de recherche d'Eagle Point.

La petite ville avait de la chance de l'avoir, et quel que soit ce qui l'avait amené jusqu'ici, Elsie était reconnaissante.

Elle était certaine que les filles célibataires en ville devaient être tout aussi reconnaissantes. Raid n'était vraiment pas désagréable à regarder. Il avait les cheveux roux et une barbe plus fournie que les autres. Ses oreilles étaient un peu pointues et il avait un nez long et fin. Il n'avait pas une beauté classique, mais tous les traits de son visage allaient très bien ensemble.

Il portait actuellement une chemise à carreaux rouges et bleus et un jean. Il ressemblait à un homme des montagnes, l'un des héros des romans d'amour qu'elle avait lus. Elle se demanda s'il avait une hache chez lui et s'il coupait du bois pendant son temps libre.

Elle eut instantanément envie de lever les yeux au ciel contre elle-même pour avoir caricaturé cet homme.

— Raid, je...

Tout le monde dans la pièce se tourna vers la voix. Une femme se tenait dans l'embrasure de la porte. Elle était mince, mais avec des courbes et mesurait environ un mètre soixante-cinq. Ses cheveux châtain clair étaient relevés par une jolie queue de cheval. Ses yeux noisette avaient été focalisés sur Raid quand elle était entrée dans la pièce, mais dès qu'elle avait vu qu'il n'était pas seul, elle s'était figée.

Duke, qui ronflait presque assez fort pour qu'on l'entende à l'autre bout de la bibliothèque, se leva et se dirigea droit vers elle. Sa queue bougeait dans tous les sens, comme s'il retrouvait actuellement la personne qu'il aimait le plus au monde.

— Il ne m'a jamais accueilli de cette manière, *moi*, remarqua Zeke alors que Duke se frottait contre les mains de la fille pour qu'elle le caresse.

— Pardon, je ne savais pas que tu avais des visiteurs, dit la fille en rougissant légèrement alors qu'elle caressait Duke.

Puis elle s'apprêta à partir.

— Khloé, je te présente Elsie Ireland et mon ami Zeke Calhoun. On travaille ensemble pour l'équipe de sauvetage.

— Salut, dit Elsie avec un sourire.

— Enchanté, ajouta Zeke.

Khloé leur fit un petit sourire.

— On se parle plus tard, dit-elle à Raid en caressant Duke une dernière fois avant de les laisser.

En la regardant partir, Elsie remarqua qu'elle boitait de manière prononcée. Elle ne put s'empêcher de froncer les sourcils d'un air inquiet.

— Elle a l'air sympa, dit Zeke en jetant un regard appuyé à Raid sans chercher à cacher sa curiosité.

— Elle va bien ? demanda Elsie en même temps.

— Ça va, elle est cool, dit Raiden d'un ton bourru alors que Duke se réinstallait dans son panier. Elle a été embauchée l'autre jour. Duke l'aime déjà, ce que je ne comprends pas puisqu'il n'aime pas la plupart des gens.

— Huuum, dit Zeke.

— Bref. S'il trouve qu'elle est bien, c'est qu'elle est bien, dit sèchement Raiden. Et pour répondre à ta question Elsie, oui, elle va bien. Elle a dit qu'elle avait une vieille blessure qui n'avait jamais guéri correctement.

Il se leva et Elsie fut impressionnée par sa taille. Il semblait dépasser Zeke qui n'était pas vraiment petit du haut de son mètre quatre-vingt-dix. Raiden devait presque faire deux mètres. Elsie se sentit toute petite à côté d'eux.

— Tu as déjà expliqué à Tony ce qui allait se passer ? demanda Raid.

— Je n'en ai pas encore eu l'occasion. Il a eu des étoiles dans les yeux à la seconde où nous sommes entrés, il doit probablement être happé par un livre à l'heure qu'il est, dit Zeke.

— Alors, allons le trouver pour lui dire qu'il n'est pas obligé de lire tous les livres tout de suite. Il aura toutes les après-midis de libres pour lire, dit Raiden. Duke, reste là, dit-il à son chien en se dirigeant vers la porte.

Elsie resta en retrait pendant que Zeke annonçait à Tony qu'il allait passer toutes les après-midis de la semaine ici, à la bibliothèque au lieu de la chambre de motel. La joie dans son regard donna envie à Elsie de pleurer et de se jeter dans les bras de Zeke en même temps. Elle s'inquiétait pour Tony toutes les après-midis, ne supportant pas qu'il soit livré à lui-même et encore moins dans un motel public. Le soulagement qu'elle éprouva en réalisant que non seulement il allait faire quelque chose qu'il adorait après l'école – c'est-à-dire, se perdre dans une histoire – mais qu'en plus il serait surveillé et en sécurité était presque bouleversant.

— Ta mère et moi on va retourner travailler maintenant, bonhomme. Ça ira ? demanda Zeke.

En réponse à sa question, Tony s'avança et serra Zeke dans ses bras.

— Merci, dit-il avec ferveur.

— Ne me remercie pas moi, dit Zeke en lui rendant son étreinte. Remercie ta mère. C'est elle qui a dit oui.

Tony relâcha Zeke et enroula les bras autour d'Elsie.

— Merci, maman.

Elsie ferma les yeux et apprécia le moment.

— De rien. Mais il faut que tu sois sage, l'avertit-elle. Si Raiden ou Khloé, ou n'importe qui qui travaille ici m'apprend que tu t'es mal comporté, ce privilège te sera enlevé. C'est compris ?

Tony acquiesça. Il leva les yeux vers sa mère.

— Combien de livres est-ce que je peux emprunter en même temps ?

Elsie ne put s'empêcher de sourire. Elle repoussa une mèche de ses cheveux trop longs de devant ses yeux.

— On va rester raisonnable, d'accord ? On n'a toujours pas énormément de place à la maison. Commence peut-être par trois ?

Tony se décomposa, mais acquiesça.

— OK.

— Je pense que ce sera largement suffisant, surtout que tu seras ici tous les jours, lui dit Elsie. Tu peux lire pendant que tu es ici, mais je veux que tu fasses tes devoirs après le dîner avant de te remettre à lire, l'avertit-elle.

— OK, dit Tony.

Elsie eut le sentiment qu'ils risquaient de bientôt se disputer concernant cette histoire de devoirs avant la lecture, mais pour le moment, son approbation lui convenait.

— Je t'aime, Tony.

— Moi aussi je t'aime, maman.

Elle regarda sa montre.

— Je reviens te chercher dans environ une heure et demie.

Lorsque Tony acquiesça et recula, Zeke se rapprocha d'Elsie et enroula un bras autour de sa taille.

— Et ne parle pas aux inconnus, bonhomme. Si jamais quelqu'un te met mal à l'aise, tu t'en vas et tu vas directement voir Raiden. Ce n'est pas impoli de le faire si quelqu'un te met mal à l'aise, d'accord ?

— Oui, monsieur.

— Et tu n'as pas le droit de sortir pour quelque raison que ce soit sans en parler à Raid avant.

— OK.

— Tu peux mettre ton cartable dans son bureau quand tu arrives.

Tony acquiesça.

— Et la règle la plus importante…, dit Zeke, faisant exprès de ne pas terminer sa phrase.

— Oui ? demanda Tony.

— Si tu lis quelque chose de bien, écris le titre et le nom de l'auteur pour que je puisse le lire à mon tour.

Tony sourit.

— Ça marche.

— Génial. Allez, sois sage.

Tony hocha la tête puis tourna les talons et se dirigea vers la section des livres de science-fiction pour enfants. Elsie aperçut la femme qui était entrée dans le bureau de Raiden saisir un livre sur l'étagère et le tendre à son fils en lui souriant avant de papoter avec lui. Elle devait probablement lui décrire le livre.

Elle avait peut-être été un peu abrupte lors de leur rencontre, mais il semblait qu'elle n'ait aucun problème à interagir avec quelqu'un de l'âge de Tony.

— Merci encore, dit Zeke à Raiden.

— De rien. Je vais parler aux autres bibliothécaires et leur expliquer la situation, au cas où je ne sois pas là un jour. Comme ça ils garderont tous un œil sur lui, dit Raid, plus à Elsie qu'à Zeke.

— Merci. C'est gentil.

— Pas de problème.

— À plus, dit Zeke en levant le menton en direction de son ami.

Raiden répondit par le même mouvement de menton et retourna dans son bureau.

Zeke lui ouvrit la portière du pick-up et dès l'instant où il grimpa derrière le volant, Elsie se pencha vers lui. Elle posa la main sur sa cuisse et déposa un baiser sur sa joue.

Zeke se tourna vers elle et évidemment elle fonça. Pressant ses lèvres contre les siennes, elle fit de son mieux pour lui montrer à quel point elle était reconnaissante avec ce baiser. Ses tétons se durcirent sous son tee-shirt et elle se tortilla sur son siège.

Elle n'arrivait pas oublier ce que Zeke lui avait dit un peu plus tôt.

Elle voulait tout ce qu'il avait mentionné. Elle le voulait beaucoup. Elle avait passé ces neuf dernières années à faire passer Tony en premier. Elle n'en regrettait pas un seul jour… mais le fait d'avoir Zeke pour elle seule une nuit était actuellement ce qu'elle souhaitait le plus.

— Putain, ma belle, dit Zeke quand elle s'écarta enfin.

Il bougea sur son propre siège, ajustant son sexe dans son pantalon.

Souriant, Elsie se rassit dans son siège.

— C'est quand que tu comptes parler à tes amis déjà ?

— Pas assez tôt, marmonna-t-il avant de lui sourire. J'aime te voir comme ça.

— Comment ça ? Frustrée et excitée ?

Son sourire s'élargit.

— Heureuse. Insouciante. Moins stressée.

Il n'avait pas tort. Elsie se sentait moins stressée, là, actuellement, qu'elle ne l'avait été depuis bien longtemps. Elle avait encore beaucoup de raisons de s'inquiéter. Mais c'était comme si désormais, elle avait un partenaire. Quelqu'un sur qui elle pouvait s'appuyer si besoin. C'était agréable. Très agréable.

— C'est grâce à toi, lui dit-elle.

Zeke secoua immédiatement la tête.

— Non. C'est grâce à toi. Allez, retournons au *On the Rocks* avant qu'Otto et les autres ne répandent la rumeur que nous avons été kidnappés par Bigfoot.

Elsie gloussa.

— On ne va jamais pouvoir oublier cette émission n'est-ce pas ?

— Probablement pas. Une fois qu'elle sera diffusée, Harry, au magasin d'alimentation générale, compte sur un afflux de touristes à la recherche de Bigfoot qui voudront désespérément acheter les tee-shirts, les mugs et toutes les autres conneries qu'il fabrique.

— J'imagine que le fait que plus de gens arrivent en ville est aussi synonyme d'argent. Mais ça accentue également le risque qu'il y ait plus de gens qui se perdent et se blessent, non ? demanda Elsie.

Zeke hocha la tête en démarrant le pick-up.

— Oui. J'imagine qu'il y aura tout un tas de personnes qui vont se promener dans les montagnes pendant un moment, mais je pense que les choses se calmeront quand personne ne trouvera la trace d'une créature légendaire.

— Tu ne crois pas à l'existence de Bigfoot alors ? demanda Elsie.

— Toi oui ? rétorqua-t-il.

— Non. Mais s'il y a un pour cent de chance qu'il soit réel... moi je dis qu'il faut mieux le laisser vivre en paix. Le monde est dur. Surtout pour Bigfoot. Le gouvernement voudra probablement l'étudier. Puis le disséquer ou quoi. J'espère qu'il restera caché.

— Moi aussi, approuva Zeke.

Il ne leur fallut pas longtemps pour rejoindre le parking

derrière la place. Comme il le faisait souvent, Zeke lui prit la main alors qu'ils marchaient vers la façade du *On the Rocks*.

— Merci, Zeke, dit doucement Elsie alors qu'ils s'approchaient. Personne n'a été aussi gentil avec Tony et moi que tu ne l'as été.

— Ce n'est pas difficile de vous rendre heureux, rétorqua Zeke.

Il s'arrêta devant la porte, déposa un baiser sur le haut de sa tête et salua les trois hommes plus âgés qui les observaient attentivement avant de la suivre à l'intérieur.

CHAPITRE ONZE

Il était difficile de faire les choses pour Elsie. Zeke le savait, mais cela n'atténuait pas sa détermination. Elle était très mal à l'aise qu'on l'aide, sauf si c'était dans l'intérêt de son fils. Zeke avait rapidement appris que c'était sa meilleure chance de lui faire accepter qu'il fasse certaines choses qu'il avait envie de faire pour elle.

Mais il espérait sérieusement qu'il n'avait pas dépassé les limites pour ce qu'il comptait faire ensuite. Ce n'était pas comme s'il lui donnait lui-même quelque chose... il avait simplement parlé à certaines personnes et s'était arrangé pour organiser quelque chose qu'il espérait qu'elle accepte.

Ce soir, ils avaient un double rendez-vous avec Lilly et Ethan. Tony passait la soirée chez Whitney Crawford. Elle possédait la chambre d'hôte où Lilly était restée quand elle était venue en ville pour travailler et Whitney était devenue son amie. Elle était heureuse de leur rendre service en gardant Tony pour que Lilly puisse passer du temps avec sa seule autre amie fille.

Et Ethan et Lilly s'étaient surpassés pour mettre le plan de Zeke à exécution. Tout ce dont ils avaient besoin désormais, c'était qu'Elsie accepte.

Ils passaient la soirée dans la maison qu'Ethan avait achetée et pour qui lui et son frère avaient durement travaillé afin de la rénover. Elle n'était pas tout à fait terminée, mais les deux hommes avaient fait énormément de travaux afin qu'elle soit vivable.

— J'ai hâte de voir la maison, dit Elsie qui se trouvait à côté de lui alors qu'ils roulaient.

Elle n'était pas loin du centre-ville – rien à Fallport ne l'était vraiment. Ils revenaient de chez Whitney après avoir déposé Tony. Son fils avait été heureux de changer de lieu et Whit avait prévu de lui apprendre à faire des petits pains avant de faire griller des shish-kebabs.

— Moi aussi, dit Zeke.

Il avait surtout hâte de savoir ce qu'Elsie pensait de leur proposition, mais cela viendrait en temps voulu. Se garant dans l'allée, Zeke fut impressionné. Ethan et Rocky avaient réalisé tellement de travaux sur la vieille maison en si peu de temps.

Lilly vint à leur rencontre et Elsie et elle s'étreignirent comme si elles ne s'étaient pas vues depuis des mois au lieu d'un jour ou deux. Zeke fut heureux de la voir être si proche d'une autre femme. Elle avait besoin d'amis. Elle les méritait. Et Lilly était une super amie.

— Salut, dit Ethan alors que Zeke approchait de la porte d'entrée derrière les femmes.

— Salut, répéta Zeke. Tout est OK ? lui demanda-t-il.

— Oui. On est prêts.

Tous ceux qui auraient pu entendre leur conversation auraient cru qu'ils parlaient du dîner. Mais Zeke se détendit un peu. Ethan avait dû régler quelques détails avec le propriétaire de l'immeuble où lui et Lilly avaient vécu, et il était bon d'entendre que tout était prêt.

Le couple leur fit visiter la vieille maison. Une fois de plus, Zeke s'émerveilla devant les compétences d'Ethan et de Rocky. La chambre principale était terminée, tout comme les salles de bain. La cuisine était pratiquement finie, il ne restait plus que quelques touches esthétiques à réaliser. Les chambres d'amis étaient encore en construction et le bureau et les espaces de vie étaient en bonne voie – et un peu en bazar – mais Zeke n'avait aucun doute sur le fait qu'ils seraient terminés plus tôt que prévu.

Lilly servit du vin à tout le monde et ils parlèrent de tout et de rien sur la terrasse arrière pendant que le rôti que Lilly avait préparé finissait de cuire. Lorsqu'ils s'installèrent dans la salle à manger pour le dîner, Lilly aborda le sujet qui avait amené Zeke et Elsie à venir chez eux en premier lieu.

— Bon... comme vous pouvez le voir, Ethan et moi on a emménagé, dit Lilly. Même si la maison n'est pas terminée, mais je ne pouvais pas attendre plus longtemps. J'ai déjà l'impression d'être chez moi.

— C'est magnifique, Lilly, dit Elsie avec un grand sourire. On voit bien qu'il y a eu beaucoup de travail.

— Tu as vu ? Je suis tellement impressionnée par Ethan et Rocky. Ils ont travaillé très dur. Je n'arrête pas de leur dire qu'ils ne sont pas obligés de passer tout leur temps libre ici puisque maintenant on a acheté la maison et qu'on peut la rénover à notre rythme, mais je crois qu'ils sont tout aussi impatients que moi de la voir terminée, dit Lilly en souriant à Ethan.

— Il faut qu'on la termine avant notre mariage, lui dit Ethan.

— Vous avez trouvé une date ? demanda Elsie.

— On vient de décider oui. On s'est dit qu'un mariage d'Halloween serait parfait. La météo devrait être assez fraîche pour que tout le monde ne transpire pas à mort en étant dehors dans leurs belles tenues, mais pas trop froide pour qu'on se gèle.

— J'adore ! dit Elsie d'un ton enthousiaste. Félicitations !

— Merci, dirent Ethan et Lilly en même temps.

— On a vérifié avec nos deux familles et il semble que tout le monde pourra s'absenter de son travail, de l'école, etc. pour pouvoir être là. C'est déjà un petit miracle en soi.

Lilly avait une grande famille et Elsie savait à quel point c'était important pour elle qu'ils puissent tous, ainsi que la sœur d'Ethan, assister à la cérémonie.

— Maintenant que nous avons emménagé et que nous nous installons progressivement, Lilly et moi on voulait te parler de quelque chose, Elsie, dit Ethan.

Zeke sentit sa curiosité et une certaine appréhension alors il tendit la main et la posa sur sa cuisse. Elsie le regarda un moment avant de tourner la tête vers Ethan.

— Moi ? demanda Elsie.

— Oui. Il me reste encore huit mois sur mon bail d'appartement. J'ai récemment signé pour le renouveler un an de plus. Lilly et moi n'en avons plus besoin puisque nous avons emménagé ici. Ce n'est pas très loin de la place et du *On the Rocks*. Mon frère vit dans la résidence. L'appartement n'est pas très chic, pour être honnête, il est plutôt délabré, mais la plomberie est bonne et il y a beaucoup d'eau chaude. Chose pour laquelle j'ai toujours été reconnaissant. La caution n'est pas remboursable, même si je romps ou transfère le bail. Ça ne me dérangeait pas de renouveler le bail parce qu'à ce moment-là je pensais que j'allais encore rester là un an. Puis, j'ai rencontré Lilly..., dit Ethan en souriant à sa fiancée. Quoi qu'il en soit, comme dans tous les cas je ne peux pas récupérer mon argent, je me suis dit que peut-être que toi et Tony aimeriez y emménager ? J'ai déjà parlé au propriétaire et il est d'accord pour que je transfère le bail. Je l'ai rassuré en lui expliquant que ton fils était un bon gamin et qu'il ne causait pas d'ennuis. Et Rocky est OK pour garder un œil sur lui quand et si tu en as besoin.

Zeke avait gardé les yeux rivés sur Elsie pendant que son ami parlait. C'était difficile de savoir ce qu'elle pensait vu l'expression sur son visage. Car celle-ci était vide... mais ses yeux, eux, exprimaient une certaine envie désespérée. C'était presque douloureux à voir.

Elle ne répondit pas immédiatement, alors Lilly brisa le silence.

— C'est la solution parfaite. Je sais que Tony adore la piscine au *Mangree*, mais là il pourrait avoir sa propre chambre dans l'appartement. Les murs sont assez fins, mais les voisins d'Ethan sont cool. C'est un bon endroit pour commencer, Else. S'il te plaît, dis oui.

Elsie déglutit avec difficulté. Puis à nouveau. Elle posa la fourchette qu'elle avait tenue serrée dans sa main et celle-ci claqua bruyamment contre son assiette.

— Je... Pourquoi ?

— Pourquoi quoi ? demanda Ethan. Pourquoi on te le propose à toi ? Parce que tu mérites une pause, Elsie. Tu travailles comme une folle pour t'occuper de Tony. Et on t'apprécie. Tu n'es pas seulement la personne qui sort avec mon meilleur ami, tu es surtout *notre* amie. Laisse-nous faire ça pour toi. Pour toi et Tony.

— Je peux payer un loyer.

— Non, dit Ethan alors que Lilly secouait fermement la tête. Le loyer est déjà payé pour le reste du bail.

— *Quoi ?!* Je ne peux pas accepter, dit Elsie en secouant la tête à son tour. C'est des milliers de dollars les gars.

— S'il te plaît, Else ? S'il te plaît, laisse-nous faire ça pour toi, la supplia Lilly. Tu travailles si *dur* et tu es une très bonne personne, une amie incroyable et une mère encore plus extraordinaire.

— Je ne sais pas quoi dire, murmura Elsie, clairement bouleversée.

— Dis oui ! lui dit Lilly en riant.

— J'ai aussi parlé aux gars de la team qui ont eux-mêmes parlé à d'autres gens et nous avons réuni quelques trucs pour l'appartement. Des lits, une table, un canapé, deux fauteuils, des livres, une bibliothèque pour la chambre de Tony, quelques tapis, des ustensiles de cuisine, des commodes... Ce genre de choses, lui dit Zeke.

Elsie se tourna vers lui.

— Tu étais au courant ? demanda-t-elle.

— Au courant ? demanda Lilly, les yeux pétillants. Qui c'est qui a organisé tout ça à ton avis ?

Tout en la regardant, il vit que les yeux de Elsie se remplissaient de larmes.

Pendant une seconde, Zeke fut inquiet. Il avait peur d'avoir complètement dépassé les bornes, voire de l'avoir insultée et d'avoir gâché leur relation. Elsie était une femme fière. Elle n'avait jamais demandé d'aide, même quand elle s'affamait pour que son fils puisse manger. La dernière chose dont il avait envie, c'était de la faire se sentir mal par rapport à sa situation.

Il avait proposé de payer le loyer pour les huit mois qui restaient sur le bail d'Ethan mais son ami avait refusé. Ils avaient fini par partager les coûts... ce qui lui confirmait à nouveau à quel point ses amis étaient géniaux.

Quand Elsie se jeta pratiquement dans ses bras, Zeke ferma les yeux de soulagement, même lorsqu'il la réceptionna.

S'écartant de la table pour qu'il puisse installer Elsie sur ses genoux, il la tint contre lui pendant qu'elle pleurait. Ses amis sourirent tous les deux de l'autre côté de la table et Ethan prit la main de Lilly pendant qu'ils laissaient Elsie exprimer ses émotions en silence.

Au bout de quelques minutes, Elsie releva la tête, s'essuya les yeux et se tourna vers ses amis.

— Merci beaucoup, dit-elle d'une voix pleine de gratitude.

— Donc tu acceptes ? demanda Lilly, souhaitant manifestement une confirmation.

— Je serais stupide de ne pas accepter, avoua Elsie.

Tout le monde éclata de rire.

— Effectivement. Et je savais que tu n'es pas stupide, dit Lilly avec un clin d'œil. Nous avons déménagé toutes les affaires données la semaine dernière, donc tout est déjà prêt pour toi et Tony. Qu'est-ce que tu penses de ce week-end pour déménager le reste de vos affaires ?

— Ce week-end ? demanda Elsie avec surprise.

— Pas besoin d'attendre, lui dit Ethan. Nous avons tout

déménagé et l'appart est vide. Enfin, pas totalement vide *maintenant* qu'il y a pas mal de choses à l'intérieur, mais tu vois ce que je veux dire.

— Je... hum... waouh.

— C'est donc un oui, déclara Lilly.

— Tant qu'on ne nous appelle pas pour une disparition, tous les gars ont prévu de t'aider à emménager, lui dit Zeke.

Elsie le regarda et laissa échapper un petit rire.

— Il ne va pas falloir que vous soyez sept pour nous aider à déménager Tony et moi. On n'a pas tant d'affaires que ça.

— Alors ça ne prendra pas très longtemps, dit Zeke.

Il adorait l'avoir sur ses genoux. C'était intime et il aimait particulièrement le fait que lorsqu'elle avait été bouleversée elle s'était tournée vers lui pour être soutenue et rassurée.

Au moment même où il eut cette pensée, Elsie sembla réaliser où elle était assise. Elle rougit et essaya de s'écarter pour retourner sur son fauteuil.

Zeke la maintint immobile un moment.

— Tu es OK avec tout ça du coup ? lui demanda-t-il.

Elle soutint son regard et acquiesça.

— Depuis que j'ai emménagé ici, mon but est de trouver un endroit plus permanent pour Tony. Je ne pensais pas que ça mettrait autant de temps. Mais on n'arrêtait pas d'avoir des problèmes. Tony tombait malade et je devais payer le docteur. Ses vêtements ne lui allaient plus et il avait besoin de nouveaux habits. Ma voiture avait besoin de réparation. Il y avait toujours quelque chose. S'il ne s'agissait que de moi, ça ne me dérangerait pas de vivre au motel aussi longtemps qu'il le faudrait, mais Tony mérite d'avoir son propre espace. Il mérite de vivre dans autre chose qu'une chambre qu'il partage avec sa mère.

Elsie se tourna vers Ethan et Lilly.

— Merci, dit-elle doucement. Si vous avez besoin de quoi que ce soit, vous n'avez qu'à demander. Je n'ai pas grand-chose à vous offrir, mais je peux vous aider à nettoyer. Faire du jardinage. *Tout* ce que vous voulez.

Ethan leva les yeux au ciel.

— Comme si j'allais te demander de faire du jardinage, souffla-t-il.

— Tout ce dont nous avons besoin, c'est que tu sois notre amie, dit Lilly. *Mon* amie, surtout. Il y a encore beaucoup de gens en ville qui ne m'apprécient pas beaucoup à cause de cette émission sur Bigfoot qui va probablement attirer pas mal de tarés à Fallport. Je ne me soucie pas vraiment de savoir si tout le monde m'aime ou pas, mais par contre, je veux bien avoir une amie.

Cette fois-ci, quand Elsie essaya de descendre de ses genoux, Zeke l'aida à se lever.

Elle alla de l'autre côté de la table et fit un long câlin à Lilly. Puis, elle fit de même avec Ethan.

Le temps qu'elle retourne à son fauteuil, ses larmes avaient séché et elle souriait.

— J'ai vraiment du mal à y croire, dit-elle. Tony va être super excité. Attends – tu lui as déjà dit ? demanda-t-elle à Zeke.

— Tu crois vraiment qu'il serait capable de ne pas te le dire si ça avait été le cas ? demanda-t-il.

Elsie gloussa.

— Pas faux. Non. Ce gamin ne pourrait même pas garder un secret pour sauver sa vie. Ce qui me va très bien. Comme ça, ça m'aide à savoir quand quelque chose ne va pas.

Zeke tendit le bras et lui serra la main.

— Bon, maintenant que *ça,* c'est fait, finissons de manger pour que je puisse te montrer où Ethan et Rocky vont me construire une cabane pour fille dans le jardin, dit Lilly.

— Une cabane pour fille ? demanda Elsie.

— Oui. Un endroit où je peux travailler sur mes photos et vidéos.

— Alors tu te lances ? Tu vas officiellement ouvrir ton studio de photographe ?

— J'ai parlé à Nissi aujourd'hui. Elle est avocate en ville. J'ai commencé à remplir les papiers pour la SARL, lui confirma Lilly.

— Wouhou ! s'exclama Elsie.

— Ça mérite un toast, dit Zeke en levant son verre de vin.

Les autres levèrent également tous leurs verres.

— Aux nouvelles installations. À la nouvelle entreprise. Aux bons amis et à la bonne nourriture, dit Zeke.

Ils trinquèrent tous et Zeke ne put s'empêcher d'être excité pour l'avenir. Tout allait bien avec sa propre entreprise, l'équipe de sauvetage se débrouillait bien et sa relation avec Elsie était meilleure que toutes celles qu'il avait eues. Il était arrivé à un moment de sa vie où tout son dur labeur et ses peines finissaient par payer. Il lui était arrivé de sales trucs par le passé, mais désormais, tout s'améliorait.

* * *

Elsie fixa la résidence du regard depuis le siège passager du pick-up de Zeke. Il l'avait amenée ici après qu'ils soient partis de chez Lilly et Ethan, simplement pour lui montrer quel appartement était le sien.

La résidence n'était pas très jolie. Comme l'avait expliqué Ethan, elle paraissait un peu délabrée. Mais pas autant que le *Mangree*. Et aux yeux d'Elsie, elle était parfaite.

— Qu'est-ce tu en penses ? demanda Zeke.

Regardant sa montre, Elsie vit qu'ils avaient encore trente minutes avant d'avertir Whitney qu'ils seraient bientôt de retour pour récupérer Tony. Détachant sa ceinture, elle se déplaça et grimpa sur les genoux de Zeke.

Il saisit immédiatement le levier de son siège et le repoussa, lui laissant plus d'espace pour que le volant ne lui fasse pas mal au dos. La position était étrange et Elsie avait le sentiment que ses genoux allaient la faire souffrir avant qu'elle ne soit prête à bouger, mais pour le moment, elle était plutôt heureuse de se trouver là où elle était.

Elle enroula les bras autour du cou de Zeke et s'approcha encore plus près. Son sexe était pressé contre son entrejambe et il agrippa fermement ses jambes.

— Tout ça, c'était ton idée, n'est-ce pas ?

Zeke haussa les épaules.

— L'appartement, les donations... tout.

— Ethan déménageait et je savais que tu cherchais un appartement. Ça m'a semblé être le timing parfait.

— J'imagine qu'il n'avait pas l'intention de quitter son appartement jusqu'à ce que la maison soit terminée, dit Elsie d'un ton sarcastique.

— Quand nous avons commencé à sortir ensemble, je me suis promis de faire tout ce qu'il fallait pour rendre ta vie meilleure, Elsie. C'est seulement une partie de moi qui tient cette promesse.

Elle l'étudia du regard. Comme elle était sur ses genoux, ils se regardaient, les yeux dans les yeux. Parfois, ses yeux paraissaient plus bleus et d'autres fois le vert ressortait plus. Ce soir, sous le faible éclairage des lumières du petit parking, ils semblaient plus gris. Mais comme toujours, elle pouvait lire la sincérité dans son regard.

— Tu me fais peur, avoua-t-elle.

Zeke cligna des yeux de surprise et il desserra un peu son étreinte autour de ses hanches. Il ouvrit la bouche pour dire quelque chose, mais elle continua de parler, ne lui en laissant pas l'occasion.

— Ma vie a été difficile. Mais je ne suis pas unique. Tout le monde vit des épreuves. Je pense que j'en ai quand même assez bavé comme ça. Entre la mort de mes parents, ma relation avec Doug, l'opération du cœur de Tony quand il était bébé et le fait d'emménager ici en tant que mère célibataire sans rien d'autre qu'un diplôme d'études secondaires et aucune compétence. Mais ça ne me dérangeait pas. J'avais Tony et il m'aidait à aller de l'avant. Puis, tu m'as offert ce travail et j'ai réalisé que j'aimais ce que je faisais. Je sais qu'être serveuse n'est pas vraiment la carrière dont rêvent la plupart des gens, mais j'apprécie de parler aux gens et de les rendre heureux, même s'il s'agit juste de leur apporter à manger et à boire. Mais je ne m'attendais pas à te rencontrer *toi*, Zeke. Grâce à toi, j'ai obtenu un peu plus de stabilité. J'ai eu du soutien. J'ai pu apprendre à connaître Lilly et Ethan et je suppose que je connaîtrais un peu mieux tes autres amis si l'on reste ensemble.

— On va rester ensemble, dit Zeke sans hésitation.

Elsie lui sourit.

— Je ne sais pas vraiment ce que j'essaie de dire à part que… je suis tellement contente que tu fasses partie de ma vie. Et de celle de Tony. Tout ce dont il parle désormais c'est de camping, de livres et du fait qu'apparemment tu lui apprends à conduire… ?

— C'est moi qui suis heureux que tu fasses partie de *ma* vie, Elsie, rétorqua Zeke. Avant que tu n'arrives, je me laissais vivre. Il m'a fallu un moment pour voir ce qui était sous mon nez, mais maintenant que je l'ai vu, je n'arrive pas à m'imaginer sans Tony et toi.

Elsie eut l'impression que son cœur allait exploser dans sa poitrine. D'une certaine manière, Zeke lui avait redonné foi en l'homme. Il lui avait fait réaliser que tout le monde n'était pas comme son ex. Peut-être qu'ils allaient bien ensemble, car il avait vécu un échec sentimental, tout comme elle.

Se penchant en avant, Elsie l'embrassa.

Et tout à coup, des étincelles jaillirent. Ce qui avait commencé comme un simple baiser de remerciement s'intensifia rapidement. Elsie passa une main dans les cheveux de Zeke, s'y agrippant tandis qu'il caressait sa langue de la sienne. Zeke glissa une main sous son haut et la pressa contre le bas de son dos, sa paume chaude l'attirant plus près. L'autre se glissa devant et palpa l'un de ses seins.

Elsie se cambra, poussant son sexe entre ses jambes. Elle se mit à onduler contre lui, balançant ses hanches avec agitation tandis qu'elle inclinait la tête pour accentuer leur baiser. Elle avait désespérément envie de plus. De sentir sa peau nue contre la sienne. Elle ne désirait pas seulement cet homme, elle avait *besoin* de lui. Elle avait le sentiment qu'elle allait mourir s'il n'était pas rapidement en elle.

— Merde, marmonna Zeke en rompant leur baiser et en posant la tête contre le dossier du siège.

Le pouls d'Elsie lui martelait la poitrine et elle sentait à quel point sa culotte était mouillée. Il avait désormais la main enroulée autour de son sein nu maintenant qu'il avait tiré le bonnet de son soutien-gorge par le bas. Et même s'il était assis sous son corps, la tête en arrière et les yeux fermés, ses doigts continuaient de jouer avec son téton.

Elle frissonna et ne put s'empêcher de se presser un peu plus contre son sexe alors qu'un petit gémissement lui échappait.

Il ouvrit les yeux en entendant ce bruit et croisa son regard.

— Tellement magnifique, murmura-t-il.

— Zeke, le supplia-t-elle, sans vraiment savoir ce qu'elle lui demandait.

Mais lui semblait le savoir. Ses doigts se resserrèrent sur son téton alors que son autre main descendait vers ses fesses. Il la secoua contre lui avec force.

— Prends ce dont tu as besoin, ma belle.

Ce fut au tour d'Elsie de fermer les yeux.

— Zeke...

— Frotte-toi contre moi, lui ordonna-t-il. C'est ça. Je veux te voir jouir.

C'est là qu'Elsie réalisa à quel point elle était prête à le faire. Zeke avait perçu les signes clairs que lui envoyait son corps. Alors qu'à l'époque elle avait quasiment offert un plan détaillé à son ex et pourtant ce dernier n'arrivait *toujours* pas à la faire jouir.

Ses hanches se balancèrent plus rapidement et les doigts de Zeke n'arrêtèrent pas ce jeu érotique sur son téton et son sein. Il la taquinait doucement avant de la pincer ensuite. Elle ne savait pas à quoi s'attendre, ce qui ne faisait qu'accentuer l'érotisme de la situation.

Au fond, Elsie savait que ce qu'ils faisaient était inapproprié. Ils étaient sur le parking de sa nouvelle résidence, en train de se peloter et elle se frottait contre lui comme si elle était de retour au lycée en train de fricoter avec son petit ami avant de rentrer chez elle pour le couvre-feu.

— Arrête de réfléchir, lui ordonna Zeke. Contente-toi de sentir.

— Mais et toi... Ce n'est pas juste.

— Bien sûr que si. Je pourrais te voir jouir pour la première fois. Il n'y a rien *d'injuste* là-dedans.

Elsie aurait pu continuer de protester, mais elle se sentait trop bien. Trop heureuse. Trop soulagée de pouvoir enfin offrir une maison à Tony. Du moins un endroit plus permanent qu'un motel. Et comme elle n'aurait pas à payer de loyer pendant huit mois, elle pourrait économiser énormément d'argent en attendant, offrant à Tony et elle leur premier sentiment de stabilité financière. Elle était plus excitée pour son avenir et celui de Tony qu'elle ne l'avait été depuis très longtemps. Et pour ça, elle pouvait remercier Zeke.

Elle ouvrit les yeux et croisa le regard de Zeke alors qu'elle continuait de frotter son clitoris contre son sexe dur comme de la pierre. Même à travers ses vêtements, c'était incroyable. Ça devait lui faire mal, mais elle ne voyait que du désir dans ses yeux. Pour elle.

— Prends ce dont tu as besoin, Else, dit-il.

Alors elle s'exécuta. Sans le quitter du regard, Elsie se balança contre Zeke, de plus en plus vite jusqu'à ce qu'elle soit sur le point de jouir. Son souffle devint erratique et un petit gémissement lui échappa. Ses jambes se mirent à trembler à l'approche de l'orgasme.

Zeke pinça à nouveau son téton et glissa les doigts sous la ceinture de son jean. Agrippant ses fesses, il l'attira contre lui encore plus fort qu'avant, encore et encore, aidant ses mouvements.

Elle n'eut pas besoin de plus. Elle ouvrit la bouche, mais aucun son ne franchit ses lèvres à part plusieurs souffles lourds lorsqu'elle bascula vers l'extase. Elle ne parvint pas à garder les yeux ouverts alors que le plaisir la traversait de toute part.

Zeke se pencha en avant et enfouit son nez entre l'espace de son cou et de son épaule et elle le tint fermement tout en tremblant.

Quand ces sensations envahissantes finirent par se calmer, Zeke releva légèrement la tête. Il caressa doucement son téton du doigt. Le contact était complètement différent d'auparavant. Il remonta son autre main sur sa hanche, la maintenant contre lui.

— Tellement belle, murmura-t-il contre sa peau.

Elsie frissonna en sentant son souffle chaud contre son cou.

— Tu crois que je devrais être gênée ? demanda-t-elle doucement.

— Certainement pas, putain, dit Zeke en levant la tête. C'était l'une des plus belles expériences de ma vie. Si tu t'excuses, je vais pleurer.

Elle lui sourit et prit une grande inspiration. Il remit son soutien-gorge par-dessus ses seins. Cela aurait pu la faire rougir dans un autre contexte, mais là, actuellement, Elsie n'avait pas l'énergie de ressentir autre chose que de la satisfaction et un sentiment de plénitude.

Zeke bougea sous son corps et elle réalisa qu'il était toujours aussi dur que tout à l'heure. Prouvant qu'il était complètement en phase avec ses pensées, il lui dit :

— Ne t'inquiète pas pour ça. Ça va redescendre. Peut-être. Éventuellement.

Elsie ne put s'empêcher de glousser.

Il sourit.

— J'adore ce son.

Puis, il l'attira contre elle et Elsie le laissa faire avec plaisir. Elle posa la joue contre son cœur, l'écoutant battre encore et encore. Ils restèrent assis comme ça pendant une minute ou deux jusqu'à ce que sa cuisse commence à avoir une crampe.

— Zut. Il faut que je change de position, dit-elle en se redressant.

Immédiatement, Zele la souleva et l'aida à s'asseoir sur le siège passager.

— Ça va ? demanda-t-il.

— Oui. Ça va. Je suppose que je ne suis plus aussi souple qu'avant. Je vieillis, tu vois.

Il leva les yeux au ciel.

— Tu n'as que trente-trois ans.

— Oui, je suis vieille, plaisanta-t-elle.

Zeke posa la main sur sa joue.

— Tu es incroyable, lui dit-il.

Elsie lui fit un sourire timide. Maintenant qu'elle ne s'abandonnait plus à son désir et n'était plus sur ses genoux, elle se sentait un peu gênée par rapport à ce qu'elle avait fait.

— Non. Pas de ça. Ce qui vient de se passer était naturel. Et magnifique. Et tellement sexy, j'ai fait tout mon possible pour ne pas jouir dans mon pantalon. On ne retournera pas en arrière, Else. On ne peut qu'aller vers l'avant.

Que pouvait-elle répondre à ça ?

— OK.

— OK, confirma-t-il. Et si on allait chercher Tony pour lui dire qu'il aura bientôt sa propre chambre ?

Elsie acquiesça.

— On l'amènera pour qu'il puisse voir l'appartement sur le chemin du retour en allant au motel. Il faudra que tu t'assures qu'il ait bien compris qu'il ne pourra ouvrir la porte à personne sans entendre le mot de passe d'abord. Il aura également besoin d'une vraie clé. Tu penses qu'il est assez responsable pour ne pas la perdre ?

— Je pense que si on lui fait comprendre à quel point elle

est importante et que sa sécurité et la mienne dépendent du fait qu'il ne la perde pas, ça ira.

Ce ne fut que lorsqu'elle eut terminé de parler qu'Elsie réalisa qu'elle venait de dire *on*… et non « je ». À sa grande surprise, cela ne l'inquiéta pas. Ce qui lui prouvait une fois de plus qu'elle avait pris la bonne décision en étant avec Zeke.

— Ça me va, dit-il.

Puis, il posa la main, la paume tournée vers le haut, entre eux et Elsie enroula les doigts autour des siens. Ils se tinrent la main jusqu'à la chambre d'hôte.

L'heure du coucher approchait pour Tony, mais comme elle était très détendue, Elsie ne s'en inquiéta pas. Ils remercièrent Whitney et annoncèrent la bonne nouvelle à Tony une fois qu'ils furent tous installés dans le pick-up avant de montrer la résidence à son fils, puis Zeke les ramena au *Mangree*.

Tony était vraiment excité par le déménagement. Il posa un million de questions à Zeke et Elsie et elle fit de son mieux pour y répondre. Elle avait envoyé son fils dans leur chambre pour qu'elle puisse dire au revoir à Zeke.

Ils se tenaient devant son pick-up et il la serra fort contre lui.

— Merci d'avoir accepté l'offre d'Ethan, lui dit-il.

Elsie avait enroulé les bras autour de sa taille et ils étaient pressés l'un contre l'autre de la poitrine aux hanches. Elle pouvait sentir sa demi-érection contre son ventre. Elle avait hâte de la voir. De l'aider à relâcher la pression. Ce n'était pas le moment ni le lieu, mais ils pourraient bientôt jouir d'un peu d'intimité. Sans mauvais jeu de mots. Elle avait hâte.

— Merci d'avoir tout organisé.

— Si tu as besoin de quoi que ce soit, je remuerai ciel et terre pour te l'offrir, dit-il simplement.

Pour la centième fois ce soir, Elsie se demanda ce qu'elle avait fait pour le mériter.

— J'apporterai des cartons demain avant le travail, lui dit-il.

Tu pourras commencer à faire vos affaires pour que les gars les récupèrent et les déménagent ce week-end.

— Une fois de plus, ça ne prendra pas très longtemps, dit-elle avec un rire gêné. On n'aura même pas besoin d'un autre véhicule.

— Ce ne sont pas les choses matérielles qui enrichissent une personne. C'est le genre de vie que l'on mène. Et toi, Else, tu es plus que riche. Il te suffit de regarder ton fils pour le savoir.

Il n'avait pas tort. Sa lèvre trembla.

— Ne pleure pas, l'avertit-il avec un petit sourire. Tony risque d'avoir peur et voudra savoir ce que j'ai pu te dire pour te faire pleurer.

— Alors, arrête d'être aussi génial.

Zeke rit. Puis, il se pencha et lui donna un long et doux baiser qui la fit frissonner à nouveau.

— On se voit demain matin.

— Ça paraît trop loin encore, lui dit-elle.

— C'est vraiment dur de te quitter, grommela-t-il en la relâchant.

Elsie ne pouvait qu'être d'accord. Plus elle passait de temps avec Zeke, plus elle avait envie d'en passer.

— Tu veux un caramel macchiato demain ? demanda-t-il.

— Tu n'es pas obligé de t'arrêter pour m'acheter quelque chose, dit-elle.

— Ce n'est pas ça que je t'ai demandé, lui dit-il.

— Alors oui. S'il te plaît.

— Ça marche, répondit Zeke avant de faire deux pas en arrière et de dire : Oh, et puis merde.

Il revint vers elle et l'embrassa à nouveau. Un baiser long, intense et un peu désespéré avant de se retirer et de contourner son pick-up jusqu'au côté conducteur.

Elsie se lécha les lèvres et le regarda démarrer sa voiture.

— Rentre, Else, dit-il après avoir baissé sa vitre.

Acquiesçant, elle lui fit un petit signe de main qui était

probablement ringard, mais sur le moment elle s'en ficha et se dirigea vers la porte de sa chambre.

Elle le salua une fois de plus avant de fermer la porte derrière elle, de mettre la chaîne et de verrouiller la serrure.

— On va vraiment déménager ce week-end ? demanda Tony.

Elsie se retourna pour regarder son fils.

— Oui. Tu es sûr que ça te va ?

— Oui ! Pourquoi ça ne m'irait pas ? demanda-t-il.

— Eh bien, il n'y aura pas de piscine au nouvel appartement.

— Je m'en fiche. J'aurais ma propre chambre ! s'exclama-t-il.

Il fallut beaucoup plus de temps que d'habitude pour que Tony se couche et s'endorme. Quand ses doux ronflements remplirent enfin la pièce sombre, Elsie prit enfin le temps de digérer tout ce qui s'était passé ce soir.

Elle et Tony allaient enfin avoir leur propre appartement.

C'était elle qui avait fait le premier pas pour que sa relation avec Zeke devienne plus intime.

Et cela avait été... merveilleux.

Sa vie et celle de son fils étaient en train de changer et Elsie ne pouvait pas être plus heureuse.

CHAPITRE DOUZE

La journée avait été mouvementée, mais c'était l'une des meilleures qu'Elsie avait passée depuis longtemps. Elle prit une grande inspiration et un court instant pour observer son appartement.

Lilly et elle se trouvaient dans la cuisine, avec Drew qui s'était porté volontaire pour les aider à préparer des collations. Zeke et le reste de ses amis étaient tous dans le salon en train de jouer à une sorte de jeu de cartes avec Tony. C'était un mélange entre la Bataille et le Go Fish. Zeke et Tony faisaient équipe et jouaient une manche ensemble pendant qu'Ethan, Rocky, Brock, Tal et même Raiden étaient assis autour de la table basse. Des insultes bon enfant fusaient de part et d'autre et tout le monde riait et s'amusait. Duke, le limier de Raid, était allongé sur le dos, ronflant et ignorant toute cette folie qui régnait autour de lui.

Presque tout dans l'appartement avait été donné par les habitants. La table basse, la vaisselle, leurs lits... même les serviettes dans la salle de bain !

À l'époque, Elsie aurait pu être gênée d'être la bénéficiaire de toute cette générosité, mais pour le moment, elle était trop heureuse d'avoir un endroit à elle.

— Elsie, dit Lilly, attirant son attention.

Se tournant vers elle, Elsie regarda son amie, toujours en souriant – et regarda droit dans l'objectif d'un appareil photo.

— Arrête ça, la gronda gentiment Elsie.

— Je n'ai pas pu résister, dit Lilly.

— Va plutôt prendre des photos d'*eux*, ordonna-t-elle en désignant la partie de cartes bruyante de l'autre côté de la pièce.

— Ça te va de tout terminer ? demanda Lilly.

— Et moi ? J'existe pas ou quoi, demanda Drew qui avait entendu sa question. Elsie et moi on gère. Ouste.

Lilly rit, donna un petit coup de coude à Drew et se rendit dans le salon.

L'appartement n'était pas très grand et la cuisine était bien trop petite pour trois personnes de toute façon. Mais pour Elsie, qui s'était contentée d'une seule chambre de motel, l'espace dont elle disposait désormais lui semblait être un luxe.

— Ça va toi ? lui demanda Drew.

Elle lui jeta un coup d'œil. Elsie ne savait pas grand-chose de cet homme. Zeke avait mentionné qu'il avait été un officier de police avant de démissionner et de devenir un membre de l'équipe de sauvetage et de recherche. Il était le plus âgé et avait quarante-cinq ans, les cheveux noirs et une barbe bien taillée, comme la plupart des autres gars. Son travail à plein temps était la comptabilité et il était apparemment très bon dans ce domaine, toujours très occupé les premiers mois de l'année avant d'avoir le temps de se détendre un peu plus.

Elsie l'aimait bien, tout comme elle aimait bien les autres. Ils étaient amusants et ils avaient prouvé à maintes reprises qu'ils étaient de vrais professionnels quand il était question de retrouver une personne perdue dans la forêt.

— Oui. C'est... un peu bouleversant tout ça, dit-elle. Mais ça va.

Drew acquiesça.

— Tant mieux. Zeke t'aime beaucoup, dit-il.

Elsie haussa un sourcil, surprise qu'il aborde ce sujet.

— Moi aussi je l'aime beaucoup, répondit-elle avec honnêteté.

— Son ex lui a vraiment fait du mal, ajouta Drew.

Elsie avait envie de plaisanter en lui disant qu'il se comportait comme Otto, Silas et Art en faisant la commère, mais il était si sérieux, qu'elle préféra garder ce commentaire pour elle.

— Elle l'a fait douter de lui-même, continua Drew. Pendant qu'il mettait sa vie en jeu et affrontait les pires aspects de l'humanité, elle baisait tout ce qui bouge. Elle n'avait aucun respect pour lui ou l'armée. Une fois que tous les papiers ont été signés et que leur divorce a été prononcé, il a démissionné. Je suis sûr qu'il était plus que prêt à partir après tout ce qu'il avait vu et fait, mais il a aussi admis que c'était en partie pour que Corinne ne puisse plus obtenir d'argent de sa part.

— Waouh. Ça craint.

— Oui. Je te dis ça parce que ces dernières années on a tous entendu Zeke dire plusieurs fois qu'il en avait assez des femmes. Qu'il n'allait plus jamais se retrouver dans une situation comme celle qu'il avait connue avec son ex. Il s'est lancé dans la création du *On the Rock* du mieux qu'il a pu et ça ne le dérangeait pas de travailler beaucoup. Puis, il t'a embauchée... et tout ce qu'il pensait désirer a été chamboulé.

Elsie ne savait pas si Drew insinuait que c'était une bonne chose ou non.

— Tu es bien pour lui, dit-il en lisant dans ses pensées. Tu l'as sorti de cette coquille dans laquelle il se réfugie depuis des années. Tu lui as prouvé que toutes les femmes ne sont pas comme son ex. Il est plus heureux. Plus comblé. Il travaille toujours beaucoup, mais ce n'est plus aussi accaparant qu'avant. Alors, merci.

Elsie secoua légèrement la tête. Elle n'arrivait pas à croire que Drew la *remerciait*.

— J'étais dans le même bateau, lui expliqua-t-elle. Mon ex

m'a lui aussi fait souffrir. Zeke m'a prouvé que tous les hommes n'étaient pas des connards comme Doug, un homme qui ne voulait même pas de son propre fils. Je n'aurais jamais cru trouver quelqu'un qui tienne autant à Tony que moi. Mais c'est pourtant le cas de Zeke. Il ne fait pas semblant de le tolérer ou de le supporter juste pour pouvoir m'avoir dans son lit. Regarde-les, dit-elle en se tournant vers les hommes rassemblés autour de la table basse.

Zeke avait passé un bras autour de Tony et ils se chuchotaient des choses. Son fils rejeta la tête en arrière, éclata de rire pile à ce moment, et Elsie eut chaud au cœur.

— Je ne suis pas la femme la plus intelligente qui soit, mais même moi je sais qu'il ne fait pas semblant d'apprécier passer du temps avec mon fils.

— Clairement pas, reconnut Drew. Ces derniers mois, Tony et toi vous l'avez rendu plus heureux que je ne l'aie jamais vu l'être.

Ses mots firent du bien à Elsie. Beaucoup de bien.

— Et toi ? demanda-t-elle, se sentant finalement un peu coupable d'avoir parlé de Zeke dans son dos. Tu as des vues sur quelqu'un ?

Drew ricana.

— Non.

Elsie cligna des yeux.

— Eh ben, c'était une réponse courte et précise.

Drew haussa les épaules.

— Je ne te connais pas bien et j'espère que ça changera, continua Elsie. Mais de mon point de vue, toi et les gars vous êtes assez incroyables. Une femme aurait beaucoup de chance de t'avoir à ses côtés.

Drew ne fit pas de commentaire, il se tourna simplement sur les snacks qu'ils s'étaient employés à mettre dans des bols.

— Tu me fais penser à moi, ajouta-t-elle doucement dans son dos. Je veux être la première à te dire « Je te l'avais dit » quand tu rencontreras quelqu'un.

— Je doute fortement que cela arrive, mais si c'est le cas... Je serais heureux de te l'entendre dire, répondit-il.

Elsie eut envie de lui faire un câlin, mais elle eut l'impression qu'il n'avait plus envie d'en parler. Alors, avec un haussement d'épaules, elle se remit au travail à côté de lui en ouvrant des sachets de gâteaux apéro.

* * *

Ce soir-là, une fois que tout le monde fut parti, après avoir couché Tony dans sa nouvelle chambre et après être resté quelque temps avec lui pendant qu'il se détendait en lisant un chapitre du dernier livre qu'il avait emprunté à la bibliothèque, Zeke s'assit sur le canapé avec Elsie. Elle était blottie contre lui, la tête sur son torse, les bras enroulés autour de son ventre, les genoux contre ses cuisses.

— J'adore ta maison, dit-elle soudain. Mais c'est vraiment agréable de t'avoir chez moi et de pouvoir faire ça.

— Oui, dit Zeke qui était d'accord.

Il était plus que soulagé d'avoir pu la sortir du motel *Mangree*. Elsie avait pleuré quand elle avait dit au revoir à Edna. La vieille dame pouvait être un peu bourrue, mais elle avait pris soin d'Elsie et de Tony pendant qu'ils vivaient là-bas. Il avait entendu Edna dire à Elsie qu'elle pouvait ramener Tony pour qu'il profite de la piscine quand elle voulait, ce qui était une sacrée offre, car Edna était connue pour chasser les gens qui ne payaient pas de chambre ou de place sur l'aire de stationnement pour caravanes derrière la propriété.

Quand l'équipe avait sollicité des dons pour l'appartement, une fois que les habitants avaient su à qui ceux-ci étaient destinés, ils avaient été heureux de donner plein de choses à Elsie. Elle avait touché plus de gens qu'elle ne le croyait. Elle avait beau être une nouvelle venue à Fallport, son attitude positive, sa gentillesse et son côté travailleur avait conquis les gens.

— Tony a passé une soirée incroyable. Il était sur un petit

nuage en étant entouré de tous ces hommes, dit Elsie. Je vous suis tellement reconnaissante. Je suis certaine que tout le monde avait mieux à faire que de traîner avec un enfant de neuf ans après que toutes nos affaires ont été déménagées.

— Tu ne seras peut-être plus aussi reconnaissante quand il se mettra à répéter certains des mots qu'il a entendus ce soir, dit Zeke d'un air sérieux.

Elsie gloussa contre lui.

— Crois-le ou non, il les a déjà entendus auparavant. Je ne suis pas vraiment Madame Parfaite. Et puis, il est assez intelligent pour ne pas répéter ce genre de mots à l'école ou en présence d'autres personnes. Il lui arrive parfois de déraper avec moi, mais comme il est généralement poli, a de bonnes notes et est un sacré bon gamin, je ne peux pas vraiment me plaindre quand il emploie parfois certains gros mots.

— Tu es une mère remarquable, dit Zeke qui le lui rappelait souvent.

Elsie haussa les épaules.

— Peut-être. J'ai commis beaucoup d'erreurs avec lui. Mais j'espère qu'il sait que je l'aime plus que tout au monde et que tout ce que je souhaite, c'est qu'il soit heureux.

— Il le sait, dit Zeke. Tu sais ce qu'il a dit à Ethan ce soir quand il est parti ?

Elsie secoua la tête.

— Il l'a remerciée d'avoir laissé son appartement à sa mère. Il a dit que tu travaillais très dur et que tu méritais de vivre dans un endroit où tu n'étais pas obligée de partager ta chambre avec ton fils.

Zeke entendit Elsie renifler et l'attira plus près.

— Il a beau n'avoir que neuf ans, tu lui as appris à distinguer le bien du mal, la compassion, l'empathie et il est capable d'apprécier les petites choses de la vie. Il n'est pas pourri gâté et il adore sa maman. Je ne vois pas ce qu'une mère pourrait vouloir de plus pour son enfant.

Ils restèrent assis en silence pendant une minute ou deux avant qu'Elsie ne dise :

— Je crois que Lilly a pris au moins un million de photos ce soir.

Zeke gloussa.

— Oui.

— Elle m'en a montré quelques-unes. Elles sont très bonnes. La lumière n'est pas terrible ici et pourtant les photos avaient l'air d'avoir été prises dans un studio de pro ou quoi. Elle m'a dit qu'elle m'en imprimerait quelques-unes.

— C'est cool ça, dit Zeke.

— Tu ne comprends pas, dit doucement Elsie après un moment.

— Qu'est-ce que je ne comprends pas ? demanda Zeke.

— Je n'ai aucune photo de Tony. À part quelques-unes de quand il était plus petit, mais les appareils photo et les impressions papier ne font pas partie des choses que je peux me permettre. Mon ex ne s'est jamais soucié de ce genre de choses.

Elle s'arrêta et prit une grande inspiration.

— Les photos qu'elle a prises ce soir et à son anniversaire sont les premières que j'ai de lui depuis qu'il est bébé.

Le cœur de Zeke se brisa. Il y avait tellement de choses qu'il prenait pour acquises.

— On te trouvera des cadres pour que tu puisses les accrocher, lui dit-il.

Elsie lui pinça le ventre.

— Je ne disais pas ça pour que tu aies de la peine pour moi, dit-elle. Je voulais juste dire à quel point j'étais reconnaissante que Lilly n'ait pas hésité à prendre des photos.

— Je ne pense pas que tu aurais pu l'en empêcher, dit-il en souriant. Et je n'aurais jamais de la peine pour toi, Else. Tu es riche de ta bonté, bien plus que des gens qui ont dix fois plus de biens matériels que toi.

— Je sais, murmura-t-elle.

Zeke embrassa le sommet de sa tête.

— Et ce n'est pas pour changer de sujet, mais tu as entendu la conversation sur le camping qu'a eue Tony avec Rocky et Brock ?

Elle leva la tête.

— Celle où ils se moquaient de toi parce que tu avais campé dans ton jardin et où ils insistaient pour l'emmener faire du « vrai » camping ?

— Celle-là même, oui, dit Zeke. J'ai un aveu à te faire.

— Oui ?

— J'ai un peu poussé les gars à le faire. J'espère que ça ne te dérange pas.

— Bien sûr que non. J'ai confiance en tous tes amis. Mais pourquoi ?

Ses mots accélèrent le rythme cardiaque de Zeke. Elle l'avait dit de façon si nonchalante. Elle était prête à confier la chose la plus précieuse à ses yeux à ses amis. Elle n'avait même pas hésité. Sa confiance valait tout l'or du monde pour lui.

— Quoi ? Qu'est-ce que j'ai dit ? demanda-t-elle, l'air inquiet.

— Tu *peux* leur faire confiance. Ils ne mettront jamais Tony en danger.

— Je sais, dit-elle doucement. Zeke, vous êtes des héros. Aussi bien dans vos précédents métiers que maintenant. Vous n'hésitez pas à vous aventurer dans les bois pour retrouver tous ceux qui se perdent. Des enfants, des personnes âgées, des touristes idiots, même des évadés de prison et des animaux domestiques. Il est impossible que toi ou les autres puissiez mettre mon fils en danger. Il ne risque pas de se perdre en étant avec les membres de la meilleure équipe de sauvetage et de recherche de l'État. Peut-être même de toute la côte Est. Et puis, passer du temps avec des hommes, c'est un rêve qui se réalise pour lui. Il a voulu avoir une présence masculine toute sa vie. Enfin... depuis qu'il a réalisé qu'il était différent, car son père n'était pas présent. Évidemment que je vous fais confiance à tous.

— Eh bien, ça signifie beaucoup pour moi et pour eux. Quoi qu'il en soit, je leur ai un peu suggéré de demander à Tony de partir camper avec eux le week-end prochain... parce que je te veux pour moi tout seul.

Elle le regarda fixement.

— On en a déjà parlé, continua Zeke, que Tony pourrait faire une soirée pyjama pour qu'on puisse passer du temps ensemble. Je me suis dit que ce serait parfait. L'appartement est mieux que le motel, mais je ne veux pas te faire l'amour pour la première fois quand ton fils est de l'autre côté du mur. Les murs sont bien trop fins ici pour que tu puisses apprécier notre première fois sans que tu t'inquiètes de ce que Tony pourrait entendre. Donc j'ai fait en sorte qu'on puisse passer une nuit tous seuls. Est-ce que tu m'en veux de ne pas t'avoir parlé du camping d'abord ?

Elle mit un moment à répondre et Zeke retint son souffle, attendant qu'elle parle.

— Je ne suis pas en colère, dit-elle et Zeke expira en soufflant. Mais je *suis* un peu nerveuse maintenant.

— À propos de quoi ? demanda Zeke avec surprise.

— Ça fait un moment pour moi, avoua-t-elle. Et je n'ai jamais été douée au lit.

— C'est des conneries ça, dit Zeke sans hésiter.

Elsie haussa les sourcils avec surprise.

— Pardon, ajouta Zeke. C'est juste que... c'est ton ex qui parle là. Tu m'as expliqué à quel point il était négatif. Comment il te rabaissait tout le temps. Oublie tout ce qu'il a pu te dire. Je n'ai aucun doute sur le fait que tu vas m'épater.

Face à son regard sceptique, il prit sa main qui se trouvait sur son ventre et la descendit plus bas avec audace.

— Tu sens ça ? Je suis comme ça depuis ce qui me semble être des semaines. Et crois-moi, j'ai appris, il y a bien longtemps, à contrôler mes pulsions. Mais chaque fois que je suis près de toi, que je te sens, que je t'entends interagir avec ton fils, que je te vois sourire, j'ai une érection. Tu n'as pas à t'inquiéter, chérie. Je te promets.

Au lieu de lui faire un sourire timide ou d'acquiescer, elle eut soudain un regard espiègle et resserra la main autour de son sexe. Zeke gémit, chaque muscle de son corps se contractant.

— Je ne t'ai jamais rendu la pareille pour l'autre soir, n'est-ce pas ? demanda-t-elle.

Zeke ne put s'empêcher de se remémorer à quel point elle avait été belle, assise sur ses genoux, se frottant contre son sexe, prenant son pied. Elle était absolument magnifique dans les affres de la passion et il avait hâte de revoir le même spectacle.

Il attrapa son poignet et stoppa sa caresse.

Elsie fit la moue et ce fut absolument adorable.

— J'ai envie d'attendre, lui dit-il. J'ai envie d'être profondément en toi quand tu me feras jouir pour la première fois.

Elle frissonna contre lui.

— Tu es spéciale à mes yeux et je veux m'assurer que tu sais à quel point je t'apprécie et tiens à toi. Il ne s'agit pas de sexe, Elsie. Pas pour moi. C'est plus que ça. Bien plus.

— Pour moi aussi, dit-elle.

Zeke porta sa main à sa bouche et lui embrassa la paume avant de la reposer sur son ventre, la couvrant de la sienne.

— Je... je ne prends pas de contraception, lui dit-elle.

Il fut surpris qu'elle rougisse. Ils étaient des adultes et le fait de parler de contraception n'était pas censé être gênant, mais bizarrement, ça l'était encore pour elle.

— Je vais m'en occuper, dit-il.

— Pitié, ne me dis pas que tu vas aller au magasin général de Grogan pour acheter des préservatifs, le supplia-t-elle. Si tu fais ça, tout Fallport va être au courant que l'on couche ensemble.

Zeke sourit.

— J'imagine que les gens vont finir par le savoir de toute

façon, dit-il. Ou du moins, le supposer. Est-ce que ça va te déranger ?

— Non, dit-elle sans hésitation. Je suis fière d'être ta petite amie. Mais ça ne veut pas dire que j'ai envie de promouvoir ce que nous faisons dans l'intimité.

— Je suis d'accord, répondit Zeke. Je m'en occuperai de façon à ce qu'Otto et les autres ne disent pas que j'ai acheté des préservatifs.

— Mais seulement que tu as passé la nuit chez moi, c'est ça ? demanda-t-elle avec un sourire.

Zeke gloussa.

— Je ne peux pas faire grand-chose à ce sujet. Quoi qu'il en soit, Rocky et Brock viendront récupérer Tony samedi matin. Ils randonneront jusqu'à l'un des coins de camping les plus populaires, y passeront la nuit, puis le ramèneront dimanche en début d'après-midi.

— Donc nous aurons vingt-quatre heures complètes ensemble ? demanda-t-elle.

Zeke sourit.

— Oui. Et heureusement, ton patron t'a déjà donné ton week-end pour que tu puisses t'installer tranquillement dans ton nouvel appartement.

— Comme j'ai de la chance, dit Elsie avec un sourire.

Puis elle se redressa et le chevaucha, comme elle l'avait fait dans le pick-up.

Le sexe de Zeke se durcit un peu plus sous son jean. C'était désormais l'une de ses positions préférées et il nota mentalement de lui faire l'amour de cette façon dans un futur très proche.

Elle enroula les bras autour de lui et se rapprocha le plus possible.

— Aujourd'hui, c'était le plus beau jour de ma vie. Merci, Zeke.

— De rien, chérie.

— Bon... on ne peut pas faire l'amour puisque Tony est au

bout du couloir, mais tu crois qu'on pourrait baptiser ce canapé en batifolant un peu ?

— Je pense que ça peut s'arranger, lui dit Zeke avec un sourire.

La demi-heure suivante fut une leçon de self-contrôle pour Zeke. Il n'avait jamais autant désiré une femme comme il désirait Elsie. Ils s'étaient déplacés sur le canapé jusqu'à ce qu'elle soit sous son corps et qu'il ait glissé la main sous son haut, prenant son sein et l'autre main dans ses cheveux, l'immobilisant pour l'embrasser. Elle avait glissé une main sous sa ceinture et lui serrait les fesses, l'autre lui attrapant le bras, enfonçant les ongles dans sa peau.

Zeke sut qu'il devait s'arrêter maintenant, sinon il n'y arriverait pas. Et vu comment elle se tortillait, il était évident qu'Elsie n'allait pas non plus être celle qui mettrait un frein à tout ça.

Il prit une grande inspiration, mais ne bougea pas les mains. Il adorait la sensation de son sein dans sa main. Tellement généreux et plein. Son téton était dur et il salivait presque à l'idée de le sentir sur sa langue.

— Else, il faut qu'on arrête, dit-il.

Le petit geignement qui s'échappa de ses lèvres fut putain d'adorable.

— Je sais, dit-elle au bout d'un moment. Mais sache que j'aime ça. Beaucoup.

— Pareil, répondit-il.

— Et... je crois que mon ex était un idiot.

Zeke rit.

— Effectivement. Mais par rapport à quoi exactement ?

Elle le regarda dans les yeux et lui caressa le bras du bout des doigts. Zeke ne savait pas si elle réalisait qu'elle le caressait, mais il ne comptait pas le lui signaler, car il ne voulait pas qu'elle s'arrête. Il adorait sentir ses mains sur lui.

— Il ne m'a jamais fait ressentir tout ça. Jamais. Donc je pense que le problème par rapport à notre vie sexuelle venait surtout de lui, pas de moi. Ce qui veut dire que je ne suis pas frigide. Pas du tout. Si les choses entre nous sont aussi torrides que ce que j'anticipe, tu risques d'être face à un problème.

Zeke ricana.

— Un problème ?

— Oui. Je vais souvent avoir envie de *ça*.

En employant le mot « ça », elle pressa ses hanches contre son sexe, lui donnant la chair de poule. Il se pencha vers elle et l'embrassa avec force.

Relevant légèrement la tête, assez pour pouvoir parler, ses lèvres effleurant les siennes à chaque mot, il dit :

— À chaque fois que tu auras envie de faire l'amour, tu n'auras qu'à le dire. Je suis à toi, Else.

— Même si je veux le faire rapidement au travail ? demanda-t-elle pas si innocemment.

— Putain, ma belle. Tu vas me tuer, dit-il.

— C'est un non ?

— Bien sûr que non ce n'est pas un non ! Je suis à toi. Quand tu veux. Où tu veux.

Elle lui sourit. Puis redevint sérieuse.

— J'ai peur, Zeke.

— De quoi ? demanda-t-il en s'écartant un peu pour lui laisser de l'espace.

Mais elle ne le relâcha pas. Elle enfonça les ongles dans ses fesses, lui faisant clairement comprendre qu'elle ne voulait pas qu'il s'écarte trop.

— J'ai beaucoup à perdre ici. Mon travail. Cet appartement. Tony vous adore déjà toi et tes amis...

Zeke fit de son mieux pour contrôler ses émotions.

— Rien de ce qui se passe entre nous n'affectera tout ça.

— Tu ne peux pas me le promettre, dit-elle.

— Bien sûr que si. Écoute, je ne sais pas ce que nous réserve l'avenir, mais même si ça ne marche pas entre nous, tout ira quand même bien pour vous. Pour Tony et toi. Mais je te le dis dès maintenant, je vais tout faire pour que cela *marche* entre nous. Je ne suis pas un idiot. Je sais quand j'ai quelque chose de beau et d'incroyable entre les mains et toi, Elsie Ireland, tu es l'une des meilleures choses qui me soient jamais arrivées. Alors je ne vais pas tout foirer.

— Je ressens la même chose pour toi. Je ne peux pas m'empêcher de m'inquiéter, c'est tout.

— On ne peut pas changer le passé. On a tous les deux de lourds bagages. La meilleure chose que l'on puisse faire, c'est de laisser toute cette merde derrière nous et de nous concentrer sur l'instant présent. Tu n'es pas Corinne et je ne suis pas Doug. Point. On tracera notre propre chemin. C'est un nouveau départ.

— Ça me plaît.

— Moi aussi. Maintenant, je vais me lever et y aller avant que tu ne me prennes de force sur ce canapé.

Elle rit, et comme Zeke n'avait pas enlevé la main de sous son tee-shirt, il sentit la chair d'Elsie se secouer sous sa paume. Il dut redoubler d'efforts pour la relâcher lentement. Ils soupirèrent tous les deux en démêlant leurs mains et en se redressant. Zeke l'attira contre lui et la serra un long moment dans ses bras. Du haut de son mètre soixante et quelques, elle était petite par rapport à lui qui faisait presque un mètre quatre-vingt-dix, mais la plupart du temps, il ne remarquait même pas sa petite taille. À ses yeux, elle était plus grande que nature.

Il lui prit la main et marcha jusqu'à la porte d'entrée. Il la relâcha assez longtemps pour enfiler ses chaussures qui se trouvaient dans le petit vestibule, puis l'attira à nouveau. Il ne put résister à l'envie de l'embrasser une dernière fois. Le temps qu'elle s'écarte, ils haletaient tous les deux.

— Merci encore pour aujourd'hui. Pour tout.

— De rien. Une fois que tu auras emmené Tony à l'école, essaie de te détendre avant de venir travailler.

— Tu ne viens pas me chercher demain ? demanda-t-elle en penchant la tête sur le côté de façon mignonne.

— Non. Mais pas parce que je n'ai pas envie de te voir. C'est juste que, si je t'ai pour moi tout seul, je vais avoir envie de te faire l'amour. Et je n'ai pas envie de me précipiter. Je veux attendre jusqu'à samedi, quand j'aurai tout le temps de t'explorer. Pour connaître chaque centimètre de ton corps. Mais si tu as besoin de moi, n'hésite pas à m'appeler.

Elsie rougit, mais acquiesça.

— Cette anticipation... c'est frustrant, mais plutôt amusant.

Zeke gémit.

— Si c'est comme ça que tu le qualifies. On se voit demain, chérie. Dors bien.

— Je le ferai.

— Bonne nuit, dit-il en déposant un baiser sur son front, se forçant à se tourner vers la porte.

Ethan avait remplacé les serrures, ajoutant un verrou supplémentaire.

— Assure-toi de tout verrouiller derrière moi, ordonna-t-il.

Elsie leva les yeux au ciel.

— Comme si j'allais laisser la porte ouverte, se moqua-t-elle.

— Insolente, la taquina-t-il.

— Merci de te soucier de moi, dit-elle plus sérieusement.

— Je m'en soucie plus que tout, lâcha Zeke.

C'était peut-être un peu tôt pour prononcer les fameux mots, mais il fallait qu'elle sache que ce n'était pas un simple flirt pour lui. Et vu la façon dont elle se mordit la lèvre et le regarda avec des yeux en cœur, il fut certain qu'elle ressentait la même chose.

— À demain, dit-il en ouvrant la porte et en descendant la courte allée en béton vers les escaliers.

Il entendit la porte se fermer derrière lui et prit une grande inspiration en marchant vers son pick-up. La journée avait été parfaite. Elsie était parfaite. Il avait hâte d'être le week-end prochain. Pour la faire sienne, de toutes les façons possibles.

CHAPITRE TREIZE

Elsie était nerveuse.

C'était idiot. Elle en avait envie. Elle avait envie de Zeke.

Mais alors qu'ils se tenaient tous les deux sur le parking, saluant Tony, Rocky et Brock qui partaient camper, tout à coup, Elsie ne fut plus sûre de ce qu'elle et Zeke avaient planifié.

Elle avait cru que Doug serait l'amour de sa vie, et regardez comment *ça* s'était terminé.

Sans compter qu'elle s'inquiétait pour Tony. S'il se rapprochait trop de Zeke et de ses amis, il serait dévasté si on les lui enlevait. Mais qu'est-ce qu'elle croyait ? Il serait même *déjà* dévasté si les choses ne marchaient pas entre elle et Zeke.

Alors qu'elle était sur le point de se dissuader de passer la nuit avec lui, il lui dit :

— Viens.

Levant les yeux, Elsie vit qu'il désignait le pick-up et non pas les escaliers qui les ramèneraient à l'appartement.

— Où est-ce qu'on va ? demanda-t-elle.

— Je ne sais pas encore. Je verrai quand on y sera.

Elsie fronça les sourcils, perplexe.

— Je croyais qu'on allait monter et... tu sais.

— Oui, c'était ce qui était prévu. Mais tu es stressée. Alors j'ai pensé qu'on pourrait juste passer un peu de temps ensemble pendant un moment.

Et tout à coup, la réticence qu'éprouvait Elsie un peu plus tôt disparut.

— Je vais bien, dit-elle doucement.

— J'ai envie de toi, Else, dit Zeke d'un air sérieux. Mais j'ai envie que tu sois aussi excitée que moi. Il n'y a pas d'urgence. Je ne vais nulle part. Si on ne fait pas l'amour ce week-end, ce n'est pas grave. On attendra.

— Mais le but du camping pour Tony c'était de le sortir pour qu'on ait la maison pour nous tous seuls.

— On passera quand même la journée ensemble, insista Zeke. Rien, à part si tu me vires, ne m'empêchera de passer du temps avec toi durant notre temps libre. Mais je veux que tu sois détendue, pas anxieuse. Alors, viens, monte dans la voiture. On va trouver de quoi nous occuper pendant un moment pour te faire oublier ce qui te rend nerveuse.

Zeke était vraiment une bonne personne.

— Je n'ai pas mon sac à main.

— Comme tu n'auras rien à payer aujourd'hui, tu n'en auras pas besoin, dit Zeke.

Elsie leva les yeux au ciel.

— Très bien, mais j'ai d'autres choses à l'intérieur dont je pourrais avoir besoin.

— Comme quoi ?

Elle haussa les épaules.

— Je ne sais pas. Un stick à lèvres. Les clés de l'appartement. Des mouchoirs. Des *trucs* quoi.

Zeke rit.

— C'est vrai. J'aurais dû savoir qu'il ne faut pas demander à une femme ce qui se trouve dans son sac. Tu veux bien rester ici pendant que je monte le chercher ? Ou tu vas me sauter dessus ?

Elsie leva les yeux au ciel.

— Te sauter dessus ? Tu me prends pour un chien sauvage ou quoi ?

— Un peu. Donc je te ménage. Il y a quelques minutes, j'ai cru que tu allais partir avec les gars et ton fils, même si tu détestes les activités de plein air, juste pour ne pas te retrouver seule avec moi.

Elsie culpabilisa immédiatement. Elle avait paniqué. Toutes les choses que lui avait répété Doug pendant si longtemps avaient fini par s'insinuer dans son esprit, la poussant à se demander ce qu'elle fabriquait et comment elle croyait pouvoir entretenir une relation normale.

Elle se rapprocha de Zeke et enroula les bras autour de sa taille en levant les yeux vers lui.

— Je ne vais pas te mentir. J'ai eu un moment de doute. Mais c'était plus à cause de moi, pas de toi. Ça va mieux maintenant.

Zeke se pencha vers elle et plaqua son front contre le sien en joignant les mains derrière le bas de son dos.

— Je l'ai déjà dit, mais je vais le dire à nouveau, tu as besoin de plus de temps et tout ce que tu as à faire, c'est me donner ton feu vert. Je t'ai attendue tellement longtemps, je peux attendre aussi longtemps qu'il le faudra pour que tu sois sûre à cent pour cent de pouvoir me faire confiance.

Et ce furent ces mots qui la confortèrent dans sa décision. Zeke n'allait pas l'abandonner dès l'instant où ils feraient l'amour. Il n'allait pas devenir un homme complètement différent une fois qu'il l'aurait eue, mettant de côté Elsie et son fils. Elle le savait.

— Je n'ai pas envie d'attendre, dit-elle simplement.

Les yeux noisette de Zeke restèrent rivés sur les siens. Il se lécha les lèvres.

— Tu es incroyable, dit-il doucement. Tu es forte. Une vraie dure à cuire.

Elsie secoua la tête.

— Non, vraiment pas.

Ce fut au tour de Zeke de lever les yeux au ciel.

— N'importe quoi. Allez, monte dans le pick-up, ma belle, pendant que je récupère ton sac à main. Tu as besoin d'autre chose pendant que je suis là-haut ? Tu veux que je prenne une bouteille d'eau ou quoi ?

— Tu comptes m'emmener randonner ? demanda Elsie.

Zeke parut perplexe.

— Non. Tu détesterais ça.

— Alors je n'ai pas besoin d'eau, dit-elle avec un petit sourire.

— Très bien.

Zeke lui rendit son sourire, l'embrassa rapidement et avec force avant de la pousser légèrement vers le pick-up.

— Je reviens dans une seconde.

Elsie souriait toujours lorsqu'elle grimpa dans le pick-up et ferma la portière.

Elle observa Zeke vérifier que son appartement – mon Dieu comme ces mots étaient géniaux, *son appartement* – soit bien fermé, puis dévaler les escaliers vers elle.

Elle avait l'impression que plus elle le connaissait, plus cet homme devenait beau. Le simple fait d'imaginer l'avoir pour elle seule plus tard au lit lui donna la chair de poule. Mais il avait raison, elle avait besoin d'un peu plus de temps. Ça aurait été bizarre de dire au revoir à son fils, de monter puis de se déshabiller. Et puis, elle adorait passer du temps avec Zeke de toute façon.

Elle ne savait pas vraiment où ils allaient, car il n'y avait pas grand-chose à faire à Fallport, mais elle était partante pour tout ce qu'il déciderait.

Zeke monta à bord de son pick-up et posa son sac à main sur le siège qu'il y avait entre eux.

— Tu es prête ? demanda-t-il en démarrant le moteur.

— Je suis prête, acquiesça-t-elle.

* * *

Cinq heures plus tard, Elsie n'arrivait pas à croire qu'elle ait pu penser qu'il n'y avait rien à faire à Fallport. Zeke s'était surpassé pour la divertir.

Premièrement, ils étaient passés au *Broyeur* et il lui avait pris un macchiato au caramel. Puis, ils étaient allés à la librairie de livres d'occasion *L'Amour des Livres* sur la place centrale. Elle était juste en bas du bar, mais elle n'y était jamais allée. Dès qu'elle y était entrée, Elsie avait eu l'impression d'être au paradis. Il y avait des livres empilés littéralement partout. Sur le sol, sur les étagères et même dans les allées. Elle s'était retrouvée avec un sac de courses rempli de livres de poche que Zeke avait voulu payer avec insistance. Quand elle avait commencé à protester, il s'était penché et lui avait dit :

— Else, à vingt-cinq centimes chacun, je pense que je peux me permettre de dépenser cinq dollars pour ma femme.

Il n'avait pas tort. Alors elle avait cédé, excitée de ramener ces nouveaux trésors à la maison et de les mettre sur la bibliothèque que quelqu'un leur avait donnée pour l'appartement.

Puis, Zeke l'avait emmenée au parc à toutous, où elle avait passé une bonne quarantaine de minutes à jouer avec les chiens qui étaient de passage. Après, ils étaient retournés sur la place où Zeke était allé leur chercher à manger pour le déjeuner pendant qu'elle parlait à Art, Otto et Silas.

Les trois hommes avaient été aussi insolents et hilarants que d'habitude et le temps que Zeke revienne, elle leur avait déjà expliqué que Tony était parti camper, qu'elle n'avait jamais fait de bowling, qu'Hawaï était le voyage de ses rêves et que, lorsqu'elle avait huit ans, elle avait trouvé un serpent dans son jardin et l'avait gardé comme animal de compagnie… pendant une semaine jusqu'à ce que sa mère le retrouve dans son placard. Il s'était échappé de la boîte à chaussures dans laquelle elle l'avait gardé pendant qu'elle était à l'école.

Elle ne sut pas comment ces hommes avaient réussi à lui faire dire tout cela, mais elle comprenait désormais un peu mieux pourquoi ils étaient les rois incontestés des ragots de Fallport.

Zeke l'avait amenée au parc Wagon, ainsi nommé, car il y avait un wagon rouge au milieu d'un grand espace où les enfants pouvaient jouer. Ils avaient déjeuné là-bas et Elsie ne se souvenait pas avoir autant ri dans sa vie.

À aucun moment de cette journée passée ensemble Zeke ne lui avait fait sentir qu'il était irrité de ne pas être de retour à son appartement pour qu'ils fassent l'amour comme des fous. Encore un gros contraste avec son ex. Au début de leur mariage, avant qu'il n'ait plus du tout envie d'elle, Doug se plaignait qu'elle ne veuille pas assez souvent coucher avec lui.

Le temps que Zeke se gare sur le parking de la résidence, Elsie était totalement détendue.

Il éteignit le moteur et la regarda.

— C'est quoi ce regard ? demanda-t-il en observant son sourire.

— C'était fun, lui dit-elle.

Zeke lui fit un clin d'œil.

— Tant mieux. Tu avais en grande partie raison en disant que Fallport n'est pas un endroit très divertissant. Mais tant que tu ne cherches pas de restaurants haut de gamme, des musées ou un énorme centre commercial, il y aura toujours quelque chose à faire.

— Espérons que Tony pense la même chose quand il sera plus grand, dit Elsie en gloussant légèrement.

Zeke lui retourna son sourire, puis ouvrit la portière. Il contourna la voiture et prit le sac de livres qu'Elsie venait de saisir sur le siège arrière. Puis, il ferma sa portière et lui prit la main. Ils gravirent les escaliers jusqu'à son appartement.

Après être entré, Zeke posa les livres sur la petite table basse dans la salle à manger avant de se tourner vers Elsie.

— La balle est dans ton camp, chérie. Si tu as besoin d'un peu plus de temps, je peux y aller. J'aimerais bien revenir demain matin et te préparer le petit-déjeuner par contre.

Rien qu'en l'imaginant partir, Elsie sentit son estomac se nouer. Mais le fait de savoir qu'il était prêt à lui laisser un peu d'espace après qu'ils se soient organisés pour passer la soirée ensemble la rendit encore plus amoureuse de lui.

Elle fit un pas vers lui et se colla contre lui en guise de réponse.

— Tu as pu acheter des préservatifs ? demanda-t-elle. Je veux dire, sans que ce vieux Grogan et la moitié de Fallport ne sachent ce que tu faisais ?

Zeke rit et le son vibra à travers Elsie.

— Je suis allé au Walmart. Même si j'ai dû annuler deux fois ma mission. La première fois c'était parce qu'au moment où j'étais sur le point d'aller dans le rayon en question, Sandra – tu sais la propriétaire du restaurant – est sortie de nulle part et a commencé à me parler. Puis une fois qu'elle est partie, je suis retourné vers le rayon quand un groupe d'ados est passé devant moi et je te jure qu'ils sont restés là mille ans, à parler des préservatifs qui étaient les moins inconfortables et de la plus grosse taille.

Elsie gloussa.

— Tu vois ? Il était hors de question que j'interrompe ça. Alors j'ai fait le tour et j'ai récupéré tout un tas de trucs dont je n'avais pas besoin. Finalement, au bout de la troisième fois, le rayon était enfin libre. J'ai pris ce que je voulais et je me suis barré. Oh – et j'ai failli tout gâcher quand je me suis retrouvé dans une file d'attente derrière Simon.

— Le chef de la police ? demanda Elsie.

— Lui-même. Il était hors de question que je pose des boîtes de préservatifs sur le tapis roulant devant lui. J'apprécie et respecte cet homme, mais il n'était pas nécessaire qu'il soit au courant de nos affaires. Alors j'ai changé de file. Ça m'a pris vingt minutes de plus, mais ça en valait la peine.

— Des *boîtes* ? demanda-t-elle en remarquant l'emploi du pluriel.

Zeke resserra les bras autour d'elle.

— Oui. J'étais plutôt certain qu'une seule boîte ne suffirait pas. Pas quand je sais à quel point j'ai envie de toi.

Des picotements la parcoururent.

— J'ai une autre question, dit-elle.

— Vas-y. Je suis un livre ouvert pour toi, chérie. Demande-moi ce que tu veux et quand tu veux.

— Donc j'imagine que tu as pu avoir tout ce que tu voulais même si ces adolescents ont probablement acheté toutes les grandes tailles, hein ? parvint-elle à demander en gardant son sérieux.

Elle ne put se retenir quand Zeke écarquilla les yeux.

— Oh, elle aime taquiner alors... C'est bon à savoir, dit Zeke avec un grand sourire. Pour ton info, il restait plein de Magnum extra-larges. Je suppose que ces garçons ont fait un choix raisonnable.

Le sexe n'avait jamais été comme cela auparavant. Non pas qu'ils aient déjà fait l'amour, mais Elsie n'avait jamais plaisanté comme ça par le passé. C'était plutôt gênant quand elle demandait à celui avec qui elle sortait s'il avait un préservatif et généralement il fronçait les sourcils, grommelait et gémissait, mais finissait par en sortir un de son portefeuille. Et Doug n'avait jamais pris la peine d'en mettre. Il n'avait même pas pris la peine de lui *demander* ce qu'elle voulait faire concernant la contraception.

— À quoi tu penses ? demanda doucement Zeke.

Merde. Elle s'était perdue dans ses pensées, se remémorant le passé. Cela lui arrivait de plus en plus souvent avec Zeke. Elle le comparait constamment à son ex et Zeke l'emportait chaque fois.

— J'étais juste en train de me dire qu'avec toi, rien de tout ça n'est gênant, dit-elle avec honnêteté. Je ne suis pas sûre d'avoir déjà été avec un gars qui était si détendu vis-à-vis de la contraception.

— Tu veux d'autres enfants ? demanda Zeke.

— Oui.

C'était plutôt facile de répondre à cette question.

— Mais je ne suis pas sûre que ça arrivera un jour, continua-t-elle. Il est hors de question que je donne vie à un enfant vu ma situation actuelle. C'est trop incertain. Et les enfants, ça coûte cher.

— Je te l'ai déjà dit auparavant et je le dis à nouveau, ta vie d'avant, c'est terminé. Tu n'auras plus à quémander pour manger. Tu ne vivras plus dans un motel. Tu ne travailleras plus d'arrache-pied pour pouvoir faire dîner Tony pendant que tu te prives, dit Zeke avec un ton sévère.

Ses mots firent du bien à Elsie. Mais ça ne voulait pas dire qu'elle était prête à le laisser devenir son sugar daddy. Hors de question.

— Merci, c'est gentil, mais tu sais que ça ne marche pas comme ça la vie, lui dit-elle.

Il acquiesça.

— Tu as besoin de plus de temps pour que je te prouve les choses. Pour te prouver que je ne suis pas comme ton connard d'ex. Que je suis impliqué à cent pour cent. Ce n'est pas une simple aventure pour moi, Elsie. J'avais décidé que j'en avais fini avec les femmes. Après ce qu'a fait Corinne, j'en ai eu *assez*. Puis quand je t'ai vue, je suis tombé sur le cul. Tu es tout ce que j'ai toujours voulu. Tu es loyale, bosseuse, drôle, belle et tu es une très bonne mère. J'ai toujours voulu des enfants. Mais je suis plus que reconnaissant de ne pas en avoir eu avec Corinne. Ça va probablement te faire flipper, mais je dois admettre que je me *vois* bien avoir des enfants avec toi.

Elsie déglutit avec difficulté. Il n'avait pas tort. Ça la faisait un peu *flipper*.

— Mais pas tout de suite. Tu as besoin de temps pour que je te prouve que je suis derrière toi. Pour que tu comprennes que ta vie, et celle de Tony, sont désormais différentes. Peu importe combien de temps cela prendra, je serai là.

— Comment est-on passé d'une conversation sur les

préservatifs à une conversation sur le fait d'avoir des enfants ? demanda Elsie.

— Aucune idée. Mais le plus important c'est que tu veux que je mette des préservatifs, donc j'en mettrai. Sans me plaindre. Ni faire de grimaces. Je ferai tout ce qu'il faut pour te protéger mentalement et physiquement.

— J'ai du mal à croire que tout ça est réel, avoua-t-elle.

— C'est réel. *Toi et moi*, c'est réel, la rassura Zeke. Du coup... tu veux que je parte ?

— Non.

Elsie n'avait pas réalisé à quel point Zeke était tendu jusqu'à ce que ses épaules s'affaissent en entendant sa réponse.

— Merci.

Il avait travaillé dur aujourd'hui pour la mettre à l'aise. Pour la faire sourire. Pour s'assurer qu'elle était détendue. Et Elsie réalisa soudain qu'elle ne s'était pas inquiétée pour Tony depuis qu'il était parti. Avant, dès qu'il était loin d'elle, elle était nerveuse jusqu'à ce qu'il rentre à la maison. Mais aujourd'hui, même s'il allait dans les bois avec des hommes en qui elle avait confiance mais qu'elle ne connaissait pas très bien, elle n'était pas inquiète. Elle ne savait pas si cela faisait d'elle une mauvaise mère ou non.

— Allez, viens, allons mettre ces livres sur la bibliothèque. Ensuite on pourra regarder un film ou quoi, dit Zeke.

Elsie lui prit la main alors qu'il s'éloignait.

— On ne va pas...

Sa voix se brisa.

— Faire l'amour ? Coucher ensemble ? Baiser ? Je dis oui au trois. Mais je veux que tu sois d'accord à cent pour cent avant que ça ait lieu. Il n'y a pas d'urgence. On va passer du temps ensemble, se détendre, réfléchir à ce qu'on peut manger ce soir.

— OK, accepta-t-elle.

— OK.

Elsie le laissa la guider dans l'autre pièce où il l'installa sur le canapé. Puis, il prit le sac de livres qu'il avait achetés, les plaçant sur la table basse devant elle.

Durant les heures qui suivirent, ils firent exactement ce que Zeke avait suggéré. Ça lui faisait bizarre de rester assise sans rien faire, elle avait été bien trop occupée pendant longtemps. Avec Zeke à ses côtés, ça ne la dérangeait pas trop. La journée avait été parfaite. *Zeke* avait été parfait, y compris en ayant la volonté de lui laisser de l'espace si elle en avait besoin.

Mais alors que les minutes s'écoulaient, elle sut que ce n'était pas ça qu'elle voulait. Elle voulait Zeke. Le fait qu'un homme comprenne si bien ses envies était encore un concept inconnu pour elle. Plus elle passait du temps avec lui, plus elle avait *envie* d'en passer. Certaines personnes devaient trouver cela étrange de travailler tous les jours avec un homme et d'être parfaitement heureuse de passer la soirée et le lendemain matin avec lui aussi. Mais pas Elsie.

Même si Lilly était son amie, Zeke était son *meilleur* ami. Elle avait l'impression de pouvoir lui dire tout ce qu'elle voulait et qu'il ne cillerait même pas. Elle avait également envie d'endosser ce rôle pour lui en retour. Même s'ils avaient une alchimie folle, elle avait envie de le connaître de A à Z.

Elle en savait un peu sur son passage dans l'armée et sur ses parents toxicomanes, mais mourait d'envie d'en savoir plus.

— Comment tu t'es retrouvé ici à Fallport ? demanda-t-elle.

Sans hésitation, Zeke baissa le son de la télévision et tourna son attention vers elle. Elle appréciait le fait que chaque fois que Tony ou elle était en train de parler, il les regardait toujours dans les yeux, pour leur faire savoir qu'il les écoutait.

— Tu as entendu ce que j'ai dit à Tony concernant ma dernière mission. C'était devenu trop pour moi. Avant, j'adorais ce que je faisais, mais j'ai fini par redouter d'être en mission. Non seulement à cause de ce qui se passait à la maison avec ma femme, mais aussi parce que je ne faisais plus confiance à mes officiers supérieurs. Ce n'était pas une bonne situation. Alors j'ai quitté l'armée au moment de mon réengagement. Je ne savais pas trop ce que j'allais faire de ma vie jusqu'à ce qu'Ethan me contacte. Je l'avais rencontré quelques fois, car les équipes des forces spéciales ont tendance à se croiser ici et là, et même à travailler ensemble de temps en temps. Il a appris que j'avais démissionné et voulait savoir si cela m'intéressait de rejoindre l'équipe de sauvetage et de recherche. Il a même essayé de rendre Fallport peu attrayant, ricana Zeke. Probablement pour que je sache dans quoi je m'engageais. Il m'a dit que c'était une petite ville au milieu de nulle part, sans centres commerciaux ni cinémas et avec seulement une école primaire, un collège et un lycée et que les sentiers sur lesquels nous travaillerons seraient envahis par la végétation et mal balisés. J'étais intrigué par ce travail et le fait d'être au milieu de nulle part m'attirait après tout ce que j'avais vécu. J'ai déménagé ici sans hésiter et je n'ai jamais été déçu. Et toi ? Qu'est-ce qui t'a amenée ici ?

Elsie haussa les épaules.

— J'ai beau ne pas aimer être dans la nature, j'adore les petites villes. Les rues calmes. Les arbres et la montagne. Être loin de la ville. J'aimais aussi vivre en Virginie, mais pas dans la partie nord près de Washington, DC, où je vivais avec Doug. Après l'avoir quitté, j'ai lutté pour m'en sortir. J'ai d'abord habité chez une amie. Puis j'ai erré un peu, essayant de trouver un endroit qui me semblait bien pour Tony et où nous aurions pu nous installer. Après avoir cherché pendant plusieurs années... j'ai trouvé Fallport. Bien sûr, une fois que nous sommes arrivés ici, je n'avais tellement plus d'argent que je n'ai pas vraiment eu d'autre choix *que* de rester, dit-elle en haussant légèrement les épaules.

— Eh bien pour ma part, je suis ravi que vous soyez là. Tous les deux.

Elsie se blottit contre Zeke, adorant sentir son bras autour de ses épaules.

— Tu as dit à ton ex où tu partais ? demanda-t-il.

Elsie acquiesça.

— Oui. Je n'ai pas kidnappé Tony, si c'est ce que tu crois, dit-elle un peu sur la défensive.

— Ça ne m'a jamais traversé l'esprit. Je pensais plutôt à tout ce que ton ex a raté en ce qui concerne son fils.

— Effectivement, acquiesça Elsie. Il a toujours su où nous étions, juste au cas où il ait envie de voir Tony. Et je lui ai écrit quand je suis arrivée ici et je lui ai donné l'adresse du motel *Mangree*. Il ne m'a jamais répondu. Il n'a jamais montré le moindre intérêt pour Tony depuis que nous sommes partis il y a des années.

— Tant pis pour lui, lui dit Zeke. Tony est incroyable.

— C'est vrai, dit-elle avant de secouer la tête. Comment tu fais ? On a commencé par parler de toi puis on a encore fini par parler de Tony et moi.

— Tu es bien plus intéressante que moi, dit Zeke.

— Ce n'est absolument pas vrai. Comme as-tu fait pour devenir propriétaire du bar ?

— Ce n'est pas une histoire très excitante, hésita Zeke.

Elsie se redressa.

— Eh bien, maintenant je crois que j'ai *besoin* de l'entendre. Surtout quand tu sembles si réticent à me la raconter.

— Je ne suis pas réticent, c'est juste que..., commença Zeke avant de soupirer. Très bien. Je me suis fait avoir par Art et les gars.

Devant l'air surpris d'Elsie, il continua.

— Je m'ennuyais. J'ai fait toutes les randonnées possibles dans les alentours et beaucoup de sport avant d'avoir l'impression de devenir fou. Je me suis un jour arrêté à la poste pour récupérer mon courrier et les trois mousquetaires étaient là, comme d'habitude. Art m'a alors dit que le gars qui tenait le bar partait. Il a dit que c'était dommage puisqu'il n'y avait aucun repreneur et que l'endroit allait probablement fermer. Silas a ajouté son grain de sel en disant qu'il y avait un gars à Roanoke qui envisageait de l'acheter et d'en faire un bar à oxygène. Tu sais ces bars où les gens s'assoient et inspirent de l'oxygène parfumé et tout ? Puis Otto a murmuré quelque chose en disant que le gars qui possédait *La Cave* allait peut-être l'acheter.

— La salle de billard ? C'est plutôt dangereux là-bas, non ?

— Oui. Je suis tombé dans le panneau et suis allé parler au propriétaire ce jour-là. Une semaine plus tard, j'étais le nouveau propriétaire du *On the Rocks*. Mes jours d'ennui étaient officiellement terminés et ces trois gars prétendent encore aujourd'hui qu'ils ont sauvé tout le centre-ville en me convainquant de l'acheter.

— Ils n'ont pas tout à fait tort. Je n'ose pas imaginer l'ambiance du centre-ville si c'était devenu un endroit craignos comme *La Cave* ou un bar à oxygène pour bobos, dit Elsie en gloussant.

— Je pensais ajouter un coin fumeurs, dit Zeke d'un air très sérieux. Je le mettrai dans le coin et commencerai avec de la fumée saveur barbe à papa et cerise.

— Pff, tais-toi, dit Elsie.

Il plongea en avant et Elsie ne fut pas prête pour cette attaque de chatouilles. Elle fit de son mieux pour le repousser, mais elle riait trop fort. Elle se retrouva allongée sur le canapé avec Zeke au-dessus d'elle.

— Tu n'aimes pas mon idée ? C'est moi le patron, tu es censé aimer *tout* ce que je suggère.

— Pas quand c'est idiot, rétorqua-t-elle.

Zeke enfonça à nouveau les doigts dans ses côtes et Elsie ne se souvint pas de la dernière fois où elle avait ri aussi fort. Puis, les chatouilles changèrent. Elles se transformèrent en douces caresses et Elsie réalisa que Zeke était allongé entre ses jambes, la clouant contre le canapé, ses doigts touchant sa peau nue sur les côtés. Zeke releva son haut, dévoilant son ventre et se pencha, déposant un doux baiser sur sa petite brioche.

— Tellement. Sexy. Putain, dit-il dans sa barbe alors que son souffle chaud effleurait sa peau.

— Zeke..., murmura Elsie en l'attrapant par les épaules.

Pas pour le repousser, mais simplement pour s'accrocher à quelque chose alors que le feu parcourait son corps aussi soudainement que si elle s'enflammait.

Il leva les yeux et la chaleur dans son regard sembla la brûler vive.

— J'ai envie de toi, dit-il doucement. Plus que je n'ai jamais eu envie de quoi que ce soit dans ma vie. Tu veux bien me laisser t'aimer ?

Comment pouvait-elle dire non à cela ? Elle ne le pouvait pas. Pas quand elle le désirait tout autant.

— Oui, murmura-t-elle.

CHAPITRE QUATORZE

Dès l'instant où le mot lui échappa des lèvres, Zeke se leva et la prit avec lui. Il tenait fermement sa main tout en la conduisant à la chambre. La nervosité qu'Elsie avait éprouvée un peu plus tôt avait disparu, comme si elle n'avait jamais existé.

Ça lui semblait être juste. L'une des choses les plus justes qu'elle ait jamais ressenties de sa vie. Elle avait envie d'être avec Zeke. Elle avait envie de le toucher et d'être touchée en retour. Elle savait sans aucun doute que faire l'amour avec Zeke n'aurait rien à voir avec son ex. Doug n'avait toujours pensé qu'à *lui*. À prendre son pied sans se soucier de si Elsie avait eu un orgasme.

Tout ce que Zeke faisait était pour le bien-être d'Elsie. De sa charge de travail au bar à l'arrangement avec Raiden pour que Tony passe du temps à la bibliothèque après l'école, au fait de s'assurer qu'elle mangeait sainement. Faire l'amour avec elle ne serait pas plus différent. À vrai dire, elle avait même l'impression qu'elle devrait travailler deux fois plus dur pour s'assurer qu'il prenne lui aussi du plaisir et qu'il ne se contente pas d'être spectateur du sien.

Zeke avait apporté son sac avec ses affaires pour la nuit un peu plus tôt, refusant de l'emmener à l'intérieur pendant que

Tony était là. Encore une façon de toujours prendre soin d'elle et de son fils.

La première chose qu'il fit après avoir fermé la porte de sa chambre fut de se rendre près de son sac et de sortir une boîte de préservatifs. Il la plaça sur la petite table de chevet à côté de son lit double, puis se tourna vers elle.

Elsie gigota, se demandant ce qu'elle devait faire ensuite. Mais elle n'aurait pas dû s'inquiéter. Zeke leva les bras, attrapa le tissu de son tee-shirt derrière sa tête et l'enleva. Il n'avait plus que son jean. Il défit ensuite son pantalon, mais ne l'enleva pas.

Elle resta immobile et fixa du regard l'homme le plus beau qu'elle ait jamais vu. Des poils noirs parsemés recouvraient son torse et devenaient un peu plus volumineux au niveau de sa ceinture, là où ils disparaissaient sous son jean. Il avait le tatouage d'un bouclier avec une tête de mort sur son pectoral gauche. Une phrase était écrite en dessous. Et même si Elsie n'avait jamais été du genre à être excitée par les tatouages, elle devait reconnaître que ça lui allait bien.

Voyant ce qu'elle regardait, il lui dit :

— *De Oppresso Liber*. C'est ce qu'il y a écrit. C'est la devise des Bérets Verts.

— Qu'est-ce que ça veut dire ? demanda-t-elle doucement en le regardant toujours de l'autre côté de la pièce.

— Libérer les opprimés. Nous nous sommes battus pour ceux qui ne pouvaient pas se battre pour eux-mêmes.

— Comme moi, dit Elsie.

Zeke secoua immédiatement la tête.

— Non. Tu as fait un sacré boulot en te battant non seulement pour toi, mais aussi pour Tony. Tu n'as pas besoin de moi.

— Je crois que tu te trompes, dit-elle plus à elle-même qu'à lui.

Zeke tendit le bras.

— Viens ici, Else.

Pendant une seconde, elle se sentit bouleversée par cet homme et resta immobile. Il était exceptionnel. Il avait ses défauts, mais pour tout ce qui comptait, il était parfait. Elle avait l'impression d'être tellement moins bien que lui.

Elle lut une certaine tristesse dans ses yeux, tellement rapide qu'elle faillit la manquer, avant qu'il ne se retourne pour ramasser le tee-shirt qu'il avait fait tomber par terre.

Réalisant qu'il allait partir, elle se mit en mouvement. En quelques secondes à peine, elle se retrouva plaquée contre lui.

— Tu es sûre ? demanda-t-il en laissant à nouveau tomber son tee-shirt.

— J'ai peur de ne pas être à la hauteur de tes attentes, mais je suis certaine de vouloir essayer oui.

Zeke rit.

— La seule attente que j'ai c'est que je vais perdre le contrôle bien trop rapidement une fois que je serai en toi.

Les images que ses mots invoquaient firent frissonner Elsie.

— C'est pour ça que je vais prendre mon temps. Découvrir chaque centimètre de toi avant que nous n'allions aussi loin. Lève les bras.

Il était à la fois autoritaire et tendre. Elsie adorait cette juxtaposition. Elle leva les bras et sentit les mains de Zeke devant l'ourlet de sa chemise. Elle pensait qu'il allait rapidement l'enlever mais au lieu de ça, il releva lentement le tissu. Il frôla sa taille du bout des doigts au passage.

Une fois qu'il lui eut enlevé son haut, Zeke la regarda simplement. Elsie ne put s'empêcher de se cambrer un peu. Le désir et l'admiration qu'elle vit dans les yeux de Zeke lui donnèrent envie de se pavaner.

— Putain, murmura-t-il dans sa barbe quelques secondes avant qu'il ne tende la main vers elle.

Mais au lieu de lui toucher les seins, il s'attaqua à la fermeture de son jean. Il s'agenouilla en faisant glisser le tissu par-dessus ses jambes. Une fois de plus, il effleura sa peau du bout des doigts en la déshabillant. Elle retira complètement son pantalon et il la regarda de haut en bas. Il agrippa ses hanches et resta accroupi devant elle.

Elsie s'attendit à ce qu'il se lève et quand il ne le fit pas, elle haussa les sourcils.

— Zeke ?

— Chuut. Je mémorise cet instant, dit-il d'une voix profonde qu'elle reconnut à peine.

Si elle avait pu avoir des doutes quant au fait qu'il soit réellement attiré par elle, ceux-ci disparurent lorsqu'elle vit comment il observait son corps presque nu.

Elsie avait eu un bébé. La brioche au niveau de son ventre dont elle n'arrivait pas à se débarrasser, peu importe les efforts qu'elle fournissait, en était la preuve. Elle avait également des vergetures. Elles s'étaient un peu estompées avec les années, mais elles prouvaient également qu'elle avait eu un enfant. Ses seins étaient un peu plus affaissés qu'ils n'auraient dû l'être à son âge.

Mais alors que Zeke s'agenouillait devant elle, se léchant les lèvres, Elsie se sentit plus belle que jamais. Elle distinguait bien la bosse sous son pantalon et cela la fit se sentir encore plus désirable.

Cet homme la voulait. Et elle le voulait clairement aussi.

Lorsqu'elle fut sur le point de lui attraper le bras pour le relever, Zeke leva le menton et la regarda.

— Je ne sais pas par où commencer, avoua-t-il.

Elsie ne put s'en empêcher. Elle éclata de rire.

— Je pense que ce serait bien de se mettre sur le lit pour commencer, plaisanta-t-elle.

Il retroussa les lèvres.

— Oui, dit-il avant de se lever tout en gardant un contact corporel.

Il la prit par la taille, son pouce caressant la peau de son ventre et ses doigts l'agrippant fermement alors qu'il les déplaçait. Il la repoussa doucement en arrière jusqu'à ce que ses genoux heurtent le matelas et qu'elle s'assoie.

— Recule, lui ordonna-t-il.

Elsie avait déjà lu des livres où le héros était dominant. Elle n'était pas certaine d'aimer ce genre de choses. Mais quand Zeke lui disait quoi faire de cette voix rauque et grave, elle comprenait mieux pourquoi les héroïnes de ces livres étaient si disposées à faire tout ce que les héros leur demandaient.

Elle recula tout en gardant les yeux rivés sur Zeke. Il enleva son pantalon et baissa son caleçon en même temps. Elsie ne put détourner son regard de son sexe. Il n'était pas plus long que la moyenne, mais mon Dieu, qu'est-ce qu'il était *épais* !

Zeke sourit en rampant sur le lit à quatre pattes. Elle s'allongea alors qu'il continuait à s'avancer et lâcha :

— Je plaisantais tout à l'heure pour les préservatifs grande taille, mais tu es énorme.

Son sourire s'élargit.

— Ça ira très bien, dit-il avec assurance.

Elsie lui jeta un regard sceptique.

— Si, je t'assure, insista-t-il. Tu es faite pour moi. Et puis, je vais m'assurer que tu sois trempée avant qu'on y aille. Je te garantis que quand ce sera le moment, tu ne penseras à rien d'autre qu'au fait de me vouloir en toi.

— Je ne sais pas si je dois t'engueuler parce que tu es trop confiant et prétentieux ou si je devrais m'inquiéter de ce qui est sur le point de se produire.

— Ne t'inquiète jamais de ce que l'on fait ensemble, dit immédiatement Zeke. Qu'on soit au lit, dans la voiture, au travail ou en train de passer du temps ailleurs. Tu es toujours en sécurité avec moi.

— Zeke, murmura Elsie, se sentant bouleversée.

Sans quitter son regard, Zeke enroula les doigts autour de l'élastique de sa culotte. Elle leva les hanches pour l'aider à l'enlever. Il jeta le morceau de coton sur le côté avant de baisser les yeux.

Il prit une grande inspiration et se positionna le long de son corps jusqu'à ce qu'il soit allongé entre ses jambes. Elle dut les écarter pour lui faire de la place. Il ne semblait pas pouvoir détourner le regard de son entrejambe. Elsie n'était pas fan de l'épilation intégrale. Cela demandait trop d'entretien et elle n'avait pas le temps pour ça. Mais elle s'épilait quand même un peu. Zeke semblait approuver.

Réalisant qu'elle avait toujours son soutien-gorge, Elsie se cambra et saisit le fermoir derrière elle. La position était inconfortable, mais elle y parvint. Elle jeta son soutien-gorge à côté du lit et quand elle baissa à nouveau les yeux, Zeke regardait désormais ses seins.

Elle fit de son mieux pour ravaler ce gloussement qui avait envie de s'échapper. Les hommes hétérosexuels étaient tous les mêmes partout dans le monde. Les seins semblaient toujours les fasciner.

— Tu es magnifique, dit-il avec respect. Et tu es tout à moi.

— Et toi aussi tu es à moi ? demanda-t-elle.

Si n'importe quel autre homme lui avait dit ça, elle l'aurait immédiatement remis à sa place. Elle « *n'appartenait* » à personne. Elle était à elle-même. Point.

Mais entendant Zeke prononcer ces mots de cette voix rauque et basse alors qu'il la regardait avec admiration, elle avait envie de le revendiquer en retour.

— Oh que oui, dit-il.

Sans un mot de plus, il baissa la tête.

Au début, il la caressa seulement du bout du nez, inspirant profondément, comme s'il apprenait à connaître ses formes, son contact et son parfum. Puis il leva à nouveau les yeux d'entre ses jambes.

— Tu es prête ?

Elsie rit un peu nerveusement.

— Oui ?

Cela sonna plus comme une question qu'une réponse.

Zeke sourit. Il frotta sa barbe contre la peau sensible de ses cuisses, la faisant se tortiller. Puis il décida apparemment d'arrêter de s'amuser et se mit au travail.

Dès le premier contact de sa langue avec son clitoris, Elsie tressauta dans ses mains. Cela faisait très longtemps qu'on ne lui avait pas fait de cunni. Mais les souvenirs de tous ses anciens amants disparurent lorsque Zeke l'époustoufla.

Il se servit de ses doigts, de sa langue et de ses lèvres pour lui faire oublier les autres et tout le reste à part lui. Le contact de sa barbe contre sa peau était la chose la plus sensuelle qu'elle ait jamais ressentie. Les sons qu'il émettait en la dévorant étaient presque obscènes. Des gémissements gutturaux, des bruits de langues, des grondements rauques et même une sorte d'extase de temps en temps qui ne faisaient qu'accentuer son plaisir.

Il ne fallut pas longtemps avant qu'Elsie ondule des hanches. Elle écarta un peu plus les cuisses et enfonça les doigts dans ses cheveux, le tenant fermement alors qu'elle montait de plus en plus haut.

Sa réaction semblait l'exciter. Il plaqua les lèvres sur son clitoris, enfonça deux doigts en elle et commença à la doigter, suçant ses terminaisons nerveuses avec force. Généralement, les orgasmes qu'Elsie s'était donnés ces dernières années avaient été agréables. Pas bouleversants non plus, rien de très mémorable, mais agréables. Là, ça n'avait rien « d'agréable ». Les vagues de plaisir qui la traversaient de toute part étaient presque douloureuses tellement elles étaient intenses. Elle n'avait jamais rien ressenti de tel. Son corps entier se crispa alors que l'extase l'envahissait.

Elle pensait que Zeke lèverait la tête et se mettrait à lui faire l'amour après qu'elle ait joui... alors elle fut incroyablement choquée quand il ne s'arrêta pas de sucer son clitoris.

— Zeke ! s'exclama-t-elle. C'est trop ! Je ne peux pas...

Mais il l'ignora et accentua même le rythme de ses doigts d'avant en arrière, sa langue se déchaînant contre son clitoris.

Un orgasme suivit l'autre et le ventre d'Elsie lui fit mal à force de se contracter si fort. Ses cuisses tremblaient de façon incontrôlable et il lui était difficile de reprendre son souffle. Chaque terminaison nerveuse de son corps semblait être en feu. Ses doigts s'agrippaient tellement aux cheveux courts de

Zeke qu'elle devait probablement lui faire mal, mais elle ne pouvait pas lâcher prise. Elle avait besoin de s'accrocher à quelque chose pour ne pas exploser en mille morceaux.

Il leva enfin la tête et Elsie prit une grande inspiration, dont elle avait bien besoin. Même son souffle chaud contre son clitoris la fit légèrement frissonner de plaisir.

— Putain, chuchota-t-elle.

— Je savais que ce serait comme ça, dit-il doucement. Tu réagis parfaitement.

— Seulement avec toi, lâcha Elsie.

— *Oh que oui, putain,* fanfaronna-t-il.

Elle se fichait de le flatter. Il le méritait, bon sang. Elle n'avait jamais joui aussi fort que maintenant. Elle n'était même pas sûre d'avoir apprécié à cent pour cent ce qu'il avait fait, si elle se basait seulement sur l'intensité extrême, mais elle ne pouvait pas nier qu'elle se sentait incroyablement bien désormais.

Levant la tête, elle baissa les yeux et vit que Zeke était toujours entre ses jambes. Il avait une main posée sur son ventre et l'autre caressait doucement son sexe. Son pouce glissait à travers la moiteur qu'il lui avait arrachée comme un conquérant qui appréciait le butin de la guerre.

Elle se tortilla un peu en voyant qu'il ne bougeait pas.

— Zeke ?

— Oui ?

— Est-ce qu'on va... J'ai envie de toi.

— Et moi aussi, répondit-il immédiatement. Mais je ne pense pas que tu sois encore assez mouillée.

Puis, il baissa la tête.

— Oh, putain ! cria Elsie qui passa de détendue et engourdie à sur le point de jouir à nouveau.

Apparemment, il voulait vraiment s'assurer qu'elle était assez mouillée pour pouvoir le prendre sans problème, car il la fit jouir une troisième fois. Elle pouvait sentir à quel point elle était trempée. Le visage de Zeke brillait de sa moiteur. Il se lécha les lèvres alors qu'il la pénétrait paresseusement avec ses doigts.

Lorsqu'il se redressa, Elsie fut certaine qu'il allait enfin lui faire l'amour – mais au lieu de ça, il s'arrêta au niveau de sa poitrine. La main entre ses jambes n'arrêta pas sa douce caresse tandis qu'il prenait l'un de ses tétons dans sa bouche, s'appuyant sur son coude.

Elsie était submergée par les sensations. Elle n'avait jamais été l'objet de tant d'attention. Par le passé, les préliminaires consistaient à se faire doigter ou à faire une pipe au gars avec qui elle était. Là, c'était...

Elle ne savait même pas ce que c'était.

Zeke aspira son mamelon et elle se cambra. Elle ne savait pas vraiment si elle en voulait plus ou si elle voulait qu'il s'arrête. Elle posa la main à l'arrière de sa tête et inspira profondément.

— Tu es tellement parfaite, dit-il en soufflant sur le bout dur. Tellement sensible.

Elsie ne put que gémir.

— Tu penses que tu peux jouir si je te suce les seins ? demanda-t-il.

Elsie le regarda. Elle avait le mot « non » sur le bout de la langue, mais elle se ravisa. Elle avait le sentiment que cet homme pouvait la faire jouir simplement en la regardant. Elle n'avait plus l'impression que son corps lui appartenait. Il était désormais à Zeke. *Elle* appartenait à Zeke.

— Et si on le découvrait ? demanda-t-il sans lui laisser le temps de reprendre ses esprits et de répondre.

Zeke passa les vingt minutes qui suivirent à expérimenter des choses, découvrir ce qu'elle aimait, ce qui pouvait la faire basculer vers le sommet. Et même si elle n'aurait pas pu jouir s'il s'était simplement occupé de ses seins et de ses tétons, quand il ajouta ses doigts entre ses cuisses elle parvint à avoir un autre orgasme, heureusement pas aussi intense que les autres.

Quand elle arrêta enfin de trembler, Zeke leva la tête et la regarda. La confiance et la fierté dans ses yeux ébranlèrent Elsie. Soudain, cela ne lui parut plus suffisant de rester allongée et de prendre. Elle avait envie de lui donner le même plaisir.

Elle s'assit et posa une main sur le torse de Zeke, le poussant en arrière. Il recula de son plein gré, car elle n'aurait jamais pu maîtriser cet homme. Mais au lieu de l'effrayer, cette pensée l'excita encore plus. Il la laissait prendre le contrôle pour le moment, mais il n'y avait aucun doute sur le fait que c'était lui qui était le patron au lit.

* * *

Zeke s'allongea en arrière, le parfum enivrant d'Elsie sur sa langue, sur ses doigts, ancré dans son âme. Elle avait été tellement réactive qu'il n'en avait jamais eu assez. Il l'avait repoussée vers ses limites, mais au lieu de se fermer, Elsie semblait s'ouvrir de plus en plus à lui. Il se sentait désormais encore plus proche d'elle qu'il ne l'était déjà auparavant.

Elle s'agenouilla devant lui, ses seins pendant vers le bas, lui donnant à nouveau envie de les sucer. Elle chevaucha l'une de ses jambes et il sentit sa moiteur contre lui. Mon Dieu, il n'avait jamais rien vu d'aussi beau que quand il l'avait fait basculer vers l'extase. Il aurait pu passer toute la nuit entre ses jambes, la faisant jouir encore et encore, léchant la preuve de son plaisir. À vrai dire, il sentait son jus dans sa barbe et cela lui donna envie de s'asseoir et de se frapper le torse d'une manière un peu trop néandertalienne.

Il sortit de sa torpeur quand elle baissa la tête. Ses cheveux lui effleurèrent le ventre et il leva rapidement la main pour les attraper dans son poing. Il avait envie de la voir le prendre. La vue de sa langue qui sortait pour lécher le bout de son membre était plus charnelle que tout ce qu'il avait jamais observé ou fantasmé. Encore plus avec ce regard timide et lascif qu'elle lui lança en se léchant les lèvres, puis en prenant tout ce qu'elle pouvait dans sa bouche.

Un long gémissement lui échappa, mais Zeke refusa de fermer les yeux. Elle saisit la base de son sexe allant de haut en bas en tandem avec sa bouche alors qu'elle se balançait au-dessus de lui.

Putain, il était à deux doigts de jouir, mais il était hors de question qu'il l'arrête. Il baissa la main et l'enroula autour des siennes, à la base, serrant fort, stoppant l'orgasme prématuré.

— Continue, dit-il d'une voix râpeuse quand son geste la freina.

Le sourire qui étira ses lèvres était terriblement sexy.

Zeke plia un genou et l'écarta. Comme Elsie était assise sur son autre jambe, il ne pouvait pas bouger celle-ci. Sa main libre prit ses bourses et un autre gémissement franchit les lèvres de Zeke. Ses mouvements n'étaient pas expérimentés, quelque peu incertains et pourtant, il n'avait jamais connu de meilleure fellation que celle-ci. Il se retint aussi longtemps que possible, mais il savait que ce serait fini avant même qu'il ne soit prêt s'il n'agissait pas tout de suite.

Prenant une grande inspiration, Zeke se redressa, repoussant Elsie. La perte de sa bouche chaude était presque douloureuse, mais Zeke savait que ce n'était qu'une question de temps avant que son sexe ne soit profondément enfoui dans ce creux chaud et humide entre ses jambes.

Il attira son visage vers le sien et l'embrassa. Il put sentir son propre goût sur sa langue, tout comme elle devait pouvoir goûter le sien sur ses lèvres. L'instant était charnel et intime.

Sans écarter ses lèvres des siennes, Zeke les fit rouler sur le côté et attrapa la boîte de préservatifs sur la table de chevet à côté du lit. Plus que reconnaissant d'avoir eu la prévoyance d'ouvrir cette foutue boîte avant de la poser sur la table, il tâtonna encore pour essayer d'en sortir un préservatif.

Il l'ouvrit enfin avec les dents et s'agenouilla au-dessus d'elle. Elsie était sur le dos, les jambes écartées, un sourire paresseux sur le visage. Sa poitrine était tachetée de rose à cause de ses orgasmes précédents et alors qu'il la regardait, il vit une perle liquide rouler sur ses lèvres inférieures. Zeke fit tout son possible pour ne pas se pencher et la lécher. Il déroula le préservatif sur son sexe, regrettant de devoir en utiliser un. Mais il avait promis de prendre soin de sa femme et c'était exactement ce qu'il allait faire. Cependant, jouir en elle, la remplir, faire un bébé était quelque chose qu'il voulait clairement pour le futur. Cette pensée ne l'effrayait même pas. Il avait su, dès ce premier baiser, qu'il voulait une relation permanente avec Elsie.

— Maintenant, Zeke. S'il te plaît, murmura-t-elle.

Elle remonta les mains jusqu'à ses hanches, et effleura les os de ses hanches du pouce. C'était une caresse innocente, mais celle-ci fit tressauter son membre avec encore plus d'impatience.

Zeke se pencha vers l'avant, écartant les jambes d'Elsie au maximum. Elle les souleva et les enroula autour de sa taille. Comme si le sexe de Zeke était équipé d'une tête chercheuse, le bout trouva l'emplacement entre ses jambes sans qu'il n'ait besoin d'être guidé.

Il prit la base de son sexe entre ses mains et se servit de sa moiteur pour lubrifier l'extrémité.

— Tu es prête ? ne put-il s'empêcher de demander.

Elsie gloussa en guise de réponse.

— Si tu ne vois pas à quel point je suis prête pour toi, on a un problème.

Souriant, Zeke enfonça le bout de son membre en elle.

Il dut serrer les dents pour ne pas jouir immédiatement. Il n'était même pas entièrement en elle et il avait déjà l'impression qu'elle le serrait très fort.

Ils gémirent tous les deux.

— Oui, Zeke. Encore !

— Je n'ai pas envie de te faire mal.

— Tu ne me fais pas mal. J'ai besoin de *plus*. S'il te plaît !

Il avait voulu la pousser à le supplier, mais maintenant qu'elle le faisait... Zeke réalisait qu'il n'aimait pas vraiment ça. Il ne voulait pas qu'elle soit obligée de le supplier pour *quoi que ce soit*. Même pour sa queue.

Il avança doucement, conscient de son étroitesse et de l'épaisseur de *son* sexe. Il s'enfonça un peu, puis recula, lui offrant son membre par palier.

Après quelques petits coups de reins, elle perdit visiblement patience et poussa ses hanches vers le haut quand il la pénétra à nouveau. Il s'enfonça bien plus profondément qu'auparavant et sachant qu'il était foutu, Zeke ne s'arrêta pas. Il s'enfonça jusqu'au bout de son entrejambe accueillant.

— Oui ! s'exclama-t-elle. Mon Dieu... Tu m'étires tellement. Putain, Zeke. Tu es incroyable... Encore. S'il te plaît, encore. *Vas-y* !

Il était aussi excité qu'elle. Rien n'aurait pu l'empêcher de la pénétrer à ce moment-là. Zeke avait prévu d'y aller doucement et lentement. Mais il ne pouvait pas s'empêcher de s'enfoncer d'avant en arrière avec force. La friction était délicieuse et il sut qu'à partir de maintenant, il aurait toujours envie de ça. *D'elle.*

Lui qui avait prévu de lui faire l'amour avec douceur, tira un trait sur cette idée alors qu'il la baisait comme un animal. Ses seins rebondissaient d'avant en arrière sur sa poitrine alors qu'il balançait les hanches de plus en plus rapidement.

La sueur coulait sur son front alors que l'orgasme qu'il avait réussi à retenir un peu plus tôt surgit une fois de plus.

Ce fut le long gémissement aigu d'Elsie qui le fit basculer vers l'extase. À sa grande surprise, il sentit qu'il était en train de jouir. Il n'avait pourtant pas voulu le faire avant qu'elle n'explose une fois de plus, mais il ne pouvait pas s'en empêcher. Elle était trop étroite. Trop chaude. Trop mouillée. Trop *tout*. Les bruits que faisait sa queue alors qu'elle entrait et sortait de son corps étaient forts et obscènes, leurs corps claquant l'un contre l'autre à chaque coup de rein. Il n'avait jamais été aussi excité de sa vie.

Il s'enfonça en elle, aussi loin qu'il le pouvait et rejeta la tête en arrière en jouissant. La chaleur de son sperme dans le préservatif enveloppa sa queue et il fit de son mieux pour ne pas s'écrouler. Son sexe ne se détendit pas complètement quand il eut terminé. Il n'était pas vraiment prêt à y retourner, mais il était très heureux de pouvoir garder son membre enfoncé profondément en elle.

Baissant les yeux, Zeke vit Elsie qui lui souriait.

— Salut, dit-elle doucement.

Se déplaçant lentement, Zeke tendit la main entre eux deux et réunit assez de sa moiteur avec son pouce pour pouvoir masser son clitoris.

Elsie tressaillit contre lui et il grogna en sentant ses muscles internes enserrer sa queue.

— Zeke, je... mon Dieu, c'est...

Il adorait le fait qu'elle ne puisse pas formuler une phrase cohérente. Il appuya contre son clitoris, voulant qu'elle jouisse une fois de plus.

— Je suis désolé, lui dit-il.

— Pourquoi ? demanda-t-elle alors que ses hanches se soulevaient.

— D'avoir joui avant toi.

Elsie parut surprise.

— Euh, tu as oublié tous les orgasmes que tu m'as donnés avant ? demanda-t-elle.

— Ils ne comptent pas. Je veux dire, si, mais c'était pour m'assurer que tu puisses me prendre. Et d'ailleurs, c'est comme ça que ça se passera chaque fois qu'on fera l'amour.

— Je ne suis pas sûre de pouvoir à nouveau survivre à ça, haleta-t-elle.

— Tu survivras. Et je m'assurerai que tu jouisses en premier quand je serai en toi à l'avenir, mais je ne sais pas si j'y arriverai. C'est tellement agréable d'être en toi. Ma queue s'adapte parfaitement à toi, Else. On est fait l'un pour l'autre. Mais je me sens frustré de ne pas avoir pu te sentir jouir autour de moi. Je vais rectifier ça. Et je vais vouloir que ce soit comme *ça* chaque fois.

— *Zeke*, gémit-elle.

— C'est ça, insista-t-il en caressant son clitoris plus fort. Jouis sur moi, chérie. Laisse-moi le sentir.

Elle tressaillit et ses cuisses se resserrèrent autour de ses hanches alors que son corps se mettait à trembler. Elle laissa échapper un petit cri adorable alors qu'elle basculait à nouveau vers l'extase. La sensation qu'il ressentait alors qu'elle se serrait autour de sa queue était indescriptible. C'était presque douloureux, mais de la meilleure façon possible.

C'était officiel. Zeke était accro à cette femme.

Il enleva sa main d'entre ses jambes et se pencha vers elle alors qu'elle redescendait après son dernier orgasme. Ils étaient tous les deux en sueur et rouges. Les cheveux d'Elsie étaient en désordre sur son oreiller et il était certain qu'il devait y avoir une grande tache humide sous eux.

Il ne s'était jamais senti aussi proche d'un autre être humain qu'il ne l'était avec Elsie actuellement.

Il pressa ses lèvres contre son cou, presque trop bouleversé pour la regarder. Il sentit qu'elle tournait la tête et l'embrassait sur la tempe, un geste si intime et tendre qu'il ferma les yeux pour le mémoriser. Elle lui caressa le dos et enroula les jambes autour de lui. Ils étaient complètement imbriqués et il avait quand même envie d'être encore plus proche d'elle.

Il n'avait jamais vécu cela. Son ex l'avait toujours repoussé dès qu'ils avaient terminé de coucher ensemble. Zeke n'avait même pas su qu'il avait *besoin* de ça jusqu'à maintenant.

Il n'avait pas envie de bouger, mais il savait qu'il devait jeter le préservatif. Soupirant, il leva la tête et baissa les yeux vers la femme qui possédait son cœur.

— Il faut que je me lève une seconde.

Elle acquiesça et laissa lentement retomber ses jambes autour de lui.

Serrant les dents, il s'écarta d'elle. Il ne supportait pas de la laisser. Il détestait se séparer d'elle, même pour un instant. Il sortit du lit, sans se sentir gêné en avançant jusqu'à la salle de bain.

Il revint en quelques secondes. Mais comme il ne savait pas si elle préférait dormir seule et qu'il rentre chez lui, il ne put s'empêcher d'être incertain face à la suite de la soirée.

Il n'aurait pas dû. Elsie s'était glissée sous les couvertures et alors qu'il s'approchait, elle les souleva, l'accueillant à nouveau à ses côtés. Zeke soupira de soulagement quand Elsie se plaqua immédiatement contre lui une fois qu'il se fut allongé. Elle enroula un bras autour de son ventre et passa une jambe par-dessus sa cuisse.

Enroulant un bras autour d'elle, Zeke soupira de satisfaction.

— Je ne veux pas dormir sur le coin mouillé, dit-elle doucement.

Zeke rit.

— C'est noté.

— Ce n'est pas vraiment l'heure d'aller se coucher, mais je ne suis pas encore prête à bouger. Ça ne te dérange pas ?

— Non, moi non plus. C'est parfait.

Ils restèrent tous les deux silencieux un long moment avant qu'Elsie ne lève la tête. Elle s'avança pour que leurs visages soient au même niveau. Puis, elle se pencha et l'embrassa. Ce fut un long baiser lent. Un baiser plein de promesses et tellement intime que Zeke eut l'impression d'avoir été mis à nu quand ils s'interrompirent enfin pour reprendre leurs souffles.

Elsie se repositionna et plaça sa tête sur son épaule avant de le serrer fort contre elle.

— Et au fait ?

Comme elle ne continua pas sa phrase, Zeke lui demanda :

— Oui ?

— J'ai bien aimé. Beaucoup, même.

Il gloussa.

— Moi aussi.

Il la sentit sourire contre sa poitrine.

Ils somnolèrent un peu après cela. Puis, ils se levèrent et prirent une douche. Ensemble. Ce qui était hilarant, car la douche n'était clairement pas assez grande pour eux deux. Ils finirent par faire l'amour avec Elsie penchée sur le comptoir de la salle de bain pendant que Zeke la prenait par-derrière. Puis, ils se lavèrent, une fois de plus, et préparèrent à manger.

Après, ils s'allongèrent sur le canapé et Zeke lui fit à nouveau un cunni. Il n'arrivait pas à être rassasié de son goût. Ni de la sensation et du fait de la voir jouir dans ses bras et sous sa langue. Il la ramena dans la chambre et fit ce qu'il lui avait promis un peu plus tôt et n'avait pas eu la patience de faire. Il découvrit chaque centimètre de son corps, tout comme elle.

Ils s'endormirent dans les bras l'un de l'autre.

Cela faisait très longtemps que Zeke n'avait pas dormi si profondément. Habituellement, ce qu'il avait vu et fait dans l'armée venait hanter ses rêves. Mais ce soir-là, il dormit plus paisiblement qu'il ne l'avait fait depuis des années.

CHAPITRE QUINZE

Le temps que le dimanche soir arrive, Elsie était toute courbaturée, mais comblée. Elle ne s'attendait pas à ce qu'entre Zeke et elle ce soit si... explosif. Il avait tenu parole, s'assurant qu'elle ait plusieurs orgasmes avant qu'il ne soit proche de lui faire l'amour. Et il était clairement question de faire l'amour. Il était évident qu'ils avaient des sentiments l'un pour l'autre.

Elsie était optimiste quant à leur futur. Elle avait toujours cru qu'elle passerait le reste de sa vie seule. Qu'elle élèverait Tony jusqu'à ce qu'il soit assez grand pour soit aller à l'université, soit partir après le lycée pour obtenir un travail. Mais désormais, elle imaginait Zeke avec elle. Peut-être qu'ils auraient des enfants ensemble, peut-être pas. Mais quoi qu'il en soit, elle le voulait à ses côtés et Elsie était certaine qu'il désirait la même chose.

Tony était revenu à l'appartement en pleine forme et excité par son expérience de camping. Il avait parlé non-stop pendant une heure, leur expliquant, à elle et Zeke, tout ce que Rocky, Brock et lui avaient fait. Il avait l'air de s'être roulé dans la terre et sentait comme un petit garçon qui avait sué. Il n'accepta de prendre une douche que lorsqu'il fut satisfait de leur avoir raconté tout ce dont il se souvenait de son séjour.

Cela avait été dur de dire au revoir à Zeke dimanche soir. Même après une seule nuit passée dans ses bras, Elsie était déjà accro. Mais elle n'était pas prête à dormir avec lui pendant que Tony était là et Zeke était d'accord. Notamment avec l'appartement qui était si nouveau pour son fils.

Les jours qui suivirent furent formidables. Tony était heureux d'avoir sa propre chambre et toujours sous le choc de son expérience de camping avec les « gars » et était ravi que Zeke passe du temps avec eux tous les soirs.

Elsie était toute détendue et satisfaite. La somme d'argent sur son compte en banque, bien que modeste, était quand même plus que ce qu'elle n'avait jamais eu auparavant – grâce au cadeau généreux d'Ethan et Lilly – son fils était tout aussi content et les moments d'intimité volés que s'octroyaient elle et Zeke la rendaient aussi étourdie qu'une adolescente. Ils n'avaient pas encore refait l'amour, mais les regards que lui lançait Zeke au travail quand elle le surprenait en train de l'observer suffisaient à la faire rougir.

Le personnel remarqua le changement de relation entre elle et Zeke – le peu d'entre eux qui ne l'avaient pas déjà fait – et était ravi pour eux.

Tout se passait tellement bien, qu'Elsie fut surprise lorsqu'elle passa prendre Tony à la bibliothèque après le travail ce mercredi et qu'il fut d'une humeur exécrable. Il était grognon, ne répondait à une aucune de ses questions et l'avait même rembarrée quand elle lui avait demandé ce qu'il voulait pour le dîner.

Ça ne lui ressemblait pas du tout et le temps qu'ils rentrent à la maison, et qu'il marche d'un pas énervé jusqu'à sa chambre et claque la porte, Elsie était vraiment inquiète.

Il ne se comportait jamais comme ça.

Après le travail, Zeke lui laissait souvent le temps de rentrer chez elle après sa journée avant de venir. Cela laissait le temps à la mère et au fils de parler de l'école et de la vie en général avant qu'il n'arrive. Parfois, il apportait le dîner, et d'autres fois lui ou Elsie cuisinaient.

Quand Zeke toqua à la porte ce soir-là, et que Tony ne lui avait toujours pas parlé, Elsie était malade d'inquiétude.

— Qu'est-ce qui ne va pas ? demanda-t-il dès qu'elle ouvrit la porte.

— C'est Tony.

— Il est blessé ?

En entendant l'inquiétude dans la voix de Zeke, Elsie se calma immédiatement. Elle prit une grande inspiration.

— Non. Mais il n'est pas lui-même. Il est de très mauvaise humeur. Il m'a à peine dit deux mots sur le chemin du retour et quand on est rentrés, il s'est enfermé dans sa chambre et n'est pas ressorti depuis.

— C'est les hormones, dit Zeke en acquiesçant.

— Il n'a que neuf ans ! rétorqua Elsie.

— Neuf ans et bientôt quatorze, dit Zeke.

— Tu veux bien lui parler ? demanda Elsie, ignorant la remarque sur les hormones. Elle n'était pas encore prête à avoir un adolescent. C'était bien trop tôt. Elle avait envie que son petit garçon en reste un, un peu plus longtemps.

Zeke lui lança un regard qu'elle ne sut pas interpréter.

— Quoi ? Tu veux bien lui parler ? répéta-t-elle. Pour essayer de voir ce qui ne va pas. Peut-être qu'il te parlera à toi.

Zeke continua de la fixer du regard.

— Si tu n'en as pas envie, ce n'est pas grave, dit-elle rapidement.

— C'est pas ça. C'est juste que... le fait que tu me fasses confiance pour que je comprenne ce qui ne va pas... ça me touche beaucoup.

— Zeke, il t'adore, dit Elsie. *Évidemment* que je te fais confiance. Tu n'as été qu'une influence positive dans sa vie jusqu'à présent. Il n'y a aucune garantie qu'il nous dise ce qui ne va pas, mais peut-être que pendant que je fais un gratin tu pourras le faire parler.

Zeke s'approcha d'elle et prit son visage dans ses mains.

— Ça compte énormément pour moi que tu me fasses confiance pour ton fils.

Elsie saisit ses poignets. En étant si proche de lui, ses hormones se réveillèrent. Mais ce n'était pas le lieu ni le moment de penser au sexe.

— *Tu* comptes énormément pour moi, dit-elle doucement.

— Vous voulez dormir chez moi ce week-end ? demanda-t-il soudain.

— Euh... oui ?

— Tant mieux. Mes murs sont plus épais qu'ici. Et la chambre d'amis est en face de la mienne. Mais il n'y a aucune pression ? D'accord ?

Elle sentit son entrejambe avoir des spasmes.

— Tu ne me mettrais jamais la pression pour quelque chose que je ne veux pas faire tout comme tu n'ignorerais jamais un appel si quelqu'un s'était perdu dans les bois, lui dit-elle. Et il n'y a pas d'autre endroit où j'aimerais être à part là, avec toi, ce week-end.

— Tu penses que ça ne dérangera pas Tony si on reste tous les deux dans ma chambre ? demanda-t-il en promenant son pouce le long d'une de ses pommettes.

— Oui. Je ne pense pas que ce soit notre relation qui le dérange.

— OK. On va y aller doucement. S'il semble être contrarié par le fait que nous passons plus de temps ensemble, on freinera un peu. On trouvera une solution.

Une fois de plus, Elsie se demanda comment elle en était arrivée là. Comment elle avait pu attirer un homme aussi incroyable que Zeke.

— Je vais voir ce qui se passe avec Tony. Ça va toi ?

— Maintenant que tu es là, oui. Tu me diras ce qu'il te dit ? ne put-elle s'empêcher de lui demander.

— Bien sûr, dit-il l'air surpris. Je ne te cacherai jamais rien au sujet de ton fils.

— Merci.

— Tu n'as pas à me remercier pour ça, dit-il.

Il se pencha vers elle et l'embrassa. Ce n'était pas qu'un simple bisou, mais pas non plus le genre de baiser qui incitait au sexe. C'était parfait pour cet instant.

— Je reviens.

— Prends ton temps, lui dit-elle alors qu'il se dirigeait vers le petit salon de l'appartement.

Elsie le regarda partir, soulagé qu'il soit là et espérant que Tony lui dirait ce qui le dérangeait. Cela faisait du bien de partager les tâches parentales. Le fait d'avoir quelqu'un en qui elle pouvait avoir confiance était très agréable.

Secouant la tête, elle quitta le petit vestibule devant la porte d'entrée et se rendit à la cuisine pour préparer le dîner des garçons.

* * *

Zeke toqua doucement à la porte de Tony.

— Hé, bonhomme. T'es là ?

— Oui.

La réponse du garçon n'était pas très enthousiaste. Mais Zeke ouvrit quand même la porte. Il vit Tony assis sur son lit, le dos contre la tête de lit, les pieds à plat sur le matelas, ses bras autour de ses genoux.

Zeke entra dans la petite pièce et ferma la porte derrière lui. Il alla vers son lit et s'assit sur le bord.

— Dure journée ? demanda-t-il.

Tony haussa les épaules.

— Tu sais, parfois, ça aide de parler de ce qui te tracasse, essaya-t-il à nouveau.

Le garçon laissa échapper un long soupir, puis regarda Zeke, les yeux pleins de tristesse.

— Pourquoi est-ce qu'il y a des gens si bêtes ?

— Si les scientifiques pouvaient comprendre pourquoi

certaines personnes sont méchantes et d'autres si gentilles, le monde se porterait mieux, lui dit Zeke.

Tony fronça les sourcils.

— Parle-moi, bonhomme. Ta mère s'inquiète pour toi. Ça ne te ressemble pas d'être grognon.

À la grande surprise de Zeke, il n'eut pas besoin d'insister plus que ça.

— Tu te souviens de l'autre garçon dont je t'ai parlé ? Bridger ?

— Celui qui a le quad, c'est ça ? demanda Zeke.

— Oui. Il s'est encore vanté à l'école aujourd'hui. Il a dit à tout le monde qu'il l'avait conduit sur sa propriété hier soir. Puis il a commencé à se moquer de moi. Je ne sais même pas pourquoi. Je ne l'embête jamais. Il a dit que je ne pourrai jamais conduire de quad parce que ma mère était trop pauvre. Il s'est moqué de moi parce que j'avais vécu longtemps dans un motel en disant que j'étais pathétique d'être aussi excité de vivre dans un appartement. J'imagine qu'il m'a entendu parler à Gabe ou quoi.

Tony croisa le regard de Zeke.

— Je m'en fichais qu'il dise des conneries sur moi, mais quand il a commencé à se moquer de maman, je me suis vraiment énervé.

Zeke eut lui-même envie de donner une bonne leçon à ce Bridger ; mais il resta calme.

— Qu'est-ce que tu as fait ?

— Rien, dit tristement Tony. Je lui ai dit de se taire et je suis parti.

— Ça a dû être difficile, dit Zeke.

Tony fronça les sourcils.

— Je pensais que tu me dirais que c'était la *bonne* chose à faire, dit-il.

— C'est vrai, acquiesça Zeke. Mais ça ne veut pas dire que c'était facile. Parfois, le plus dur est de faire ce qui est juste. Qu'est-ce qui se serait passé si tu t'étais battu avec ce Bridger ?

— J'aurais eu des ennuis, marmonna Tony.

— Exactement. Ce qui aurait attristé ta mère. Et l'aurait inquiétée. Et peut-être que tu aurais eu la réputation d'être un fauteur de troubles. Les enseignants ne t'auraient pas regardé de la même manière. Peut-être même que d'autres brutes auraient décidé de s'en prendre à toi aussi. Tu aurais commencé à fumer à onze ans, tu te serais fait un tatouage à douze. Tu serais parti de la maison à treize ans et tu aurais mené une vie de bon à rien.

Le temps qu'il s'arrête de parler, Tony souriait.

— T'es bizarre, lui dit ce dernier.

Zeke lui rendit son sourire.

— Tout ce que je dis, c'est que faire ce qui est juste au lieu de ce que tu voudrais vraiment faire est un acte responsable. Et ça fait de toi un meilleur homme.

— J'imagine, dit Tony.

— Je suis fier de toi, dit Zeke au garçon. Ta mère est l'une des personnes les plus bosseuses, gentilles et aimantes que je connaisse. Elle ferait tout pour les autres, même si cela implique de donner son dernier dollar. Et tu es bien placé pour savoir qu'elle est prête à s'affamer pour que tu puisses manger. Ceux qui se moquent d'une personne comme ça sont simplement stupides. Et pathétiques. Mais je vais te dire... à l'avenir, si tu dois à nouveau te défendre contre ce Bridger, fais-le. Les garçons comme lui ont besoin d'une bonne leçon. Il sera probablement toujours une brute. Les gens pourris gâtés le sont parfois. Tout ce qu'ils ont leur est donné. Ils n'ont pas besoin d'économiser, de se sacrifier ou de travailler pour obtenir ce qu'ils veulent. Et si tu as des ennuis, tant pis.

Tony écarquilla les yeux.

— Tu ne seras pas en colère ?

— Non. Pas si tu te défends ou que tu protèges ta maman ou quiconque en aurait besoin. Écoute, bonhomme. Il y aura toujours des gens plus grands, plus forts et plus puissants que d'autres. Si ces gens-là se servent de leur force contre les autres, ils méritent d'être remis à leur place. Tu comprends ?

— Je crois, oui.

— Je préférerais nettement que tu sois un protecteur et non une brute, dit Zeke au garçon. Non pas que je veuille que tu ailles frapper d'autres enfants pour t'amuser ou quoi. Parce que ce n'est pas cool non plus. Mais parfois, il faut que tu rappelles à ces brutes qu'il y a des gens dans le monde qui n'accepteront pas leurs conneries.

— C'est ce que toi tu as fait, dit Tony sans poser de question. Dans l'armée. Tu as neutralisé les brutes.

Zeke acquiesça lentement.

— Oui, j'imagine qu'on peut dire ça. Tu sais quoi ?

— Quoi ?

Zeke était heureux de voir que Tony paraissait moins triste. Il ne savait pas si Elsie approuverait ce qu'il lui avait dit, mais ce qui était fait était fait.

— Je t'ai dit avant que je t'apprendrais à conduire. Tu as toujours envie de faire ça ?

Tony écarquilla les yeux et hocha la tête avec enthousiasme.

— Et si on le faisait maintenant ?

— Maintenant ? s'étonna Tony d'un air perplexe.

— Oui.

— Mais j'ai école demain.

— C'est vrai. Mais on ne va pas passer la soirée dehors à boire et à fumer, le taquina Zeke.

Tony gloussa. Puis redevint sérieux.

— Je n'ai que neuf ans. Je suis trop jeune pour conduire.

— Oui. Mais Bridger aussi, et pourtant son père le laisse conduire ce quad, dit Zeke.

Tony se redressa.

— Je ne suis pas sûr que maman me donne la permission.

— Laisse-moi m'occuper de ta mère, dit Zeke en posant la main sur la jambe de Tony. Tu es un bon gamin. C'est nul, mais il y aura toujours des gens comme Bridger dans le monde. Tu arrives à un âge où à l'école les brutes commencent à être méchantes avec les autres. Trouve ces enfants-là – ceux dont on se moque, qui sont différents, qui se font embêter dans la cour de récréation, qui finissent par détester l'école parce qu'ils ont l'impression de n'avoir aucun soutien – et sois extrêmement gentil avec eux. Sois leur ami. Crois-moi, être gentil avec les autres te rendra plus heureux. Je n'ai jamais rencontré de brute heureuse, lui dit Zeke. Le dicton « les pierres et les bâtons me briseront les os, mais les mots ne me feront jamais de mal » est un gros mensonge. Les mots *peuvent* faire mal. Mais être un ami peut contribuer à atténuer la douleur de ces mots.

Tony acquiesça.

— Bon, tu veux te changer avant qu'on aille faire ta première leçon de conduite ? demanda Zeke.

— Non, je suis prêt, dit Tony en dépliant ses jambes et en se déplaçant sur le côté du lit.

— OK, donne-moi une minute pour aller parler à ta mère et on y va.

— Génial. Zeke ?

— Oui, bonhomme ?

— Merci.

— De rien. Si tu veux parler ou as besoin de quoi que ce soit, je suis là.

Le garçon hocha la tête et Zeke se leva. Il ne savait pas vraiment ce qu'il allait dire à Elsie pour qu'elle accepte qu'il aille faire conduire son fils... mais il trouverait quelque chose.

Il quitta la chambre de Tony et se rendit dans le salon. Comme il s'y attendait, Elsie eut les yeux rivés sur lui dès qu'il apparut. Il alla directement vers elle.

Il la fit reculer jusqu'à ce qu'elle soit contre l'un des comptoirs de la cuisine.

— Il va bien ?

— Oui. Un gamin à l'école s'est comporté comme un connard. Ça l'a affecté.

Elsie soupira.

— Pourquoi les enfants sont-ils si méchants ? J'ai l'impression qu'ils sont de plus en plus méchants de plus en plus tôt. À l'époque, ce n'était pas avant qu'ils soient au collège que les histoires de clan et compagnie commençaient.

— Aucune idée. Mais tu devrais être fière de lui. Il n'était pas énervé que le garçon soit si méchant avec *lui*, dit Zeke.

—Ah bon ?

— Non. Ce gamin disait en fait du mal de *toi*. Et c'est ça qui l'a mis de mauvaise humeur.

Elsie prit un air consterné.

— Je suis restée trop longtemps dans ce motel..., commença-t-elle.

— Non.

— Non quoi ? demanda-t-elle en le regardant.

— Ne fais pas ça. Ne prends pas tout ça sur tes épaules après tout ce que tu as déjà porté. Tony reçoit plus d'amour dans sa vie que la plupart des enfants. Tous les deux, vous avez passé beaucoup de temps qualitatif ensemble, du temps que les autres enfants n'ont pas, car ils restent devant la TV ou jouent aux jeux vidéo, ou sont sur leur téléphone portable. Toi et Tony vous n'êtes pas juste mère et fils, vous êtes amis.

— C'est vrai, dit-elle doucement.

— Bon, alors... j'ai un peu promis quelque chose à Tony. Et je ne suis pas sûr que ça te plaise, lui dit Zeke.

— Oh seigneur. Quoi ? demanda-t-elle.

— Pour ma défense, il m'en a parlé pour la première fois quand on était dans les bouchons devant l'école. Ce qui est vraiment l'enfer, d'ailleurs.

Au grand soulagement de Zeke, Elsie gloussa.

— Je suis d'accord.

— Bref, il me parlait de ce gamin, Bridger qui avait un quad et se vantait de pouvoir le conduire. J'ai eu envie de le réconforter... et je lui ai dit que je lui apprendrai à conduire une vraie voiture.

Il retint son souffle en attendant la réaction de Elsie. Comme elle continuait de le fixer, il dit :

— Alors pour l'aider à se sentir mieux après une dure journée d'école, j'ai suggéré qu'on sorte ce soir pour faire un essai.

— Il a neuf ans, dit Elsie au bout d'un moment.

Zeke rit.

— C'est exactement ce qu'*il* m'a dit. Je ne compte pas l'emmener jusqu'à l'autoroute pour faire un tour de manège, dit-il. Je pensais aller sur le parking du lycée et faire quelques cercles pendant un moment. Mais je pense que je ferais mieux de le faire commencer sur ta voiture plutôt que mon pick-up.

— C'est probablement mieux oui.

Zeke cligna des yeux de surprise.

— Tu n'es pas énervée ? ne put-il s'empêcher de demander.

— Non.

— Pourquoi ?

— Tu vas le laisser se blesser ? demanda-t-elle sans répondre à sa question.

— Bien sûr que non.

— Voilà, c'est pour ça que je ne suis pas énervée. Je veux dire, il faudra que tu t'assures qu'il ne croit pas pouvoir prendre ma voiture pour aller se balader quand il en aura envie à l'avenir, mais j'imagine à quel point il doit être excité actuellement. Et comme je ne peux pas lui acheter un quad, ou même un foutu vélo, le fait que tu passes du temps avec lui, que tu lui apprennes comment être en sécurité dans une voiture est probablement la chose la plus excitante qu'il ait faite dans sa vie jusqu'à présent.

Ah, cette femme. Elle ne réagissait jamais comme il s'y attendait. Il la prit par la taille et dit :

— Monte sur le comptoir, Elsie.

Elle fronça les sourcils, mais s'exécuta.

Zeke l'aida en la soulevant en même temps qu'elle sautait.

Il se plaça entre ses jambes écartées et se pencha, croisant son regard.

— Tu n'as pas besoin d'acheter un vélo à Tony. Ni des choses matérielles. Il a seulement besoin d'amour. Et il en a à revendre. Ça a été une expérience incroyable que d'apprendre à le connaître. Il va devenir un sacré homme.

— C'est le meilleur compliment que l'on pouvait me faire, répondit-elle.

— Merci de m'avoir laissé faire partie de sa vie.

— Merci d'avoir eu *envie* d'en faire partie, rétorqua Elsie.

Zeke sourit.

— Je ne compte pas partir trop longtemps. Probablement moins d'une heure. Mais ça veut dire qu'il sera au lit un peu plus tard que d'habitude. Est-ce qu'il va mourir de faim si l'on mange si tard ?

Elsie gloussa.

— Non. Mais il vaut mieux que tu lui fasses manger un petit quelque chose sur le chemin avant de lui apprendre comment devenir pilote de course automobile à l'âge de onze ans.

Zeke secoua la tête et rit.

Son Elsie était rigolote.

— OK. Et *toi*, tu ne vas pas mourir de faim si on repousse le dîner ?

— Non.

— Oui, ouais, tu ne l'avouerais jamais de toute façon, dit-il en secouant la tête.

— Zeke, je serai à la maison. Dans ma cuisine. Avec un placard rempli de nourriture – ce qui est génial d'ailleurs. Je peux manger quelque chose si j'ai un petit creux avant que vous ne reveniez. Voir mon garçon sourire vaut la peine de repousser le dîner. Merci de l'avoir fait se sentir mieux.

— Il aurait fini par ne plus avoir le cafard, même sans moi, dit Zeke.

— Oui. Mais ça aurait pris beaucoup plus de temps et je me serais inquiétée pour lui toute la soirée, répondit Elsie.

— C'est d'accord, alors ?

Zeke se retourna pour voir Tony à l'entrée du couloir qui menait aux chambres. Il se mordait la langue et paraissait inquiet.

Avant qu'il ne puisse dire quoi que ce soit, Elsie le devança.

— Oui. Mais si tu veux le faire, tu dois écouter tout ce que Zeke dit. Et je ne pense pas que tu puisses rouler très vite. Les quads ne sont pas si rapides que ça et les voitures sont bien plus puissantes. Et tu n'auras jamais, jamais le droit de conduire seul avant d'avoir seize ans et ton permis. Oh et c'est probablement mieux si tu ne te vantes pas de conduire ma voiture à l'école. Je sais que ce sera dur parce que tu as envie de remettre Bridger à sa place, mais Zeke pourrait avoir des ennuis si l'on apprend qu'il t'a laissé conduire.

La dernière partie était un peu exagérée, mais Zeke n'allait pas contredire Elsie. C'était mignon de voir Tony acquiescer d'un air consciencieux, mais Zeke avait le sentiment que s'il ne l'écoutait pas, Elsie trouverait une centaine d'autres avertissements et règles pour Tony.

— Je ferais attention, dit Tony à sa mère avant de regarder Zeke. On peut y aller maintenant ?

Zeke rit.

— Oui, bonhomme. Tu sais comment démarrer la voiture de ta mère ?

Le garçon leva les yeux au ciel.

— Bah oui ! Tu mets la clé dedans et tu tournes. Maman me laisse le faire tout le temps.

— OK, prends les clés et vas-y. Démarre-la et j'arrive, dit Zeke en sentant Elsie se crisper contre lui, mais il ne la lâcha pas.

— Cool ! s'exclama Tony.

Il courut vers la cuisine, attrapa les clés de sa mère à côté de son sac à main et sortit.

— OK, j'ai peut-être changé d'avis finalement, marmonna Elsie alors que la porte d'entrée claquait derrière Tony.

Zeke ne perdit pas de temps. Il tira les fesses d'Elsie jusqu'au bord du comptoir, enroulant un bras autour de sa taille et passant la main dans ses cheveux. Lorsqu'elle le regarda avec surprise, il lui dit :

— Ta confiance en moi vaut tout l'or du monde, dit-il doucement. Je suis bien conscient que cet enfant est la personne la plus importante de ta vie. Tu tuerais pour le protéger. Tout comme moi. Il est en sécurité avec moi, Else.

— Je sais. Si j'avais eu le moindre doute à ce sujet, je n'aurais jamais été d'accord avec cette idée folle que tu as eue.

Zeke rit.

— Quoi ? C'est fou de vouloir apprendre à un enfant de neuf ans à conduire ?

Elle leva les yeux au ciel.

— Tu sais bien que oui.

— Il y a plein d'enfants encore plus jeunes que lui qui conduisent. Les enfants de la ferme doivent apprendre à conduire des tracteurs, des pick-up et autres véhicules.

— OK, sauf qu'on ne vit pas à la ferme, rétorqua-t-elle.

— Ce n'est pas marrant de se faire harceler. Et même s'il ne pourra pas se vanter de ce qu'il a fait, il le *saura*. J'ai envie qu'il se sente spécial. Et c'est la première chose qui m'est venue à l'esprit quand il m'a expliqué que ce Bridger se vantait de conduire son quad.

— C'est bon. Allez, vas-y pour pouvoir revenir vite. Demain, il a école et je suis sûre qu'il a des devoirs.

— Tu sais qu'il va les faire en quinze minutes, dit Zeke. Ce gamin est sacrément intelligent.

Il resserra son emprise sur ses cheveux et tira doucement sa tête en arrière.

— Embrasse-moi et je partirais.

Zeke baissa la tête et les lèvres d'Elsie rencontrèrent les siennes avec le même désir qu'il sentait bouillonner dans ses veines. Le week-end lui semblait encore si loin. Il avait de nouveau besoin de l'avoir sous son corps. Et au-dessus. À genoux devant lui. Dans sa douche. Peu importe la façon dont ils faisaient l'amour, il savait seulement qu'il avait très envie d'elle.

Le temps qu'il se force à la lâcher, ils étaient déjà tous les deux excités. Il l'aida à descendre du comptoir, puis ne put s'empêcher de se pencher pour l'embrasser une dernière fois.

— Putain, ma belle, dit-il lorsqu'il recula. Peut-être que Tony peut apprendre à conduire tout seul pendant qu'on reste ici.

Elsie rit.

— Vas-y, ordonna-t-elle. Et si tu te fais arrêter par Simon ou un autre officier de Fallport, laisse-moi en dehors de tout ça.

Ce fut au tour de Zeke de rire.

— Bien sûr.

Il caressa sa joue rouge du bout de sa phalange, puis prit la direction de la porte.

Quelques minutes plus tard, il était assis sur le côté passager de la voiture d'Elsie sur le parking de l'école, apprenant à Tony comment conduire. Ils avaient avancé le siège à fond et il était assis sur une couverture froissée qu'Elsie avait dans son coffre pour qu'il puisse voir par-dessus le tableau de bord.

— Très bien. OK, alors normalement tu n'utilises qu'un pied pour l'accélérateur et le frein, mais pour le moment, tu peux te servir de ton pied gauche pour le frein et de ton pied droit pour l'accélérateur. Vas-y, appuie sur l'accélérateur. Juste un peu.

Lorsque la voiture se mit en mouvement, Zeke sourit.

— Génial ! T'y arrives, bonhomme !

Tony avait un regard intense et concentré alors qu'il allait à environ quatre kilomètres-heure sur l'immense parking.

Zeke prit une photo avec son téléphone pour la montrer à Elsie. Il était adorable et se souvenant du commentaire d'Elsie concernant le fait qu'elle n'avait pas assez de photos avec son fils, il eut envie de partager ce moment avec elle.

— Très bien. Il faut qu'on fasse demi-tour. Tourne le volant un peu vers moi. Très bien. Maintenant un peu plus. Oui ! Tu as tout compris.

La vitesse semblait effrayer Tony, alors ils n'allèrent jamais plus vite que seize kilomètres-heure, mais au bout de trente minutes, le petit semblait maîtriser l'accélérateur, le frein et le volant pour tourner. Ils avaient effectué plusieurs cercles sur l'immense parking et Zeke n'aurait pas pu être plus fier de lui.

Une fois qu'il eut arrêté la voiture et mit le frein à main, Tony se tourna vers lui avec un grand sourire sur le visage.

— C'était incroyable ! dit-il.

— Tu t'es très bien débrouillé, bonhomme. Tu as le truc, le félicita Zeke.

Tony prit une grande inspiration, comme s'il allait dire quelque chose... puis regarda finalement par le pare-brise.

— Qu'est-ce qui ne va pas ? demanda Zeke.

— Rien. C'est juste que... c'est la meilleure journée de ma vie, dit Tony avant de se tourner vers Zeke. J'aurais aimé que tu sois mon père.

Zeke cligna des yeux. Il ne s'était pas attendu à ça et n'était pas sûr de savoir répondre correctement à cela. Mais Tony continua, ne lui laissant pas l'occasion de répondre.

— Je sais que tu n'es pas mon père, mais j'aurais aimé que tu le sois. Maman ne parle pas de lui, mais je ne peux pas m'empêcher de me demander pourquoi mon vrai père ne veut pas de moi.

Zeke posa la main sur l'épaule de Tony.

— On en a déjà parlé, bonhomme. Parce que c'est un idiot.

— Tu le connais ? demanda Tony.

— Non. Mais tous ceux qui te rencontrent et ne veulent pas être tes amis sont des idiots, dit Zeke un peu plus durement qu'il n'aurait dû.

Il prit une grande inspiration. Lui et Tony avaient déjà eu

cette conversation, mais ça ne le dérangeait pas de se répéter autant de fois qu'il le faudrait.

— Les relations c'est compliqué, dit-il. Le fait que la relation de ton père et ta mère n'ait pas marché n'a *rien* à voir avec toi, tout est de sa faute à lui. Certains hommes ne sont pas faits pour être pères, tout comme certaines femmes ne sont pas faites pour être mères. Mais c'est lui qui rate quelque chose, Tony.

Le petit garçon acquiesça et soupira.

— Ce n'est pas grave. Je n'ai pas besoin de lui. Je t'ai toi. Et Rocky, Ethan, Drew, Brock, Tal et Raid. Brock va m'apprendre à changer l'huile d'un moteur. Et Drew dit que je suis assez intelligent pour devenir comptable, comme lui si j'en ai envie. Et c'était génial de camper avec Rocky et Brock et j'adore Duke. Raid me laisse passer du temps avec lui pendant que je lis à la bibliothèque. Et l'accent de Tal est génial. Il m'a dit que toutes les filles adoraient ça. Et Ethan va m'aider avec mon projet pour la foire aux sciences. On va fabriquer un truc qui va provoquer un choc électrique quand les gens le touchent. Pas assez pour leur faire mal évidemment, mais ça sera super drôle de voir les réactions des gens, expliqua-t-il en souriant face à cette idée. Enfin bref... je n'ai pas besoin de mon vrai père. Je vous ai vous.

Zeke ne put s'empêcher d'être touché.

— Oui, tu nous as nous, bonhomme.

— Je t'aime, Zeke.

Zeke inspira profondément en entendant ces trois mots. Sa vie ne pouvait pas être mieux.

— Moi aussi je t'aime.

Tony, évidemment, ne semblait pas réaliser que ce moment était si important pour Zeke.

— J'ai faim. On peut rentrer maintenant ?

Zeke rit.

— Oui, fiston. Je vais t'apprendre quelques règles de conduite sur le chemin du retour.

— Cool. Tu restes dîner ?

— Oui. Ça te va ?

— Oui, oui. Tu vas rester dormir ? demanda Tony.

Zeke avait envie de dire oui, mais il devait d'abord tester le gamin.

— Pas ce soir, dit-il prudemment.

— OK. Mais au cas où tu te le demandes, ça ne me dérange pas que tu restes. Tu apprécies bien ma maman, non ?

Zeke ricana. Apprécier n'était pas vraiment le mot, mais il acquiesça quand même.

— Oui, bonhomme. J'aime vraiment bien ta maman.

— Et vous sortez ensemble ?

— Oui.

— Quand les gens sortent ensemble, ils dorment l'un chez l'autre. Alors toi et maman vous devriez faire ça.

Zeke eut envie de rire. Il n'aurait pas dû s'inquiéter de savoir si Tony serait d'accord pour rester chez lui ce week-end et s'il s'inquiéterait de voir Elsie et lui partager la même chambre.

— Et si on faisait ça ce week-end ? demanda Zeke. Tu veux venir rester chez moi ?

— Oui ! dit joyeusement Tony. Maman aussi ?

— Ta maman aussi, oui.

— Super. Est-ce qu'on pourra à nouveau faire un feu et manger des chamallows grillés ?

— Oui bien sûr, si tu veux.

— Génial !

Tony était un enfant plutôt décontracté. Certes, il avait passé une dure journée, mais heureusement, il avait été capable de rebondir assez vite. Zeke attribua cela à la façon dont Elsie l'avait élevé. Il n'était pas pourri gâté, il était empathique et sacrément intelligent. Un peu plus tard ce soir-là, après que Tony eut parlé non-stop de ses talents de conducteur et du fait de dormir chez Zeke ce week-end, et après qu'il eut fait ses devoirs et se fut installé dans son lit avec un livre, Zeke prit Elsie dans ses bras devant la porte d'entrée.

Zeke partit plus tard que d'habitude et il dut redoubler d'efforts pour partir. Il était accro à cette femme et n'avait pas honte de l'admettre. Elle le rendait heureux d'une façon qu'il n'avait jamais expérimentée. Les sentiments qu'il éprouvait pour elle étaient bien plus profonds que tout ce qu'il avait pu ressentir par le passé. L'amour qu'il avait cru avoir pour son ex lui paraissait désormais dérisoire et insignifiant comparé à ce qu'il ressentait pour Elsie.

— Ça fait une éternité que je n'ai pas vu Tony être aussi heureux, dit Elsie. J'ai l'impression qu'il n'a pas respiré pendant au moins dix minutes quand il racontait tout ce qu'il a fait avec toi ce soir.

Elle n'avait pas tort.

— J'adore passer du temps avec lui. Il est marrant, dit Zeke.

Elsie secoua simplement la tête.

— Il adore l'attention que tu lui donnes, dit-elle en haussant les épaules. Merci d'être si gentil avec lui.

— Comment ne pas l'être ?

— Tu serais surpris. Certains adultes n'aiment pas passer du temps avec les enfants.

— Ils ratent quelque chose, dit Zeke.

Elsie acquiesça.

— Il a l'air d'être d'accord pour qu'on vienne ce week-end.

— J'étais un peu inquiet quand il en a parlé, mais il m'a rassuré en disant que quand les gens sortaient ensemble, ils dormaient l'un chez l'autre.

Elsie rit.

— Je suis soulagée. Je veux dire, il a neuf ans, pas quatre, mais quand même.

— Ça va marcher, dit Zeke avec fermeté.

— J'espère bien, murmura Elsie.

— Moi je sais que oui. Dors bien et on se voit demain au travail.

— Tu veux venir demain matin ? demanda-t-elle timidement.

— Est-ce que j'en ai envie ? Oui. Mais tu brunches avec Lilly. Parfois, faire l'amour rapidement sera exactement ce que je veux... mais là tout de suite, je ne peux pas imaginer ne pas avoir plusieurs heures devant nous pour nous explorer.

Elsie rougit, mais elle ne protesta pas.

— Et maintenant, tu penses au fait de s'envoyer rapidement en l'air, n'est-ce pas ? demanda-t-il avec un sourire.

— Je ne peux pas ne *pas* y penser, se plaignit-elle.

Zeke se pencha et l'embrassa. Il resta bref et ne la plaqua pas contre le mur pour lui montrer exactement à quel point coucher rapidement ensemble contre le mur pouvait être incroyable. Mais il n'avait pas menti. Plus il la touchait, plus il avait envie de prendre son temps et de l'explorer.

— On se voit au bar demain. Tiens-moi au courant si tu as besoin de quoi que ce soit.

— De quoi pourrais-je avoir besoin ? demanda-t-elle, sincèrement curieuse.

Zeke repensa brièvement à son ex. Elle lui envoyait constamment des textos pour lui demander de faire des trucs. S'arrêter au supermarché. Réparer quelque chose dans la maison. Elsie ne lui demandait jamais rien... à part son temps et son affection. Elle était littéralement un rêve devenu réalité.

— Je ne sais pas. Mais tu peux toujours m'appeler si tu as *besoin* de quelque chose.

— Ça marche. Merci.

Zeke l'embrassa sur le front puis retourna vers la porte. Il avait les mots « je t'aime » sur le bout de la langue, mais il les retint. Il lui fit un sourire et elle le lui rendit. Puis il ouvrit la porte et marcha jusqu'à son pick-up.

La soirée avait été bonne. Vraiment bonne. Il espérait avoir un peu aidé Tony à traverser ce chemin difficile vers l'adolescence. Au moins, il l'avait fait sourire. Cela avait été amusant de lui apprendre à conduire, mais le garçon avait encore du chemin à parcourir avant d'être prêt pour circuler dans la rue. Même si ce n'avait pas vraiment été le but. Passer du temps avec Tony, le faire se sentir spécial, tisser des liens avec lui... c'était ça, le but.

Et en prime, Tony lui avait dit qu'il approuvait qu'il sorte avec sa mère. Le fait qu'il soit d'accord pour qu'ils dorment ensemble était clairement un signe d'approbation. Zeke ne pouvait s'empêcher de repenser au fait que le petit garçon lui avait dit qu'il l'aimait. Tony et Elsie Ireland s'étaient si profondément frayé un chemin sous sa peau et jusqu'à son cœur que Zeke avait du mal à se souvenir d'un moment où ils n'avaient pas fait partie de sa vie.

C'était ça l'amour. Il avait cru aimer par le passé, mais il s'était trompé. Le sentiment de vouloir être avec Elsie et Tony tout le temps était presque écrasant, mais dans le bon sens du terme. Ils avaient tous eu une vie difficile avant de venir à Fallport. Désormais, Zeke ne voyait rien d'autre qu'un avenir radieux devant eux.

CHAPITRE SEIZE

Le lendemain, Elsie n'arrêtait pas de regarder Zeke. La veille, elle était restée éveillée toute la nuit, pensant à sa vie. À Zeke. Elle était amoureuse de cet homme. Il lui avait prouvé à plusieurs reprises qu'elle et son fils pouvaient lui faire confiance les yeux fermés.

Elle commençait enfin à croire ce que Zeke lui avait dit plusieurs fois.

Que maintenant qu'il faisait partie de sa vie, celle-ci serait plus facile. Quand il le lui avait assuré la première fois, Elsie avait mentalement levé les yeux au ciel. C'était une remarque audacieuse. Mais il n'avait fait que lui prouver qu'il n'était pas là que pour l'apaiser ou la mettre dans son lit. Il y avait eu de nombreuses occasions où ils auraient pu coucher ensemble. Les matins quand Tony était parti à l'école. Des petits coups rapides de temps à autre. Mais il lui avait clairement fait comprendre que ce n'était pas ce qu'il attendait d'elle.

Mais c'était l'attention qu'il avait apportée à Tony la veille qui lui avait confirmé qu'elle était tombée folle amoureuse de lui. Elsie n'était toujours pas ravie que son fils de neuf ans conduise, mais elle avait confiance en Zeke. Elle avait été alarmée par les histoires que Tony avait racontées quand ils étaient revenus hier soir, mais Zeke l'avait prise à part et lui avait calmement expliqué que Tony n'était pas allé à plus de quatorze kilomètres-heure et que les vrombissements qu'il avait imités en agitant ses bras de façon frénétique n'avaient été que le fruit de son imagination.

Zeke la traitait, elle et son fils, comme s'ils étaient les choses les plus précieuses de sa vie. Elsie ne se souvenait même pas s'être déjà sentie autant en sécurité avec un homme. C'était étourdissant. Et effrayant. Zeke pouvait lui faire plus de mal que Doug ne l'avait déjà fait.

Le brunch avec le Lilly ce matin avait été sympa. Elles étaient allées au *Sunny Side Up* et Elsie avait insisté pour payer. Elle avait l'impression d'être millionnaire avec tout l'argent qu'elle économisait. C'était loin d'être vrai, mais elle se sentait assez à l'aise pour pouvoir dépenser trente dollars pour un repas et c'était la moindre des choses pour son amie.

Lilly lui avait expliqué que le vieux Grogan avait bientôt fini de mettre au point le logo pour les tee-shirts qu'il souhaitait vendre à tous les chasseurs de Bigfoot qui ne manqueraient pas de débarquer en ville lorsque l'émission *Enquêtes Paranormales* sur laquelle avait travaillé Lilly serait diffusée. Elle avait aussi informé Elsie des progrès qu'Ethan et son frère avaient faits sur la maison.

Et bien sûr, elle avait réussi à discrètement s'immiscer dans la relation d'Elsie et Zeke pour en apprendre plus. Comme Elsie gardait sa vie privée au travail, pour la plupart, cela lui avait fait du bien de pouvoir parler de lui avec une amie.

Elle avait été un peu inquiète de voir à quel point les choses allaient vite entre elle et Zeke, mais Lilly avait simplement rigolé, lui rappelant que sa relation avec Ethan avait été tout aussi rapide. Cela avait beaucoup rassuré Elsie. En regardant Lilly et Ethan il était évident qu'ils étaient profondément amoureux et leur relation, même si elle était allée très vite, fonctionnait bien. Cela lui donnait de l'espoir, car si son amie avait réussi à faire en sorte que cela marche, Zeke et elle pouvaient faire de même.

Après le brunch, Elsie était allée au *On the Rocks* pour commencer sa journée. C'était peut-être parce qu'elle s'était enfin avouée être amoureuse de Zeke, mais tout le monde autour d'elle semblait être d'excellente humeur. Elsie, Valérie et Tiana plaisantaient avec tous les clients, Reuben ne se plaignit pas une seule fois quand il dut faire l'inventaire pour l'alcool pour que Zeke puisse passer la commande hebdomadaire et même les gens qui venaient déjeuner étaient souriants et laissaient des pourboires plus importants que d'habitude.

Alors quand il fut quinze heures trente et que la porte du bar s'ouvrit, Elsie était encore en train de sourire, prête à accueillir un autre client régulier.

Elle n'était pas du tout préparée à voir l'homme qui entra soudain.

Elle cligna des yeux, persuadée que ceux-ci lui jouaient des tours. Une fois que la porte se ferma derrière lui, il lui fallut une minute pour que ses yeux se réhabituent après la lumière vive du soleil de l'après-midi. En attendant, l'homme s'était rapproché, s'arrêtant presque trop près d'elle.

— Bonjour, Elsie, dit-il. Ça fait longtemps.

Elsie ne répondit pas. Elle ne le pouvait pas. Elle était tellement choquée qu'elle n'arrivait pas à prononcer un seul mot.

Elle sentit plus qu'elle ne vit Zeke s'approcher d'elle. Il posa la main sur le bas de son dos et le simple fait de l'avoir auprès d'elle la fit mentalement soupirer de soulagement.

— Quoi ? T'as rien à dire ? demanda l'homme.

Il tourna la tête vers Zeke et fronça les sourcils quand il vit le bras de Zeke autour d'elle.

— Ne me dis pas que tu sors avec lui, dit-il.

Elsie déglutit avec difficulté.

— Ça fait très longtemps qu'on ne s'est pas vus. Qu'est-ce qui t'amène à Fallport, Doug ?

En entendant le prénom de son ex, Zeke pressa plus fermement les doigts contre son dos. Elle était tout aussi surprise de le voir que Zeke. Elle n'avait jamais eu l'intention de se cacher ni elle ni son fils et ne l'avait jamais fait... même si elle avait toujours soupçonné que Doug se ficherait de savoir *où* ils se trouvaient. Et le fait qu'elle ne l'ait pas vu ni n'ait eu de nouvelles depuis cinq ans confirmait qu'elle avait raison.

— Tu m'as manqué. Et notre fils m'a manqué. Où est-il d'ailleurs ?

Elsie fronça les sourcils.

— À l'école.

— Je pensais qu'il serait sorti à cette heure-ci, dit Doug.

Elle résista à l'envie de lever les yeux au ciel. Même quand Tony était encore tout petit, Doug n'avait jamais pris la peine de connaître la routine de leur fils. Il ne savait pas à quelle heure il mangeait, faisait la sieste ou même quand il allait à l'école maternelle. Le seul moment où il remarquait vraiment Tony, c'était quand ce dernier pleurait.

— Bref, tu m'as manqué, Elsie. J'ai repensé à combien on était bien ensemble. Je suis venu voir si on pouvait recoller les morceaux pour que tu puisses rentrer à la maison et qu'on puisse à nouveau être une famille.

Elsie lui rit presque au nez. Elle ne lui avait pas manqué. Et la maison ? Cela faisait bien longtemps qu'elle n'avait pas considéré la maison de Doug à Washington comme son foyer.

— Tu aurais dû appeler, lui dit-elle. Ça t'aurait épargné le voyage.

Une fois de plus, Doug regarda Zeke avant de se tourner à nouveau vers elle. Cette fois-ci, elle perçut son regard calculateur. Un regard auquel elle s'était habituée quand elle vivait encore avec lui, mais qui ne lui avait pas manqué depuis ces cinq ans.

— Je voulais voir ma *femme*, souligna-t-il. Me réconcilier. Je reconnais que je n'ai pas été le meilleur des maris, mais je me suis rendu compte d'à quel point je t'aime et d'à quel point tu me manques. J'ai envie de réessayer.

Elsie ouvrit la bouche pour lui dire qu'il n'y avait aucune chance qu'elle retourne avec lui, mais Zeke parla avant elle.

— Elsie n'est *pas* ta femme.

— Mais je la considère toujours comme telle, dit Doug avec un sourire narquois.

— Mais moi je ne te considère pas comme mon mari, lui dit-elle. À vrai dire je ne pense même pas à toi.

— Ne sois pas comme ça, la cajola Doug. Tu as toujours été tellement sur la défensive.

Elle se raidit face à la critique implicite.

— Elsie, chérie, il faut qu'on parle, continua-t-il. Seuls, ajouta-t-il en regarda Zeke d'un air appuyé – et en levant les yeux, car il était bien plus petit que lui.

— Donne-nous une seconde, dit Zeke.

Et sans même attendre que Doug ne réponde, il prit la main d'Elsie et l'emmena quelques mètres plus loin, tournant le dos à son ex.

Avant qu'il ne puisse dire quoi que ce soit, Elsie insista :

— Je ne savais pas qu'il allait débarquer aujourd'hui. Je ne l'ai pas contacté.

— Je sais, dit Zeke.

Mais il avait l'air... bizarre. Elsie ne comprenait pas ce qui n'allait pas. Puis, elle eut soudain envie de rire. Ce qui n'allait *pas*, c'était que son ex était là, lui disant qu'elle était sa femme et qu'elle lui manquait et voulait se remettre avec elle. Évidemment que Zeke n'était pas vraiment content.

— Tu veux lui parler ? lui demanda Zeke. Parce que si tu n'en as pas envie, je le vire.

Elsie soupira. Elle n'avait *pas* envie de parler à Doug, mais elle savait également comment il était. Il était acharné. Et têtu. Et il était clairement là pour une raison. Il n'allait pas s'en aller tant qu'elle ne l'aurait pas écouté. Il valait mieux le laisser s'exprimer maintenant plutôt que d'essayer de repousser le moment.

Elle secoua la tête.

— Je vais lui parler.

Zeke la regarda pendant un long moment. Elle vit un muscle de sa mâchoire tressauter alors qu'il serrait les dents.

— OK. Tu veux que je sois là ?

Oui, elle le voulait. Oh, comme elle voulait que Zeke soit là pour la soutenir ! Mais quel que soit ce que Doug avait à dire, ça se terminerait probablement mal. Il ne la peindrait certainement pas sous un bon jour. Elle n'avait rien fait de mal depuis qu'elle avait quitté son ex, mais elle n'avait pas envie que Zeke entende ces conneries blessantes que Doug allait probablement lui balancer. Cela pourrait pousser Zeke à faire quelque chose qu'il regretterait. Doug n'hésiterait pas à le provoquer, puis à porter plainte si Zeke perdait son sang-froid. Non. Elle ne pouvait pas prendre ce risque. Doug n'était pas le problème de Zeke.

— Non, c'est bon. Je vais l'écouter et il finira probablement par partir.

— OK.

Zeke recula et Elsie eut instantanément envie de lui dire qu'elle avait changé d'avis. Qu'elle le voulait à ses côtés. Mais elle redressa les épaules. Elle pouvait le faire. C'était elle qui avait fait l'erreur d'épouser Doug dès le départ. Elle devait s'en occuper elle-même.

Pourtant... elle ne pouvait pas s'empêcher d'éprouver une certaine déception. Ce qui était complètement irrationnel. Mais elle ne voulait pas vraiment que Zeke lui laisse le choix. Elle aurait voulu qu'il insiste simplement pour rester avec elle.

Bon sang ! Cela faisait à peine deux minutes que Doug était de retour dans sa vie et elle était déjà secouée.

Quand elle se tourna vers ce dernier, il avait toujours ce sourire narquois aux lèvres. Comme s'il croyait avoir gagné le premier round de cette situation, quelle qu'elle soit. Elsie avait toujours détesté ce regard supérieur et suffisant quand il pensait obtenir exactement ce qu'il voulait.

— Tu peux aller dans le bureau du fond, lui dit Zeke.

Elsie sentit brièvement le bout de ses doigts contre son dos avant qu'il ne s'écarte. Un frisson la parcourut quand il la laissa avec Doug. C'était ce qu'elle avait demandé, ce qu'elle avait dit vouloir, mais la réalité la frappait déjà au visage.

Elle allait se retrouver seule avec l'homme qui avait fait de sa vie un cauchemar. Elle marcha d'un pas raide en conduisant Doug dans le couloir, vers le bureau. Dès la seconde où la porte se ferma derrière eux, elle se tourna vers son ex et lui demanda froidement :

— Qu'est-ce que tu veux, Doug ?

— Ce que je t'ai dit. Je veux apprendre à connaître mon fils. Voir si on peut retenter quelque chose.

— Tu peux voir Tony. Je n'ai jamais cherché à le cacher. Mais pour ce qui est de toi et moi, c'est terminé. Pour toujours.

— Tu es toujours trop émotive à ce que je vois.

Elsie grimaça. Cela faisait à peine cinq minutes et il faisait déjà ce qu'il avait toujours fait. Il se servait de ses mots pour la rabaisser. Lui faire sentir qu'elle était inférieure à lui. Elle avait travaillé très dur pour surmonter le doute et cette dévalorisation qu'il lui avait fait ressentir pendant des années. Pour oublier la façon dont il avait piétiné son amour propre chaque fois.

Elle n'allait pas le laisser recommencer.

— Je ne suis pas trop émotive, dit-elle fermement. C'est juste toi qui es un con.

Cela faisait du bien de tenir tête à son ex. Elle ne l'avait jamais fait auparavant, elle avait toujours marché sur des œufs avec lui. Mais il était venu sur *son* lieu de travail, à Fallport, après cinq ans de silence. Elle n'était plus la même personne que celle qu'elle avait été quand ils s'étaient mariés.

— Tu sais quoi ? décida-t-elle soudain. J'ai changé d'avis. Je n'ai pas envie de faire ça maintenant. Je suis au travail. Je suis occupée. Si tu veux vraiment avoir une sorte de relation avec ton fils, pas de problème. Mais on en parlera plus tard.

Elle marcha vers la porte, avec l'intention de l'ouvrir pour qu'il puisse partir. Mais Doug l'arrêta, l'attrapant par le bras.

Elle pivota vers lui.

— Lâche-moi ! siffla-t-elle.

Il s'exécuta. Immédiatement.

— Il faut qu'on parle.

— D'accord. Mais pas maintenant.

— Pourquoi ? geignit-il.

Il avait déjà fait *ça* de nombreuses fois par le passé. Pleurnicher pour obtenir ce qu'il voulait. Quand ça ne fonctionnait pas, il la réprimandait. Il la faisait se sentir terriblement mal de ne pas être la femme qu'il voulait. Mais plus maintenant. Elle n'allait pas le laisser faire ces conneries habituelles. Plus maintenant. Et plus jamais.

— Parce que tu ne m'as pas prévenu que tu venais à Fallport. J'ai besoin de temps pour accuser le coup.

— Bien sûr, parce que tout tourne toujours autour de *toi*, ricana Doug.

Elsie se redressa.

— Là maintenant ? Oh que oui ! C'est toi qui es venu ici, je ne t'ai pas invité, lui rappela-t-elle. Et pour info, nous n'allons pas nous réconcilier, c'est hors de question.

— Je t'aime, Elsie.

Elle leva les yeux au ciel.

— Mais bien sûr. C'est pour ça que je n'ai pas eu de nouvelles de toi depuis cinq ans. Arrête tes conneries, Doug ! Tu n'aurais pas dû venir.

Il plissa les yeux.

— Tu ne m'éloigneras pas de mon fils, la menaça-t-il.

Elsie sentit son sang se glacer, mais elle garda un visage neutre.

— Je n'essaie pas de le faire. Mais si jamais tu *tentes* d'obtenir la garde, je pense qu'un juge aura quelque chose à dire sur le fait que tu n'aies même pas *appelé* ton fils en cinq ans.

— Je ne veux pas la garde, dit-il précipitamment.

Évidemment qu'il n'en voulait pas. Elsie se retint à peine de lever à nouveau les yeux au ciel.

— J'ai juste envie de le voir. De lui parler. Un garçon a besoin d'une figure paternelle dans sa vie.

Tony avait beaucoup de figures paternelles dans sa vie... en commençant par Zeke. Mais elle ne le lui dit pas.

— Très bien. On en parlera plus tard, dit-elle fermement.

— Quand ? Comment je fais pour te retrouver ?

— On n'est pas à Washington ici, Doug. On est à Fallport. J'imagine que tu restes à l'hôtel en périphérie de la ville ?

— Évidemment. Il n'y avait aucun autre endroit, lui dit-il.

Il y avait le *Mangree*, qui était bien plus près, mais elle ne le souligna pas.

— Je te contacterai.

— Je veux voir Tony, insista Doug pour la millième fois.

— J'ai cru comprendre oui. Mais je dois d'abord lui parler. Lui expliquer la situation.

— Quelle *situation* ? Je suis son père. C'est tout ce qu'il a besoin de savoir.

Elsie secoua la tête. Doug ne comprenait pas. Il ne comprendrait jamais. Elle ne voulait vraiment pas qu'il fasse à nouveau partie de la vie de Tony. Il avait déçu le petit garçon, tout comme il l'avait déçue elle. Et s'il pensait pouvoir rabaisser leur fils et lui parler comme il l'avait fait avec Elsie quand ils étaient ensemble, il se trompait lourdement.

— Je te tiens au courant, répéta-t-elle, désignant la porte, priant pour qu'il s'en aille tout de suite.

Elle retint son souffle et soupira de soulagement quand il lui jeta un regard noir une dernière fois et sortit du bureau d'un pas lourd, comme un enfant qui fait une crise de colère.

Elsie s'effondra, ses épaules s'affaissèrent. Cela faisait du bien de tenir tête à Doug, mais cela lui avait aussi demandé beaucoup d'efforts. Elle prit quelques minutes seule pour maîtriser la colère et la rancœur qu'elle éprouvait envers cet homme.

Il fallait qu'elle voie Zeke. Elle avait besoin qu'il la rassure en lui affirmant que tout irait bien. Qu'il était hors de question que Doug essaie d'obtenir la garde son fils.

Elle retourna dans le bar et regarda autour d'elle pendant une minute avant de froncer les sourcils.

— Tu cherches Zeke ? demanda Reuben derrière le comptoir.

Elsie acquiesça.

— Il est parti.

Elle se figea face à ses mots.

— Quoi ?

— Une fois que tu es allée dans le bureau avec ton ex, il est parti, répéta Reuben.

Elsie était sans voix. Elle n'arrivait pas à croire qu'il ait pu s'en aller sans lui parler d'abord. Certes, c'était un adulte et il n'avait pas besoin de sa permission pour faire quoi que ce soit... mais vu à quel point il était protecteur, elle aurait pensé qu'il serait resté jusqu'à ce que Doug s'en aille, pour s'assurer qu'elle allait bien.

Ça faisait mal.

Très mal.

Elle était éperdument amoureuse de cet homme et si la situation avait été inversée, si Corinne était entrée dans le bar en disant à Zeke qu'elle voulait se remettre avec lui et qu'il lui manquait, jamais Elsie ne serait partie avant d'avoir parlé à Zeke pour s'assurer qu'il allait bien.

— Est-ce qu'il a dit quelque chose avant de partir ? demanda Elsie.

— Il n'avait pas l'air content, dit le barman en haussant les épaules d'un air désolé. Mais non, il n'a pas dit où il allait ni pourquoi il partait.

— OK.

— Tu n'as pas l'air d'aller bien non plus, continua Reuben. Tu es un peu pâle. Tu n'as qu'à y aller. Ce n'est pas très plein pour le moment. On peut gérer, Elsie.

Normalement, elle ne quittait jamais le travail plus tôt, mais là, actuellement, elle était reconnaissante. Elle avait besoin de réfléchir. Elle s'inquiétait des motivations de son ex. Elle avait voulu tout expliquer à Zeke, mais il était *parti*, donc ce n'était pas une option.

Au fond, elle comprenait pourquoi il était parti. C'était beaucoup lui demander que de s'écarter pour qu'elle puisse parler à Doug seule. Elle savait que cela allait à l'encontre de son instinct. Mais une autre partie d'elle était extrêmement blessée. Et perplexe. Alors elle hocha la tête vers Reuben.

— Merci. Je crois que je vais y aller, *effectivement*. Si tu es sûr que...

— Je suis sûr, lui dit-il avec un gentil sourire.

Il ne fallut pas longtemps à Elsie pour dire au revoir aux autres et prendre son sac à main. Elle irait chercher Tony. Elle trouverait une excuse pour expliquer pourquoi elle était à la bibliothèque si tôt. Trouverait quoi faire à manger pour le dîner...

Et trouverait un moyen de lui annoncer que son père était en ville et voulait le voir. Il fallait *vraiment* qu'elle trouve un moyen d'aider Tony à faire preuve de prudence avec Doug... quand elle savait que tout ce que son fils désirait était d'avoir un père.

Elle avait envie d'espérer que Doug était devenu *raisonnable*. Mais elle n'y arrivait pas. Elle connaissait son ex. Il avait forcément un plan. Elle était prête à parier tout ce qu'elle avait là-dessus... c'est-à-dire pas beaucoup, mais ce n'était pas la question.

Doug allait faire du mal à Tony. Elsie le savait. Et elle ne savait pas comment l'en empêcher.

Elle n'avait jamais dit du mal de Doug à son fils. Elle n'avait pas envie d'être « cette » personne. Si Tony voulait avoir une relation avec son père en grandissant, elle n'avait pas envie de lui donner d'idées préconçues sur ce qu'il était. Il allait devoir se faire sa propre opinion en fonction de la façon dont Doug le traitait. Mais ça ne voulait pas dire qu'elle voulait laisser son fils être exposé à la déception et la peine qu'elle savait que son père pouvait infliger.

Soupirant, Elsie se massa la tempe. Elle avait un horrible mal de tête. Et elle avait le cœur serré. Elle ne savait pas de quoi demain serait fait, mais elle allait prendre les choses au jour le jour. Elle finirait par parler à Zeke. Et essaierait de comprendre pourquoi il était parti sans un mot.

Mais d'abord, elle devait comprendre ce que son ex voulait et pourquoi il était là. Il fallait qu'elle protège Tony. Tout le reste pouvait attendre.

* * *

Zeke faisait les cent pas chez lui, l'adrénaline le rendant fou. Il n'arrêtait pas de repenser à ce qui venait de se passer. Il y a quelques heures à peine il avait été au top du top, excité de passer le week-end avec Elsie et Tony et tout à coup, son ex avait débarqué, expliquant qu'il l'aimait et voulait qu'elle revienne.

C'était quoi ce bordel ?

Il avait eu besoin d'espace. De réfléchir.

Il ne pouvait pas perdre Elsie. Il ne la *perdrait* pas. Mais ça ne dépendait pas que de lui. Et même s'il lui faisait confiance, une petite partie de lui – celle qui était toujours dévastée par la trahison de Corinne – se demandait... *retournerait-elle* vers son ex ?

Il était parfaitement conscient que Tony voulait un père. Il avait espéré endosser ce rôle un jour... mais la réapparition soudaine de Doug l'avait ébranlé et avait fait voler cette idée en éclats.

Le fait de repenser à Doug qui considérait encore Elsie comme son *épouse* le mettait tellement en colère qu'il ne voyait plus clair. C'était ridicule, agaçant et inapproprié.

Et il regrettait qu'Elsie n'ait pas plus protesté.

Il l'aimait tellement. Et pendant que son estomac était complètement noué, le fait de la voir si calme en voyant son ex lui avait fait du mal.

Quand elle avait insisté pour parler seule avec Doug, Zeke avait été dévasté. Elle n'avait pas voulu qu'il la soutienne. Elle n'avait pas voulu qu'il soit présent.

Cela lui avait rappelé Corinne, une fois de plus.

Il avait quitté le bar. Il ne se souvenait pas vraiment de ce qu'il avait dit à Reuben avant de partir. Son seul objectif avait été de prendre l'air. D'avoir besoin d'espace.

Mais alors que le soir approchait, il avait commencé à réfléchir de façon plus claire.

Il était toujours contrarié – comme en témoignait sa démarche incessante – mais il commençait doucement à se demander s'il n'avait pas fait une énorme erreur.

Il ne savait pas de quoi Elsie et Doug avaient parlé. Mais la femme qu'il avait appris à connaître n'avait rien de bon à dire sur son ex et n'avait jamais évoqué le moindre regret concernant le fait de l'avoir quitté. Elle n'avait jamais non plus envisagé de se remettre avec lui. Et d'après Elsie, Doug était toujours cruel et c'était constamment sa parole contre la sienne.

Bon sang...

Il avait été idiot de ne pas rester. De ne pas lui avoir demandé ce que voulait son ex. Cela faisait des années qu'elle l'avait quitté et depuis, son ex n'avait pas essayé une seule fois de les contacter elle et son fils. Pourquoi maintenant ? Et s'il était là pour emmener Tony loin d'Elsie ?

Comment se sentait-elle ? Avait-elle peur ? Était-elle énervée ? Elle était probablement très contrariée d'avoir découvert qu'après sa conversation avec Doug, Zeke était parti.

Putain. Il avait tellement merdé.

Quand Elsie avait probablement eu le plus besoin de lui, il l'avait abandonnée.

Cette décision avait peut-être détruit toute la confiance pour laquelle il avait travaillé si dur.

Zeke eut envie de l'appeler. D'aller chez elle. Mais il ne savait pas quoi lui dire exactement. « Désolé de m'être comporté comme un idiot et d'être parti sans m'assurer que tu allais bien ? Comment ça s'est passé avec ton connard d'ex ? »

Comment allait-il pouvoir s'excuser après une telle connerie ?

Il était encore en train de se sermonner et d'essayer de réfléchir à ce qu'il allait faire ensuite quand son téléphone sonna.

Pendant une seconde, Zeke espéra désespérément que c'était Elsie qui l'appelait. Qu'elle allait bien et qu'elle allait lui expliquer ce qui s'était passé avec Doug comme s'il ne l'avait pas laissée seule face à ce choc émotionnel qu'elle devait ressentir.

Mais la réalité le frappa immédiatement. Non, il n'y avait aucune chance qu'Elsie veuille lui parler maintenant, pas après la façon dont il l'avait traitée.

Quand il baissa les yeux, il vit que finalement, c'était bien *elle* qui l'appelait.

Le cœur battant la chamade, Zeke répondit.

— Else ?

— C'est Tony, dit une petite voix.

— Tony ? Qu'est-ce qui se passe ? demanda-t-il d'un ton pressant.

— C'est maman.

— Qu'est-ce qu'elle a ? Où est-elle ? Ton père est là ? Est-ce que ça va ?

— Elle est là et non mon père n'est pas là. Elle m'a dit qu'il était en ville par contre. C'est vrai ?

— Oui, bonhomme. C'est vrai. Je l'ai rencontré aujourd'hui.

— Elle m'a dit qu'il voulait me voir. Mais je trouve ça bizarre. C'est pas bizarre ? Je veux dire, pourquoi maintenant ? Je lui ai demandé, mais elle n'avait pas de réponse. Elle a dit que c'était à moi de décider si je voulais passer du temps avec lui et d'en choisir la durée.

Ignorant sa question – car oui c'était bizarre, clairement bizarre – Zeke lui demanda :

— Bon et qu'est-ce qui se passe avec ta maman ? Pourquoi est-ce que c'est toi qui m'appelles ?

— Je pensais que tout allait bien. Mais elle ne parlait pas beaucoup. Puis, après le dîner, elle a dit qu'elle allait dormir. Elle ne va *jamais* dormir avant moi. J'ai essayé d'entrer dans sa chambre, mais la porte était verrouillée. Et je l'ai entendu pleurer. Je ne comprends pas ce qui se passe, Zeke ! J'ai peur. Son téléphone était là et tu m'as dit que je pouvais t'appeler quand j'en avais besoin.

— C'est vrai, c'est ce que je t'ai dit et je suis content que tu l'aies fait. J'arrive.

— C'est vrai ?

— Oui.

— OK.

L'immense soulagement qu'il entendit dans la voix du petit garçon lui serra le cœur. Le petit était plus qu'effrayé. Il était terrorisé. Probablement confus aussi, vu ce qui se passait avec son père.

— C'est quoi le mot de passe cette semaine ? lui demanda Zeke.

— Lamenter.

Zeke ne put s'empêcher de sourire.

— Et qu'est-ce que ça veut dire ? demanda-t-il en attrapant ses clés avant de sortir.

— Se sentir triste. Je me lamente sur le fait que je ne peux pas aider ma mère à aller mieux.

Zeke eut désormais l'impression que son cœur s'était brisé.

— Je vais arranger ça, dit-il au petit garçon. N'ouvre pas la porte tant que je n'ai pas dit le mot de passe.

— D'accord. Zeke ?

— Oui, bonhomme ?

— Tu vas aider maman à se sentir bien à nouveau, hein ? Tu pourras lui dire que je promets de ne pas l'abandonner pour aller vivre avec mon père ? J'imagine que c'est pour ça qu'elle est triste. Peut-être que, maintenant qu'il est là, elle a peur que je la laisse parce que j'ai toujours voulu avoir un père.

Zeke prit une grande inspiration avant de répondre :

— Je lui dirai, mais je doute que ce soit pour ça qu'elle est triste.

— Pourquoi alors ?

Sachant qu'il devait être honnête, Zeke lui dit :

— J'ai tout gâché aujourd'hui, bonhomme. Je lui ai fait du mal. Je n'en avais pas l'intention, mais j'étais choqué de voir ton père ici et j'ai eu besoin de temps pour digérer tout ça.

— Je ne comprends pas.

— Je sais. Mais je vais tout arranger.

— Promis ?

— Promis.

— Tant mieux. Parce que je n'aime pas l'entendre pleurer.

Cet enfant le tuait. Il faisait *exactement* comprendre à Zeke ce qu'il perdrait s'il commettait une erreur irréparable. S'il ne pouvait pas faire en sorte qu'Elsie lui pardonne de l'avoir laissée avec son ex sans un mot.

— Moi non plus.

— Ne recommence plus, l'avertit Tony. On n'a pas besoin de toi avec nous si c'est juste pour la rendre triste.

C'était un drôle de sentiment que d'éprouver à la fois de la culpabilité et de la fierté.

Il était fier que Tony défende sa mère et contrarié d'avoir poussé le garçon à le faire. Contre *lui* en plus. L'homme qui aurait dû rester à ses côtés dès l'apparition de Doug.

— Je comprends. Et je te donne ma parole que ça n'arrivera plus.

— OK. Tu es déjà parti ?

Zeke sourit.

— Oui, bonhomme. Je serais là dans moins de cinq minutes à peu près.

— D'accord. Mais ne va pas trop vite, parce que si tu as une contravention, ça te prendra plus de cinq minutes.

— Je n'irai pas vite. Merci de m'avoir appelé, Tony.

— À tout à l'heure.

— À tout à l'heure.

Zeke raccrocha et prit une grande inspiration. Puis une autre. Il n'était pas content que l'ex d'Elsie soit là, voulant apparemment donner une seconde chance à leur relation. Mais maintenant qu'il avait eu le temps de réfléchir, il savait que la visite de Doug n'était pas anodine et qu'il ne voulait pas simplement récupérer Elsie. Cela faisait cinq ans qu'il ne faisait plus partie de sa vie. Il n'avait pas bougé le petit doigt pour apprendre à connaître son fils ni l'aider. Les gens comme ça ne changeaient pas du jour au lendemain sans raison... ni motivation.

Zeke aimait Elsie. Quoi qu'il se passe, ils le découvriraient ensemble. Se sentant soudain déterminé, il appuya un peu plus sur l'accélérateur. Il fallait qu'il répare ce qu'il avait fait. Le plus tôt serait le mieux. Il espérait juste qu'Elsie lui laisserait une chance de tout arranger.

CHAPITRE DIX-SEPT

Zeke se tenait devant la porte de la chambre d'Elsie. Il avait vu que Tony avait pleuré dès l'instant où il avait aperçu son visage. Encore un truc qu'il avait foiré. Zeke avait pris le temps de le serrer bien fort et de le rassurer à nouveau en lui disant qu'il ferait en sorte que sa mère se sente mieux. Il avait demandé à Tony de rester dans le salon et de trouver un film à regarder sur la TV. Zeke était certain qu'il était trop bouleversé pour y prêter attention, mais il était reconnaissant d'avoir un peu de temps pour arranger les choses avec Elsie sans que Tony ne les entende.

Il frappa à la porte et entendit la voix étouffée d'Elsie.

— Je vais bien, Tony. Juste fatiguée.

— C'est Zeke, lui dit-il. S'il te plaît, ouvre la porte. Je veux te parler.

— Va-t'en, Zeke, dit-elle plus fermement. On n'a pas besoin de parler tout de suite.

Bien sûr que si. Mais Zeke ne comptait pas avoir cette discussion, il n'allait pas ramper à travers une porte fermée. Il s'était préparé puisque Tony lui avait expliqué qu'Elsie s'était enfermée dans sa chambre. Il coinça le trombone étiré dans le petit trou de la serrure et en quelques secondes, il craqua la serrure et ouvrit doucement la porte.

Dieu merci, les serrures bon marché étaient faciles à ouvrir.

Il ouvrit la porte en grand et entra, son cœur se serrant un peu plus.

Elsie n'avait même pas allumé la lumière. Elle était assise par terre, à l'autre bout du lit. Elle était dos au mur et avait les jambes pliées. Il y avait des traces de larmes sur son visage et quand il entra, d'autres larmes coulèrent par-dessus ses paupières avant qu'elle ne pose la joue contre son genou et ne détourne le regard.

— Sérieux, va-t'en Zeke. Cette journée a déjà été assez horrible comme ça, pas besoin d'empirer les choses.

Zeke tressaillit mais ignora sa demande et avança jusqu'à elle. Il s'assit en face d'elle et positionna ses pieds de chaque côté de ses hanches, l'intérieur de ses cuisses touchant ses jambes alors qu'il s'avançait encore un peu.

Les larmes coulèrent de plus belle.

— Je n'ai pas envie de faire ça là, murmura-t-elle.

— Tu n'es pas obligée de faire quoi que ce soit. Tout ce dont j'ai besoin, c'est que tu m'écoutes, lui dit Zeke.

Elsie ferma les yeux et reposa la joue sur ses genoux, tournant à nouveau son visage. Elle resserra les bras autour de ses jambes, son corps entier le repoussant.

Son attitude lui faisait mal. Très mal. Mais Zeke comprenait. Il n'aurait pas dû la laisser avec son ex. Il n'aurait pas dû partir sans parler avec elle pour s'assurer qu'elle allait bien.

— Je n'aurais pas dû partir, dit-il doucement, voulant la toucher.

Il avait envie de l'attirer dans ses bras. Mais il resta là où il était, ses jambes touchant les siennes, assez pour qu'il puisse sentir l'odeur de son shampoing.

— Quand je me suis marié la première fois... j'étais tellement excité. J'avais toute la vie devant moi. Une épouse magnifique. Une carrière dans laquelle j'étais bon. L'espoir de fonder une famille. Mais en un an, tous mes espoirs et mes rêves pour le futur se sont envolés. Au lieu d'avoir le soutien de ma femme, elle me méprisait chaque fois que j'étais envoyé en mission. Je n'ai jamais reçu de lettre ou de mail en mon absence. Quand je rentrais à la maison, elle était froide pendant au moins une semaine. J'imagine que c'était pour me punir d'être parti... même si je n'avais pas vraiment le choix.

Il prit une grande inspiration.

— C'est l'un des gars de mon unité qui m'a parlé de ses liaisons. On était à l'étranger, dans les montagnes en train de traquer un terroriste. C'était la nuit, on était allongés dans la poussière et on n'avait pas mangé de vrai repas depuis une semaine. On était sales, affamés, épuisés et le terroriste avait réussi à nous échapper. J'ai fait un commentaire sur le fait de vouloir être chez moi et à quel point ce serait agréable d'être au lit avec ma femme après un bon dîner... et il a tout lâché. Il m'a expliqué que Corinne n'avait pas été fidèle. Qu'il connaissait au moins quatre gars de la base avec qui elle était sortie depuis qu'on était mariés. Ce n'était donc pas étonnant qu'elle soit de mauvaise humeur quand je revenais de mes missions. J'interrompais ses petites soirées.

Elsie ne leva pas les yeux, mais Zeke l'entendit soupirer. Il espéra que c'était bon signe.

— Je n'ai aucune idée de comment il a su... peut-être que certains gars se vantaient de se la taper, je n'en sais rien. Mais c'était gênant et démoralisant d'apprendre ses infidélités de la part de quelqu'un d'autre. J'ai eu l'impression d'être un énorme crétin. Pourquoi n'étais-je pas assez bien ? Étais-je un si mauvais mari au point de la pousser à aller voir ailleurs ? Étais-je nul au lit ? Je me suis creusé la tête pour comprendre ce que j'avais fait de mal et comment je pouvais arranger les choses. Et je n'avais pas envie d'y croire. Je m'étais à moitié persuadé que mon coéquipier se trompait ou mentait pour je ne sais quelle raison, jusqu'à ce que je rentre plus tôt chez moi et ne la surprenne avec un jeune soldat de dix-huit ans. Et même là...

après l'avoir prise en flagrant délit... je lui ai dit que je voulais qu'on fasse une thérapie de couple. Pour réparer notre mariage.

Zeke fit une pause un moment et déglutit avec difficulté, assailli par ce souvenir.

— Qu'est-ce qu'elle a dit ? murmura Elsie.

Elle avait tourné la tête. Le regard rivé sur son torse, mais c'était toujours ça.

— Elle m'a dit que j'étais ridicule. Qu'elle ne comprenait pas pourquoi quelqu'un voudrait rester marié avec moi. Que quand je l'avais demandée en mariage elle avait seulement dit oui parce qu'elle savait que je serais souvent absent et qu'elle n'aurait pas à travailler si elle m'épousait. J'avais un logement fourni par l'État, un bon salaire... elle pouvait vivre une vie facile. J'ai réalisé que je n'avais été qu'un moyen pour elle, et ce depuis le début. Qu'elle ne m'avait jamais aimé. Qu'elle avait bien joué la comédie quand on sortait ensemble – et que j'avais tout gobé. Je ne pouvais pas réparer quelque chose dont elle n'avait jamais voulu dès le départ.

Elsie posa la main sur son mollet et le serra.

Zeke soupira.

— Tu n'as rien à voir avec elle. *Rien*. Mais bizarrement, quand ton ex est entré et avait hâte de se remettre avec toi... et que tu as eu envie de lui parler sans moi, ça m'a rappelé mon mariage. Soudain, je me suis senti... incertain. Par rapport à nous. J'imagine que j'avais besoin de réfléchir. J'étais tellement *énervé* contre lui. Et je le suis toujours. Pourquoi viendrait-il jusqu'ici après des années de silence pour passer du temps avec toi ? Ou Tony d'ailleurs. Je ne *supportais* pas de l'imaginer seul avec toi dans le bureau. Mais après avoir pris le temps de réfléchir, j'ai su que j'avais merdé. Je t'ai *laissée* seule avec lui. Et s'il t'avait fait du mal ? Dit des choses horribles ? Merde – il t'a *fait* du mal ?

Elsie secoua la tête.

Zeke soupira de soulagement.

— Je suis désolé, Else. Je n'aurais pas dû partir sans te parler d'abord et m'assurer que tu allais bien. Je ne sais pas ce qui se passe, mais tu sais quoi ? Je m'en fous. Je n'abandonnerai pas sans me battre. Ce connard veut peut-être te récupérer, mais pour moi, il a perdu le droit d'être avec toi. Il t'a eu une fois et a tout foutu en l'air. Il n'aura pas de seconde chance, pas si j'ai mon mot à dire. Je *sais* que tu ne l'aimes pas, et il est impossible qu'il t'aime encore. Il n'a pas pris la peine de vous contacter, toi ou Tony, depuis des années. Ce n'est pas de l'amour, ça, dit Zeke en élevant la voix sans pouvoir s'en empêcher.

— J'ai peur, admit doucement Elsie.

Ne pouvant plus se retenir de la toucher, Zeke se rapprocha jusqu'à ce que les genoux d'Elsie soient contre son torse et qu'il la prenne dans ses bras. Elle enfouit la tête contre son épaule et frissonna. Elle relâcha ses genoux et le prit par la taille.

La position était un peu gênante, mais Zeke s'en fichait. Elle le laissait la toucher – il n'avait donc pas totalement merdé.

— Je suis là. Je suis tellement désolé de t'avoir abandonnée.

— J'étais tout aussi choquée que toi, dit Elsie contre son épaule. Avant de le quitter, je suis allée sur Internet et j'ai acheté un accord de divorce sur un site légal. Je ne lui ai *rien* demandé. Je n'ai pas essayé de partir dans la nuit. Je lui ai même dit qu'il pourrait rendre visite à Tony quand il le voudrait. Je lui ai donné quand il est rentré du travail... l'une des rares soirées où il rentrait à la maison. Je lui ai annoncé que je partais et qu'on pouvait tous les deux aller de l'avant. Il n'était pas content. Il m'a dit des choses assez horribles, mais il a fini par signer les documents quand je lui ai dit que je demanderais la moitié de ses biens à un juge et dévoilerais toutes ses liaisons s'il ne signait pas.

Elsie renifla et resta silencieuse un moment.

— Il m'a laissé une journée pour réunir toutes nos affaires et m'en aller et je me suis dépêchée de partir loin de lui avec Tony. Je l'ai tenu au courant de là où nous vivions au fil des ans et quand je suis arrivée ici, je lui ai envoyé l'adresse du *Mangree*, mais je n'ai jamais eu de ses nouvelles. Jusqu'à aujourd'hui.

Elle leva la tête et ses yeux rouges et ses joues mouillées firent encore plus de peine à Zeke.

— Je ne retournerai pas avec lui. *Jamais*. Tony est son fils et s'il veut vraiment avoir une relation avec lui, je ne lui refuserai pas. Mais le fait que Doug débarque comme ça sans prévenir et affirme qu'il veut que je revienne en disant que je suis sa femme... ça me fait complètement flipper. Je ne sais pas ce qu'il veut, mais je sais que ça ne présage rien de bon.

— On ira voir Nissi O'Neil demain matin. D'après ce qu'on m'a dit, c'est une sacrée bonne avocate, dit Zeke.

— Et s'il veut récupérer Tony ? murmura Elsie.

— Il ne l'aura pas, répondit-il fermement.

— Zeke, j'ai vécu dans un motel. Tony fait partie du programme pour les repas gratuits. Je ne vais pas avoir l'air d'une très bonne candidate comparée à Doug.

— Tu as un à travail à temps plein. Tu vis dans cet appartement désormais. Tony est heureux et en bonne santé. Et puis, où était Doug ces cinq dernières années ? Il n'a pas vu son fils et ne t'a pas donné un centime pour t'aider financièrement.

— Et s'il veut le récupérer ?

— Il ne prendra *pas* Tony. D'ailleurs, ton fils m'a demandé de te dire qu'il veut rester vivre avec toi.

— C'est vrai ?

— Oui. Il t'aime, Else. Tu es le seul parent qu'il ait vraiment connu. Il sera peut-être curieux par rapport à son père, mais il ne voudra pas quitter Fallport et vivre avec lui à plein temps.

— Tu ne connais pas Doug, dit-elle. Il est incroyablement manipulateur. Sournois. Il manigance quelque chose.

— Eh bien, Simon est de notre côté. Et Nissi aussi une fois qu'on ira la voir demain matin. Et mes amis. Tony n'ira nulle part. Mais... *nous*, où en sommes-nous ? Est-ce que tu peux me pardonner mon erreur de jugement spontané ?

Zeke retint son souffle en attendant sa réponse.

— Tu m'as fait du mal..., murmura-t-elle, sans croiser son regard.

— Je sais. Et ça me tue, dit-il.

— Je n'avais pas terminé, dit Elsie.

— Pardon. Continue.

— Tu m'as fait du mal. Mais honnêtement... moi aussi je t'ai fait du mal. J'aurais dû refuser de parler seule à Doug. Et je comprends, Zeke. Corinne t'a vraiment fait souffrir et je ne t'en veux pas d'avoir eu besoin d'espace pour réfléchir.

— Ça n'arrivera plus, lui jura Zeke. Je ne vais plus laisser mon ex-femme me pourrir la vie. Ça me détruirait de te perdre, Elsie. J'ai besoin de toi. Je ne peux pas promettre de ne pas faire d'erreurs à l'avenir, parce que je suis seulement humain, mais je te jure, sur tout ce que j'ai, que la prochaine fois je te dirai ce qui me contrarie.

— Et s'il croit vraiment pouvoir me récupérer ? demanda-t-elle.

— Tu l'aimes ?

— Non !

— Alors on se fiche de ce *qu'il* pense. Nissi s'assurera que tout est bon du côté de ta garde pour Tony. Doug devra soit apprendre à se contenter de la garde partagée soit il disparaîtra à nouveau. Dans tous les cas, je serai à tes côtés tout le long et quand... *si...* tu es prête, je te demanderai en mariage et tu *m'épouseras*.

Elle écarquilla les yeux.

— Quoi ?

— Je t'aime, Elsie. C'est pour ça que quand ce connard a dit qu'il voulait te récupérer ça m'a fait si mal. Je t'aime tellement que l'idée même que tu puisses retourner avec ce naze m'a brisé le cœur.

— Zeke..., murmura-t-elle.

— J'ai envie de t'épouser. Je veux passer le reste de ma vie avec toi. Tout ce que j'ai est à toi. Je ne te négligerai jamais. J'ai envie d'avoir un enfant avec toi, si c'est quelque chose que tu peux envisager. Tony sera toujours ton premier enfant et si vous êtes tous les deux d'accord, j'aimerais envisager une adoption. Je sais que tout ça, c'est dans longtemps. Mais j'ai besoin que tu comprennes que cette journée m'a bouleversé. Énormément. Elle m'a fait réaliser à quel point toi et ton fils vous comptez pour moi.

Un petit sourire étira les lèvres d'Elsie.

— Tu viens de me demander en mariage, là ?

Zeke rit.

— Non. Quand je le ferai, tu le sauras. Et il n'y aura pas de grand questionnement entre nous. Mais je t'ai fait *comprendre*, aussi clairement que possible, quelles étaient mes intentions. Je ne te laisserai plus tomber comme je l'ai fait aujourd'hui. J'aurais dû te soutenir et je t'ai laissée en plan. S'il te plaît, dis-moi que tu me pardonnes.

Elsie croisa son regard.

— Je n'ai pas l'habitude de pleurer. Ma vie a été trop dure pour que je pleure à chaque petit contretemps. Mais je dois reconnaître que cette journée a été éprouvante. Doug qui débarque, toi qui t'en vas, le fait de devoir expliquer à Tony que son père est là, m'inquiéter des motivations de Doug. C'était trop. Mais sache que... demain, quand j'allais être un peu plus moi-même, je comptais aller au travail et t'engueuler pour te dire à quel point j'étais déçue que tu sois parti.

Zeke poussa un soupir de soulagement.

— Ah oui ?

— Oui, oui. Donc, oui je te pardonne. Je suis désolée d'avoir demandé à parler à Doug seule. Ça n'arrivera plus. J'ai autant besoin de toi que tu as besoin de moi, Zeke. Et je ne te blâme pas d'avoir réagi comme tu l'as fait. J'aurais fait la même chose si j'avais vécu ce que tu as vécu. Ça fait mal ; je ne peux pas le nier. Mais le fait que tu sois là, maintenant, contribue grandement à me rendre moins contrariée.

— Tony m'a appelé.

Elsie cligna des yeux.

— Ah bon ?

— Oui. Il avait peur et s'inquiétait pour toi.

— Zut. Je ne voulais pas qu'il me voie pleurer.

— Il le sait. C'est pour ça qu'il était inquiet. Et si on se levait, que tu te nettoyais le visage et qu'on allait rassurer Tony pour lui dire que tu vas bien ? lui proposa Zeke.

Elsie acquiesça.

— Zeke ?

— Oui, chérie ?

— Moi aussi je t'aime.

Ses mots ne furent qu'un murmure, mais Zeke sentit son cœur gonfler dans sa poitrine en les entendant.

— Je sais.

Elsie eut un sourire.

— C'est vrai ?

— Oui. Tu ne m'aurais jamais pardonné aussi facilement sinon. Et tu ne m'aurais pas laissé te tenir comme je le fais actuellement. Mais merci de m'offrir cela. Je ne mérite pas ce cadeau après ce que j'ai fait aujourd'hui, mais je le prends quand même.

— Je ne pourrai pas revivre ça, dit-elle doucement.

Zeke n'eut pas à lui demander à quoi « ça » faisait référence. Il le savait.

— Tu n'auras pas à le faire. Peu importe ce que nous découvrirons demain, la semaine prochaine ou dans un mois, je serai là pour toi. Et on essaiera tous les deux de mieux communiquer quand on est contrariés.

Des larmes se formèrent à nouveau dans ses yeux et Zeke pria pour que ce soit des larmes de soulagement.

Ce qu'elle dit ensuite le confirma.

— Je t'aime.

Cette fois-ci, elle le dit plus fort. Avec plus de conviction.

— Moi aussi je t'aime.

Zeke l'attira à nouveau contre lui, puis se leva maladroitement, la hissant avec lui. Il marcha avec elle jusqu'à la salle de bain, prit un gant propre dans le placard et le lui tendit.

— Plus de larmes, Elsie. On fait ça ensemble. Quel que soit ce que manigance ton ex, on se débrouillera. Demain, on ira voir Nissi et elle verra ce qu'elle peut faire. Si on a besoin de plus d'armes, pour ainsi dire, j'ai encore des contacts du temps où j'étais un soldat des forces spéciales. Doug n'aura pas Tony. Pas légalement et ton fils ne voudra certainement pas aller vivre avec lui sur le long terme. C'est un gamin intelligent. Même s'il a besoin d'un père, il ne gobera pas les conneries de Doug.

— Je n'espère pas.

— Il ne le fera pas. Prends ton temps. Je vais sortir et m'assurer que Tony va bien.

Elsie acquiesça.

— Tu restes avec nous ?

Zeke se figea.

— Tu veux que je reste ?

Elle hocha la tête.

— Alors je reste, dit-il fermement.

— OK.

— OK.

Il se pencha, déposa un baiser sur son front, puis se força à partir.

Au fond, Zeke avait envie de l'emmener au lit et de la serrer fort dans ses bras. Il savait à quel point il avait failli foutre en l'air la meilleure chose qui lui soit jamais arrivée. Le fait qu'elle ait si gracieusement accepté ses excuses en disait beaucoup plus sur elle que sur lui.

Il ne pouvait également pas s'empêcher d'adorer le fait qu'elle ait prévu de se confronter à lui demain. Ses excuses et sa volonté de se battre pour leur relation le rassuraient sur le fait que l'avenir qu'il imaginait pour eux était à leur portée.

Comme il le lui avait dit – ça n'arriverait plus jamais. Cela allait à l'encontre de tout ce qu'il avait appris chez les Bérets

Verts concernant le fait de toujours questionner les intentions de quelqu'un, notamment après son expérience avec Corinne. Mais en ce qui le concernait, Elsie était une exception. Il ne douterait plus jamais d'elle. Et elle ne douterait plus de lui. Il le savait jusqu'au plus profond de son âme.

* * *

Elsie observa son reflet dans le miroir de la salle de bain. Elle avait une sale tête. Ses yeux étaient gonflés et rouges, son visage était couvert de taches... mais elle ne pouvait pas s'empêcher de sourire.

Zeke l'aimait.

Cela semblait être un miracle.

Certes, il l'avait déçue aujourd'hui. Mais elle avait fait de même. Et elle n'avait pas menti, elle avait prévu de se confronter à lui le lendemain. Zeke valait la peine qu'on se batte pour lui. Le fait qu'il ne l'ait pas fait attendre, qu'il soit venu dès que Tony l'avait appelé à l'aide, était une preuve suffisante.

Maintenant qu'elle et lui allaient mieux, il fallait qu'elle aille voir Tony.

Qu'elle s'excuse de l'avoir inquiété. Qu'elle le remercie d'avoir appelé Zeke quand il était inquiet et contrarié.

La seule chose qu'elle ne ferait pas, c'était de lui raconter d'horribles histoires sur son père. Doug était un con, mais elle ne voulait pas compromettre ses prochaines interactions avec lui. Il était toujours son père et s'il y avait une chance que Doug soit là, car il voulait vraiment entretenir une relation avec son fils, elle ne ferait rien pour la saboter.

De plus, Tony était intelligent, comme l'avait dit Zeke. Elle était certaine que Doug finirait par montrer son vrai visage. Et si Tony comparait son père biologique aux hommes avec qui il avait passé du temps récemment, Doug ne serait sûrement pas à la hauteur. Même si elle ne voulait pas dire tout de suite tout le mal qu'elle pensait de Doug, cela ne voulait pas dire qu'elle ne préviendrait pas Tony. Elle voulait qu'il reste prudent avec son père, mais ne souhaitait pas le monter contre lui avant que Doug n'ait eu l'occasion de faire ce qu'il fallait. Le temps le leur dirait.

Elsie était toujours inquiète que Doug essaie de lui enlever son fils, mais elle se sentait mieux maintenant que Zeke allait l'accompagner chez l'avocate. Elle n'était plus la même qu'il y a cinq ans. Elle n'allait plus laisser Doug la malmener. Pas comme elle l'avait laissé par le passé.

Elle n'arrêtait pas de penser à la façon dont Zeke lui avait demandé de l'épouser. Honnêtement, elle aurait été prête à dire oui et serait allée au palais de justice ce soir s'il le lui avait demandé. Doug ne s'était jamais excusé pour ce qu'il avait fait. Du moins, il ne s'était jamais excusé de façon sincère.

La sincérité et la peur dans la voix de Zeke quand il l'avait suppliée de lui pardonner lui avaient facilité la tâche.

Prenant une grande inspiration, Elsie repoussa le bord du lavabo et sortit. Elle s'approcha du salon, puis s'arrêta, observant sans se faire remarquer pendant un moment. Zeke était assis sur le canapé avec Tony. Il avait passé un bras autour de son fils et leurs têtes se touchaient presque alors qu'ils parlaient. Zeke lui assurait qu'elle allait bien et qu'elle sortirait bientôt de la chambre. Il voulait savoir comment s'était passé l'école et si Bridger embêtait toujours Tony. Zeke allait être un père incroyable. Bon sang, il était déjà cent fois meilleur que Doug ne l'avait jamais été.

Elle dut émettre une sorte de son, car Tony et Zeke levèrent la tête et se tournèrent vers elle. Tony bondit du canapé et courut vers elle. Elsie laissa échapper un petit « *Ouf !* » quand son fils la percuta. Elle fit un pas en arrière pour rester debout alors que Tony enroulait les bras autour de sa taille et posait la tête sur sa poitrine.

— Maman ! Ça va ?

— Ça va mon bébé, dit-elle en lui caressant la tête. Je suis désolée de t'avoir inquiété.

Tony leva la tête et la regarda.

— Je veux rester avec toi, lâcha-t-il. J'ai dit à Zeke de te le dire. Il te l'a dit ?

— Oui, il me l'a dit.

— J'ai envie d'apprendre à connaître papa, mais ça ne veut pas dire que je veux te quitter.

— OK. Je suis contente de l'apprendre. Je t'aime, mon grand.

— Moi aussi je t'aime. Personne ne me forcera à aller avec lui, hein ?

— Non.

Cette fois-ci ce fut Zeke qui lui répondit.

Il s'était levé et se tenait non loin, les observant.

Son fils tourna la tête vers Zeke.

— Promis ?

— Promis, répondit-il sans hésitation. Tu n'es plus un bébé. Tu as ton mot à dire concernant l'endroit où tu veux vivre.

— OK.

Tony prit une grande inspiration et recula.

— Maintenant que tu te sens mieux, je vais aller lire. Je peux ?

Elsie ne fut même pas surprise que Tony prenne la parole de Zeke au sérieux. Il ne remit même pas en question sa promesse.

— Tu veux un snack ? lui demanda Elsie.

— Non, ça va. Mais... on pourrait avoir des gaufres demain matin ? demanda-t-il.

— Oui, bien sûr.

— Ça te va si je reste ici ce soir ? lui demanda Zeke.

Tony se tourna vers lui et acquiesça.

— Oui ! On va toujours chez toi ce week-end ?

— Si tu en as envie, oui, dit simplement Zeke.

— Oui, j'en ai envie, lui dit Tony avec un grand sourire.

Puis le garçon courut vers Zeke, le serrant fort avant d'aller dans sa chambre.

Elsie fit quelques pas avant de se retrouver pile devant Zeke et fit la même chose que son fils en le serrant fort contre elle. Zeke les fit pivoter sans la lâcher et retourna lentement vers le canapé. Il les allongea et Elsie réalisa qu'elle ne voulait plus jamais quitter ses bras. Elle avait expérimenté tout un tas d'émotions aujourd'hui et elle se sentait vidée et épuisée.

Mais alors qu'elle était assise à côté de Zeke et pendant qu'il la tenait contre elle, elle éprouva une satisfaction qu'elle avait rarement connue. C'était cela qu'elle voulait expérimenter tous les jours pour le reste de sa vie. Que chaque journée se termine dans ses bras.

— Tu as faim ? demanda-t-il doucement.

Elsie secoua la tête contre lui.

— Soif ?

— Non.

— De quoi as-tu besoin ? demanda-t-il.

— De ça, répondit-elle fermement. De toi.

— Je suis là.

Elsie finit par s'endormir, ne se réveillant que lorsqu'elle sentit qu'on la soulevait.

— Je peux marcher, marmonna-t-elle.

— Je sais, dit Zeke sans la reposer.

Se blottissant contre l'homme qu'elle aimait, Elsie le laissa la porter jusqu'au lit. Il la posa, puis commença à déboutonner son jean. Il l'enleva avant de défaire son soutien-gorge sous son tee-shirt. Il n'enleva pas son haut ni ses sous-vêtements mais l'installa sous les couvertures.

— Je reviens, dit-il avant d'embrasser doucement ses lèvres.

Elsie le regarda se rendre dans la salle de bain. Quand il revint, il ne portait qu'un caleçon. Il se faufila sous les draps et elle se blottit contre lui alors qu'il enroulait les bras autour d'elle.

Elsie s'attendit à ce qu'il tente quelque chose plutôt que de simplement rester allongé là, mais il ne le fit pas.

— Zeke ? demanda-t-elle.

— Oui ?

— Est-ce que tu veux... tu sais ?

— Faire l'amour ? Oui. Mais pour l'instant, je veux te serrer très fort dans mes bras.

Très bien alors. Comment pouvait-elle s'en plaindre ?

— Je vais me faire pardonner pour aujourd'hui, murmura-t-il après un moment.

Elsie était à moitié endormie, mais elle parvint à lui dire :

— Tu n'as rien à te faire pardonner.

— Tu te trompes, mais ce n'est pas grave. Je vais le faire quand même.

Décidant de laisser tomber, Elsie hocha simplement la tête contre lui.

— Merci d'être là.

— Il n'y a aucun autre endroit où je voudrais être, la rassura-t-il. Dors, chérie. On a une longue journée qui nous attend demain. On doit emmener Tony à l'école, voir l'avocate et malheureusement, tu vas devoir appeler Doug pour comprendre ce qu'il fiche ici.

— Tu seras là avec moi ? demanda Elsie.

— Bien sûr.

Ces deux mots firent disparaître toute l'appréhension qu'elle avait pour le lendemain. Elle ne savait pas de quoi demain serait fait, mais Zeke serait à ses côtés quoi qu'il arrive. La journée avait été difficile, mais finalement, cela les avait rapprochés, elle et Zeke.

— Tu ne dors pas, la réprimanda gentiment Zeke.

— Pardon. Je t'aime.

Zeke resserra les bras autour d'elle pendant un moment.

— Je t'aime aussi, Else.

Elle s'endormit peu de temps après et rêva d'être assise à côté de Zeke avec Tony de l'autre côté alors qu'ils regardaient tous les trois un nourrisson emmitouflé dans une couverture et qu'elle tenait dans ses bras.

CHAPITRE DIX-HUIT

Le lendemain, après être allée chercher Tony à l'école, Elsie essaya de ne pas stresser pour aller voir l'avocate. Se réveiller aux côtés de Zeke était paradisiaque. Durant la majeure partie de sa vie adulte, elle avait été seule. Certes, elle avait été mariée, mais ce n'était pas comme si Doug l'avait aidée pour la maison ou Tony. Pendant qu'elle était sous la douche, Zeke avait réveillé Tony, préparé la pâte à gaufre – laissant Tony mélanger le tout – avait fait une lessive et mis tout ce qu'il avait utilisé pour préparer le petit-déjeuner dans le lave-vaisselle.

Elsie était surprise, même si désormais, elle n'aurait plus dû l'être. Zeke s'était contenté de l'embrasser brièvement en allant prendre sa propre douche, ne considérant pas que ce qu'il avait fait sortait de l'ordinaire.

Tony avait également été très serviable ce matin-là. Elsie supposait que c'était parce qu'il s'inquiétait toujours pour elle et ne voulait rien faire qui puisse la rendre triste. Une fois de plus, elle remercia le ciel d'avoir un enfant si gentil.

Mais désormais, ils se garaient sur une place de parking devant le bureau de l'avocate. Le bureau de Nissi était localisé sur le côté est de la place entre le bowling et le *Sunny Side Up*. Elsie l'avait déjà remarqué, mais n'y avait jamais pensé puisqu'elle n'en avait pas eu le besoin et n'avait pas les moyens pour une avocate.

— Détends-toi, Else. Ça va bien se passer.

— Je n'en suis pas si sûre, dit-elle d'un ton inquiet. J'ai l'impression de vivre au-dessus de mes moyens.

— Regarde-moi, dit fermement Zeke.

Elsie prit une profonde inspiration et s'exécuta.

— J'ai merdé hier. J'ai échoué le premier test de notre relation.

Elsie ricana.

— Zeke, tu étais à mon appartement pas moins de quatre heures après que Doug est arrivé pour débiter ses conneries. Je ne suis pas sûre que ce soit un échec.

— Content que tu le vois comme ça, mais le fait est qu'au lieu de rester à tes côtés, je t'ai jeté en pâture au loup, si je puis dire. Ça n'arrivera plus. Et ça commence dès aujourd'hui.

— Je ne peux pas te laisser payer pour ça, lui dit-elle.

— Pourquoi ?

— *Parce que.*

— Je t'aime. J'aime Tony. Ton ex est un connard. S'il manigance quoi que ce soit, il vaut mieux arrêter ses conneries tout de suite. En fait, je me comporte même de façon égoïste là, Else. Parce que plus vite tes liens avec cet enfoiré seront rompus, plus vite je pourrais officiellement te faire mienne. S'il te plaît, laisse-moi prendre soin de vous deux en payant pour Nissi et en m'assurant que ton ex ne trouve aucune faille qui pourrait vous éloigner de moi.

— Je n'irai nulle part, lui dit-elle d'un air sérieux.

— Tant mieux. Je t'aime et je veux que vous soyez heureux. Toi *et* Tony. Et là tout de suite, le fait de m'assurer que tu es protégée et que ton ex ne manigance rien *me* rendrait heureux. C'est donc ce que je fais.

— Tu es trop gentil avec moi, dit-elle doucement. Je ne suis pas sûre de m'y faire.

— Tu t'y feras. Et tu as intérêt à t'y habituer parce que je ne vais pas arrêter de te rendre heureuse de sitôt. Allez, finissons-en. J'ai envie d'avoir le maximum d'informations avant qu'on ne revoie ton ex, dit Zeke.

Elsie ne pouvait pas s'opposer à un tel argument. Elle avait beaucoup pensé à Doug. À la raison de sa venue ici. À ce qu'il voulait. Et jusqu'à présent, elle n'imaginait rien de bon. Zeke ouvrit sa portière et Elsie fit de même. Il la retrouva sur le trottoir et ils entrèrent dans le bureau de Nissi main dans la main.

Une secrétaire les accueillit et Zeke lui expliqua brièvement la situation et la raison de leur présence. Même s'ils n'avaient pas de rendez-vous, la femme leur annonça que Nissi allait les recevoir.

Quinze minutes plus tard, Elsie s'assit dans une chaise devant le bureau de l'avocate, les mains serrées sur ses genoux, prenant de grandes inspirations. La femme était magnifique. Elle avait des cheveux noirs et des boucles pour lesquelles Elsie aurait pu tuer, une peau brune impeccable et ses yeux foncés et empathiques brillaient d'intelligence alors qu'Elsie terminait de lui expliquer toute la situation avec Doug. Comment avait été leur mariage, le divorce qu'elle avait acheté en ligne avant de le quitter et comment elle avait peur qu'il utilise le fait qu'elle ait vécu au motel *Mangree* et le peu de moyens qu'elle avait, contre elle.

Zeke était resté quasiment silencieux pendant qu'elle parlait, ce qu'Elsie apprécia. Il n'essaya pas de tout expliquer de façon condescendante, il la laissa simplement parler sans l'interrompre.

Nissi se pencha en avant et posa les coudes sur le bureau.

— Pourquoi penses-tu qu'il est venu ici ?

— Je ne sais pas. Mais la seule chose à laquelle je pense, c'est que ça a un rapport avec Tony. Doug ne m'aime pas vraiment. Je suis certaine qu'il ne cherche pas à se remettre avec moi. Je ne suis pas opposée à l'idée qu'il apprenne à connaître Tony, mais selon les conditions de mon fils, pas les siennes. Il n'a même pas essayé de nous contacter en cinq ans. Et il avait mes coordonnées tout le long.

— OK, dit Nissi. Dans l'État de Virginie, les deux parents sont responsables de l'enfant. Peu importe qu'ils soient mariés ou non. Ils sont tous les deux obligés de payer pour des choses comme les soins médicaux et dentaires, les frais de garde d'enfants et les autres dépenses liées à l'éducation de l'enfant. Être marié ou divorcé ne le dispense pas de ses obligations.

— Mais l'accord de divorce stipulait qu'il n'était pas obligé de payer toutes ces choses, dit Elsie.

— Techniquement, c'est vrai. Cependant, s'il veut désormais faire partie de la vie de Tony... il va devoir faire un effort et apporter un certain soutien. Il ne peut pas débarquer dans sa vie et décider d'être soudain un père tout en s'attendant à ce que *toi* tu paies pour tout.

— Je me fiche de l'argent, dit Elsie.

— Mais moi non, répondit Nissi en se penchant en avant. Écoute, toi et ton fils vous avez des droits. Même si Doug est le père de Tony, ça ne veut pas dire qu'il peut débarquer ici après cinq ans et commencer à exiger des choses de votre part. L'argent ne compense pas son manque d'intérêt ou d'attention, mais ça peut aider pour les choses dont Tony pourrait avoir besoin à l'avenir.

Elle n'avait pas tort. Elsie acquiesça.

— Voilà ma carte, dit Nissi en tendant une carte de visite à Elsie. Je veux que tu m'appelles si jamais il dit ou fait *quoi que ce soit* qui te mette mal à l'aise. C'est compris ?

Elsie acquiesça, sentant un poids énorme quitter ses épaules.

— En sortant, allez voir mon assistante pour la paperasse. Notamment tout ce dont tu peux te souvenir concernant Doug... sa date d'anniversaire, son numéro de sécurité sociale, etc. Ce sera utile et ça m'évitera quelques recherches. Nous ferons preuve d'une grande diligence avant de présenter à

Doug les termes de la garde partagée. Et en attendant, je reste en contact.

Elle se leva et tendit la main à Elsie.

Elsie la serra et lui demanda timidement :

— Ça va coûter combien tout ça ?

Nissi sourit.

— Tu auras droit à la réduction pour les amis et la famille.

Elle cligna des yeux de surprise.

— C'est vrai ?

— Oui. J'imagine que, comme Zeke te tient la main depuis le début, vous êtes ensemble ?

Elsie jeta un coup d'œil timide à Zeke, puis hocha la tête en direction de Nissi.

— L'équipe de recherche et de sauvetage d'Eagle Point a retrouvé ma mère il y a quelques années, quand elle est partie de la maison et s'est égarée dans les bois. Elle souffrait de démence et j'étais complètement affolée quand j'ai découvert qu'elle avait disparu. Ces gars-là sont restés dehors toute la nuit jusqu'à ce qu'ils la trouvent. Ils l'ont gardée au chaud et en sécurité alors qu'elle était trop effrayée pour bouger jusqu'à ce qu'elle leur fasse assez confiance pour qu'ils la ramènent à la maison. Ils auraient pu laisser les ambulanciers prendre le relai à ce moment-là, mais l'un d'entre eux – je suis désolée, je ne me souviens plus qui – est même allé avec elle à l'hôpital, lui tenant la main jusqu'à ce que je puisse arriver. Je dois beaucoup à Zeke et à tous les membres de l'équipe. Une fois qu'on aura mis les choses au point et qu'on aura signé un accord de garde, on s'occupera de l'argent. OK ?

Elsie n'arrivait pas à croire que cette femme allait quasiment travailler gratuitement jusqu'à ce qu'un accord soit signé. Mais elle serait idiote de refuser.

— Merci ! dit-elle avec ferveur.

— De rien. Et je n'ai pas encore rencontré ton ex, mais je pense que tu as gagné au change, dit Nissi avec un clin d'œil.

Elsie ne put s'empêcher de sourire en entendant sa remarque.

— Ça, c'est sûr.

— Fais attention, l'avertit Nissi en redevant sérieuse. Je ne sais pas pourquoi ton ex est ici, mais j'ai été impliquée dans de nombreuses affaires de divorce et de garde d'enfant et la plupart d'entre elles n'étaient pas vraiment cordiales.

— Elle sera en sécurité, dit Zeke.

Nissi le regarda et elle acquiesça.

— Tant mieux. On se voit bientôt, dit-elle à Elsie.

Comprenant que cette première visite était terminée, Elsie la remercia une fois de plus et se tourna vers la porte. Il lui fallut environ vingt minutes pour remplir et signer les documents officiels pour engager Nissi et quand ils sortirent, Elsie prit une grande inspiration.

— Ça va ? lui demanda Zeke.

Elle se tourna vers lui.

— Bizarrement, oui. Tu as vraiment retrouvé sa mère dans les bois ?

— Oui. Elle est décédée il y a un an environ, mais je n'oublierai jamais cette affaire. On a eu de la chance de la retrouver. Elle n'était pas sur un sentier, mais elle avançait dans les ronces et les broussailles. Elle était couverte d'égratignures. Quand on a tenté de l'approcher, elle est devenue hystérique, alors on a décidé qu'un seul d'entre nous devait essayer de la calmer. Les autres ont reculé pour que je puisse m'approcher, mais il a fallu un certain temps pour la convaincre de nous faire confiance et qu'il fallait quitter la forêt.

Elsie se pencha vers lui, posant les mains sur son torse.

— Je te trouvais déjà incroyable, mais maintenant je suis encore plus impressionnée.

Zeke rit.

— Je ne fais que mon travail, lui dit-il.

Elsie leva les yeux au ciel.

— Je savais que tu dirais ça, comment ça se fait ?

— Parce que tu es intelligente, dit Zeke comme si c'était évident. Bon, comme nous avons environ une heure et demie avant que je n'ouvre le bar, ça te dit d'aller au *Broyeur* prendre un macchiato au caramel ? On pourrait prendre un petit pain à la cannelle au *Bec Sucré* et traîner sur la place jusqu'à ce qu'il soit l'heure d'ouvrir.

— Ça me plairait beaucoup. Je sais que je ferais mieux d'appeler Doug, mais je préfère passer du temps avec toi.

— Et avec Otto, Art et Silas, évidemment, plaisanta Zeke, désignant les trois commères qui s'installaient devant le bureau de poste.

Elsie rit.

— Oui, avec eux aussi.

— Très bien. Allons-y. Je suis fier de toi, lui dit Zeke.

— Pour ?

— Être aussi forte. Ne pas avoir paniqué par rapport à toute cette situation avec ton ex.

— Oh, si, je flippe complètement, dit-elle. Mais j'ai appris qu'être trop émotive ne résout jamais rien. Comme hier soir, dit-elle sèchement. J'aurais dû t'appeler et ne pas laisser le doute m'envahir.

— C'est vrai. À l'avenir, n'hésite pas à me le dire quand je fais de la merde, dit Zeke. Même si je vais faire de mon mieux pour ne plus agir de façon aussi stupide.

— Ça va dans les deux sens, dit Elsie. Si je fais quelque chose de déplacé ou qui t'agace, dis-le-moi. Je veux dire, je n'ai pas envie que tu fasses le connard, mais si j'agis mal, je veux le savoir.

— Ça marche.

Puis, Zeke se pencha et l'embrassa. Ce ne fut pas un baiser chaste non plus. Mais un baiser long et profond et le temps qu'il s'écarte, Elsie avait envie de retourner chez elle, ou chez lui, au lieu d'aller chercher quelque chose à manger et à boire.

Souriant comme s'il savait exactement à quoi elle pensait, Zeke prit sa main dans la sienne et l'entraîna vers le *Broyeur*.

* * *

Zeke ne fut pas vraiment surpris lorsque Doug Germain entra au *On the Rocks* un peu plus tard cette après-midi. Il s'était attendu à ce que le type revienne. Il devait avoir un plan et Zeke était plus qu'heureux de chercher à comprendre pourquoi cet homme était à Fallport.

Mais cette fois-ci, il ne laisserait pas Elsie seule avec cet homme.

Durant le petit-déjeuner, Zeke avait appris que quand Elsie s'était mariée, elle n'avait pas changé de nom. Et quand Tony était né, Doug n'en avait rien eu à faire que le garçon ait son nom de famille ou non. Étrange, puisqu'il avait besoin d'un enfant pour soigner son image de père de famille. Mais Elsie avait décidé que, si son mari s'en fichait, elle lui donnerait *son* nom.

Zeke ne pouvait pas imaginer ne pas vouloir revendiquer son épouse *ou* son fils de cette façon. Il n'était pas vieux jeu au point d'exiger que sa femme prenne son nom de famille, mais il aurait au moins eu une conversation à ce sujet, ce que Doug n'avait pas eu l'air de vouloir faire.

Sans que Zeke n'ait eu à lui demander, Talon avait quitté son salon de coiffure pour passer la journée au bar. L'équipe de Zeke savait ce qui se passait, du moins dans les grandes lignes, et il était heureux d'avoir son pote pour le soutenir lui et Elsie.

Doug entra dans le bar avec un rictus sur le visage. Comme s'il savait que son apparition la veille avait chamboulé Elsie et qu'il s'en fichait. Il fit un signe à Reina qui l'accueillit et lui proposa de s'asseoir.

Il se rapprocha d'Elsie qui se tenait près du bar et dit :

— On n'a pas eu l'occasion de parler hier et comme tu ne m'as pas recontacté, me voilà.

Zeke ne supportait qu'Elsie soit obligée de vivre cela, mais il fut fier quand elle acquiesça en répondant :

— Je ne suis pas surprise que tu aies trouvé cela normal de

venir sur mon lieu de travail, de m'interrompre et d'exiger que je te parle. Mais comme Zeke est un super patron – et un petit ami génial – il nous prête gracieusement son bureau une fois de plus. Tu as vingt minutes.

Doug retroussa les lèvres.

— Comme c'est noble de sa part, dit-il dans un souffle.

Zeke avait dit à Elsie qu'il resterait silencieux... si Doug se comportait bien. Mais comme son ex l'avait provoqué en premier, il trouva cela justifié de répondre :

— Effectivement, dit-il à l'autre homme. J'imagine que tu n'autorises pas ni n'apprécies que les gens débarquent dans ton entreprise et exigent ton temps. Surtout tes ex. Je t'accorde vingt minutes pour parler à Elsie, mais c'est tout. Je te suggère d'aller droit au but, pour que je n'aie pas à t'interrompre et à te mettre dehors.

Doug lui lança un regard noir avant de regarder Elsie.

— Sympa. T'as pas pu trouver mieux ?

En guise de réponse, elle tourna les talons et prit la direction du couloir vers le bureau.

Doug parut un peu déconcerté par son absence de réaction, mais la suivit rapidement.

Zeke ferma la porte derrière eux – et Doug se retourna pour le regarder avec surprise.

— Tu ne croyais quand même pas que j'allais la laisser à nouveau seule avec toi, non ? demanda Zeke.

— À vrai dire, si. Nous devons parler de choses qui ne te concernent pas.

— C'est là que tu te trompes. *Tout* ce qui est en rapport avec Elsie et son bien-être me concerne complètement.

Zeke perçut l'instant où Doug décida de changer de tactique. Il lui tourna le dos.

— Ça fait du bien de te voir, bébé.

— Arrête tes conneries, Doug, dit Elsie. Qu'est-ce que tu veux ? Pourquoi t'es là ?

— Tu me manquais..., commença son ex.

Elsie leva les yeux au ciel.

— Pitié. Ce n'est pas vrai et on le sait tous les deux. Tu étais soulagé quand je suis parti.

— Ça n'allait plus entre nous pendant un moment, concéda Doug. Mais j'ai réfléchi récemment, et je ne supporte pas de ne pas avoir fait partie de ta vie. Ou de celle de notre fils. J'ai envie de rectifier ça.

— Il est hors de question que tu fasses partie de ma vie, dit fermement Elsie.

Zeke voyait bien que la patience d'Elsie ne tenait qu'à un fil. Il était prêt à intervenir si besoin, mais jusqu'à présent, son Else se débrouillait très bien.

— Bref, viens-en au fait, s'il te plaît, continua Elsie.

— OK... très bien. Je suis désolé pour la façon dont ça s'est terminé entre nous. Tu as toujours été la meilleure chose de ma vie et je ne le voyais pas. Ça a été dur au travail quand tu es partie, et ça a un peu consumé ma vie. Mais tout va mieux désormais. Je suis prêt à être un meilleur père.

— Un meilleur père ? Doug, tu n'as *jamais* été un père pour Tony.

Le visage de Doug devint rouge et il serra les poings. Elsie ne lui avait jamais dit que son ex était violent, mais Zeke n'allait pas prendre ce risque. Il contourna l'homme et s'appuya sur le bureau à côté d'Elsie. Si Doug osait s'en prendre à elle, Zeke s'assurerait qu'il le regretterait.

Comme s'il pouvait lire dans ses pensées, Doug prit une grande inspiration et fit un pas en arrière.

— J'ai *essayé*, geignit-il. Mais quand je rentrais du travail, j'étais tellement fatigué. Et il pleurait beaucoup. Il était si... collant. Je n'étais pas émotionnellement prêt à être un père.

— Mais maintenant oui ?

— Oui.

— Pour combien de temps ? Une semaine ? Deux ? Tony mérite mieux que de t'avoir dans sa vie une semaine tous les cinq ans. Si je te laisse faire partie de sa vie, il faudra que tu sois là pour de bon, lui dit Elsie d'une voix dure.

Mais Zeke savait que ces mots lui coûtaient. La dernière chose dont elle avait envie, c'était que Doug revienne dans sa vie, même de façon indirecte. Mais cet homme était le père de Tony et elle ne voulait pas l'empêcher de voir son fils s'il avait vraiment décidé de changer.

— Je le serai, dit Doug.

— Pourquoi maintenant ? demanda doucement Elsie.

— Il a dix ans. Il a besoin d'un homme dans sa vie, dit Doug.

Zeke se retint de lever les yeux au ciel.

— Putain, Doug – tu ne sais même pas quel âge a ton fils ! Il n'a pas dix ans, il n'a que neuf ans. Et il *a* un homme dans sa vie. Plusieurs même, dit Elsie.

— Tu as couché à droite et à gauche, hein ? demanda Doug en ricanant.

Elsie tressaillit et Zeke qui était détendu contre le bureau se redressa immédiatement. Mais elle l'empêcha de péter la gueule à son ex en posant simplement la main sur son bras.

— Évidemment, c'est comme ça que tu interprètes ma remarque, dit Elsie en secouant la tête. Même si ça ne te regarde pas, je ne suis sortie avec personne avant que Zeke et moi ne commencions à nous fréquenter. Mais je n'ai pas non plus vécu dans une bulle, Doug. Fallport est une super ville. Il y a une tonne de gens géniaux qui vivent ici. Notamment des hommes. Des hommes qui se sont impliqués pour lui apprendre des choses, ce que son *père* aurait dû faire s'il avait été là. Mais même si *j'étais* sortie avec des hommes ces cinq dernières années, ça ne te concernerait pas. Tu veux qu'on parle du nombre de femmes avec qui tu as couché depuis que je suis partie... ou pendant qu'on était encore ensemble ?

Il était évident que Doug ne voulait pas aborder ce sujet.

— Tu as raison. Je suis désolée.

Le silence s'installa entre eux. Et il n'était pas confortable. Finalement, Elsie le brisa.

— Je suis allée voir mon avocate ce matin. Juste pour m'assurer que notre accord de divorce est solide. Tout comme ma garde pour Tony.

— On a été bien à un moment donné. On pourrait l'être à nouveau…, commença Doug.

Mais Elsie refusa de le laisser continuer.

— Non.

— Mais…

— Non, Doug. Non seulement c'est non, mais c'est même *hors de question*. Toi et moi, c'est terminé. Plus que terminé.

— Même si c'est le cas, continua-t-il sans y concéder, Tony ne mérite pas de vivre comme ça.

— Comme quoi ? demanda sèchement Elsie en jetant un regard noir à son ex.

Doug haussa les épaules.

— Tu es serveuse, Elsie. Je peux lui apporter tellement plus que toi.

— Je ne veux pas de ton argent, dit-elle. Je n'en ai jamais voulu. Tout ce que j'ai toujours voulu c'était ton temps et ton amour. Mais tu n'as jamais été capable de nous en donner, ni à moi *ni* à Tony.

— Je veux juste faire ce qui est bien pour mon fils, dit Doug.

Mais pour Zeke, il ne paraissait pas vraiment sincère.

Elsie haussa les épaules.

— Tant mieux. Parce que moi aussi, dit-elle.

Doug soupira.

— Je veux voir Tony. Je veux passer du temps avec lui.

— Pourquoi ?

— Pourquoi ? Parce que c'est *mon fils*.

— C'est ton fils depuis des années et tu ne voulais pas le voir, même avant notre départ, rétorqua Elsie.

— Eh bien maintenant, si.

Ce fut au tour d'Elsie de soupirer.

— Je n'y suis pas opposée – mais ce sera selon ses conditions, pas les tiennes.

— Comment ça ? demanda Doug, sincèrement perplexe. C'est un enfant. Il devrait faire ce qu'on lui dit.

— Oui, *c'est* un enfant, mais il a neuf ans. Il sait ce qu'il aime et ce qu'il n'aime pas. Je ne l'ai jamais forcé à faire quoi que ce soit et je ne vais pas commencer aujourd'hui. Tu peux le voir tant que Tony est d'accord.

— Tu as dit que tu n'allais pas l'éloigner de moi, répliqua Doug, la frustration et la colère étant faciles à entendre dans sa voix.

— Et ce n'est pas ce que je fais. Il a actuellement hâte d'apprendre à te connaître. Mais si tu fais *quoi que ce soit* pour l'effrayer, le blesser, ou le faire se sentir mal dans sa peau, je ne ferai plus preuve d'aucune générosité.

— Ta générosité, dit Doug avec une pointe de sarcasme. Pitié, arrête.

— C'est moi qui ai toutes les cartes en main là, clarifia Elsie. C'est toi le mauvais père. C'est toi qui n'as pas pris la peine d'aller voir ton fils en cinq ans.

Zeke voyait presque la vapeur sortir des oreilles de Doug.

— Tu es différente, dit-il après un moment.

Et il ne disait pas ça dans le bon sens du terme.

Elsie acquiesça.

— Si tu veux dire que je ne suis plus prête à supporter tes conneries, alors tu as raison. Tu m'as traitée comme de la merde, Doug. Tu me rabaissais constamment. Tu me disais que j'étais une mauvaise mère. Une épouse horrible. Tu m'as traitée d'idiote. Il m'a fallu du temps pour comprendre que c'était ta façon de me contrôler, mais maintenant que c'est fait, je ne redeviendrai plus jamais cette personne.

— Je t'ai tout donné ! s'emporta Doug. Tu n'étais *rien* avant de me rencontrer.

— Faux. J'étais moi. Une personne avec des sentiments, des espoirs et des rêves que tu as tout fait pour détruire.

— Oui, je vois que tu as vraiment réalisé tous tes rêves, dit Doug qui ne parvenait manifestement plus à être calme. Tu es serveuse dans un bar miteux au milieu de nulle part. Tu as vécu dans un *motel*, Elsie. Si je voulais la garde, je gagnerais en un claquement de doigts.

Zeke en avait marre d'écouter ce connard.

Mais apparemment Elsie aussi. Elle s'avança vers Doug et pointa son doigt devant son visage.

— Je te défie d'essayer, dit-elle avec un petit rire qui n'avait rien d'humoristique. Sérieusement. Premièrement, Tony n'est pas un bébé. Il dira volontiers à n'importe quel juge qu'il n'a pas envie de quitter Fallport. Il a des amis ici. Il adore son école. Et j'ai peut-être vécu dans un motel, mais Tony n'a jamais souffert de la faim. Il avait un toit au-dessus de sa tête. Et ouais, je suis serveuse. Une très bonne serveuse. J'adore ce que je fais et je ne vais pas te laisser me rabaisser moi ou tout ce que j'ai dû faire pour prendre soin de mon fils. De plus, il n'y a aucun juge dans cet État qui t'accorderait la garde, pas après avoir appris que tu n'as pas versé un seul centime pour prendre soin de Tony ces dernières années, quel que *soit* ce que disent les papiers du divorce. Si tu es ici pour essayer de me le prendre, tu échoueras, alors autant retourner à Washington. Si tu es ici parce que tu veux vraiment entretenir une sorte de relation avec ton fils avant qu'il ne soit trop tard, je soutiendrai ce projet. Mais écoute-moi bien, Doug, dès la seconde où je sens que tu as d'autres intentions, c'est fini. *Fini* !

— Je n'aime pas cette nouvelle Elsie, rétorqua Doug.

Elsie rit à nouveau.

— Je m'en fiche.

— Quand est-ce que je peux voir Tony ? demanda Doug. Je veux le voir aujourd'hui.

Elsie acquiesça.

— À quelle heure est-ce qu'il sort de l'école ?

— Tu peux nous retrouver au parc Wagon vers seize heures trente, lui dit Elsie.

— Je ne veux pas que tu nous surveilles pendant qu'on apprend à se connaître, dit Doug.

— Dommage. Il est hors de question que je te laisse seul avec lui jusqu'à ce qu'*il* soit à l'aise avec ça.

Doug et Elsie se regardèrent un long moment avant qu'il n'acquiesce enfin.

— Très bien.

— OK. Tu as besoin que je t'indique où est le parc ? demanda-t-elle.

Doug ricana.

— Comme si cette ville paumée était assez grande pour que tu aies besoin de m'indiquer quoi que ce soit. Je trouverai.

Puis, il tourna les talons et sortit sans dire un mot. Il claqua la porte derrière lui, comme s'il avait besoin d'avoir le dernier mot.

Dès l'instant où la porte se ferma, Elsie s'effondra.

Zeke la prit dans ses bras et la serra fort. Elsie tremblait.

— Doucement, Else. Tu as été incroyable.

— Je n'aime pas ça.

— Je sais. Mais tu as dit tout ce qu'il fallait. Il sait qu'il a du chemin à faire en ce qui concerne son fils, il sait que tu ne supportes plus aucune de ses manigances et que tu ne le laisses plus te rabaisser. C'est toi qui as les cartes en main et il en est bien conscient, dit Zeke en relevant son menton et en lui souriant. Tu as été géniale, dit-il doucement.

Elsie lui retourna son sourire.

— Je dois reconnaître que c'était très agréable. Mais honnêtement ?

— Oui ? demanda Zeke quand elle ne continua pas sa phrase.

— Je ne suis pas sûre que j'aurais été capable de dire tout ça si tu n'avais pas été là.

— Bien sûr que si, rétorqua-t-il.

Elsie secoua la tête.

— Non. Je savais qu'il ne voudrait pas faire ou dire quelque chose qui aurait pu sérieusement t'énerver. Il a toujours été comme ça. Avec les autres il est gentil et poli, mais en privé, il a l'impression qu'il peut dire ce qu'il veut. Merci.

— Tu n'as pas à me remercier de te soutenir. Je suis surtout désolé de t'avoir laissée avec lui hier.

Elsie secoua à nouveau la tête.

— Non. On en parle plus. C'est du passé. Il faut que tu arrêtes de t'en vouloir pour ça.

Zeke savait que c'était impossible, mais si ça rendait heureuse son Elsie, il essaierait au moins de le faire.

— Merci de me laisser prendre quelques heures cette après-midi pour m'assurer que Tony se sente bien avec lui, dit-elle.

— Bien sûr. Mais tu sais que je ne vais pas te laisser y aller seule, hein ?

Elsie fronça les sourcils.

— *Me laisser* ?

— Pardon, ce n'est pas ce que je voulais dire. Je ne lui fais pas confiance. Et tu l'as dit toi-même, quand il est seul avec toi, il devient méchant. Et il est hors de question que ça se produise. Pas sous mes yeux.

— Mais ton bar..., dit-elle sans terminer sa phrase.

— Quoi mon bar ?

— Si tu pars plus tôt, tu devras payer Hank, Lance ou Reuben pour qu'ils viennent.

— Et ? demanda Zeke.

— Je ne sais pas combien de temps Doug va être là. Ça peut te coûter cher sur le long terme.

Zeke prit le visage d'Elsie dans ses mains.

— Toi et Tony êtes plus importants que l'argent. Que ce bar. Je me fiche d'être ruiné, je te soutiendrai aussi longtemps qu'il le faudra.

— Zeke, murmura-t-elle.

— Ne t'émeus pas de me voir être le genre d'homme que tu aurais dû avoir depuis le début, ordonna-t-il.

— Alors, arrête d'être gentil ! rétorqua-t-elle.

— Jamais.

Zeke pencha la tête. Leur baiser commença lentement et doucement mais devint rapidement incontrôlable. Cela faisait trop longtemps qu'il ne l'avait pas prise et son sexe palpita dans son pantalon. Zeke avait l'impression qu'il ne se lasserait jamais d'Elsie. Quand il était avec elle, elle était le gaz de sa flamme.

Prenant une inspiration frémissante, il s'écarta. Quand elle se lécha les lèvres, il fit de son mieux pour ne pas la jeter sur son bureau et la prendre immédiatement.

— Je t'aime, murmura-t-elle.

— Moi aussi je t'aime. Tu crois qu'il est parti ? demanda Zeke.

Elsie rit.

— J'imagine oui. Le *On the Rocks* n'est pas son genre de repaire.

— OK. Il faut que j'aille parler à Talon. Pour le tenir au courant de ce que ton ex trafique.

— Et qu'est-ce qu'il *trafique* justement ? dit Elsie qui songeait à voix haute en secouant légèrement la tête.

— Je ne sais pas. Mais je n'ai pas un bon pressentiment.

— Moi non plus. Il va faire du mal à Tony, dit doucement Elsie.

— Tony n'est pas idiot, rétorqua Zeke. Certes, il est excité que son père soit là et a hâte d'apprendre à le connaître, mais il ne va pas croire à ses conneries. Tu sais comment je le sais ?

— Comment ?

— Parce qu'il a une mère incroyable qui lui a appris ce qu'était l'amour inconditionnel. Et il m'a moi. Et Ethan. Et Rocky, Tal et le reste de mon équipe. Il a même la ville entière de Fallport, d'ailleurs.

— J'espère que tu as raison, dit-elle.

— J'ai raison. Bon... je me disais qu'après le parc, si Doug en a envie, on peut le laisser emmener Tony au *Sunny Side Up*.

On peut les laisser parler à une table pendant qu'on mange non loin. Puis on ira – c'est-à-dire toi, moi et Tony – chez moi et on construira une cabane dans le salon et on regardera un film en mangeant des pop-corns. Pour commencer notre week-end. Ça te va ?

Elsie eut de nouveau les larmes aux yeux.

— Tu es de nouveau gentil, se plaignit-elle en clignant furieusement des yeux pour ne pas pleurer.

— Tu t'y habitueras, dit-il. Tu veux toujours passer la nuit chez moi ?

— Oui.

— Je peux vous avoir les trois nuits de suite ? Je l'emmènerai même à l'école lundi. Je sais que tu détestes la file d'attente le matin.

— Mais toi aussi, rétorqua-t-elle.

— Oui, mais je suis prêt à faire ce qu'il faut si ça veut dire que je peux te serrer dans mes bras trois nuits de suite. Et passer du temps avec Tony.

— Oui, ça me plairait beaucoup. Mais je veux d'abord m'assurer que c'est OK pour Tony avant de dire oui.

Le respect qu'elle avait pour son fils était l'une des autres raisons pour lesquelles Zeke était fou amoureux de cette femme.

— D'accord.

— Zeke ?

— Oui, chérie ?

— Dis-moi que ça va bien se passer. Que Doug ne va pas essayer de chambouler nos vies à Tony et moi.

— Il ne le fera pas. Tu n'es plus toute seule, Else. S'il essaie de faire quoi que ce soit, il sera dans la merde.

— OK.

— OK.

Ils retournèrent au bar et Zeke fut heureux de voir Elsie se remettre rapidement dans le bain. Il garda les yeux rivés sur elle pendant un moment jusqu'à ce qu'il soit assuré qu'elle aille vraiment bien. Elle était forte, il n'y avait aucun doute là-dessus. Elle ne s'était pas laissé faire par son ex, ce dont Zeke était très fier. Mais il n'arrivait toujours pas à se débarrasser du sentiment que cet homme manigançait quelque chose. Il ne savait pas quoi, mais Zeke resterait vigilant pour s'assurer que son plan ne fasse pas de mal à la femme et au petit garçon qu'il aimait.

CHAPITRE DIX-NEUF

La semaine suivante se passa très bien pour Elsie et Zeke. Chaque jour, elle tombait un peu plus amoureuse de cet homme. Mais ce n'était pas parce que tout se passait bien dans sa relation qu'Elsie avait baissé sa garde concernant son ex. Chaque jour qui passait, elle était persuadée que Doug manigançait quelque chose. Il n'avait *jamais* pris autant de congé, pour autant qu'elle sache. Le fait qu'il le fasse aujourd'hui était inhabituel et l'instinct d'Elsie tirait la sonnette d'alarme.

Elle et Tony avaient passé le week-end dernier chez Zeke et elle ne se souvenait pas avoir déjà entendu son fils rire autant. Zeke était attentif, mais ne le gâtait pas trop. La fin de l'année scolaire avait eu lieu mardi dernier et Zeke gardait Tony occupé avec une liste de corvées que le garçon exécutait chaque matin avant de passer du temps avec son père. Heureusement, Tony semblait excité par chacune d'entre elles – surtout lorsque Zeke travaillait à ses côtés. Il s'épanouissait sous l'attention de l'homme.

Doug, en attendant, faisait tout pour gagner l'affection de Tony d'une manière très différente. Il en avait même trop fait. Il passait du temps avec lui chaque jour... mais il avait également déjà acheté trop de choses au garçon. Un vélo, une console de jeu Xbox, des jouets, des livres et même une tonne d'habits. Elsie lui avait demandé d'arrêter, insistant sur le fait que Tony n'avait pas besoin de choses matérielles, mais bien évidemment, son ex ne l'avait pas écoutée.

Doug s'était très bien comporté avec son fils. Il continuait à faire des remarques sur Elsie de temps en temps, mais bizarrement il les avait beaucoup réduites.

Chaque soir, Elsie s'asseyait avec Tony sur son lit et ils se résumaient leur journée, y compris ce qu'il ressentait vis-à-vis de Doug. Il était évident qu'il avait fait des progrès significatifs avec le garçon. Les cadeaux avaient clairement aidé et Elsie ne pouvait pas s'empêcher d'être jalouse. Elle ne supportait pas de ne pas pouvoir lui offrir ce que lui donnait son père. Mais elle fit de son mieux pour étouffer ses sentiments. Tony était heureux. C'était tout ce qui comptait.

Cette nuit-là, ils étaient de retour à l'appartement. Même si Elsie avait envie de passer la nuit dans le lit de Zeke, elle n'avait pas envie de troubler Tony. Et elle savait que chaque fois qu'ils restaient chez lui, c'était de plus en plus dur de partir. Tony avait sa propre chambre et Zeke l'avait aidé à la peindre l'autre soir. Ils se sentaient plus à la maison chez lui que dans leur propre appartement, ce qui faisait culpabiliser Elsie. Il n'y a pas si longtemps, ils vivaient au motel et le fait d'emménager dans cet appartement avait été un rêve devenu réalité.

— Maman ? demanda Tony alors qu'ils s'asseyaient sur son lit.

— Oui ?

— Papa m'a demandé quelque chose ce soir et je voulais t'en parler.

Elsie fut instantanément alerte. Mais elle parvint à acquiescer quand même.

— Dis-moi.

— Maintenant que l'école est terminée, il veut que je vienne passer deux semaines chez lui, à Washington. Il a dit qu'il m'emmènerait voir tous les monuments et qu'on pourrait visiter la Maison-Blanche là où vit le président et peut-être monter sur le Washington Monument !

Ce fut soudain dur pour Elsie de respirer. Elle avait autorisé Doug à passer plus de temps avec Tony, mais elle n'était pas certaine de vouloir le laisser emmener leur fils jusqu'à Washington.

— Il a dit que j'aurais une chambre pour moi tout seul et qu'il y avait un petit garçon qui vivait à côté de chez lui, dit Tony.

Elsie baissa les yeux vers son fils. Ses cheveux bruns étaient toujours hirsutes et avaient besoin d'une coupe. Il avait pris un bain un peu plus tôt et ses cheveux séchaient toujours. Il la regarda avec ses grands yeux noisette.

— Tu en as envie, n'est-ce pas ? demanda-t-elle.

Tony haussa les épaules et regarda le livre sur ses genoux, celui qu'il avait lu un peu après qu'Elsie lui eut dit bonne nuit.

— Regarde-moi, Tony, dit-elle.

Son fils leva la tête et croisa à nouveau son regard.

— Sois honnête avec moi. Est-ce que Doug a dit quelque chose – n'importe quoi – qui a pu te contrarier ?

Tony secoua la tête, mais connaissant son fils depuis neuf ans, Elsie voyait bien qu'il mentait.

— Tony, l'avertit-elle de sa voix de maman.

Son fils soupira.

— Parfois il dit des choses méchantes sur toi. Mais je ne l'écoute pas. Il ne te connaît pas. Comment ça se fait que toi tu ne dises jamais de choses méchantes sur *lui* ?

Elsie repoussa une mèche de cheveux sur le front de son fils.

— Ce n'est pas un secret que ton père et moi on ne s'entend plus depuis longtemps. Avant oui. Je l'aimais et je pense qu'il m'aimait aussi. Mais on s'est éloignés. Je respecte le fait que ce soit ton père. Je veux que tu prennes tes propres décisions le concernant et que tu ne te laisses pas influencer par ce que j'ai pu te dire. Ce n'est pas juste pour lui ni pour toi.

Tony acquiesça. Puis, il lui demanda :

— Comment ça se fait qu'avant papa ne t'ait pas donné d'argent pour qu'on puisse quitter le motel et emménager dans un appartement ?

Elsie eut envie de gémir. La vérité sortait toujours de la bouche des enfants.

— Je ne sais pas. Mais revenons-en à Washington. Ma seule préoccupation, c'est *toi*. Est-ce que tu es assez à l'aise avec ton père pour partir avec lui deux semaines ?

— Je crois.

— Il faut que tu sois sûr. Parce qu'une fois que tu pars, ce sera... compliqué si tu changes d'avis, l'avertit Elsie.

— Si je déteste, je peux revenir ? demanda Tony.

Elsie serra fort son fils contre elle.

— Je ne te forcerai jamais à rester dans un endroit où tu n'es pas à l'aise ou heureux. Tu te souviens quand tu étais en CE1, que tu es allé chez un ami pour y passer la nuit et que tu m'as appelée au milieu de la nuit ? demanda-t-elle.

Tony acquiesça.

— Tu es venue me chercher. Même s'il faisait nuit et qu'il était vraiment très, très tard.

— Exactement. C'est la même chose qui s'applique ici. Même si tu n'es pas à l'autre bout de la ville, s'il arrive quelque chose et que tu veux rentrer à la maison, tout ce que tu as à faire c'est de m'appeler et je viendrai te chercher.

— Il est gentil la plupart du temps, dit doucement Tony. Il m'offre des cadeaux.

Elsie hocha la tête. Elle ne supportait pas de voir que la séduction de Doug fonctionnait, mais leur fils n'avait que neuf ans. Elle n'était pas vraiment surprise.

— Je crois que j'ai envie d'y aller, dit Tony.

— Alors on s'organisera.

Elsie avait envie de vomir, mais elle refusait d'être cette mère-là. Celle qui faisait en sorte que son fils ait peur d'essayer quelque chose de nouveau. Et dans tous les cas, Doug était le père de Tony. Il était peut-être un connard avec elle, mais d'après ce qu'elle avait vu cette semaine, il semblait aimer apprendre à connaître son fils. Ça n'aurait pas dû la surprendre, Tony était un bon garçon. Tous ceux qui le rencontraient l'appréciaient.

— Merci, maman, dit Tony en la serrant dans ses bras. Je n'ai pas envie de vivre avec lui pour toujours. Juste de lui rendre visite.

— Dieu merci. J'ai encore besoin de toi pour un moment, le taquina Elsie. Qui sortira la poubelle et rangera la vaisselle pour moi sinon ? dit-elle d'une voix un peu faible, mais elle ne pensait pas que Tony le remarquerait.

Il fallait qu'elle parle à Doug. Qu'elle s'assure qu'il comprenne que ce séjour n'était que temporaire.

Alors que Tony commençait à lire à voix haute, Elsie devint pensive. Elle ne put s'empêcher de se rappeler à quel point le week-end dernier avait été incroyable. Il lui avait fait l'amour avec tant de douceur et de tendresse. Mais il lui avait aussi montré ce qui avait manqué durant son mariage avec Doug : la passion.

Zeke l'excitait avec un seul regard, un seul toucher innocent, plus qu'elle n'aurait pu l'imaginer. Dormir avec lui, à côté de lui, dans ses bras, était l'une des choses les plus satisfaisantes qu'elle ait faites depuis longtemps. Son amour était généreux et il s'assurait toujours qu'elle jouisse au moins une fois avant qu'il ne considère prendre son plaisir lui aussi. Elle avait été nerveuse à l'idée de faire l'amour avec Tony dans la maison, mais après les longues journées que son fils passait avec son père puis avec Zeke, il s'endormait profondément chaque soir.

Après tout, tout allait bien dans la vie d'Elsie... à part les questions qu'elle avait concernant son ex. Mais tant que Tony était excité par ce séjour, Elsie cacherait ses réticences et ferait tout pour que son fils se sente autant en sécurité que possible.

En commençant par lui acheter un téléphone. Elle n'avait

pas vraiment envie que son fils de neuf ans ait déjà un télé-phone portable, mais Tony la suppliait d'en avoir un depuis au moins un an. La plupart de ses amis en avaient un. Son séjour jusqu'à Washington semblait être le moment idéal pour lui confier cette responsabilité... et pour lui donner un moyen de l'appeler. Chaque soir. Pour qu'elle puisse prendre de ses nouvelles.

Une fois que Tony eut terminé de lire le chapitre, Elsie l'embrassa sur le haut de la tête et lui souhaita bonne nuit. Elle lui laissa trente minutes pour s'endormir, puis appela Zeke. Elle ne voulait pas que Tony entende sa conversation.

— Salut, chérie, dit Zeke en décrochant.

— Doug a demandé à Tony s'il voulait lui rendre visite à Washington pendant deux semaines, dit Elsie sans même lui dire bonjour.

— Quoi ?

— Je lui ai dit que s'il en avait envie, il pouvait. Mais je flippe, Zeke !

— Respire, Elsie, lui ordonna-t-il.

Elsie réalisa qu'elle était presque en train d'hyperventiler. Elle se força à ralentir sa respiration.

— Quand ?

— Je ne sais pas. Il faut que je parle à Doug, j'imagine, dit-elle.

— Il faut que Tony ait un téléphone, dit Zeke.

Elsie ne put s'empêcher de rire face à sa remarque.

— Quoi ? Qu'est-ce qu'il y a de si drôle ? demanda Zeke.

— Rien. Mais c'est juste que je venais de me dire la même chose. Je veux qu'il puisse m'appeler quand il en a besoin. Je lui ai dit qu'on viendrait le chercher n'importe quand, sans poser de questions, s'il le voulait.

— Évidemment, dit Zeke.

— Qu'est-ce que tu en penses ? lui demanda Elsie.

Il resta silencieux à l'autre bout du fil durant un moment, et Elsie sentit son estomac se nouer.

— Il y a une partie de moi qui trouve que c'est une bonne chose. Je suis impressionné que Doug soit resté si longtemps dans les parages et semble honnêtement essayer d'être un père pour son fils, enfin.

— Et l'autre partie ?

— Elle a envie d'enfermer Tony et de dire à Doug qu'il est hors de question qu'il l'emmène hors de Fallport.

Étonnamment, ses mots lui permirent de se sentir mieux.

— Moi aussi, acquiesça-t-elle.

— Si tu veux t'y opposer, je serai d'accord avec ta décision. Une semaine, ça ne suffit pas pour compenser les cinq années où il vous a délaissés tous les deux, dit Zeke.

— Je sais. Mais… Tony en a envie. Il n'est jamais allé à Washington DC et évidemment Doug lui a dit qu'il l'emmènerait voir la foutue Maison-Blanche. Je pourrais dire non, mais s'il n'y a ne serait-ce que cinq pour cent de chance que ce voyage aide à créer un lien entre Tony et son père qui durera toute la vie, je serais une personne horrible si je le faisais.

— Mais tu serais humaine, lui dit doucement Zeke.

Elsie ferma les yeux. Mon Dieu, qu'est-ce qu'elle aimait cet homme ! Elle ouvrit les yeux et regarda dans le vide.

— Je n'ai pas passé plus de quelques nuits loin de Tony depuis que nous avons emménagé à Fallport, avoua-t-elle.

— Eh bien, j'ai un peu plus que neuf ans et je ne suis clairement pas aussi mignon que ton fils, mais je peux m'assurer que tu ne te sentes pas seule durant son absence.

Elsie ne put s'empêcher de sourire.

— Ah oui ?

— Oui, oui.

— Merci, dit Elsie après une courte pause.

— Tu m'impressionnes, lui dit Zeke. Tu as toutes les raisons d'éloigner Tony de ton ex. Il ne t'a jamais bien traitée, mais ça ne t'a pas empêchée d'être plus intelligente et de le laisser apprendre à connaître Tony.

— Je ne suis toujours pas sûre que ce soit la bonne décision, dit Elsie. Et si ce séjour était un désastre ?

— Alors Tony verra de ses propres yeux le vrai visage de Doug. Ce n'est pas forcément une mauvaise chose.

— Et s'il est blessé au passage ? demanda Elsie.

— Si Doug dit ou fait quelque chose de stupide, on sera tous les deux là pour Tony pour l'aider à comprendre que ce n'est pas de sa faute, mais que c'est à cause du genre de personne qu'est Doug. Tout ira bien pour lui, Else.

— J'espère.

La conversation dévia finalement sur des choses plus banales. Le travail, ce qu'ils devaient acheter à l'épicerie, ce genre de choses. Quand Elsie bâilla pour la quatrième fois, Zeke lui dit :

— Tu te sens mieux maintenant ?

— Oui. Ça me fait toujours du bien de te parler, lui dit-elle.

— Tant mieux. Je serais là pour le petit-déjeuner demain, l'informa-t-il.

— OK, accepta-t-elle immédiatement.

— Heureusement que tu ne protestes pas. Je ne supporte pas de ne pas être avec toi, là tout de suite, lui dit Zeke. J'ai besoin de m'assurer que Tony et toi allez bien.

Quelqu'un l'avait-il déjà fait passer en premier comme le faisait Zeke ? La réponse était non, évidemment.

— On va bien, lui dit-elle.

— Et je vais m'en assurer demain matin. Je passerai au *Broyeur*, tu veux la même chose que d'habitude ?

— Zeke, toutes ces boissons coûtent cher. Tu sais combien de livres j'aurais pu acheter avec l'argent que tu as dépensé pour mes macchiatos au caramel ?

— Ils te plaisent ?

— Tu sais bien que oui.

— Alors ça en vaut la peine. Et si tu veux un livre, tu n'as qu'à me le dire, je peux te le prendre sur mon compte.

— Je suis sûre que tu n'as pas envie d'avoir tout un tas de

romans d'amour enregistrés sur ton compte, dit-elle en rigolant.

— Tu ne comprends toujours pas, soupira Zeke.

— Comprendre quoi ?

— Je me plierais en quatre pour t'obtenir tout ce que tu veux ou ce dont tu as besoin. Je t'aime. Je veux que tu sois heureuse. Si ça veut dire que je dois dépenser cinq dollars pour un café, eh bien c'est ce que je ferai. Si c'est acheter un roman d'amour et qu'on m'envoie des newsletters sur des livres à l'eau de rose pour les vingt prochaines années, ce n'est pas un problème parce que ton bonheur est plus important pour moi qu'une aversion pour les spams. Si tu préfères qu'on aille à Washington et qu'on passe les deux semaines durant lesquelles Tony est avec Doug à l'hôtel pour qu'on puisse être proches de lui, tu n'as qu'un mot à dire.

Elsie n'arrivait pas à parler à cause de la boule dans sa gorge.

— Je sais quand j'ai quelque chose de beau entre les mains, Else, et même en sachant cela, j'ai failli perdre les deux meilleures choses de ma vie quand je n'ai pas pris la peine de *te parler* quand Doug est arrivé la première fois. Ça n'arrivera plus. À partir de maintenant, je suis team Elsie. Point. Final. Je vais en prison sans passer par la case départ.

— OK, il faut vraiment que tu arrêtes d'être aussi incroyable, parvint à lui répondre Elsie.

— D'accord, j'arrête. Pour le moment. Tony est l'enfant le plus chanceux du monde de t'avoir comme mère, lui dit Zeke.

— Tu ne t'arrêtes toujours pas, dit Elsie en rigolant et en pleurant à moitié.

— C'est vrai. Je vais raccrocher alors. On se voit demain.

— Je t'aime, Zeke.

— Je t'aime tellement que ça fait mal, Else. Bonne nuit.

— Bonne nuit.

Quand Elsie raccrocha, elle se sentit beaucoup mieux. C'était agréable de savoir que Zeke n'était pas non plus convaincu par les motivations de Doug. Qu'elle n'était pas simplement une mère surprotectrice et paranoïaque.

Elle ne voulait pas que Tony souffre, mais elle voulait aussi qu'il soit capable de prendre des décisions par lui-même.

Elsie s'endormit avec les mots de Zeke résonnant dans ses oreilles et plus déterminée que jamais à faire tout ce qu'il fallait pour s'assurer que Tony soit préparé à affronter tout ce que Doug pourrait lui infliger.

CHAPITRE VINGT

Le lendemain matin, Elsie fut surprise quand Zeke n'arriva pas à l'aube. Mais elle aurait dû se douter qu'il manigançait quelque chose, car quand il toqua enfin à sa porte, il arriva chargé de cadeaux. Il avait réussi à trouver un téléphone portable pour Tony avant d'arriver, même si la plupart des magasins étaient encore fermés.

— Zeke, c'est trop ! protesta-t-elle.

— Tu as oublié ce que je t'ai dit hier soir ? demanda-t-il.

— Non, mais pour la première fois de ma vie, je peux enfin me permettre d'acheter ce genre de choses à Tony.

Sans aucune hésitation, Zeke la pressa dans sa main.

— Je sais. Mais je voulais faire quelque chose pour lui *et* pour toi. S'il te plaît, laisse-moi le faire.

Comment pouvait-elle lui demander de le ramener alors que c'était exactement le genre de téléphone qu'elle aurait acheté pour Tony ? Il n'était pas très sophistiqué, c'était l'un de ces téléphones à carte. Il n'avait pas de data Internet et servait uniquement à passer des appels et envoyer des messages. C'était parfait pour commencer. Ce n'était qu'une question de temps avant que Tony n'ait envie d'avoir un portable plus moderne, mais elle savait qu'il serait absolument ravi d'avoir *n'importe quel* téléphone pour le moment.

Elsie entendit également l'excitation dans la voix de Zeke. Doug avait tellement couvert le petit garçon de cadeaux qu'elle n'était pas étonnée que Zeke ait envie de lui offrir aussi quelque chose.

Elle tendit la boîte à Zeke.

— Non, c'est toi qui lui donnes.

— Tu es sûre ? demanda Zeke.

— Oui.

Zeke se jeta sur elle et l'embrassa. Avec force.

— Je t'aime, dit-il fermement.

— Moi aussi je t'aime. Vas-y. S'il veut pouvoir arriver à l'heure chez ses amis, il faut qu'il termine de manger et ait le temps d'examiner son téléphone.

— Il sera à l'heure, dit Zeke en haussant les épaules.

Puis, avec un air aussi impatient que Tony les matins de Noël, il entra dans l'appartement pour saluer le garçon. Finalement, Tony fut en retard. Mais Zeke et lui étaient tellement occupés à configurer son téléphone en s'extasiant dessus, car ils le trouvaient trop cool, qu'Elsie n'eut pas le cœur à les déranger.

Quand Zeke revint après avoir déposé Tony chez un ami pour qu'il y passe la matinée, Elsie reconnut immédiatement ce regard dans ses yeux.

Il ferma la porte de l'appartement derrière lui et s'avança vers elle.

Elsie sourit et le retrouva à mi-chemin. Leurs lèvres se touchèrent et Zeke n'hésita pas à la soulever. Enroulant ses jambes autour de lui en se tournant vers le couloir, Elsie intensifia leur baiser alors qu'il la portait jusqu'à sa chambre.

Comme s'ils l'avaient planifié, dès la seconde où ses pieds touchèrent le sol, ils commencèrent à se déshabiller. Les vêtements volèrent de partout et en l'espace de vingt secondes à peine, ils se retrouvèrent allongés sur le lit. Elle agrippa fermement les cheveux de Zeke alors qu'il baissait la tête vers sa poitrine.

Quand il se mit à descendre plus bas, Elsie le remonta. Elle appuya sur ses épaules et il s'exécuta, roulant sur le dos. Chevauchant ses cuisses, Elsie prit sa queue entre les mains et se mit à la caresser.

Zeke gémit et se balança entre ses mains. En quelques secondes à peine, il fut aussi raide qu'un piquet. Il tendit la main vers le tiroir à côté du lit et écarta doucement ses mains avant de pouvoir enrouler un préservatif. Puis, il saisit ses hanches et la souleva jusqu'à ce qu'elle soit juste au-dessus de lui.

— Baise-moi, Else lui ordonna-t-il.

— OK, patron, souffla-t-elle en se mettant déjà en mouvement.

Le bout de sa queue rencontra les plis trempés entre ses jambes et elle se coucha sur lui en un seul mouvement fluide.

Ils gémirent tous les deux alors qu'il la pénétrait.

— Mets-toi en mouvement, la supplia-t-il.

Il n'eut pas besoin de le lui demander deux fois. Elsie n'avait pas fait ça très souvent, mais avec l'aide de Zeke, elle se mit rapidement à le chevaucher comme si sa vie en dépendait. Le fait de le sentir si profondément en elle chaque fois qu'elle s'abaissait était à couper le souffle. Mais elle adorait également sentir chaque centimètre de lui frotter ses terminaisons nerveuses quand elle se retirait.

Il était évident que Zeke appréciait également la vue. Ses pupilles étaient dilatées et son regard passait de ses seins qui rebondissaient de haut en bas à son entrejambe, là où ils se rejoignaient.

Puis, il leva la main pressant son pouce contre son clitoris.

Les muscles d'Elsie se contractèrent.

— Continue de bouger, ordonna-t-il.

— Je ne peux pas ! haleta-t-elle.

Son mouvement de haut en bas s'arrêta et elle commença à

se balancer d'avant en arrière à la place. La sensation de son pouce sur ses nerfs extrêmement sensibles était trop pour elle. Tout son poids était sur lui, son sexe profondément enfoui en elle et Elsie ne put s'empêcher de se pencher en arrière pour lui laisser plus d'espace pour ses caresses. Elle plaqua les mains sur les cuisses de Zeke, derrière elle et laissa échapper un long gémissement.

— Putain, t'es tellement belle, dit Zeke. J'adore te sentir serrer ma queue.

— Moins de mots, plus d'action, haleta Elsie.

Heureusement, Zeke était d'humeur à s'exécuter.

La sensation de son sexe en elle alors qu'elle jouissait, la remplissant presque trop, était indescriptible. Elle adorait quand il la faisait jouir avec un cunni, mais ça, c'était presque bouleversant.

Dès la seconde où elle commença à se remettre d'un des orgasmes les plus intenses qu'elle ait jamais eu, Zeke se redressa, la mit sur le dos et commença à la baiser. Avec force.

Cela lui coupa le souffle et étonnamment, Elsie sentit un autre orgasme monter en elle. Elle jouit une deuxième fois, quelques secondes après que Zeke l'eut pénétrée une dernière fois, s'immobilisant alors qu'il faisait de même. Ils étaient tous les deux en sueur et épuisés lorsqu'il retomba sur elle, retenant un peu son poids au dernier moment.

— Mon Dieu, ma belle, haleta-t-il après un moment. Tu as failli me tuer.

— Je crois que c'est moi qui dis ça d'habitude, marmonna-t-elle.

Zeke se redressa sur un coude et caressa ses lèvres de son pouce.

— C'était stupéfiant, dit-il doucement.

— Oui.

— Non, sérieusement. La prochaine fois que tu veux être au-dessus, j'y suis cent pour cent favorable. Te voir me chevaucher, ma queue enfoncée profondément en toi, sentir tes muscles palpiter contre moi... mon Dieu. C'était génial.

Elsie ne put s'empêcher de sourire.

— Pour moi aussi, acquiesça-t-elle.

Zeke prit une grande inspiration et dit :

— Il faut que je m'occupe du préservatif. Ne bouge pas.

— Je ne crois pas que je le pourrais, même si je le voulais, lui dit-elle avec honnêteté.

Son sourire arrogant ne la dérangea même pas. Il l'avait mérité.

Dès la seconde où Zeke disparut dans la salle de bain, le téléphone d'Elsie se mit à sonner. Elle aurait pu l'ignorer mais maintenant que Tony avait un téléphone, elle savait qu'elle ne pourrait plus jamais l'ignorer. Quand elle le récupéra sur la table de nuit, elle fronça les sourcils lorsqu'elle vit que c'était Doug qui l'appelait.

Son ex était la dernière personne à qui elle voulait parler, mais elle savait par expérience qu'il n'arrêterait pas de la harceler tant qu'elle ne répondrait pas.

— Qu'est-ce que tu veux, Doug ? demanda-t-elle directement au lieu de le saluer.

— Eh bien bonjour à toi aussi. Je vois qu'il y en a une qui s'est levée du pied gauche ce matin.

Ce n'était absolument pas le cas et si Doug savait qu'elle se remettait à peine de deux orgasmes intenses, il serait probablement tombé raide mort. Zeke revint à ce moment-là, se faufilant sous les draps et l'attirant dans ses bras. Si elle devait parler à son ex, autant qu'elle le fasse dans les bras de l'homme qu'elle aimait pour que ce soit moins désagréable.

— Sérieux, qu'est-ce que tu veux ? demanda-t-elle.

— Tony t'a parlé ? demanda-t-il.

Elsie se raidit.

— De quoi ?

— Du fait qu'il viendrait à Washington avec moi pendant deux semaines.

Elle n'avait pas envie de faire ça. Ni maintenant, ni jamais. Mais cela faisait partie de son rôle de mère. Une mère divorcée.

— Oui.

— Et ? demanda Doug.

Elsie soupira.

— Je l'autorise, mais je te jure devant Dieu, Doug, si tu fais quoi que ce soit pour le contrarier, tu ne pourras plus jamais passer de temps avec lui.

— Putain, mais je ne vais rien dire. J'ai simplement envie d'apprendre à le connaître sans que sa mère le surveille. Laisse-le grandir.

Elsie serra les dents. Zeke passa une main le long de son bras, mais sa caresse ne l'aida pas à se sentir mieux.

— Quand ? demanda Doug.

— Je ne sais pas.

— Je me disais qu'il n'y a pas meilleur moment que maintenant, dit Doug.

Elsie se raidit.

— Je pensais plutôt à la fin de l'été.

— Allez, Elsie. Fais pas ta garce. Il a hâte de me voir tous les jours et j'ai envie d'entretenir ça. Et puis tous les trucs sympas ont lieu maintenant. D'ici la fin de l'été, les festivals et compagnie seront terminés. J'ai aussi un gros projet qui arrive dans un mois ou deux donc je n'aurais plus le temps dont je dispose actuellement.

Elsie venait tout juste d'accepter l'idée que Tony parte pour deux semaines. Elle ne s'était jamais attendue à ce que ça arrive aussi tôt. Face à l'impatience de Doug, elle sentit ses poils se hérisser dans sa nuque, mais elle ne savait pas pourquoi exactement.

— Je ne sais pas, Doug.

— Allez, Elsie. J'ai fait tout ce que tu m'as demandé. J'ai parlé à mon avocat qui a contacté le tien. Je vais payer les arriérés de pension alimentaire. J'essaie. Aide-moi un peu, là.

— Il faut que j'y réfléchisse. Je ne vais pas prendre de décision tout de suite.

Doug soupira d'exaspération.

— Tu réfléchis toujours trop, se plaignit-il. Mais peu importe. Je passerai récupérer Tony plus tard. Je lui ai pris quelque chose.

— Il faut que tu arrêtes de lui acheter des trucs, le gronda Elsie pour ce qui lui sembla être la centième fois. Tout ce dont il a besoin, c'est de passer du temps avec toi. Tu n'es pas obligé de le gâter avec des cadeaux qui coûtent cher.

— Il faut bien que *quelqu'un* le fasse, dit Doug.

Elsie grimaça. Son ex semblait toujours savoir exactement quoi dire pour la blesser au maximum.

— Je me disais qu'on pouvait passer l'après-midi à mon hôtel. Je lui ai acheté une Nintendo Switch et il pourra y jouer pendant qu'on passe du temps ensemble.

Elsie soupira.

— Et pour le dîner ?

— Je lui prendrai un truc à McDonald.

Elsie eut *à nouveau* envie de se plaindre. Dès que Doug mangeait avec Tony, il le nourrissait de malbouffe. Ce n'était pas sain. Mais il se moquait d'elle chaque fois qu'elle en parlait.

— Assure-toi qu'il rentre pour dix-neuf heures.

— Dix-neuf heures ? C'est trop tôt. C'est l'été, laisse-le un peu respirer. Je le ramènerai à vingt heures. Et je voudrais une réponse assez rapidement pour son retour avec moi à Washington, Elsie. On se voit plus tard.

Il raccrocha avant qu'Elsie ne puisse placer un autre mot.

— Bon ben, on n'aura pas pu profiter de notre extase post-orgasme, tant pis, dit Zeke en soupirant. Allez, vas-y. Qu'est-ce qu'il t'a dit ?

Elsie n'hésita même pas. Elle raconta tout à Zeke.

— C'est un con, dit Zeke. Mais... ce n'est peut-être pas une si mauvaise idée que Tony y aille maintenant. C'est un peu comme un pansement. Si tu l'arraches maintenant et l'auto-rises à partir tout de suite, ça t'évitera de t'inquiéter pour les prochaines semaines jusqu'à ce que ce soit programmé.

— C'est vrai, songea Elsie à voix haute. Mais je ne peux pas m'empêcher de me demander pourquoi il insiste autant.

— Oui, moi aussi.

Prenant une grande inspiration, Elsie acquiesça.

— OK. Si Tony dit qu'il veut y aller, je le laisserai.

Zeke la serra fort.

— Pourquoi ai-je l'impression que mon cœur se brise ? murmura-t-elle.

— Parce que Tony grandit. C'est toujours dur de les laisser partir. De les laisser prendre leur envol.

Elsie hocha la tête. Elle supposa que Zeke avait raison.

— Tu veux que je te dise le point positif de ce voyage ?

— Quoi ?

— On pourra passer autant de temps que l'on voudra ensemble sans s'inquiéter de traumatiser mon fils à vie.

Zeke rit et resserra son éteinte.

— C'est vrai. Tu viendras vivre chez moi ?

— Tu pourrais aussi vivre chez moi, rétorqua-t-elle.

Sans hésiter, Zeke haussa les épaules.

— Ça me va.

— Sérieux ? Je plaisantais, Zeke, ta maison est bien mieux que cet appart.

— Tant que tu es là, je me fiche de savoir où nous logeons, dit Zeke.

C'était une bonne réponse. Elsie balança une jambe par-dessus le ventre de Zeke.

— J'en ai assez de parler de mon ex et de mon bébé qui s'en va. J'aimerais bien voir si je peux retrouver cette extase de l'orgasme.

— Ah ouais ? demanda Zeke.

— Oui. Mais d'abord, j'ai envie de te faire du bien, dit-elle.

— Tu me fais toujours du bien, dit rapidement Zeke.

Elsie sourit.

— Je crois que je connais un moyen de te faire un peu plus plaisir.

Sur ce, elle se déplaça vers le bas, repoussant les draps en même temps jusqu'à ce que sa tête soit au niveau de son entrejambe.

Avant même qu'elle ne prenne sa queue dans sa main, il bandait déjà.

— Dis-moi si je fais ça mal, dit-elle.

— Chérie, il n'y a aucune chance que tu fasses ça mal. Je suis à deux doigts d'exploser rien qu'en imaginant ta bouche sur moi.

Souriant, Elsie baissa la tête, déterminée à montrer à son homme à quel point elle l'aimait et l'appréciait. Il l'avait soutenue plus que quiconque ne l'avait jamais fait. Au travail, avec Tony, avec la situation merdique avec Doug et en étant simplement là pour elle quand elle était inquiète ou frustrée. Elle avait envie de lui rendre la pareille, même un tout petit peu.

Le temps qu'ils aient tous les deux eu un orgasme, Elsie eut l'impression que tous ses os s'étaient liquéfiés. Elle avait amené Zeke jusqu'au sommet, mais il ne l'avait pas laissée le faire basculer. Il avait insisté pour être en elle quand il jouirait, mais avant de lui faire l'amour, il l'avait fait jouir avec ses doigts et sa langue, *puis* il l'avait baisée longtemps et longuement.

Ils restèrent allongés dans son lit, les draps écartés sur le côté, nus comme le jour de leurs naissances et Elsie ne s'était jamais sentie aussi à l'aise.

— Tu penses vraiment que c'est une bonne chose de le laisser partir ? murmura-t-elle.

Zeke roula immédiatement sur elle et posa la main sur sa joue.

— Je ne sais pas. Mais tu as raison, si Doug veut vraiment faire partie de la vie de Tony, nous devons lui laisser une chance. Je te l'ai déjà dit, s'il merde, ce sera de sa faute – et nous serons là pour nous assurer que Tony va bien.

Elsie acquiesça. Zeke avait raison. Tout ce qu'elle pouvait faire, c'était laisser Tony prendre cette décision pour son père... et s'assurer qu'il sache à quel point elle l'aimait et qu'elle serait là pour lui quoi qu'il arrive.

— Allez, viens. On a besoin de prendre une douche, dit Zeke.

— Quoi, tu n'as pas envie d'aller au travail en sentant le sexe avec une coupe d'après sexe ? demanda-t-elle.

— Les hommes n'ont jamais de coupe d'après sexe, dit Zeke en fronçant les sourcils.

Elsie regarda sa tête et rit.

— Hmm... ouais. OK.

Zeke eut un rictus.

— Et pour répondre à ta question, non je n'en ai pas envie. Parce que ça risquerait de te gêner. Et je ne ferais jamais rien qui puisse te mettre mal à l'aise.

Une fois de plus, Elsie eut des papillons dans le ventre.

— Tu es trop gentille avec moi, dit-elle doucement.

— Mais non. Allons-y. Je te laisserai même être sous le jet d'eau en premier.

Elsie rit. La douche dans son appartement était tellement petite que seul l'un d'entre eux pouvait être sous l'eau à la fois. Encore une raison de passer ces deux semaines chez Zeke pendant que Tony n'était pas là.

Sa douche était plus grande.

— Je t'aime, dit-elle quand il la souleva pour aller à la salle de bain.

— Je t'aime aussi.

Il prononça ces mots de façon presque désinvolte. Comme s'il lui avait déjà dit un million de fois. Cela fit du bien à Elsie qu'il soit si à l'aise pour les dire. Elle espérait *pouvoir* les entendre un million de fois... et qu'il ressentirait toujours la même chose dans les jours, les mois et les années à venir.

CHAPITRE VINGT ET UN

Trois jours plus tard, Elsie se tenait sur le parking de sa résidence, saluant Tony qui était sur le siège arrière de la voiture de Doug. Ils allaient à Washington DC – et Elsie ne se sentait *pas* bien.

Tout était allé si vite. Quand elle avait enfin accepté de laisser partir Tony, Doug avait tout organisé. Zeke avait laissé Tony emprunter l'une de ses valises et ce dernier l'avait rempli de vêtements et des quelques nouveaux jouets que lui avait achetés son père.

Il avait été excité de partir... jusqu'au moment de monter dans la belle Mercedes de Doug. C'est là que Tony avait réalisé qu'il partait vraiment.

Doug avait été étonnamment patient pendant qu'Elsie avait fait de son mieux pour rassurer son fils. Elle l'avait serré fort dans ses bras, lui avait rappelé qu'il avait un téléphone portable et qu'il pouvait l'appeler quand il voulait. Ça avait semblé lui faire du bien.

Elle agitait encore la main pour dire au revoir alors que Doug sortait du parking quand elle sentit que Zeke la prenait par la taille et la serrait contre lui. La voiture devint floue alors que les larmes lui montaient aux yeux, mais elle ne laissa pas son sourire s'effacer ni ses larmes couler jusqu'à ce que la Mercedes soit suffisamment loin sur la route et que Tony ne puisse plus la voir.

Puis, elle se retourna et enfouit son visage contre le torse de Zeke.

— Chhh, tout va bien, la réconforta-t-il.

Mais Elsie ne se sentait pas bien. Elle avait envie de sauter dans sa voiture et de poursuivre Doug, de sortir Tony du véhicule et qu'ils se barricadent dans son appartement. C'était une idée ridicule... mais elle ne pouvait pas s'empêcher de penser qu'elle avait fait une énorme erreur.

— Il a accepté de signer les documents, non ? demanda Zeke.

Tout en sachant de quoi il parlait, Elsie acquiesça.

— Oui, Nissi a parlé à son avocat ce matin. Elle doit encore vérifier quelques points, puis tout sera finalisé.

— Super tout ça, dit Zeke.

Elsie acquiesça contre lui. Le fait que Doug accepte de signer les papiers pour lui accorder la garde complète était une bonne chose. D'autant plus que le nouvel accord était bien plus équitable pour Elsie, incluant une bonne partie de la pension alimentaire. Doug avait aussi accepté de rembourser la pension alimentaire des cinq dernières années. Ce qui permettrait à Elsie de recevoir une belle somme sur son compte en banque, ce qui était presque bouleversant compte tenu du peu d'argent qu'elle avait eu sur ce compte durant des années.

Elsie regarda Zeke.

— Je ne comprends pas pourquoi maintenant ? Ça n'a pas de sens.

— Je ne sais pas.

Zeke avait fait un travail remarquable en gardant l'opinion qu'il avait sur son ex pour lui, surtout en présence de Tony. Il avait beau ne pas aimer Doug, il suivait l'exemple d'Elsie en ne disant pas de mal de lui. Elsie l'aimait encore plus pour ça.

— Allez viens, tu n'as pas pris de petit-déjeuner et si tu

veux aller jusqu'au bout de ta journée de travail, tu as besoin de te sustenter, lui dit Zeke en la guidant vers les escaliers qui menaient à son appartement.

Elsie n'avait pas faim. Pas du tout même. Mais elle savait que Zeke ne serait pas satisfait jusqu'à ce qu'elle mange quelque chose. Il prenait toujours soin d'elle et cela n'avait pas de prix.

En levant les yeux, Elsie aperçut du mouvement à la fenêtre de l'appartement en dessous du sien. C'était Rocky qui lui fit signe quand elle le vit. Le frère d'Ethan, son jumeau, vivait dans la même résidence. Encore une autre personne qui veillait toujours sur elle.

C'était un drôle de sentiment après avoir été seule pendant si longtemps. Désormais, partout où elle allait, elle avait un protecteur qui regardait par-dessus son épaule. Certaines femmes auraient pu en être agacées. Elles auraient pu s'opposer à cette surveillance, mais pas Elsie. Elle l'accueillait complètement. Car en la protégeant elle, ils protégeaient aussi Tony. Et ça, ça ne lui posait aucun problème. Observant sa montre lorsque Zeke ouvrit la porte de son appartement, Elsie soupira. Cela faisait exactement quatre minutes depuis qu'elle avait dit au revoir à son fils, et elle avait l'impression que cela faisait déjà quatre heures. Ces deux prochaines semaines allaient être atroces. Elle avait envie de lui envoyer un message, de l'appeler pour entendre sa voix. Mais il venait tout juste de partir. Et puis, le réseau sur la I-480 qui menait à l'autoroute était très mauvais. Elle était bien placée pour le savoir. Quand elle avait eu un pneu crevé en revenant de Roanoke, se retrouvant seule avec Tony tard le soir, elle n'avait pas pu appeler à l'aide. Elle avait eu beaucoup de chance que Lilly soit passée par là et se soit arrêtée.

En repensant à son amie, Elsie sourit. Lilly s'était déjà arrangée pour qu'ils dînent à nouveau chez elle ce soir. Durant les deux semaines suivantes, elle avait également prévu de venir au *On the Rocks* pour le déjeuner, d'organiser une soirée entre filles au bowling et même une virée au salon d'esthétique *Un Cran Au-Dessus* pour une manucure et pédicure. Lilly était incroyablement attentionnée, il n'était donc pas surprenant qu'elle ait envie de lui changer les idées pour ne pas souffrir de l'absence de Tony.

Elsie parvint à manger assez pour satisfaire Zeke, mais le petit repas pesa lourd dans son estomac. Elle ne savait absolument pas comment elle allait faire pour ne pas devenir folle à lier ces deux prochaines semaines. Au cours des cinq dernières années, elle avait parfois rêvé d'avoir une soirée pour elle toute seule. De ne pas devoir répondre à un million de questions. De ne pas devoir essayer d'être aussi silencieuse que possible dans la chambre du motel pour ne pas réveiller son fils.

Mais désormais, avec ces deux semaines entières devant elle, ça lui paraissait... bizarre. Mal. Et ça ne lui plaisait pas.

Zeke arriva derrière elle dans la cuisine. Elle se tenait devant l'évier, regardant dans le vide. Il enroula les bras autour d'elle et posa son menton sur son épaule.

— Tout ira bien pour Tony, chuchota-t-il.

— Je sais, dit Elsie, pas certaine de croire en ce qu'elle disait.

— C'est un enfant intelligent. Il commence même à être agacé par tous ces cadeaux que lui achète son père. L'autre soir, il m'a dit que tous ces nouveaux jouets c'était cool, mais que ce qu'il voulait vraiment, c'était de faire une randonnée avec son père. Ou d'aller pêcher. Ou qu'il lui apprenne à déboucher les toilettes.

Elsie ne put s'empêcher de rire en entendant cela.

— La dernière chose que pourrait faire Doug c'est d'apprendre quoi que ce soit sur les toilettes à son fils. Il a une femme de ménage ou un homme à tout faire. Quand il y a un problème avec sa maison ou sa voiture ou autre, il appelle simplement quelqu'un pour qu'on s'en occupe.

— Ça ne me surprend pas. Ce que je veux dire, c'est que j'ai le sentiment que ce séjour va permettre à Tony d'ouvrir les yeux sur le vrai visage de ton ex. Je pense qu'il sera plus qu'heureux de rentrer à la maison au bout de deux semaines.

Elsie aurait dû culpabiliser d'espérer que Zeke ait raison. Ce n'était pas qu'elle avait peur que Doug persuade Tony de vivre avec lui sur le long terme, elle ne voulait simplement pas que Tony se laisse influencer par le style de vie que Doug pouvait lui offrir... et qu'elle ne pouvait certainement pas lui offrir.

Elle pivota dans les bras de Zeke et le serra fort contre elle.

— Il était si heureux dernièrement. Pouvoir passer du temps avec toi et tes amis était un rêve devenu réalité pour lui.

— J'aime passer du temps avec lui. Il est intelligent, drôle et sacrément perspicace. Il est gentil aussi, ce qui n'est pas toujours le cas pour les enfants de son âge. Tu l'as bien élevé, Else.

Rien ne faisait plus plaisir à Elsie que quelqu'un dise du bien de son fils.

— Merci. Même si je ne suis toujours pas sûre que ce soit une bonne idée de lui apprendre à conduire. Peut-être que quand il reviendra tu pourras lui apprendre à conduire le vélo que lui a offert Doug ? Je sais que Tony espérait que son père lui apprendrait, mais évidemment il ne l'a pas fait.

— C'est déjà prévu. Même si le vélo est trop grand pour lui. Un dix vitesses n'est pas vraiment idéal pour qu'il apprenne. J'en ai déjà commandé un plus petit.

— Évidemment, dit Elsie en secouant la tête.

Pour la centième fois, elle réalisa à quel point elle et Tony avaient de la chance d'avoir cet homme à leurs côtés. Qu'il les aime.

— Je suis désolée d'être si larmoyante, dit-elle. Ça ira mieux. Je te promets que je ne serai pas une Debbie Downer[1] durant les deux semaines où il ne sera pas là. J'ai hâte de passer du temps avec toi.

— Je le sais bien. Et je veux que tu ressentes exactement ce que tu ressens. Ne fais pas semblant d'être heureuse quand tu ne l'es pas. N'accepte pas de faire quelque chose avec moi si tu n'en as pas envie. On prendra chaque jour comme il vient.

— OK. Merci, murmura Elsie.

— Tu n'as pas à me remercier parce que je veille sur toi, dit Zeke. Tu veux un café du *Broyeur* ce matin ?

— Je ne devrais pas, dit Elsie. Je commence à être un peu accro à ces trucs. J'imagine que tout ce sucre me tombe directement sur les hanches.

Zeke glissa la main vers le bas et palpa ses fesses.

— Je n'ai pas l'air de m'en plaindre, non ? Et puis, tu es toujours trop mince.

Elsie leva les yeux au ciel. C'était bien typique de Zeke de vouloir qu'elle prenne du poids au lieu d'en perdre, comme le voudraient la plupart des hommes.

Il se pencha et l'embrassa doucement, avec respect. C'était tellement adorable, qu'Elsie eut envie de pleurer.

— Tu veux prendre un jour de congé ? demanda-t-il en relevant la tête.

Elsie fronça les sourcils.

— Quoi ? Non. Il est hors de question que je reste assise ici en me demandant où se trouve Tony, ce qu'il fait et ce que lui dit Doug.

— Très bien. Alors, allons-y. On te prendra un café et on s'arrêtera peut-être au *Bec Sucré* pour prendre un donut.

Elsie leva à nouveau les yeux au ciel.

Elle avait envie de lui dire qu'elle n'avait absolument pas besoin d'un donut, mais rien qu'en pensant aux délicieuses pâtisseries que Finley Norris préparait à la boulangerie, elle saliva. Elle avait beau ne pas avoir envie de manger et avoir l'estomac noué, Elsie ne refuserait jamais rien qui provienne de la boulangerie de Finley.

Zeke gloussa comme s'il pouvait lire dans ses pensées et la poussa doucement hors de la cuisine.

— Je m'occupe de finir la vaisselle. Va te changer et prend ce dont tu as besoin pour sortir. Oh et prépare un sac pour ce soir. Je t'emmène directement chez moi après le travail.

Elsie fut parcourue de frissons face à son côté autoritaire. Elle avait passé pas mal de temps chez lui, mais ce serait la première fois qu'ils seraient seuls là-bas. Un éclair d'excitation la traversa en y pensant. Elle adorait son fils et il lui manquait déjà terriblement, mais pour la première fois depuis qu'elle avait accepté de laisser Doug emmener Tony avec lui pour deux semaines, un sentiment d'anticipation coula dans ses veines.

— Même si j'adore cette expression sur ton visage, on n'a pas le temps de faire des galipettes pour le moment. On a du café et des friandises à acheter et un bar à ouvrir, lui dit Zeke.

— Des galipettes ? demanda Elsie en rigolant.

Le sourire sur le visage de Zeke était tellement sexy qu'elle eut encore plus chaud en le voyant.

— Vas-y, Else. Avant qu'on ne soit tous les deux en retard pour ouvrir le bar et qu'Otto, Silas et Art ne trouvent un autre sujet de commérage.

Elsie rit. Les trois hommes qui s'asseyaient chaque jour devant le bureau de poste étaient de pires commères que les dames qui traînaient au salon de beauté.

— J'y vais, j'y vais, lui dit-elle.

Elsie se rendit dans sa chambre. Les deux prochaines semaines allaient être dures, mais elle ne doutait pas un instant que Zeke les rendrait meilleures. Sans lui, elle n'aurait jamais pu faire face. Mais désormais, elle sentait qu'elle en aurait la force.

Prenant une grande inspiration, Elsie fit de son mieux pour se comporter comme une grande fille et reprendre sa vie en main. Tony serait de retour dans deux semaines et tout reviendrait à la normale. Avec un peu de chance, Doug ne gâcherait pas tout avec son fils, mais si c'était le cas, Tony les avait elle et Zeke. Tout irait bien pour lui.

* * *

Tony était assis à l'arrière de la voiture de son père, se mordant la lèvre inférieure avec inquiétude. Dès la seconde où ils s'étaient éloignés de l'appartement, son père avait changé d'attitude. Il refusait de lui parler et chaque fois que Tony posait des questions, son père l'ignorait. Cela faisait dix minutes que le silence régnait. Lorsqu'ils dépassèrent le Walmart et l'hôtel de son père, approchant de l'I-480, Tony sentit son estomac se nouer de plus en plus. Le séjour lui avait paru si excitant, mais désormais il regrettait d'avoir quitté sa mère.

Tony avait cru que ce serait comme lorsqu'il était parti camper avec Brock et Rocky. Les deux hommes avaient été géniaux. Ils l'avaient fait rire, avaient répondu à toutes ses questions et ils ne l'avaient jamais traité comme s'il était casse-pieds. Ils n'avaient pas été contrariés qu'il se salisse ni qu'il mange trop de chamallows ou ait eu peur dans la nuit.

Mais là tout de suite, il avait l'impression que son père était en colère contre lui... alors que Tony n'avait rien fait de mal.

Sortant le téléphone que Zeke lui avait acheté, Tony vit qu'il n'avait aucune barre ce qui voulait dire qu'il n'y avait pas de réseau. Il avait envie d'envoyer un message à sa mère pour qu'elle vienne le chercher. Mais s'il le faisait, il savait que son père s'énerverait à coup sûr.

Un grand bruit sourd retentit quelques secondes après qu'ils se furent engagés sur l'I-480 et la voiture fit une petite embardée sur la route. Tony eut envie de rire, car c'était *aussi* ici que sa mère avait eu un pneu crevé, la nuit où ils étaient revenus de Roanoke.

Son père jura. Pas doucement ni dans sa barbe. Tony avait le sentiment que sa mère ne serait pas contente si elle savait que son père parlait comme ça devant lui.

Se garant sur le côté de la route, son père se tourna vers le siège arrière après avoir éteint le moteur.

— Ne bouge pas.

— Je sais comment changer un pneu, dit Tony avec enthousiasme en enlevant sa ceinture de sécurité. Lilly m'a appris. Et ensuite Zeke m'a laissé m'entraîner et je suis même allé au garage de Brock et il m'a laissé utiliser le truc pour lever...

— J'ai dit, *ne bouge pas* ! répondit son père d'une voix forte et méchante en lui coupant la parole.

Tony se figea. Il fixa son père du regard sur le siège conducteur.

— Tu m'as compris ? Ne sors *pas* de la voiture. La dernière chose dont j'ai besoin c'est de t'avoir dans les pattes pendant que je m'occupe de ça.

Tony déglutit avec difficulté et acquiesça. Il n'avait jamais entendu son père parler comme ça auparavant. C'était plutôt effrayant. Les larmes lui montèrent aux yeux alors que la portière claquait derrière lui. Tony baissa les yeux vers ses doigts et le téléphone qu'il tenait toujours fermement. Il regretta de ne pas avoir de réseau. Il aurait pu appeler sa maman, ou mieux encore : Zeke.

Zeke n'aurait pas laissé son père être méchant avec lui.

Tony n'était pas stupide. Il avait bien compris que sa mère n'aimait pas son père. Il avait également entendu les remarques désobligeantes que son père avait faites à son sujet quand elle n'était pas là. Mais il avait été tellement gentil avec *lui*. Il lui avait acheté des cadeaux, l'avait emmené au fast-food.

Alors qu'il était assis dans la voiture, luttant pour ne pas pleurer, quelque chose fit tilt dans la tête de Tony.

Acheter des choses, ce n'était pas de l'amour.

Combien de fois sa mère lui avait-elle dit que même s'il aimait vraiment les frites des fast-foods, elles n'étaient pas bonnes pour lui ? Et quand Tony s'était énervé à ce sujet, elle l'avait serré dans ses bras en lui disant que même si elle aurait adoré lui donner tout ce qu'il voulait, parfois, ce dont il avait vraiment *besoin* n'était pas la même chose.

Sur le moment, il n'avait pas compris, mais en étant assis à l'arrière de la voiture chic de son père après s'être fait crier dessus et traité comme s'il était stupide, Tony commençait à comprendre.

Il regrettait d'avoir accepté de passer du temps avec lui. Qu'est-ce qu'il en avait à faire de toutes ces statues stupides ? Il aurait dû profiter de l'été avec ses amis. Mais... il avait cru que son père voulait vraiment passer du temps avec lui.

Désormais, il ne savait plus ce que son père voulait *vraiment*, mais Tony ne pensait pas que c'était pour mieux apprendre à le connaître.

Son père mit longtemps à changer le pneu. Tony entendit beaucoup de jurons et il y eut des coups et des cliquetis. Il eut le courage de regarder par la fenêtre et vit que son père ne changeait pas correctement le pneu. Il n'avait pas placé le cric sous le point de levage. Il l'avait mis au centre de la voiture au lieu de le positionner plus près du pneu. Tony aurait pu lui montrer où le mettre exactement, mais son père pensait le savoir mieux que lui simplement parce qu'il était un adulte.

Il était évident qu'il n'avait aucune idée de ce qu'il faisait, mais il ne pouvait appeler personne puisqu'il n'y avait pas de réseau.

Tony s'assit et rumina. Très bien. Son père passait un mauvais moment et ça lui apprendrait. Sa mère disait toujours à Tony qu'il n'y avait rien de mal à demander de l'aide quand on en avait besoin. À vrai dire c'était même stupide de ne pas demander de l'aide ou de ne pas poser de questions quand on ne comprenait pas quelque chose.

Le temps que son père remonte dans la voiture, il était en sueur et d'une humeur encore plus massacrante. Il marmonna dans sa barbe en redémarrant le moteur, mettant la voiture en marche et tournant les roues en la ramenant sur la route. Tony s'assura que sa ceinture de sécurité était bouclée et décida de ne pas rappeler à son père de mettre la sienne. Mais même si Tony n'avait rien dit, son père commença à lui crier dessus quand même.

— Il faut que tu m'écoutes mieux. Quand je te dis quelque

chose, tu le *fais*. Tu ne discutes pas. Ta mère est une idiote, elle l'a toujours été. Elle te gâte. Elle a fait de toi un sale morveux. Je savais qu'elle te foutrait en l'air et j'avais raison. Je n'aurais jamais dû l'épouser. Qui sait si tu es vraiment mon fils ? Elle devait probablement baiser dans mon dos.

Tony serra les dents, luttant pour ne pas pleurer. Il ne dit pas un mot et regarda simplement les kilomètres défiler alors que son père continuait d'expliquer à quel point il détestait sa mère. À quel point il la trouvait stupide... et combien il pensait que son *fils* était horrible.

Finalement, malgré tous ses efforts, une larme coula – et son père le vit dans le rétroviseur central.

— Pourquoi tu pleures ? ricana-t-il.

— Pour rien.

— Reprends-toi et sois un homme. Putain, t'es pathétique !

Tony prit une profonde inspiration, complètement déconcerté. Il n'arrivait pas à croire à quel point son père... était *méchant* ! Il n'était pas comme ça avant. Il ne put s'empêcher de se demander si c'était quelque chose qu'il avait dit ou fait qui avait pu autant changer l'attitude de son père. Mais... non, il n'avait rien fait de mal. Tout ce qu'il avait fait, c'était s'asseoir sur le siège arrière et se taire, tout comme le lui avait demandé son père.

Tout en sachant qu'il n'avait rien fait pour mériter toute cette colère, Tony décida que dès qu'il aurait à nouveau du réseau, il enverrait un message à sa mère. Il se sentit immédiatement mieux. Elle viendrait le chercher. Zeke aussi. Ils ne laisseraient plus son père l'insulter.

Ils roulèrent encore pendant dix minutes environ avant que son père ne mette son clignotant pour quitter la route. Levant les yeux, Tony vit qu'ils n'étaient même pas encore sur l'autoroute. Ils s'arrêtèrent sur l'aire de repos qui se trouvait à environ un kilomètre et demi avant la I-81.

— Pourquoi on s'arrête ?

— Parce que.

Tony pinça les lèvres. À ce stade, mieux valait rester silencieux. Après que son père se fut garé, bien loin du petit bâtiment qui abritait les toilettes, il se tourna vers Tony et lui dit :

— Va faire pipi. Il faut que je passe un appel.

Voulant lui dire qu'il n'avait pas besoin d'y aller puisque sa mère s'était assurée qu'il le fasse avant de partir il n'y a pas si longtemps, Tony s'exécuta quand même. Il défit sa ceinture et marcha jusqu'au bâtiment.

Ce ne fut que lorsqu'il fut à mi-chemin qu'il réalisa que c'était la première fois qu'il se rendait seul aux toilettes, d'une aire de repos.

Sa mère ne le laissait *jamais* y aller tout seul. Elle l'accompagnait toujours, puis restait devant la porte pour s'assurer qu'il allait bien. Il avait été un peu gêné par le passé, ayant l'impression qu'elle le traitait comme un bébé, mais maintenant, alors qu'il observait tous les inconnus entrer et sortir du bâtiment, un sentiment de malaise l'envahit.

Étranger égal danger. Tous ces gens-là étaient des étrangers et n'importe lequel d'entre eux pouvait le kidnapper. Il avait déjà lu des histoires sur des enfants enlevés dans la rue. Sa mère lui en avait même parlé. Elle lui avait expliqué que si jamais quelqu'un essayait de le faire monter dans sa voiture, il devrait se battre aussi fort que possible pour s'enfuir. Il était assez intelligent pour ne pas tomber dans le piège du : « Je cherche mon chiot. » Mais et si quelqu'un l'enlevait dans les toilettes ?

Réalisant qu'il ne voulait pas y aller finalement, Tony fit demi-tour et retourna à la voiture. Son père se comportait peut-être désormais comme un crétin, mais au moins il le connaissait.

Alors qu'il s'approchait de la Mercedes, Tony entendit son père parler au téléphone. Il se tenait à l'extérieur de la voiture, adossé à la portière côté conducteur, il ne vit et n'entendit donc pas Tony approcher. Il ne fut pas difficile d'écouter sa conversation – et ce qu'il entendit le glaça de terreur.

— OK. On va prendre la quatre-vingt-un, là. On devrait être à l'aire de repos de Roanoke dans environ une heure et demie. J'enverrai le morveux faire pipi à nouveau et quand il remontera dans la voiture je partirai. C'est là que tu pourras prendre la voiture... Non, je me fous de savoir comment tu le tues, putain – je veux juste qu'il soit *mort* bordel. Jette son corps quelque part où on pourra le retrouver, mais pas trop vite. Je veux que sa putain de mère souffre et qu'elle se demande où il est et ce qui lui est arrivé. T'auras ton argent. Dès que j'empoche l'assurance vie. Oui – vingt mille. Mais faut que tu fasses en sorte que ça ressemble à un carjacking qui aurait mal tourné. Si jamais quelqu'un soupçonne quelque chose... OK. Non, j'en ai rien à foutre. C'est un emmerdeur. Je veux juste qu'il dégage pour que je puisse toucher l'argent... il est hors de question que je verse une pension alimentaire à cette salope. Oui. Une heure et demie. Je laisserai les clés sur le contact. Assure-toi de te débarrasser du téléphone que tu utilises dès que c'est fait. Je ne veux pas qu'on fasse le lien avec moi. Va te faire foutre ! Je ne vais trahir personne. T'auras ton putain d'argent.

Tony écarquilla les yeux et eut soudain envie de vomir. Son père voulait que quelqu'un vole sa voiture pendant que Tony était dedans ? Et le tue pour de *l'argent* ? Il voulait faire souffrir sa mère ?

Il avait la tête qui tournait. Mais il était assez intelligent pour réaliser que si son père s'apercevait qu'il avait entendu sa conversation téléphonique, il allait être dans la merde.

Il courut discrètement en arrière, laissant plus d'espace entre lui et la Mercedes. Le temps que son père se retourne et le voit, Tony se dirigeait à nouveau lentement vers la voiture, les yeux rivés au sol.

— C'est pas trop tôt, se plaignit son père. Monte dans la voiture et ne touche à rien ! Je reviens.

Sans attendre de voir si Tony s'exécutait, son père s'avança vers le bâtiment et les toilettes.

Pendant une seconde, Tony resta debout à côté de la voiture. Il regarda du côté conducteur et vit les clés de son père sur le siège.

Tony agit sans réfléchir.

Il ouvrit la porte côté passager et s'assit. Il se baissa et essaya de trouver le levier sous le siège pour le hisser vers le haut. Mais à son grand désarroi, il ne le trouva pas. Il ne se trouvait pas au même endroit que dans la voiture de sa mère.

Tout en sachant qu'il n'avait pas le temps de chercher comment déplacer le siège, Tony s'avança le plus près possible. Heureusement, il parvint tout juste à toucher les pédales.

Il mit la clé dans le contact et la tourna. Le moteur démarra immédiatement. Il avait déjà vu son père mettre le frein à main auparavant et même s'il s'était servi d'un levier entre les sièges plutôt que vers le volant, Tony trouva comment appuyer sur le bouton et le déplacer vers le R.

Il appuya sur l'accélérateur et la voiture recula.

Il n'arrivait pas à croire qu'il était en train de faire ça ! Il allait avoir de gros ennuis. Mais il ne pouvait pas rester assis là et laisser son père le tuer ! Il fallait qu'il retrouve sa mère. Et Zeke. Ils le protégeraient.

Il baissa les yeux et actionna le levier jusqu'au D et appuya à nouveau sur l'accélérateur.

La voiture avança d'un coup sec. Prenant une grande inspiration, Tony se rappela d'y aller doucement. Il ne fallait pas qu'il attire l'attention. Si jamais quelqu'un découvrait qu'il conduisait, il se ferait arrêter. Et il ne voulait pas aller en prison.

Appuyant un peu plus sur l'accélérateur, Tony trembla de peur alors que la voiture prenait de la vitesse. Il fallait qu'il sorte de là. Qu'il retourne à Fallport.

Il y avait un chemin de graviers étroit entre les voies est et ouest de la I-480. Là où habituellement les policiers s'asseyaient et attendaient que les voitures en excès de vitesse passent afin de les poursuivre et de leur donner des contraventions. Se concentrant autant qu'il le pouvait et essayant de se rappeler tout ce que Zeke lui avait appris sur la conduite, Tony parvint à faire demi-tour avec la voiture de son père en utilisant la voie de graviers et repartit en direction de Fallport.

Il tremblait de peur, mais maintenant qu'il était allé jusque-là, il ne pouvait plus s'arrêter. Il était assis au bord du siège. Son dos lui faisait mal et ses mains étaient moites sur le volant, mais plus il s'éloignait de l'aire de repos, plus il était soulagé.

Le retour à Fallport sembla durer une éternité, mais heureusement, il n'y avait pas beaucoup de voitures sur la route. Pourtant, plus il conduisait, plus il s'inquiétait.

Il savait que ce qu'il faisait était mal. *Il avait volé une voiture.* Il n'avait pas de permis de conduire. Mais son père avait engagé quelqu'un pour le tuer.

Le tuer !

Tony se mit à pleurer. Il ne put s'en empêcher. Il avait tellement peur. Et était tellement inquiet. Il ne savait pas ce qui allait se passer. Le croirait-on ? Serait-il obligé de retourner avec son père ?

Tant de questions lui traversaient l'esprit et la seule chose à laquelle il pensait, c'était de retrouver sa mère. Il n'avait aucune idée de l'heure qu'il était, mais il espérait qu'elle était au travail.

Il dépassa quelques voitures une fois qu'il entra en périphérie de la ville, mais il était si proche d'être en sécurité qu'il ne comptait pas s'arrêter. Il dépassa les restaurants de fast-food, le motel où il avait vécu, le garage où travaillait Brock.

En apercevant la place centrale, Tony pleura un peu plus.

Il appuya trop fort sur le frein et la voiture fit une embardée. Tony vola en avant et sa tête heurta brutalement le volant, mais il le remarqua à peine. Il mit le véhicule en stationnement, ouvrit la portière et tomba pratiquement sur le trottoir. La voiture était littéralement en plein milieu de la rue principale, mais Tony s'en fichait.

Alors que les larmes coulaient de plus belle sur ses joues, il contourna la voiture et courut vers la porte du *On the Rocks*. Ses jambes étaient comme de la gelée et il tremblait tellement qu'il dût s'y reprendre à deux fois pour attraper la poignée de la porte, mais une fois qu'il l'eut saisi, il la tira et se précipita à l'intérieur.

CHAPITRE VINGT-DEUX

Zeke était assis à une table avec le reste de l'équipe de recherche et de sauvetage d'Eagle Point. Simon Hill était également présent. Certains pourraient penser que le chef de la police avait un job assez tranquille étant donné que Fallport n'avait pas vraiment un haut taux de criminalité, mais cet homme travaillait extrêmement dur pour s'assurer que ses citoyens étaient en sécurité. Il avait une cinquantaine d'années et était en très bonne forme physique. Il était fier de son apparence et on l'apercevait toujours en train de faire son jogging dans les rues de Fallport.

Les femmes semblaient le trouver attirant, mais Zeke n'était pas vraiment le meilleur juge en la matière. Il avait des cheveux bruns et courts avec des touches de gris, des yeux marron et n'avait jamais été marié.

Il était en train de récapituler à l'équipe le budget que le conseil municipal allait voter. Il y aurait une augmentation pour l'équipe de recherche, ce qui était un vrai soulagement. Ils avaient l'impression d'être de plus en plus occupés chaque année.

Et avec la diffusion d'*Enquêtes Paranormales*, ils s'attendaient à ce que de plus en plus de gens viennent à Fallport pour essayer d'apercevoir l'insaisissable et légendaire Bigfoot.

Zeke balaya la pièce du regard jusqu'à Elsie et sourit en la voyant.

Cela faisait bientôt deux ans qu'elle travaillait au *On the Rocks* et il s'en voulait de ne pas avoir vu plus tôt ce qui se trouvait juste sous son nez. Elle était sa récompense pour tout ce qu'il avait vu et fait dans sa vie. Il ne la méritait pas, il le savait. Mais il ne l'abandonnerait pas. Jamais.

Il n'y avait rien de plus important qu'Elsie. *Rien*. Les relations de couple c'était du travail. Ce n'était pas toujours rose. Mais il jurait de faire tout son possible pour s'assurer qu'elle et Tony soient heureux et en bonne santé. Ils étaient tout ce qui comptait dans sa vie.

— Content pour toi, Zeke, dit Ethan.

Il se concentra à nouveau sur la table, pas du tout gêné d'avoir été surpris en train de regarder Elsie comme un imbécile amoureux.

— Merci, dit-il en souriant un peu plus.

— Qu'est-ce que vous allez bien pouvoir faire tous les deux pour vous occuper maintenant que Tony est parti pour deux semaines ? demanda Rocky avec un petit sourire.

— Oh, je suis sûr qu'on va bien trouver quelque chose, plaisanta Zeke.

Tout le monde rit.

Une fois la réunion terminée, Simon commença à ranger les feuilles de calcul qu'il avait apportées quand la porte du bar s'ouvrit d'un coup.

L'habitude poussa Zeke à se tourner pour voir qui entrait. Il cligna des yeux de surprise quand il vit que ce n'était pas l'un des habitués, mais un enfant.

Zeke était déjà debout avant même d'avoir compris que le gamin qui était entré était en fait Tony.

— *Maman !* hurla Tony avec hystérie.

En une fraction de seconde, il traversa la pièce. Le plateau qu'Elsie portait tomba par terre avec fracas alors qu'elle ouvrait les bras vers son fils qui se jeta contre elle.

— C'est quoi ce bordel ? murmura Drew.

C'était ce que Zeke voulait savoir. Personne d'autre n'était entré avec le garçon et il était censé être déjà à mi-chemin de Roanoke à cette heure-là. Zeke se précipita vers Elsie et Tony. Elle s'était effondrée sur le sol avec son fils dans les bras. Elle se balançait d'avant en arrière tandis que Tony pleurait de façon incontrôlable.

Zeke s'agenouilla à côté d'elle et prit dans ses bras les personnes les plus importantes de sa vie.

— Qu'est-ce qui se passe ? demanda-t-il.

Elsie fronçait les sourcils et semblait être autant en détresse que Tony.

— Je ne sais pas, dit-elle. Il ne m'a pas encore dit.

— La voiture de Doug est en plein milieu de la rue ! cria Talon depuis la porte d'entrée.

— Aucun signe de Doug ? demanda Brock.

— Non.

— *Putain !* s'exclama Rocky.

— C'est *Tony* qui a conduit jusqu'ici ? demanda Simon.

En réponse à sa question, Tony pleura de plus belle.

— Je... v... veux pas aller en p... prison ! sanglota-t-il contre la poitrine d'Elsie.

— Tu peux les emmener dans ton bureau ? demanda doucement Raiden à Zeke.

Il regarda son ami et coéquipier et acquiesça. Il n'arrivait pas à réfléchir. Il n'arrivait pas à imaginer ce qui avait pu se passer ou ce qui s'était passé. Il était extrêmement reconnaissant que ses amis soient là.

— Drew, j'ai besoin que tu déplaces la voiture, dit Simon.

— Je m'en occupe.

— S'il y a quelque chose qui cloche, n'y touche pas, l'avertit le chef de la police. Sinon... je pense qu'il vaut mieux que tu l'emmènes à la fourrière derrière le commissariat.

Zeke ne savait absolument pas à quoi Simon pensait mais pour le moment, il s'en fichait. Les pleurs de Tony lui brisaient le cœur. Il enroula les bras autour d'Elsie.

— Viens, chérie. Levez-vous, on va vous emmener dans le bureau pour qu'on puisse comprendre ce qui se passe.

Elle acquiesça et le laissa l'aider à se relever. Tony s'agrippait à elle comme s'il avait deux ans au lieu de neuf, mais Zeke savait qu'Elsie ne le lâcherait pour rien au monde. Elle tituba un peu une fois debout. Zeke garda son bras autour d'elle et passa l'autre sous les fesses de Tony pour le porter un peu, faisant attention à ne pas l'arracher à la poitrine de sa mère.

Ils se dirigèrent vers le bureau. Zeke ne se faisait pas de souci pour son entreprise. Il avait de bons employés, ils continueraient de faire tourner le bar. Sinon, il fermerait tout simplement.

Elsie et Tony étaient plus importants. Et il ne fut pas du tout surpris quand toute son équipe – à l'exception de Drew qui déplaçait la Mercedes qui était en plein milieu de la route – et Simon se pressèrent dans son bureau derrière lui et Elsie.

Zeke la guida vers le petit canapé et s'assit à côté d'elle, décidé à ne pas les lâcher.

— Tu es en sécurité, Tony, dit-il en massant le dos du petit. J'ai besoin que tu prennes une grande inspiration et que tu me parles.

À sa grande surprise, le garçon s'exécuta. Il ne lâcha pas sa mère et ne leva pas la tête mais la tourna légèrement pour que sa joue soit contre la poitrine d'Elsie.

— C'est ça. De grandes inspirations. Très bien, dit Zeke en caressant la tête de Tony. Est-ce que tu peux nous expliquer ce qui se passe ? Ce qui s'est passé ? Pourquoi es-tu là ? Où est Doug ?

Il était probablement trop tôt pour insister comme ça, mais

Zeke avait besoin de savoir ce qui se passait pour pouvoir arranger les choses.

— Je vais aller en prison ? demanda Tony.

Zeke fronça les sourcils.

— Non. Pourquoi tu penses ça ?

Tony parcourut la pièce du regard et s'arrêta quand il vit Simon.

— Parce que la police est là. Et je sais que je ne suis pas censé conduire. Tu m'as dit que c'était illégal.

— Tu ne vas pas aller en prison, dit fermement Zeke.

— Mais j'ai volé la voiture de papa, murmura Tony.

— Où est-il ? demanda Zeke.

Commençant à trembler elle aussi, Elsie semblait contente que ce soit lui qui pose les questions, ce qui fut un soulagement.

— À l'aire de repos. J'imagine.

— OK. Est-ce que tu peux reprendre depuis le début ? Que s'est-il passé ? Pourquoi as-tu pris la voiture pour revenir jusqu'ici ? demanda Zeke.

Tony semblait convaincu qu'il allait avoir des ennuis, mais il commença à tout leur expliquer.

— J'avais hâte de partir avec Papa, mais dès qu'on est parti, il a changé. Il ne voulait pas me parler. Il m'a dit de me taire. Il a eu un pneu crevé et j'ai voulu l'aider à le changer mais il m'a crié dessus. Il m'a dit qu'il ne voulait pas m'avoir dans les pattes et que maman était stupide et qu'elle avait fait de moi un sale morveux, dit-il en prenant une inspiration tremblante. J'étais perdu et fâché. J'ai eu envie d'appeler maman, mais je n'avais pas de réseau. Avant qu'on ne prenne l'autoroute, papa s'est arrêté et m'a demandé d'aller faire pipi. J'en avais pas vraiment envie, mais je voyais bien qu'il était en colère et je voulais pas l'énerver encore plus. Alors j'y suis allé.

— Tout seul ? demanda Elsie.

Tony acquiesça.

— Mais j'ai eu peur. Il y avait beaucoup d'inconnus

autour de moi. Alors je suis retourné à la voiture. Papa était au téléphone. Je ne sais pas à qui il parlait, mais il a dit beaucoup de choses méchantes sur moi... puis il a dit à la personne au téléphone qu'il se fichait de comment il me tuerait.

Tony se remit à pleurer.

— Il a dit qu'il voulait que tu souffres, maman. Et il a parlé d'assurance vie.

La pièce entière se glaça. Zeke vit rouge. La seule chose qui le retenait de partir trouver Doug, là tout de suite, était les sanglots de Tony. Le garçon était mort de peur. Et quand il entendit Elsie tressaillir, il sut que sa place était ici et nulle part ailleurs. Pour les protéger et s'assurer que cette ordure de Doug Germain ne s'approcherait plus jamais de sa famille.

— Tu es *sûr* que c'est ce qu'il a dit ? demanda Simon.

Tony se crispa, mais hocha la tête.

— Tu as peut-être mal compris... ?

Tony pinça les lèvres et secoua un peu plus la tête.

— Il a dit à l'homme de prendre sa voiture avec moi à l'intérieur à la prochaine aire de repos et qu'il se fichait de l'endroit où mon corps serait jeté. Il a dit que j'étais un emmerdeur. Il n'en a jamais eu rien à faire de moi ! Il a seulement fait semblant !

Zeke savait que Tony avait raison. Et il était énervé contre lui-même de ne pas avoir suspecté quelque chose et de ne pas avoir été plus prudent. C'était étrange que cet homme soit sorti de nulle part en voulant soudain que son fils fasse partie de sa vie, mais pour le bien d'Elsie et de Tony, Zeke n'avait pas beaucoup protesté. Il n'avait pas voulu faire de vagues. Leur relation, aussi profonde soit-elle, était encore récente et cela se ressentait toujours parfois.

Mais il avait bien retenu la leçon. Ça n'arriverait plus. Le bien-être d'Elsie et Tony passait en premier, même si cela impliquait qu'ils soient en colère contre lui.

— Qu'est ce qui s'est passé après que tu l'as entendu au

téléphone ? demanda Simon. Est-ce qu'il sait que tu l'as entendu ?

Tony prit à nouveau une grande inspiration, essuyant ses larmes.

— Je ne crois pas. Il me tournait le dos. J'ai reculé très loin pour qu'il ne sache pas que j'étais si près. Puis, il a dit qu'il allait faire pipi et m'a demandé de monter dans la voiture. Je savais que si je le faisais et qu'on arrivait à la prochaine aire où la personne au téléphone était censée voler la voiture, j'aurais de gros ennuis. Je n'ai pas vraiment réfléchi. J'ai vu les clés sur le siège et je suis parti.

Tony regarda Zeke.

— Je n'arrivais pas à trouver le levier pour remonter le siège, dit-il d'une voix tremblante, les larmes lui montant à nouveau aux yeux.

— Ce n'est pas grave, bonhomme. La voiture de ta mère est plus vieille et a donc un levier. J'imagine que la Mercedes de Doug a un bouton électrique.

Zeke faisait de son mieux pour rester calme. Elsie et Tony en avaient tous les deux besoin. Mais à l'intérieur, c'était un désastre. Il mourrait d'envie de trouver Doug et de le tuer, putain !

— Tu as été *génial*, Tony, dit Ethan au garçon.

Tony lui jeta un regard timide.

— C'est vrai ?

— Oui. Tu n'as pas paniqué. Tu as fait exactement ce que tu devais faire pour te mettre en sécurité.

— Tout ce à quoi je pensais c'était revenir ici. Avec maman et Zeke.

Zeke sentit son cœur fondre. Il avait *envie* d'être le refuge de Tony. Il voulait avoir le droit de le considérer comme son propre fils.

— On a un gros problème, dit doucement Simon.

Tout le monde se tourna vers le chef de la police. Il fit un signe de tête subtil vers Tony, indiquant qu'il ne préférait pas parler devant le petit garçon.

— Pourquoi n'emmènerais-tu pas Tony voir si Max peut lui préparer l'un de ses fameux hamburgers-frites, dit Zeke à Elsie.

Elle fronça les sourcils et secoua la tête.

— Je vais l'emmener, dit Talon.

Il s'accroupit devant le petit canapé et toucha le bras de Tony.

— Je ne sais pas pourquoi vous, les Américains, vous appelez ça des *frites*. On dit plutôt des pommes de terre frites[1].

Tony n'était pas tout à fait prêt à être apaisé par cette proposition alléchante. Elsie le laissait rarement manger des frites et en d'autres circonstances, il aurait tout de suite accepté l'offre.

Simon s'avança vers le canapé.

— Tony, tu n'auras pas d'ennuis, expliqua-t-il au garçon. À vrai dire, je vais même proposer ton nom pour le Héros de l'Année.

Tony écarquilla grand les yeux.

— C'est vrai ?

Le Héros de l'Année était une récompense annuelle décernée par la ville de Fallport. La personne choisie était acclamée au festival de Pickleport que la ville organisait chaque été. Au départ, il était question de célébrer tout ce qui était en rapport avec les cornichons et l'aneth, mais désormais, cela incluait aussi l'artisanat fait maison, des concours idiots et beaucoup de produits goût cornichons. C'était ridicule, mais les habitants de la ville l'avaient complètement adopté et chaque année, le festival de Pickeport ne cessait de s'agrandir. Le lauréat du prix du héros de l'année pouvait monter sur un char, porter une ceinture et être traité comme un roi pendant une journée.

— Absolument. Je n'imagine pas *plus* courageux que toi aujourd'hui. Et tu as raison, tu es trop jeune pour conduire, mais tu l'as fait pour te protéger. Et en plus, tu n'as même pas eu d'accident ! dit Simon avec un sourire.

— C'est parce que Zeke m'a tout appris, répondit doucement Tony.

Simon jeta un coup d'œil à Zeke et lui fit un petit sourire
avant de regarder à nouveau Tony.

— Eh bien, il a fait du très bon travail. Je suis fier de toi et je
suis sûr que c'est aussi le cas de Zeke, de ta mère et de tout le
monde.

Tony sembla se dérider face à ses éloges. Puis, il fronça les
sourcils.

— Qu'est-ce qui va arriver à mon père ?

— Je ne sais pas, lui répondit Simon avec honnêteté. Mais
quoi qu'il arrive, toi et ta mère serez en sécurité. Tu me crois ?

Tony regarda Simon, puis Zeke, puis les autres hommes
présents dans le bureau et enfin sa mère. Il se tourna ensuite
vers Zeke.

— Tu le promets ?

— Promettre quoi, bonhomme ? demanda Zeke.

— De me garder en sécurité ? De t'assurer que personne ne
me tue pour que papa ait de l'argent ?

— Tony, je te donne ma parole d'homme, d'ami et d'ancien
soldat que tu seras en sécurité. Et je vais même aller plus loin
et te promettre que ta *mère* aussi sera en sécurité. Personne ne
vous fera de mal. Jamais. Tu veux savoir pourquoi ?

— Pourquoi ? demanda Tony.

— Parce que je t'aime. Et j'aime ta mère.

— Je t'aime aussi. J'aurais aimé que *tu* sois mon père,
murmura Tony.

— C'est comme si je l'étais, bonhomme, dit Zeke sans
réfléchir.

Il jeta un coup d'œil à Elsie. Il allait clairement trop loin,
mais à son grand soulagement, la seule chose qu'il vit dans ses
yeux fut de l'amour.

Tony prit une grande inspiration, se redressa sur les genoux
de sa mère et se tourna vers Talon.

— Tu ne me laisseras pas, hein ?

— Jamais, mon pote.

Tony acquiesça et descendit des genoux d'Elsie. Elle le laissa partir avec réticence. Il tendit immédiatement la main vers Talon. Tony était arrivé à un âge où il trouvait cela trop enfantin de se tenir la main, mais il était évident qu'il avait actuellement besoin de ce lien.

Zeke croisa le regard de Talon et lui fit un signe de tête en guise de remerciement.

Talon lui répondit en levant le menton. L'homme et le garçon quittèrent le bureau et se dirigèrent vers la cuisine. Drew revint à ce moment-là et rejoignit l'équipe.

Dès qu'il ferma la porte derrière lui, Ethan s'écria :

— Mais c'est quoi ce *bordel* sérieux !

Simon leva la main.

— Écoutez-moi tous. Je sais que vous avez envie d'aller retrouver ce connard pour le ramener et qu'on le foute en prison, ou pire, mais on a un problème.

Zeke sentit Elsie se raidir à côté de lui. Il la prit dans ses bras et la tint fermement tandis que Simon parlait.

— L'incitation au meurtre est extrêmement difficile à condamner. Il faut généralement des preuves concrètes et irré-futables. Une intention claire et un échange d'argent pour prouver que la personne est sérieuse, entre autres, déclara Simon.

— Et un enfant de neuf ans qui surprend une conversation téléphonique, ce n'est pas vraiment une preuve irréfutable, soupira Rocky.

— Exactement.

— Mais... on ne peut pas retracer son appel téléphonique ? demanda Elsie. Et Tony a parlé d'assurance. Je n'ai signé aucun document pour une quelconque assurance vie sur lui, insista-t-elle.

— Ce ne sont que des choses circonstancielles et non une preuve que Doug a engagé un tueur à gages, dit Simon.

Zeke eut la nausée. Il comprenait ce que disait le chef de la police. Doug avait engagé quelqu'un pour tuer son propre fils, mais il allait s'en tirer.

— Alors quoi ? On reste assis et on attend qu'un tueur à gages vienne à Fallport pour essayer de tuer Tony ? demanda Brock, perplexe.

— C'est *n'importe quoi* ! aboya Raiden.

Son limier, qui ne quittait jamais Raid, leva la tête en entendant l'agitation dans la voix de son maître.

— Non, nous n'allons pas rester assis et attendre, dit calmement Simon. J'ai un plan.

— Je ferai tout ce qu'il faut pour que Tony soit en sécurité et pour faire tomber mon ex, dit fermement Elsie.

Zeke éprouva un sentiment de malaise qui lui noua l'estomac. Effectivement, elle le ferait. Elsie risquerait littéralement sa vie pour son fils. Il adorait et détestait cela à la fois.

— Donc, Tony a volé la voiture de Doug, dit Simon. Ça va lui prendre du temps d'être transporté hors de cette aire de repos. Je ne sais pas s'il appellera les flics, mais j'imagine que *non*. Il n'aura pas envie d'expliquer ce qui s'est passé au cas où ça lui revienne en pleine figure. J'imagine qu'il va débarquer ici, affolé, avec une histoire tirée par les cheveux pour Elsie.

Elle hocha la tête.

— Il sait que j'avais prévu d'appeler Tony tous les jours.

— Exact. Donc, il n'a pas beaucoup de temps. Il va avoir besoin de te donner sa version des faits. Il ne sait pas que Tony est ici. Il suspecte peut-être que c'est ici que son fils est parti, mais s'il débarque... et que tu agis comme si tu n'avais pas vu ton fils et que tu ne comprends pas ce qui se passe... j'imagine qu'il va prétendre qu'il a été carjacké, comme c'était prévu. Avec Tony dans la voiture. Tout en espérant que Tony ait eu un accident avec la voiture et ait été blessé ou tué.

Elsie eut soudain le souffle coupé, mais elle ne pleura pas. Elle regarda Simon avec beaucoup de détermination.

— Qu'est-ce que tu veux que je lui dise ?

— Attends, commença Zeke, mais Simon l'ignora.

— Je pense que tu devrais agir comme tu le ferais si ce qu'il disait était vrai. Tu ne laisses pas paraître que Tony est ici, sain et sauf. Pleure, crie et dis que tu vas appeler les flics. Que tu vas m'appeler *moi*.

Elsie acquiesça.

— Et ensuite ?

Avant que Simon ne puisse continuer, le téléphone d'Elsie sonna dans la poche de son tablier.

Elle se raidit en le sortant.

— Si c'est lui, je réponds ? demanda-t-elle.

Mais alors qu'elle posait la question, Zeke vit que le nom sur l'écran n'était pas celui de son ex, mais de Nissi O'Neil.

— C'est mon avocate, dit-elle.

— Vas-y, réponds-lui, dit Simon.

— Allô ? dit Elsie dans le combiné. Salut, Nissi. Ça ne te dérange pas si je te mets en haut-parleur ? Zeke est là et j'aimerais qu'il entende notre conversation. OK, attends... voilà.

— Bonjour, Zeke, dit Nissi.

— Bonjour.

— OK, je vais aller droit au but. Je sais que tu es au travail, Elsie. Mais je me suis dit que c'était quelque chose qu'il fallait que tu saches immédiatement. J'étais en train de passer en revue les derniers documents de votre contrat et j'attendais une vérification des antécédents de Doug. On en fait pour tout le monde, juste au cas où. Eh bien, je suis tombée sur quelque chose d'intéressant.

— Oui ? demanda Elsie.

— Est-ce que tu savais qu'il y une assurance vie d'un million de dollars pour Tony ?

Elsie inspira.

— Un million de dollars ?

— Oui. Ça m'a surprise aussi. Les assurances vie pour les enfants ne sont pas très courantes, mais elles existent. La plupart du temps pour de petits montants, comme dix mille dollars par exemple, pour aider à payer des funérailles ou autre. Mais un million de dollars ? Pas tant que ça.

— Je ne savais pas.

— Ta signature est sur le document, lui expliqua Nissi.

— Je n'ai rien signé. Je ne signerais *jamais* un truc comme ça, insista Elsie.

— Il y a autre chose.

— Autre chose ?

Cette fois-ci ce fut au tour de Zeke de poser la question.

— Oui. Il y a aussi une assurance vie pour *toi,* Elsie.

Zeke n'aurait pas dû être surpris. Et pourtant, il l'était quand même.

— Combien ? demanda-t-il.

— Cinq millions.

— *Putain* !

Les réactions des autres hommes dans la pièce furent tout aussi violentes, mais ils furent étonnamment silencieux.

— Oh, mon Dieu. Sérieux ? demanda Elsie.

— Oui.

— Je n'ai *rien* signé, répéta Elsie.

— Je vais appeler la compagnie d'assurance, lui dit Nissi. Je vais leur dire que ta signature est frauduleuse. Ne t'inquiète pas, je vais m'en occuper.

— Merci, murmura Elsie.

— Par ailleurs... ce n'est pas illégal d'avoir une assurance vie pour un conjoint divorcé dans certaines circonstances. Et bien sûr, il a le droit d'en avoir une pour son fils. Mais *aucune* n'est valable sans ta signature légale. Nous allons nous mettre au travail pour savoir s'il a lui-même signé à ta place ou a demandé à quelqu'un d'autre de le faire ou si le conseiller qui a créé l'assurance vie est malhonnête... peu importe ce qui a pu se passer.

— OK.

— Si tu as besoin de quoi que ce soit, fais-le-moi savoir.

— Je le ferai.

— Merci, Nissi, dit Zeke.

Elsie raccrocha le téléphone et regarda Zeke.

— Je n'aurais jamais signé un truc pareil pour Tony.

— Je sais bien, la rassura-t-il.

— Quel connard ! fulmina Elsie.

Zeke cligna des yeux de surprise. Il s'attendait à ce qu'elle s'énerve. Peut-être même qu'elle s'effondre. Et elle était énervée, mais elle était plus furieuse que désemparée.

Elsie regarda Simon.

— Je ferai tout pour qu'il paie, lui dit-elle.

— Tant mieux. Parce que j'ai un plan qui consiste à faire plus que de prétendre être bouleversée en apprenant la disparition de Tony, dit Simon.

Zeke fronça les sourcils. Il n'était pas sûr de vouloir entendre ce que le chef était sur le point de proposer.

Simon n'hésita pas à continuer.

— Nous envoyons Tony dans les montagnes avec quelques-uns d'entre vous. Vous connaissez tous le terrain comme le fond de votre poche. Et s'il y a bien quelqu'un qui peut le protéger, c'est vous. Cela permettra de distraire Tony de la situation et de le mettre hors de vue au cas où le type qu'a engagé Doug ne vienne le chercher. En attendant, Elsie joue le jeu quand Doug la contacte et lui donne sa version. Il faut que l'on enregistre tout ce qu'il dit. Elsie pourra porter un micro et essayer de le pousser à s'incriminer. Au minimum, on peut le surprendre en train de mentir sur ce qui est arrivé à Tony.

Zeke n'était pas d'accord avec le plan du chef de la police. Pas du tout même.

— Non, dit-il fermement.

— Je le ferai, dit Elsie au même moment.

— Else, c'est trop dangereux, dit Zeke. Il y a une assurance vie de cinq millions de dollars pour toi. S'il ne peut pas mettre la main sur Tony, qu'est-ce qui va l'empêcher de s'en prendre à toi pour récupérer l'argent ?

— C'est quoi l'autre alternative ? Qu'on laisse Doug engager quelqu'un pour tuer Tony ? demanda Elsie.

— Ça n'arrivera pas, insista Zeke.

— Tu as entendu Simon. Il n'y a aucune preuve contre lui. Personne ne va croire un enfant de neuf ans sur ce qu'il a entendu, même si Doug ment sur sa disparition. Les bons avocats le réduiront en miettes. Je ne laisserai pas ça arriver à mon fils. Je veux le faire. J'ai *besoin* de le faire.

— Pour ce que ça vaut... moi je pense que ça pourrait marcher, songea Ethan à voix haute. Son ex est vaniteux. Et arrogant. Et avide et manifestement désespéré. Je suis certain que si Simon creuse un peu, il trouvera la raison pour laquelle il a besoin de cet argent. Drogues. Jeux d'argent. Quelque chose.

— Et s'il décide qu'un million ce n'est pas assez et s'en prend à Elsie ? rétorqua Zeke.

— Je ne suis pas sans défense, insista Elsie. Et puis, je préfère qu'il s'en prenne à moi plutôt qu'à Tony.

— Ne dis pas ça ! s'emporta Zeke. Ne dis plus *jamais* ça ! Je viens tout juste de te trouver, je ne peux pas te perdre maintenant !

— Tu ne la perdras pas, dit Simon. On aura des officiers pour la couvrir. Le plan, c'est qu'elle lui parle, pas forcément qu'elle le rencontre. Mais si c'est le cas, le micro qu'elle portera aura aussi un mouchard. Nous saurons où elle se trouve à tout moment.

— Tu ne peux pas garantir qu'il ne fera pas quelque chose d'irréfléchi, insista Zeke en jetant un regard noir au chef.

— Tu as raison. Je ne peux pas. Mais s'il veut cet argent, il devra faire en sorte que ça ressemble à un accident. Il ne va pas carrément la tuer.

Zeke secoua la tête. Il ne pouvait pas prendre ce risque. Rien qu'en imaginant ne plus pouvoir se réveiller face aux beaux yeux bruns d'Elsie, il sentit une vague de peur le traverser.

Elsie se tourna sur le canapé et posa la main sur sa joue.

— Il faut que je le fasse, Zeke. S'il y a la moindre chance que Tony soit en sécurité, je dois le faire.

— Nous ne connaissons pas le plan de Doug, argumenta Zeke, se raccrochant à n'importe quoi. Il pourrait même ne pas venir ici. Il ne te dira peut-être même pas ce qui s'est passé.

— Dans ce cas-là, on trouvera autre chose. Mais je le connais et Simon a raison. Il va venir et va essayer de trouver un moyen d'obtenir l'argent de l'assurance vie.

Zeke se tourna vers Simon.

— Je veux faire partie du plan. Je veux être impliqué dans chaque étape.

Simon fronça les sourcils.

— Je ne suis pas certain que...

— Alors la réponse est non, dit fermement Zeke, soulagé quand il vit qu'Elsie ne protestait pas.

Simon soupira.

— Bon, OK.

— Ce n'est pas un officier de police, mais il a une sacrée expérience de combat, dit Drew, chose que le chef de la police savait déjà.

— Et je veux que Rocky soit avec moi, insista Zeke.

— Attends une minute..., commença Simon.

— Non. Si Raiden, Drew et Talon emmènent Tony dans les montagnes et qu'Ethan et Brock restent ici à Fallport pour s'assurer qu'il n'y ait pas de représailles sur Lilly ou qui que ce soit en ville et surveillent qu'il n'y ait pas d'inconnu qui cherche Tony, je veux que Rocky soit avec moi pour protéger Elsie.

— D'accord – mais je ne veux pas que vous partiez à l'aveuglette, je vous donne ma parole que mes officiers et moi allons nous occuper de tout ça. Viser l'un des habitants de Fallport est inacceptable. On a déjà dû gérer les désagréments liés au meurtre de ce type de la télé. Je ne veux pas qu'il se produise autre chose. La seule chose la plus excitante que je souhaite pour Fallport c'est que tout le monde devine qui va gagner le concours annuel de tartes au festival d'automne.

Zeke étudia Simon et en voyant la sincérité et la détermination dans son regard, il hocha finalement la tête.

— Très bien.

— C'est probablement une bonne idée d'écarter Tony de la ville le plus tôt possible. Moins nous aurons de témoins qui l'auront vu, mieux ce sera, dit Brock.

— Je vais aller parler à Art et aux autres au bureau de poste, dit Rocky. Ils ont dû voir Tony arriver dans cette Mercedes. Il faut qu'on s'assure qu'ils la ferment.

— Merci, dit Zeke.

Il ne doutait pas une seconde que lorsque Art, Otto et Silas apprendraient ce qui se passait, ils préféreraient mentir que de le raconter à tout le monde. Ils étaient des commères notoires, mais ils étaient extrêmement loyaux envers ceux qui étaient gentils avec eux, et envers leur ville. Et Elsie avait toujours été sympathique et généreuse.

Ils se tairaient certainement une fois qu'ils auraient à peu près appris ce qui se passait.

— Il faut que j'aille parler à Khloé, dit Raiden. Pour lui dire que je serai injoignable un moment. Il faudra qu'elle s'occupe de la bibliothèque.

— Je vais tenir Tal au courant de ce qui se passe, dit Drew en se dirigeant vers la porte.

— Fais attention que Tony n'entende pas ce que tu dis, l'avertit Elsie.

Drew acquiesça.

— Je prendrai soin de ton fils, lui dit-il. Tu as ma parole.

Elle hocha la tête et Drew quitta la pièce.

Rapidement, après plusieurs mots de réconfort, Zeke et Elsie se retrouvèrent seuls dans la pièce.

— Je sais qu'il faut qu'on aille parler à Tony, mais est-ce que *toi* ça va ? lui demanda doucement Zeke.

Elsie acquiesça, mais dit « Non » d'une petite voix.

— Je n'arrive pas à croire que Doug ait engagé quelqu'un pour tuer notre fils. C'est fou Zeke ! C'est comme ces émissions de meurtre à la télé ou autre, sauf que c'est notre vie !

— Il ne s'en sortira pas comme ça, dit Zeke. Entre Simon, ses officiers de police, ton courage en lui tenant tête – et le fait que tu sortes avec un ancien Béret Vert qui est ami avec un tas d'anciens soldats durs à cuire des forces spéciales – je dirais que Tony et toi êtes entre de bonnes mains.

— J'ai peur, chuchota-t-elle.

— Je serais inquiet si tu ne l'étais pas, lui dit Zeke. Mais je te jure, Elsie, on va le faire tomber.

— Je sais.

— J'aurais aimé que tu reconsidères ta décision. Laisse Simon et nous autres s'en occuper.

Elle secoua la tête.

— Tu sais aussi bien que moi que Doug ne dira jamais rien qui puisse l'incriminer devant vous. Il me croit stupide. Je ne sais pas ce qu'il manigance, mais il finira par se vanter de ce qu'il a fait à un moment donné. Je le connais. Il ne pourra pas s'empêcher de souligner à quel point je suis idiote. Plus il parle, plus il y a de chances qu'il dise quelque chose qui puisse servir à le mettre en prison.

— Tu n'es pas stupide, dit Zeke.

Elsie sourit.

— Je sais. Et honnêtement, l'une des seules raisons pour lesquelles je suis certaine de pouvoir le faire c'est parce que je sais que *tu* me protèges.

— Oh que oui.

Zeke se pencha pour l'embrasser.

Ce fut rapide, mais imprégné de tout le stress et l'inquiétude qui lui serraient le cœur à propos de ce qui pourrait se passer les prochains jours.

— Quoi qu'il arrive, ta mission c'est de rester en vie. Je suis sérieux, Elsie. Tu te bats. Tu donnes tout ce que tu as. Tony a besoin de toi. J'ai besoin de toi.

Elle hocha la tête.

— OK.

— *Putain !* J'aimerais tellement pouvoir le traquer comme je le faisais pour les terroristes et régler cette situation de merde rapidement, fulmina Zeke.

Elsie secoua la tête.

— Ce n'est pas ce que tu es, dit-elle.

Il la regarda.

— Quand il s'agit de ta sécurité et de celle de Tony, c'est *exactement* ce que je suis.

Elle l'observa un moment avant de prendre une profonde inspiration.

— Ça devrait me perturber... mais pourtant ce n'est pas le cas. Allez, viens. Je dois m'assurer que Tony va bien. Il est probablement encore terrifié, même s'il doit être excité de retourner faire du camping avec les autres.

— Tu es incroyable, lui dit Zeke.

Elsie secoua la tête.

— Non. Je suis juste une mère qui fera tout pour protéger son enfant.

— Aussi. Je t'aime, Else.

— Moi aussi je t'aime. Je ne sais pas ce que je ferais sans toi et tes amis.

— On s'en fiche, puisque je suis vraiment là, chérie. Allez. Allons retrouver Tony.

Zeke avait encore l'estomac noué et les poils de sa nuque étaient hérissés. Il savait pertinemment que Doug agirait bientôt. Il allait vouloir reprendre le contrôle de la situation, même s'il n'avait aucune idée de ce qu'était la situation exactement.

Il allait échouer et passer le reste de sa vie en prison pour avoir osé blesser ce qui appartenait à Zeke.

Elsie était *à lui*. Tout comme Tony. Ce n'était pas un sentiment très moderne, et celui-ci serait probablement désapprouvé par le monde libéral, mais merde. Il s'en fichait. Zeke avait vécu l'enfer et maintenant qu'il avait trouvé Elsie et Tony, il ne laisserait personne leur faire de mal.

Une fois sa détermination renforcée, Zeke posa la main sur le bas du dos d'Elsie et la guida hors du bureau. Les prochains jours seraient difficiles, plus difficiles que ce qu'Elsie et lui avaient connu, mais quoi qu'il arrive, ils en ressortiraient vainqueurs. Le contraire était impensable.

CHAPITRE VINGT-TROIS

Elsie avait la nausée. Doug l'avait appelée vingt minutes après que Tony fut parti avec Raiden, Drew et Talon pour randonner dans la forêt aux alentours de Fallport et faire profil bas pendant quelques jours. L'appel avait été enregistré, grâce à quelque chose que Simon avait installé sur son téléphone, pour qu'ils puissent avoir des preuves de toutes les choses illégales que faisait et disait Doug. Il avait été affolé au téléphone, expliquant que quelqu'un avait volé sa voiture avec Tony à l'intérieur.

Il n'avait pas été difficile pour Elsie de pleurer en entendant l'histoire inventée par Doug. Le simple fait de savoir que c'était ce que Doug avait prévu pour son bébé depuis le début suffisait à la rendre presque hystérique. Il avait prétendu avoir appelé un policier qu'il connaissait, mais lui avait également dit qu'il avait des « contacts » et qu'il « gérait la situation » ce qui, si tout cela avait été réel, n'aurait certainement pas satisfait Elsie.

Mais comme elle jouait un rôle, elle avait supplié Doug de retrouver son bébé et de le ramener sain et sauf à la maison. Il lui avait dit qu'il la contacterait dès que possible pour lui donner des nouvelles.

Elle était écœurée que Doug n'ait même pas pris la peine

de lui annoncer la prétendue disparition de Tony en personne. C'était une ordure. Un connard. Un vrai salaud – et elle avait honte d'avoir cru un jour être amoureuse de lui.

Un peu plus tard ce soir-là, alors qu'elle était allongée dans le lit avec Zeke, essayant de s'endormir sans y parvenir, son téléphone sonna à nouveau. Zeke ne dormait pas non plus et il lui tendit son téléphone en murmurant :

— C'est Doug.

Tous les muscles d'Elsie se raidirent, mais elle prit une grande inspiration et répondit en le mettant sur haut-parleur pour que Zeke puisse aussi entendre ce que Doug avait à dire.

— Allô ? Doug ? Tu l'as retrouvé ?

— Non. Mais il y a du nouveau, dit Doug.

— Quoi ? Qu'est-ce qui se passe ?

Ce ne fut pas dur de paraître paniquée. Elsie eut l'impression que son cœur allait sortir de sa poitrine.

— J'ai reçu un appel du type qui a volé ma voiture. Il m'a dit qu'il avait Tony et qu'il nous le rendrait mais qu'on devait le retrouver demain matin à l'aire de repos, là où ma voiture a été volée. Celle juste avant la quatre-vingt-un.

— Dieu merci ! dit Elsie. On n'a plus qu'à appeler la police et les faire venir...

— Non ! Pas de police, dit Doug. Le type a juré que s'il voyait le moindre flic, il tuerait Tony et l'enterrerait quelque part où on ne le retrouverait jamais.

Même si elle savait que son fils était sain et sauf, elle ne put s'empêcher de craquer devant les images qu'évoquaient les mots de Doug.

Son ex continua :

— Et il a dit que tu devais être là aussi.

— Moi ? demanda Elsie. Mais pourquoi ?

— Il dit que Tony te réclame, qu'il supplie de voir sa mère.

Oh, son ex était un *vrai* connard. Il se servait de Tony, essayant de toucher la corde sensible pour la pousser à faire ce qu'il voulait.

Zeke avait saisi un calepin et griffonna quelque chose dessus pendant qu'elle parlait à Doug. Elsie lut le mot, acquiesça et demanda ensuite :

— Que veut ce type en échange de Tony ?

— Dix mille dollars.

Elsie prit une grande inspiration.

— Dix mille ? Mais Doug, je ne les ai pas !

— Tu pourrais demander à ton *petit ami*, grogna Doug.

Elsie leva les yeux au ciel.

— Tony n'est pas la responsabilité de Zeke. Et puis, même s'il voulait nous aider – ce qui est le cas – tout son argent est bloqué dans son bar qui arrive à peine à joindre les deux bouts, mentit-elle. Et Zeke viendra avec moi demain.

— Non ! dit immédiatement Doug. Le gars a été catégorique, il ne doit y avoir que nous. Tu ne m'as pas entendu, Elsie ou quoi ? Tu veux que notre fils se fasse tuer ? J'ai l'argent. Je paierai ce qu'il faut pour que Tony soit en sécurité.

Elsie eut envie de hurler à son ex qu'il était un putain de menteur. Elle avait envie de le confronter au sujet des assurances vie. En gros, elle voulait lui dire qu'il était une personne méprisable. Mais afin de s'assurer que Tony était en sécurité et pour obtenir les preuves dont Simon avait besoin pour mettre Doug en prison, elle devait se taire.

— OK, OK. À quelle heure est le rendez-vous ? C'est quoi le plan ?

— Je viendrai te chercher dans la matinée. On ira à l'aire de repos, on récupèrera Tony et je te ramènerai.

— Je serai prête.

— Parfait. Je serai chez toi à sept heures. Ne sois pas en retard, comme toujours.

La vraie personnalité de Doug ressortait. Il ne pouvait résister à l'envie de s'en prendre à elle, même maintenant.

— Je serai prête, répéta-t-elle.

Zeke brandit le bloc de papier avec une autre question.

— Est-ce que tu as une voiture ? Je veux dire, puisqu'on t'a volé ta Mercedes ? demanda Elsie.

— J'ai loué une Ford Mustang. Elle est noire.

Elsie serra les dents. Son fils était censé s'être fait kidnapper et Doug était allé louer une voiture de luxe pour remplacer sa Mercedes. Quel connard !

— Très bien, parvint-elle à dire.

— À demain, dit Doug avant de raccrocher sans lui laisser l'occasion de répondre.

Elsie regarda Zeke, le cœur serré. Elle respirait avec difficulté et dut garder le contrôle pour ne pas bondir hors du lit et se lancer dans une diatribe épique contre son ex.

— Tu t'es tellement bien débrouillée, Else, lui dit Zeke.

Ses mots suffirent à transformer sa colère en inquiétude et en peur.

— Qu'est-ce que tu crois qu'il a prévu ? Je veux dire, ce n'est pas comme si Tony allait être sur l'aire de repos.

— Clairement rien de bon. Mais nous allons devoir le découvrir. Il faut qu'on appelle Simon et qu'on s'organise. Il pourra avoir une équipe préparée sur l'aire de repos le temps que vous arriviez.

— Mais Doug a dit de ne pas contacter la police. S'il les voit, il va flipper.

— Ils ne seront pas en uniforme, la rassura Zeke. Mais il n'est pas trop tard pour tout annuler. Tu sais déjà que ça ne me plaît pas. Je ne veux pas que tu sois seule avec Doug. Il est clairement désespéré et les hommes désespérés sont dangereux.

— Je n'ai pas envie d'être seule avec lui non plus. Mais je te l'ai déjà dit, je ferais tout pour Tony. *Tout.* Même monter dans une voiture avec mon connard d'ex et essayer de lui faire dire quelque chose de compromettant. C'est l'opportunité pour moi de le sortir de nos vies pour de bon. Si je ne le fais pas, il y a des chances qu'il continue à réapparaître des années plus tard. Et il n'arrêtera jamais d'essayer d'obtenir de l'argent par des moyens peu scrupuleux... à savoir, me tuer moi ou Tony. Il faut que je le fasse, Zeke. Je sais que tu ne laisseras rien m'arriver.

— Non, c'est vrai, dit-il avec ferveur.

— Je savais qu'il manigançait quelque chose, dit-elle, dévastée. Je savais qu'il ne venait pas en ville pour apprendre à connaître son fils. Mais je n'aurais *jamais* imaginé...

— Ce n'est pas de ta faute, dit Zeke en secouant la tête. Ne prends pas toutes ses conneries sur tes épaules.

— Mais Tony était si heureux que son père soit là, continua-t-elle. J'ai mis mes réticences de côté pour lui donner une chance d'entretenir une relation avec Tony, mais c'était tellement stupide ! Il avait tout ce dont il avait besoin comme figure paternelle avec *toi*. J'aurais dû dire à Doug d'aller se faire foutre. Qu'il avait eu cinq ans pour apprendre à connaître son fils et qu'il n'avait même pas pris la peine de le faire. Même pas cinq ans, il a eu *neuf* ans même ; il se fichait de son propre fils quand celui-ci vivait sous son toit !

Zeke s'approcha, roulant sur le côté jusqu'à ce qu'Elsie soit sous son corps. Il s'appuya sur ses coudes et posa les mains de chaque côté de son cou, de façon douce mais ferme.

— OK, premièrement – le fait que tu me voies comme une figure paternelle pour Tony vaut tout l'or du monde pour moi. Je ferais tout pour cet enfant. Le fait de l'entendre me dire qu'il m'aimait aujourd'hui aurait été le deuxième plus beau jour de ma vie si nous n'avions pas été au milieu d'un putain d'imbroglio. Et pour info, le *meilleur* jour de ma vie a été quand *toi* tu m'as dit que tu m'aimais.

Elsie renifla alors que les larmes lui montaient aux yeux. Elle était très émotive dernièrement, mais elle avait une bonne raison de l'être, alors elle s'en fichait.

— Deuxièmement, tu n'as *pas* été stupide. Tu as fait passer le bien-être de Tony avant le tien, ce que tu fais toujours. Et en plus, le fait de donner une seconde et troisième chance aux gens fait partie de ce que tu es. Tu ne serais pas la femme que j'aime tant si tu étais amère et fermée. Je n'aime pas que tu te retrouves seule avec Doug – mais tu as raison. Il ne va pas pouvoir s'empêcher de révéler ce qu'il a fait. Il est trop vaniteux. Il va croire qu'il a gagné dès que tu monteras dans sa voiture. J'ai juste besoin que tu sois *extrêmement* prudente. Ne le provoque pas trop, Elsie. S'il pense ne serait-ce qu'une seconde que tu es en train de le trahir, j'ai le sentiment qu'il ne va pas bien le prendre.

— Je ferai attention, lui promit-elle.

Zeke la dévisagea un long moment avant de soupirer.

— J'ai vraiment envie de t'enfermer dans le placard et de t'interdire d'en sortir tant qu'on ne s'est pas occupés de Doug, dit-il doucement.

Au lieu de l'énerver, ces mots la calmèrent.

— Je sais. Mais tu ne vas pas le faire.

— Non, lui dit-il. Mais je dois dire que je n'ai jamais été aussi effrayé que je le suis en ce moment même. Ça ne me semble pas correct de te laisser te mettre dans cette position. J'ai passé ma vie à protéger les gens. Je n'ai jamais rêvé de ce genre de scénario. Laisser quelqu'un que j'aime marcher sciemment vers le danger alors que tout en moi me hurle de t'envoyer dans la forêt pour te garder en sécurité, comme on l'a fait avec Tony.

— Moi aussi j'ai peur, lui dit-elle. Mais je suis surtout en colère. Je ne peux pas passer le reste de ma vie à regarder par-dessus mon épaule, me demandant si quelqu'un va venir nous tuer, Tony et moi. Être avec toi m'a donné la force de faire tout ça. Tu m'as aidée à réaliser que tout ce que Doug a pu me dire n'était en fait que le reflet de *son* manque de confiance en lui, pas le mien.

— Ça, c'est clair, dit Zeke.

— Je t'aime. Tellement que c'en est terrifiant. Mais tu me soutiens dans tout ça... ça me touche énormément. Et en plus, si ça tourne mal, je sais que tu seras là pour arranger les choses. Pour t'assurer que je suis en sécurité.

— Oui, je le ferai, dit-il avec une détermination claire.

Elsie remonta les mains le long de la taille de Zeke. Le fait que cet homme soit là avec elle, qu'il l'aime et ait peur pour elle lui donnait toute la force nécessaire pour tenir tête à Doug une bonne fois pour toutes.

— Même si j'ai très envie de rester ici et que ton amour fasse disparaître mes peurs, il faut qu'on appelle Simon. Qu'on lui explique ce qui se passe et qu'on s'occupe de cette histoire de micro et de mouchard, dit-elle doucement.

— Oui, acquiesça Zeke.

Mais il ne bougea pas.

Elsie ne put s'empêcher de sourire. Elle releva la tête et l'embrassa doucement.

— Il est hors de question que Doug gagne, murmura-t-elle. Pas quand j'ai enfin obtenu tout ce que j'ai toujours voulu.

— Quand tout ça sera terminé, on se mariera, déclara doucement Zeke. Ensuite, on abandonnera les préservatifs. J'ai envie de te donner un autre bébé et de te montrer comment un vrai père et mari est censé se comporter.

Un frisson la parcourut. Elle aurait dû être agacée qu'il lui *dise* ce qui allait se passer au lieu de lui demander son avis. Mais elle ne pouvait pas être contrariée, car tout ce qu'il venait de dire... eh bien elle en mourait d'envie.

— OK.

Le regard sérieux de Zeke s'adoucit et ses lèvres tressautèrent.

— OK ?

— Oui.

— Super.

Puis, il l'embrassa, plus profondément et plus longtemps qu'il ne l'avait embrassée un peu plus tôt avant de lever la tête et de s'écarter. Elsie sentit son sexe dur contre sa cuisse alors qu'il se déplaçait, mais il ne le mentionna pas. Il lui tendit simplement la main et l'aida à se relever.

— Habille-toi, Else. On a une arrestation à planifier.

* * *

Le lendemain matin, à sept heures précises, une Mustang noire se gara sur le parking de la résidence d'Elsie. Elle n'avait pas beaucoup dormi. Après avoir appelé Simon, que ce dernier soit venu chez Zeke, lui expliquant ce qu'elle devait dire à Doug et ce dont les tribunaux avaient besoin pour le faire condamner pour incitation au meurtre, ce qu'elle devait dire et faire si son ex devenait suspicieux, après être retournée chez elle avec Zeke et être restée éveillée pendant la majeure partie de la nuit, Elsie carburait à l'adrénaline.

Rocky était passé chez elle il y a une heure et lui et Zeke étaient prêts à rejoindre Simon et l'adjoint qui les suivrait elle et Doug. Les deux officiers de police étaient déjà partis dans des voitures banalisées pour s'installer à l'aire de repos.

— Rocky et moi on ne sera qu'à cinq minutes, juste derrière vous, lui rappela Zeke pour la centième fois. Je serai avec Simon et Rocky sera avec l'adjoint dans la voiture de police. On écoutera tout ce qui se passe avec Doug.

— Je sais, lui dit Elsie.

Car c'était le cas. Ils avaient évoqué tous les pires scénarios, encore et encore. La discussion n'avait pas atténué son anxiété, mais le fait de savoir que les policiers et Zeke ne seraient qu'à quelques minutes derrière elle l'aida à se sentir mieux. Peu importe ce que Doug prévoyait, elle pourrait tenir cinq minutes jusqu'à l'arrivée de la cavalerie.

— Je t'aime, dit Zeke, la peur dans sa voix tremblante bouleversant presque Elsie.

Elle prit une grande inspiration pour garder le contrôle sur ses émotions et le serra fort dans ses bras.

— Je t'aime aussi. Ça va marcher. Doug va parler, on va l'enregistrer et ensuite on pourra se marier et avoir plein de bébés.

Elle entendit Rocky ricaner derrière Zeke, mais il l'ignora.

— Oh que oui. Allez, vas-y. Avant que Doug n'ait envie de monter jusqu'ici.

Elsie leva les yeux au ciel.

— Il ne fera jamais ça. Il ne m'a jamais tenu la porte ou fait le moindre effort de sa vie pour être un gentleman.

— L'enfoiré, marmonna Rocky pendant que Zeke secouait simplement la tête.

Elsie se mit à nouveau sur la pointe des pieds pour embrasser Zeke, puis se força à se tourner vers la porte et partir. Dès l'instant où celle-ci se ferma derrière elle, elle ressentit un sentiment d'effroi presque écrasant. Mais elle se redressa. Elle pouvait le faire. Pour Tony.

Elle descendit les escaliers jusqu'au parking et grimpa sur le siège passager de la voiture de location de Doug.

— T'es en retard, grommela-t-il dès qu'elle ferma la portière.

Voulant lui dire d'aller se faire foutre, elle dit seulement :

— Pardon.

Comme il ne répondit rien et se contenta de démarrer et de quitter la ville, Elsie lui demanda :

— Tu as eu des nouvelles du type qui a Tony ? Est-ce que notre fils va bien ? Est-ce que les plans ont changé pour aujourd'hui ?

Elle se rappela que Simon lui avait demandé de faire en sorte que Doug parle le plus possible du plan qu'il avait concocté, pour l'enregistrement.

— Non, je n'ai pas eu d'autres nouvelles. Pour autant que j'en sache, le plan est toujours le même.

— Donc il sera à l'aire de repos quand on y arrivera ? Avec Tony ?

— Je ne sais pas, se plaignit Doug. Tout ce que je sais, c'est ce que je t'ai déjà expliqué. Que le gars a dit de venir à l'aire de repos avec dix mille dollars et qu'on récupérerait Tony.

— Mais est-ce qu'il sera avec lui là-bas ? Ou bien il aura les coordonnées d'un endroit où nous sommes censés aller le chercher ?

— Putain, Elsie, j'en sais *rien* ! lui dit Doug.

Elle pinça les lèvres, sachant qu'elle devait battre en retraite. Quand son ex s'énervait, il devenait méchant. Enfin... plus méchant que d'habitude. La dernière chose qu'elle voulait, c'était de le pousser à faire quelque chose d'irréfléchi. Elle entendait presque la voix de Zeke dans sa tête, lui disant d'y aller doucement.

Le silence inconfortable dans la voiture s'éternisa alors que Doug prenait la route qui menait à l'autoroute. Elle avait environ vingt minutes avant qu'ils n'arrivent à l'aire de repos. L'I-480 traversait les Appalaches pour rejoindre la I-81, l'artère principale allant du nord au sud de la Virginie. Des arbres bordaient les deux côtés de la route et bloquaient le réseau cellulaire qui était quasi inexistant.

Elle était plus que consciente que la zone était déserte après avoir eu ce pneu crevé il y a quelques mois. Le fait d'imaginer son fils en train de conduire la Mercedes de Doug depuis l'autoroute jusqu'à Fallport, seul, sur une route où il n'y avait aucun réseau, lui donnait presque de l'urticaire. Il avait eu de la chance de ne pas avoir eu d'accident.

Elle essaya une fois de plus de parler avec Doug pour voir si elle pouvait le faire parler, mais il était inhabituellement fermé et silencieux. Son attitude la rendit extrêmement nerveuse.

Elle prit une grande inspiration, puis expira. À ce moment même, Doug la regarda.

— C'est quoi ce truc putain ?! aboya-t-il.

Sursautant, Elsie regarda par la fenêtre et ne vit rien d'inhabituel.

— Quoi ? Où ? demanda-t-elle, confuse.

Doug tendit la main et attrapa la manche du chemisier qu'elle portait. Elle avait fait exprès de porter un chemisier ample pour couvrir le petit micro accroché à son soutien-gorge.

Quand Doug tira violemment sur la chemise, Elsie entendit

un craquement lorsque le décolleté s'étira et que les coutures sur son épaule se déchirèrent. Elle leva la main pour protéger l'appareil sous sa chemise, mais c'était trop tard.

Quand elle baissa les yeux, elle vit un câble fin, qui dépassait du tissu déchiré au niveau de son décolleté.

— *Espèce de salope putain* ! rugit Doug.

Son bras bougea avant qu'Elsie n'ait le temps de se protéger. Il lui donna un coup de poing et elle hurla quand la douleur explosa. Il l'avait frappée pile dans l'œil gauche et celui-ci se mit immédiatement à gonfler.

Pendant qu'elle essayait de se remettre de cet éclair de douleur inattendu, Doug fouilla dans sa chemise et arracha le micro de son soutien-gorge.

— Un *micro* ? Tu te fous de ma gueule ! s'emporta-t-il, la fureur faisant trembler sa voix.

— Ce n'est pas ce que tu crois ! cria Elsie essayant de se rappeler ce que Simon lui avait dit de dire au cas où cette situation se produirait.

— Ben bien sûr ! C'est quoi alors ? Éclaire-moi, grogna Doug en jetant la petite boîte avec les fils sur le siège arrière.

Elsie ne savait absolument pas si le micro les enregistrait toujours ou pas, mais elle espérait que c'était le cas.

— J'ai déjà prévenu le chef de la police de la disparition de Tony avant que tu ne m'appelles pour me parler du kidnappeur. Il est venu hier soir et... et j'ai balancé tout ce que tu m'as dit. J'avais peur, Doug ! Notre *fils* a disparu ! Le chef Hill a insisté pour que je porte un micro pour qu'il puisse retrouver le kidnappeur. Comme le type a dit pas de police, c'est la meilleure solution à laquelle on ait pensé !

— Tu es une putain d'idiote ! cria Doug, lui donnant à nouveau un coup de poing. Elsie parvint à l'esquiver et il ne heurta que son épaule. Il n'y a *pas* de putain de kidnappeur ! hurla-t-il.

— Quoi ? demanda Elsie en faisant semblant d'être surprise. De quoi tu parles ?

— C'est *Tony* qui a volé ma putain de voiture ! Je suis sûr qu'il l'a plantée. C'était une Mercedes, putain ! C'est impossible qu'il ait su gérer la puissance sous ce capot. Il a probablement fait une sortie de route avant de s'écraser. Je n'ai vu aucune trace de ma voiture, il a peut-être même pris la quatre-vingt-un. Je n'en sais rien et – honnêtement, je n'en ai rien à foutre.

Elsie tressaillit en entendant la haine dans sa voix.

— Tout ce qui m'intéresse, c'est de retrouver son foutu *corps* et d'empocher l'argent ! J'ai seulement accepté d'avoir ce putain de gosse parce que mon imbécile de patron pensait que tous ses employés devaient avoir une famille.

— Je suis au courant pour l'assurance vie, lâcha-t-elle.

En guise de réponse, il la frappa à nouveau.

— Peu importe. *J'aurai* cet argent. Ça compensera après vous avoir supportés toi et ce sale morveux pensant si long-temps putain.

— Va te faire foutre ! cria Elsie.

Elle en avait assez de faire semblant d'être soumise et elle se fichait de le provoquer.

— Personne ne retrouvera le corps de Tony parce qu'il est rentré à Fallport sain et sauf. Il est caché là où toi et ton tueur à gages bas de gamme ne le retrouverez jamais !

— Putain ! *Merde* ! Fait chier ! hurla Doug en tapant sur le volant.

Elsie se blottit contre la portière, gardant les yeux rivés sur son ex, se jurant de ne pas le laisser la frapper à nouveau.

— C'était quoi ton plan une fois qu'on arriverait à l'aire de repos, hein ? railla-t-elle. De toute évidence, Tony n'allait pas être là.

— Mon gars va te prendre *toi* à la place, lui dit Doug d'un ton faussement calme. Si tu es au courant pour l'assurance, tu sais que tu vaux cinq fois plus que ce sale morveux. Il te pren-dra, te tuera, comme il devait le faire avec Tony et je toucherai bien plus.

Elsie secoua la tête.

— Tu es un putain de connard, rétorqua-t-elle.

— Ne me réponds pas, salope, l'avertit Doug.

— Pourquoi pas ? Tu n'as pas cessé de *me* rabaisser depuis qu'on s'est mariés. Mais c'est *toi* l'imbécile maintenant. Tu ne gagneras pas Doug. Tu as merdé. Et pas qu'un peu. Tu aurais mieux fait de continuer à nous oublier. Ta cupidité causera ta perte.

Le regard que lui lança son ex était furieux, tellement diabolique qu'Elsie tressaillit.

Elle réalisa, trop tard, qu'elle avait un peu trop tenté le diable.

Doug tira le volant vers la droite d'un coup sec.

Il quittait la route, alors qu'ils étaient au milieu de nulle part... et évidemment, le téléphone d'Elsie ne lui serait d'aucune aide. La seule grâce salvatrice de cette situation était que Zeke et Simon étaient littéralement à quelques minutes d'eux.

— C'est moi l'imbécile hein ? Je vais adorer te péter la gueule. Ça fait des années que j'en ai envie. Les bleus et les os cassés iront parfaitement avec le plan. Quand on retrouvera ton corps, tout le monde pensera que le carjacker t'a battue à mort.

Il mit le frein à main dès qu'il s'arrêta sur l'accotement de la I-480. Il défit sa ceinture et plongea, les mains dirigées vers son cou. Dieu merci, Elsie avait déjà enlevé sa propre ceinture. Elle pivota et leva la jambe, frappant Doug avec le pied. Il n'y avait pas beaucoup d'espace dans la voiture de sport et elle n'avait pas assez de force pour faire plus que le repousser vers son siège. Doug jura et la frappa à nouveau au visage.

Désespérée, tout en sachant que Doug était sur le point de la blesser suffisamment pour qu'elle ne puisse pas se défendre, Elsie chercha la poignée de porte derrière elle.

Avec le rire diabolique de Doug qui résonnait dans ses oreilles, elle trouva la poignée et la tira au moment même où il se précipitait à nouveau en avant. Elle tomba à la renverse, hors de la voiture, atterrissant sur la terre et les graviers sur le côté de la route.

Aucune voiture ne circulait. C'était comme si elle et Doug étaient les seules personnes sur cette planète. En voyant l'expression de Doug dans la voiture, elle sut qu'il allait la tuer. Là, tout de suite. Il n'allait pas attendre qu'ils arrivent à l'aire de repos ou que celui qu'il avait embauché fasse le sale boulot.

Elle fit la seule chose qu'elle pouvait encore faire. Elle se leva et fuit dans la forêt derrière elle. Les jurons et les menaces de Doug la suivirent, mais elle les ignora. Elle ne pensait qu'au fait de s'enfuir. Trouver un endroit où se cacher.

CHAPITRE VINGT-QUATRE

Simon jura brutalement à côté de lui et Zeke se raidit. Il y avait manifestement un problème. Il avait eu un mauvais pressentiment envers ce plan dès que Simon l'avait suggéré, mais Elsie était déterminée à faire tout ce qu'elle pouvait pour garder Tony en sécurité.

Et ses anciens coéquipiers de l'armée auraient pu le traiter de faible pour avoir accepté, à contrecœur, ce plan, mais le fait qu'Elsie ait enfin le pouvoir et le contrôle dont elle n'avait jamais bénéficié durant son mariage avec Doug était important pour elle. Par conséquent, ça l'était aussi pour lui.

Zeke conduisait son propre pick-up, même si Simon avait trouvé que c'était une mauvaise idée. Mais Elsie n'était pas la seule qui avait besoin de sentir qu'elle avait le contrôle. Il fallait que ce soit lui qui suive Elsie. Et comme Zeke conduisait, Simon pouvait se concentrer sur ce qui se passait dans le véhicule de Doug grâce au micro qu'Elsie portait.

Mais alors que Simon continuait de jurer, Zeke sut qu'il avait merdé – *à nouveau*. Il sut qu'ils auraient dû s'y prendre autrement. Ils auraient dû trouver un plan plus sûr. Tony était en sécurité, mais s'il arrivait quelque chose à Elsie ni lui ni Zeke ne s'en remettrait.

— Quoi ?! aboya-t-il. Qu'est-ce qui se passe ?

— Eh bien pour commencer, Doug est un putain d'idiot. Il a découvert le micro et l'a apparemment enlevé, sauf qu'il fonctionne toujours. Il enregistre encore. On va pouvoir le faire tomber, putain, jura Simon.

Mais il fronçait intensément les sourcils et ne semblait pas du tout content.

— Il a trouvé le micro ? demanda Zeke, appuyant plus fort sur l'accélérateur.

Il avait dit à Elsie qu'il serait à cinq minutes d'elle, mais vu le peu de circulation, ils avaient dû prendre leurs distances, un peu plus que ce qu'il aurait souhaité, pour ne pas se faire repérer. Qu'est-ce qu'il n'aurait pas donné pour un bon vieil embouteillage, là tout de suite.

— Oui, il en a dit plus qu'assez pour aller en prison. Garde ton calme – mais on dirait bien qu'il l'a frappée, dit Simon.

Zeke jura vivement et poussa son véhicule à fond, essayant de rattraper l'espace qu'il avait mis entre lui et la femme qu'il aimait.

— Si l'on en croit le bruit du moteur, il est en train de s'arrêter, l'informa Simon.

Puis, quelques secondes plus tard, il ajouta :

— Quelqu'un descend. D'après les insultes de Doug, c'est Elsie.

Un nouveau silence s'installa.

— *Merde !*

Le sang de Zeke se glaça face à l'exclamation du chef de la police.

— Quoi ? Bon sang, Simon, qu'est-ce qui *se passe* ?

— Je ne les entends plus, répondit-il.

À ce moment-là, Zeke prit une inspiration frémissante.

— Elle a été maligne, lâcha-t-il.

Il n'était absolument pas content, mais le fait qu'Elsie se sauve dans les bois sur le côté de la route était la meilleure chose qu'elle puisse faire... tant que Doug ne la rattrapait pas.

La forêt c'était *son* domaine. Il y était aussi à l'aise que derrière le bar du *On the Rocks*. Peu importe où et jusqu'où Elsie s'enfonçait dans les arbres, il la retrouverait.

— Elle n'a plus le micro sur elle, dit Simon. Ce qui veut dire qu'on ne peut plus la géolocaliser, dit le chef de la police qui semblait énervé et inquiet.

— Moi si, dit-il d'une voix confiante.

Simon regarda Zeke et hocha la tête.

— Tu as raison. Quand on sera là-bas, toi et Rocky pourrez partir chercher Elsie. Mon adjoint et moi, on s'occupera de Doug.

Il n'était même pas obligé de le lui préciser. La première responsabilité de Zeke était Elsie.

Pour toujours et à jamais. Cela ne voulait pas dire que s'il croisait Doug en la cherchant il ne ferait pas le nécessaire. Doug avait intérêt à prier pour que la police le trouve avant Rocky et Zeke.

Les deux anciens membres des forces spéciales connaissaient plusieurs façons de tuer un homme sans laisser de trace. S'ils le trouvaient avant Simon, Doug était un homme mort.

La détermination s'empara de Zeke alors qu'il filait sur la route, cherchant la Mustang. Le cauchemar d'Elsie et de Tony se terminait aujourd'hui... et celui de Doug ne faisait que commencer.

En voyant la voiture noire garée n'importe comment sur le bord de la route, Zeke fut soulagé. Tout comme le fait de voir que Rocky et l'adjoint s'étaient déjà arrêtés juste derrière, les deux hommes sortant tout juste de leur véhicule.

Simon jura et attrapa la poignée au-dessus de la fenêtre quand Zeke ralentit à peine en arrivant à hauteur des voitures. Il freina à la dernière minute faisant voler le gravier alors qu'il s'arrêtait en trombe. Il mit le pick-up en stationnement et quitta son siège avant même que le véhicule ne s'arrête de tanguer.

Dès l'instant où il s'avança vers la forêt, Doug réapparut.

Zeke ne savait pas qui fut le plus surpris. L'ex d'Elsie ou l'adjoint qui sortit immédiatement son arme en la pointant vers lui.

— Les mains en l'air ! Tout de suite !

Doug fut assez stupide pour ignorer l'ordre et fit demi-tour pour courir dans la forêt.

Simon le poursuivit et plaqua le connard au sol de façon impressionnante en quelques secondes, le faisant tomber la tête la première par terre en tirant ses mains derrière son dos avant de le menotter.

Sans dire un mot à Simon, Zeke courut en direction de l'endroit où Doug était sorti des arbres. Son coéquipier de l'équipe de recherche d'Eagle Point fut sur ses talons alors qu'ils suivaient les traces très nettes de la course d'Elsie dans les bois. Des branches avaient été cassées et le sol était retourné là où elle s'était enfuie. En baissant les yeux, Zeke vit ses empreintes et celles de Doug. Tout ce qu'il pouvait faire était de prier pour qu'Elsie ait échappé à son ex. Il n'y avait aucune garantie que Doug ne l'ait pas immédiatement rattrapée, blessée ou tuée, puis qu'il ne soit pas sorti des bois pour retourner à sa voiture.

Le désespoir et l'adrénaline coulaient dans les veines d'Elsie. Et Zeke savait qu'elle se battrait comme une maman ourse protégeant son petit s'il le fallait. Ce qui était exactement ce qu'elle faisait. Et la raison pour laquelle elle avait retrouvé Doug en premier lieu.

— C'est par là, dit Rocky en pointant vers la droite.

Le chemin qu'Elsie avait pris dans les bois n'était pas droit. Elle avait dévié à gauche et à droite, faisant probablement de son mieux pour écarter Doug de sa piste.

— Elsie ! hurla Zeke, priant pour qu'elle ne soit pas toujours en train de courir.

Elle avait eu de l'avance sur lui. Elle était peut-être à plus d'un kilomètre d'eux. Et si elle courait toujours, elle s'éloignerait de plus en plus.

Au bout d'un moment, les empreintes de Doug dans les bois disparurent et celles d'Elsie continuèrent.

— Il n'y a aucun signe d'altercation, dit Rocky en lisant les pensées de Zeke. On dirait que c'est ici qu'il a abandonné et qu'il est retourné à la voiture.

Hochant la tête, Zeke continua d'avancer. Il hurla à nouveau le prénom d'Elsie.

Seul le silence lui répondit, mais il ne se découragea pas. Doug n'avait pas pu mettre la main sur elle. D'après Simon, il l'avait frappée dans la voiture, mais son Elsie avait la force et la détermination de s'enfuir. Elle avait fait la meilleure chose qu'elle aurait pu faire dans cette situation.

Fuir la personne qui essayait de lui faire du mal.

Et elle s'était enfuie dans les bois. La deuxième maison de Zeke.

Ce n'était qu'une question de temps avant qu'il ne la retrouve.

* * *

Elsie avait un point de côté, mais n'osait pas s'arrêter de courir.

Elle n'entendait plus Doug, mais ça ne voulait pas dire qu'il n'était pas derrière elle. Et s'il la rattrapait, elle n'avait aucun doute sur le fait que son ex la tuerait. Le regard qu'il lui avait jeté avant qu'elle ne s'enfuie en était la preuve.

Elle n'avait pas eu d'autre choix que de partir dans la forêt, mais plus elle courait, plus elle se sentait mieux. Même si elle n'était pas très nature, Doug, lui, *détestait* tout ce qui était en rapport avec le plein air. Elle avait donc un avantage, même s'il était minime et malgré son œil gauche gonflé et pratiquement fermé et le fait que son visage et son épaule lui fassent mal, là où il l'avait frappée, ses jambes fonctionnaient très bien. Tant que ses poumons tenaient le coup, elle pouvait avoir un temps d'avance sur Doug.

Elle s'arrêta un instant pour essayer de reprendre son

souffle et jeta un regard derrière elle. Les arbres s'épaississaient et elle ne voyait pas plus loin qu'à un mètre cinquante avant que les feuilles et les branches ne lui bloquent la vue.

Elsie fit de son mieux pour ralentir sa respiration afin d'entendre si Doug arrivait, mais tout ce qu'elle entendit fut le vent qui soufflait à travers les cimes des arbres au-dessus de sa tête.

Alors qu'une minute de silence venait déjà de s'écouler, elle commença à réaliser tout ce qui venait de se passer. Elle n'avait pas eu le temps d'assimiler tout ce que Doug avait dit et avait fait jusqu'à présent. Il avait prévu de la livrer à celui qu'il avait engagé pour la tuer – et tuer leur *fils* – sans la moindre hésitation.

Comment était-ce possible qu'un homme qu'elle avait cru un jour aimer ait pu tomber si bas ? Et qu'est-ce que le fait qu'elle n'ait jamais soupçonné que cette partie de lui existait révélait sur *elle* ?

Déglutissant avec difficulté, Elsie refusa de pleurer. Elle en avait assez d'être la victime de Doug. Elle n'était plus cette personne. Elle n'était plus cette petite femme docile qui faisait tout ce que son mari lui disait. Elle avait fait un sacré bout de chemin depuis qu'elle avait quitté Washington DC. Elle n'avait peut-être pas beaucoup d'argent, mais elle aimait son fils de tout son cœur. Et elle l'avait sacrément bien élevé.

Soudain, elle entendit quelque chose au loin – et son sang se glaça.

Merde, Doug était-il encore là ? Elle n'avait aucune idée de la distance qu'elle avait parcourue, mais ça lui semblait être des kilomètres. La police avait dû repérer sa voiture sur le côté de la route depuis. Ils avaient écouté sa conversation avec Doug.

Non seulement la police n'avait pas été loin, mais Zeke et Rocky non plus. C'était d'ailleurs l'une des raisons pour lesquelles elle n'était pas terrorisée d'être perdue dans la forêt, car elle savait, sans l'ombre d'un doute, que Zeke la retrouverait. Même si Simon lui ordonnait de rester près de la route, il l'ignorerait pour la retrouver.

Priant pour que le micro ait continué d'enregistrer après que Doug l'eut jeté sur le siège arrière, elle retint son souffle, s'efforçant d'écouter ce qui avait pu être à l'origine de ce bruit.

Elle l'entendit à nouveau – une voix. Faible, comme si la personne qui criait était loin derrière elle...

Mais elle entendit distinctement son prénom dans le vent.

— Elsiiiiiiiiiiiiie !

Zeke...

— Zeke ! cria-t-elle en retour, priant pour que ce soit sa voix qu'elle ait entendue et non son esprit qui lui jouait des tours.

Si elle retombait entre les griffes de Doug, elle ne se le pardonnerait jamais.

Enfin... elle n'en aurait *pas* l'occasion, puisqu'elle serait probablement morte. Pivotant sur elle-même, Elsie courut dans la direction dont elle était venue. Du moins, c'était ce qu'elle espérait. Elle n'était pas très douée pour se repérer et encore moins dans les bois sans aucun repère. Mais elle réalisa qu'il était assez facile de revenir sur ses pas en observant le sol et en voyant ses empreintes dans la terre meuble et les bâtons et les feuilles qu'elle avait piétinés dans sa fuite.

— Elsie ! la voix retentit à nouveau, plus près.

C'était *bien* Zeke ! Elle était prête à parier tout ce qu'elle avait – ce qui n'était pas grand-chose, mais quand même.

En quelques secondes à peine, elle passa de courir en repoussant les branches qui se mettaient en travers de son chemin pour rejoindre l'homme qu'elle aimait, à littéralement rebondir sur son torse en le percutant.

Mais Zeke ne la laissa pas tomber. Il la prit dans ses bras et la tint plus fermement que tout ce qu'elle avait pu ressentir dans sa vie.

Elsie devint engourdie en s'accrochant à lui.

— Dieu merci ! marmonna Zeke en s'accroupissant au milieu de la forêt.

Elsie vit Rocky juste derrière lui, mais toute son attention était focalisée sur l'homme qui la tenait. Elle releva la tête et demanda :

— Et Doug ? Vous l'avez retrouvé ?

— C'est Simon qui l'a, dit Rocky au bout d'un moment quand il vit que Zeke ne répondait pas. On va le faire tomber. Tout ce qu'il a dit a été enregistré, Elsie. Tu l'as fait et tu avais raison. Son arrogance a pris le dessus sur son bon sens.

Le soulagement face aux paroles de Rocky la rendit toute faible. Mais elle était inquiète, car Zeke n'avait pas dit plus de deux mots.

— Zeke ? demanda-t-elle. Ça va ?

En guise de réponse, il porta la main à son visage et caressa son œil gonflé du bout des doigts.

— Je n'ai jamais eu aussi peur que lorsque Simon m'a expliqué ce qui se passait, dit-il doucement. S'il t'était arrivé quelque chose, je ne sais pas ce que j'aurais fait.

— Je vais bien. Je vais avoir quelques courbatures et je ne suis pas certaine de vouloir refaire mon jogging dans les bois un jour... mais je savais que tu me retrouverais.

— Je te trouverai toujours, Elsie. Tu es toute ma vie. Je ne peux pas imaginer ne pas t'avoir à mes côtés.

Elsie prit une grande inspiration et s'effondra contre lui une fois de plus.

— Je t'aime, chuchota-t-elle contre son cou.

— Moi *aussi* je t'aime.

— Et je vous aime tous les deux. Pas de la même façon, mais peu importe. Ça vous dit qu'on se barre d'ici maintenant ? plaisanta Rocky.

Elsie gloussa, mais Zeke ne semblait pas vraiment prêt à trouver quoi que ce soit d'amusant dans cette situation.

— Rentrons à la maison, dit Elsie. Et dis à Raiden, Drew et Talon qu'ils peuvent aussi ramener Tony à la maison.

Ces mots poussèrent Zeke à se mettre en mouvement. Il se leva, gardant un bras enroulé autour de sa taille pour l'aider à se relever.

— Tu arriveras à marcher toute seule jusqu'à la route ? demanda-t-il.

Elsie fronça les sourcils.

— C'est loin ?

— J'imagine environ deux kilomètres et demi.

— C'est tout ? demanda-t-elle.

Rocky rit, mais elle l'ignora.

— J'étais persuadée d'avoir couru au moins quinze kilomètres !

Les lèvres de Zeke tressautèrent.

— Si c'est ce que tu veux dire aux gens, je te soutiendrai. Et Rocky aussi, sinon je le mets à terre.

Elsie gloussa. Elle n'arrivait pas à croire qu'elle était en train de rire alors que quelques minutes plus tôt elle fuyait pour sauver sa peau. Mais elle allait bien. Tony était en sécurité. Et Doug allait en prison. Et en plus... elle allait se marier. Et elle n'avait aucun doute sur le fait que Zeke allait faire beaucoup d'efforts pour la mettre enceinte.

À peine une heure après le début de sa matinée cauchemardesque, tout allait bien dans le meilleur des mondes.

— Ce n'est pas nécessaire. Mais je ne crois pas que tout ça va faire de moi une fille de la nature. La randonnée, ce n'est toujours pas mon truc.

— C'est noté, dit Zeke. Si tu te sens faible ou si tu as mal quelque part, dis-le-moi et je te porterai, dit-il en lui prenant la main et en les ramenant sur leurs pas.

— Certainement pas, dit fermement Elsie. C'est *hors de question*. Premièrement, je suis trop lourde. Et deuxièmement, j'ai couru jusqu'ici par mes propres moyens et je repartirai de la même façon.

— Tu n'es pas trop lourde. Tu es parfaite, dit Zeke en prenant sa main et en embrassant ses phalanges. Et je suis tellement fier de toi.

— Moi aussi, ajouta Rocky. Mais...garde les yeux bien ouverts au cas où l'on croiserait Bigfoot en revenant vers l'autoroute. J'ai entendu dire qu'il aimait bien traîner dans ce coin.

Elsie leva les yeux au ciel et vit Zeke faire de même. Elle appréciait que Rocky essaie de détendre l'atmosphère. Elle avait le sentiment que Zeke allait *vraiment* la porter s'il pensait une seule seconde qu'elle souffrait trop.

Le simple fait de savoir qu'elle était libérée de Doug une bonne fois pour toutes suffisait pour qu'elle ignore ses muscles endoloris et son visage qui la lançait. Tout ce qu'elle voulait, c'était rentrer chez elle et être avec sa famille.

Vingt minutes plus tard, ils sortirent tous les trois des bois et Elsie vit une dépanneuse accrocher la Mustang, ainsi que deux véhicules. Simon et l'adjoint qui les avaient suivis elle et Doug n'étaient pas là. Son ex non plus.

Les hommes qui les attendaient étaient les adjoints qui avaient attendu à l'aire de repos. L'un d'eux approcha et serra la main de Zeke.

— On a appelé Ethan et Brock pour savoir s'ils voulaient venir vous aider à trouver mademoiselle Elsie, mais ils ont dit que vous aviez la situation sous contrôle.

— Tout à fait, dit Rocky.

— Et Germain ? demanda Zeke.

— Simon l'emmène à Roanoke pour le faire arrêter.

— Et le gars qui nous attendait à l'aire de repos ? demanda Elsie.

— Il a disparu, dit l'autre adjoint.

Elsie se raidit. Merde. Si le tueur à gages n'était pas en état d'arrestation, continuerait-il d'être une menace pour elle et Tony ?

Comme si l'adjoint pouvait lire dans son esprit, il dit :

— On a le téléphone de votre ex. On va tracer ses appels et voir qui il a appelé. Sans l'argent que Doug allait lui verser, il ne fera rien. Surtout pas quand il apprendra l'arrestation de votre ex.

— Il n'essaiera pas de nous tuer ? demanda-t-elle.

Zeke lui serra un peu plus la main.

— Non, dit l'adjoint d'un air confiant.

— Comment pouvez-vous en être sûr ? insista-t-elle.

— Parce que ce n'est pas comme ça que ces types opèrent. Ils veulent de l'argent. Ils ne feront rien gratuitement. Et puis, Simon va finir par l'arrêter de toute façon. Vous êtes en sécurité, mademoiselle Elsie. Aucun étranger ne pourra péter à Fallport sans que quelqu'un ne le signale. Personne ne vous fera de mal à vous ou à votre fils.

Haussant les sourcils face aux mots employés, Elsie acquiesça quand même, ses propos la rassurant et la faisant se sentir bien mieux.

— Vous êtes prête à rentrer chez vous ? demanda le premier adjoint.

Chez elle. Oui, Elsie était plus que prête à rentrer chez elle. Elle hocha la tête.

— Rocky, tu conduis ? demanda Zeke.

— Bien sûr, lui dit Rocky.

Zeke guida Elsie jusqu'à son pick-up et monta à l'arrière avec elle. Rocky monta devant avec l'un des adjoints. Ils se dirigèrent vers l'est jusqu'à ce qu'ils arrivent à un rond-point, puis ils reprirent la route vers Fallport.

— On va te trouver de la glace pour ton œil dès qu'on sera rentrés, lui dit Zeke. Je vais appeler le docteur Snow pour qu'il puisse t'ausculter. Ensuite, tu vas te reposer et te détendre pendant que Rocky ira expliquer à Raiden et aux autres ce qui s'est passé. On ramènera Tony à la maison et on le rassurera en lui disant qu'il est en sécurité. On racontera également tout à Nissi et *ensuite* on se mariera.

Elsie ne put s'empêcher de rire. C'était tellement typique de Zeke d'être impatient à l'idée de la faire sienne. Non pas qu'elle s'en plaigne.

— Je t'aime, lâcha-t-elle.

— Je t'aime aussi. Mais aujourd'hui, j'ai perdu dix ans de ma vie. Ça n'arrivera plus jamais, dit-il fermement.

— Je suis d'accord.

Elsie n'eut aucun problème pour acquiescer face à sa remarque.

— Si Tony et toi avez besoin de voir un psy, on s'en occupera, continua Zeke.

Elle sentit son cœur fondre un peu plus. Elle ne comprenait pas comment elle avait pu être assez chanceuse pour trouver un homme qui l'aimait autant que Zeke et qui aimait aussi son fils et s'inquiétait pour lui. La seule chose qu'elle savait, c'était qu'elle ne le prendrait jamais pour acquis. Elle s'assurerait que, chaque jour du reste de leur vie, il sache combien elle l'aimait et l'appréciait.

Fermant les yeux, Elsie se détendit contre lui et soupira de satisfaction quand il passa un bras autour de ses épaules, l'attirant un peu plus contre lui. La montée d'adrénaline qu'elle avait expérimentée toute la matinée diminuait lentement et la douleur là où Doug l'avait frappée, et à cause de sa fuite dans les bois, commençait à s'accentuer. Mais si c'était le prix à payer pour le bien-être et la sécurité de son fils, ce n'était pas grand-chose.

Elle sentit les lèvres de Zeke contre son front et elle sourit. Zeke prendrait soin d'elle. C'était un sentiment merveilleux.

ÉPILOGUE

— Je n'arrive pas à croire que je t'ai laissé me convaincre de faire ça, soupira Elsie.

Zeke gloussa. Honnêtement, il n'en revenait pas non plus. Mais quand Tony avait suggéré cette activité, son Elsie n'avait pas pu dire non.

Ils étaient actuellement en train de faire une randonnée jusqu'au point de vue d'Eagle Point, mais ils n'étaient pas seuls. Ethan et Lilly les avaient rejoints. Tout comme Drew, Brock et Talon. Raiden et Rocky étaient restés à Fallport, juste au cas où l'équipe soit sollicitée pour des recherches dans les bois.

Brock avait proposé de rester sur place, encourageant Raid à y aller, mais ce dernier avait décliné la proposition. Zeke s'inquiétait un peu pour son ami. Ce n'était pas vraiment quelqu'un d'extraverti de manière générale, mais dernièrement, il semblait être de plus en plus reclus. Zeke ne savait pas quoi faire. Il décida qu'il en parlerait peut-être plus tard avec le reste de l'équipe.

La randonnée jusqu'à la tour de guet était épuisante et Zeke était bien conscient que Elsie ne passait pas vraiment un bon moment. Mais elle avait accepté de venir, car Tony l'avait suppliée. Elle faisait cela pour son fils. Et pour lui. Et Zeke l'aimait encore plus pour cela.

Ils avaient pris leur temps, pour le bien d'Elsie, et s'étaient arrêtés pour passer la nuit à mi-chemin de la tour. L'équipe et même Lilly auraient pu faire la randonnée en une seule journée, mais ça ne dérangeait personne de s'arrêter après seulement huit kilomètres. Zeke transportait des provisions pour lui et Elsie dans son sac, mais Tony avait insisté pour porter ses propres affaires. Elsie avait un petit sac à dos avec des snacks et de l'eau.

Ils avaient fait un feu et Brock avait préparé le dîner dans un four hollandais, enterrant la marmite dans le sol pour cuisiner. Tony avait été fasciné et Zeke ne serait pas surpris s'il lui demandait de faire à manger de la même façon une fois qu'ils seraient rentrés.

Le mois dernier avait été plein de hauts et de bas. Elsie et Tony avaient pratiquement emménagé chez lui et Zeke ne s'en plaignait pas. C'était un rêve devenu réalité.

Tony s'en sortait remarquablement bien après ce qui s'était passé avec son père. Il avait voulu dormir dans la même chambre que sa mère pendant deux nuits et Zeke avait amené le matelas de la chambre de Tony dans la chambre principale. Mais après ces deux nuits, il était retourné dans sa chambre et avait retrouvé sa routine.

Il était venu voir Elsie un jour et lui avait dit qu'il voulait donner tous les cadeaux que lui avait faits Doug. Il ne voulait plus du vélo, de la Xbox, des habits et des autres jouets. Elsie avait accepté et ils s'étaient rendus au magasin d'occasion de Fallport. Zeke avait été si fier de Tony ce jour-là. Il avait rendu d'autres enfants très heureux.

Elsie se portait aussi remarquablement bien. Zeke l'avait surveillée de près, guettant des signes pouvant indiquer qu'elle souffrait mentalement. Mais son Else était plus forte que tout. Certes, elle avait pleuré quelques nuits, plus à cause de ce qui aurait pu se passer que de ce qui s'était réellement passé. Mais elle s'était ressaisie et lui avait dit qu'elle allait plutôt se concentrer sur l'avenir au lieu de ressasser le passé.

Zeke ne supportait pas de repenser à ce qui aurait pu arriver en cette journée horrible. Si Doug avait réussi à mettre la main sur Elsie et que lui et les autres ne les avaient pas suivis à la trace, il aurait pu l'enlever, la tuer et laisser son corps dans les bois le long de la I-480. Ils n'auraient pas pu savoir où il s'était arrêté ou l'avait laissée. Son corps se serait décomposé et aurait fini par disparaître sans laisser de traces en quelques mois. Il frissonna. Mais ce n'était pas ça qui s'était passé. Il avait été là et Elsie avait été assez intelligente pour s'enfuir le plus vite et le plus loin possible pour échapper à son ex.

La police d'État avait cherché à découvrir l'identité de l'homme que Doug avait engagé pour tuer Tony et Elsie, mais sans succès. Mais apparemment, Doug avait choisi la mauvaise personne ou la mauvaise organisation pour son plan infâme. Une mini-émeute avait éclaté à l'heure du repas dans la prison où Doug était détenu et dans le chaos, il avait été poignardé. D'après les rumeurs, sa mort était due à des représailles après qu'il eut dit aux flics tout ce qu'il savait en échange d'une négociation de peine. La police en avait conclu que l'homme qu'il avait engagé n'avait pas été ravi d'apprendre que Doug était une balance.

Zeke s'était inquiété qu'Elsie et Tony soient bouleversés, mais ils avaient tous les deux peu réagi en apprenant la nouvelle. Tony avait acquiescé et demandé à Zeke s'il pouvait l'emmener au garage de Brock pour qu'il puisse passer la journée à « travailler » avec ce dernier et Elsie avait paru un peu triste, mais avait dit que Doug avait fait ses propres choix de vie et qu'elle avait appris à ses dépens que rien de ce qu'elle avait dit ou fait n'aurait pu l'encourager à prendre un autre chemin.

C'était donc ainsi.

Zeke n'avait pas perdu de temps pour passer la bague au doigt à Elsie. Dès qu'ils avaient reçu une copie de l'acte de décès de la part de Nissi, il avait pris rendez-vous pour qu'ils se mariemt. Toute l'équipe de recherche et de sauvetage d'Eagle Point avait été présente, mais il y avait tout un tas d'autres habitants de Fallport qui avaient voulu fêter cela avec eux.

Alors Zeke avait ouvert le *On the Rocks* pour une réception improvisée, offrant les boissons et la nourriture. Quasiment tous les habitants de Fallport étaient passés. Otto, Art et Silas. Simon et ses adjoints. Nissi. La plupart des commerçants sur la place, notamment Finley, le vieux Grogan et Sandra. Whitney, la dame qui tenait la chambre d'hôte du manoir de Chestnut Street était également passée. Même le docteur Snow et son conjoint Craig étaient venus les féliciter.

Le seul sans-abri de Fallport, Davis Woolfort, était également venu et Zeke s'était assuré de lui préparer un Tupperware rempli à ras bord pour qu'il ait un petit-déjeuner et de quoi déjeuner le lendemain.

Tony s'était beaucoup amusé et avait été encore plus excité de passer la nuit chez Ethan et Lilly. Ce qui signifiait que Zeke avait pu avoir Elsie pour lui lors de leur nuit de noces. Il en avait profité pour la ramener à la maison en début de soirée et avait passé la majeure partie de la nuit à montrer à sa nouvelle épouse combien il l'aimait et l'appréciait.

Zeke ne se souvenait plus comment l'idée de se rendre à Eagle Point lui était venue. Mais c'était surtout l'idée de Tony. Il lui avait demandé quand Zeke compterait l'y emmener, comme il le lui avait promis un jour. Il avait prévu que ce ne soit que lui et Tony, mais les gars avaient entendu parler du projet et avaient demandé s'ils pouvaient se joindre à eux. Lilly n'avait pas non plus voulu être mise de côté. Et quand Tony avait appris que presque tout le monde y allait, il avait également supplié sa mère de venir avec eux. Elle n'avait pas pu lui dire non.

C'est donc ainsi qu'ils se retrouvèrent tous à marcher vers la tour. Heureusement, une étrange vague de froid avait traversé l'État cette semaine, faisant tomber les températures de la miété, habituellement à trente-deux degrés, à vingt et un, rendant l'ascension plus supportable.

Le groupe avait ri et plaisanté en marchant, mais Zeke avait surveillé Elsie de près. Si elle avait vraiment du mal à marcher, il ferait demi-tour avec elle et laisserait Tony avec le reste du groupe. Mais jusqu'à présent, elle tenait bon. Encore une fois, elle n'adorait pas spécialement cette randonnée, mais elle tenait le coup.

Elle ne se doutait absolument pas que Zeke lui avait prévu une surprise une fois qu'ils seraient arrivés à la tour.

Comme si elle sentait qu'il pensait à elle, elle lui prit la main et l'arrêta, laissant les autres passer à côté d'eux.

— Ça va ? demanda Zeke en enroulant les doigts autour des siens.

— Bizarrement, ouais. Je ne dis pas que j'ai envie de faire ça tous les week-ends, mais c'est tellement paisible ici, dit Elsie à contrecœur.

— Ça peut l'être oui, dit Zeke. Ça ne te rappelle pas de mauvais souvenirs ?

Elsie gloussa.

— Non. Ça n'a rien à voir avec ce qui s'est passé avant. Je ne suis pas en train de courir, mon visage ne se fait pas gifler par des branches et mon œil n'est pas fermé et enflé.

Zeke grimaça. Il ne supportait pas de se remémorer la façon dont elle avait été blessée.

— Arrête, le gronda-t-elle doucement. C'est terminé tout ça. Nous sommes ici pour célébrer notre nouvelle vie, dit-elle en effleurant l'annulaire de Zeke. Je n'arrive toujours pas à croire que je m'appelle Elsie Calhoun maintenant.

— Il le faut pourtant, dit Zeke alors que le plaisir parcourait ses veines lorsqu'il l'entendit prononcer son nom de famille.

Ils avaient eu une discussion à ce sujet et il lui avait dit qu'elle pouvait très bien continuer de s'appeler Ireland si elle le voulait. Il était bien conscient qu'elle ne l'avait pas changé quand elle s'était mariée la première fois. Mais elle lui avait dit qu'il était hors de question qu'elle ne prenne pas son nom.

— Tu as les papiers avec toi, n'est-ce pas ? demanda-t-elle.

Zeke hocha la tête.

— Bien sûr. Je dois reconnaître que je suis un peu nerveux quand même.

— Nerveux ? demanda Elsie en rigolant. Ne le sois pas. Tony va être tellement heureux. Il te voit déjà comme son père, tu sais. Et l'autre jour, il a parlé de vouloir changer de nom de famille lui aussi.

— C'est vrai ?

— Oui.

— Qu'est-ce que tu lui as dit ?

— Eh bien, je ne pouvais pas vraiment lui dire qu'on avait déjà commencé les démarches alors qu'on voulait lui faire la surprise durant cette randonnée. Alors j'ai un peu esquivé la question. Il était frustré, mais comme c'est un gentil garçon, il a laissé tomber, dit Elsie. Le temps que l'école reprenne, il s'appellera Tony Calhoun.

— Je l'aime, dit Zeke. Tellement.

Il s'arrêta et prit doucement Elsie par le cou.

— Et je t'aime aussi. Je me suis promis que ta vie ne ferait que s'améliorer quand tu as commencé à sortir avec moi, mais je n'avais pas vraiment réalisé que ce serait pareil pour *moi*. Tu as tout changé, Else, pour le mieux.

Elsie lui sourit.

— J'adore entendre ça, dit-elle doucement.

— Moi aussi. Maintenant, embrasse-moi, ma belle.

Elle gloussa, lui saisit les poignets et se mit sur la pointe des pieds.

Chaque fois que Zeke embrassait cette femme, il avait l'impression que c'était la première fois. Il espérait que l'excitation qu'il ressentait en étant avec elle ne s'estomperait jamais.

— *Allez*, viens, maman ! l'appela Tony qui était plus loin

devant. On ne va jamais arriver à destination si vous vous faites des bisous tous les cent mètres.

Zeke s'écarta et éclata de rire. La joie dans les gloussements d'Elsie le fit sourire encore plus.

— On arrive ! cria-t-il en retour. Arme-toi de patience !

— Je ne suis pas armé, mais je peux le devenir si ça vous fait avancer plus vite ! rétorqua Tony.

— Oh mon Dieu, mais d'où il sort cette répartie ? marmonna Elsie.

Zeke haussa les épaules, rigolant toujours.

— Aucune idée. Mais je dois reconnaître qu'il est très divertissant.

— Je te rappellerai que tu as dit ça quand il aura quatorze ou quinze ans et qu'il nous rendra fous, dit Elsie.

— J'ai hâte. Allez, viens, on ferait mieux de faire ce que nous dit notre fils et de nous dépêcher.

— Notre fils. Ça aussi j'adore, dit Elsie en lui souriant avec tendresse.

— Moi aussi. Mais il a raison. On s'est assez arrêtés comme ça, on a encore quelques kilomètres à parcourir.

Elsie gémit.

— On ne peut pas demander à un hélicoptère de venir nous chercher ? Rien que de me dire qu'il va falloir refaire ces seize kilomètres en chemin inverse, ça me donne envie de prendre un bon bain chaud.

Zeke rit.

— Je m'assurerai de bien te dorloter quand on rentrera à la maison.

— Marché conclu, dit-elle. Je tuerais pour un macchiato au caramel là tout de suite.

Zeke secoua la tête et posa la main sur le bas de son dos.

— Viens. Je te promets que tu vas être impressionnée et émerveillée par la vue depuis la tour.

— Oui, mais j'imagine que je vais devoir gravir quatre

millions de marches pour arriver en haut et *voir* cette vue, dit-elle avec une sacrée perspicacité.

Ce n'était pas vraiment quatre millions, mais il y avait plus d'une centaine de marches pour arriver en haut de la tour. Il fallait que ce soit assez haut pour que les guetteurs de feu de l'époque puissent voir par-dessus les arbres, cherchant tout signe de fumée, indiquant le début d'un incendie de forêt. Désormais, la tour n'était plus utilisée pour ça ; la technologie avait fait de grands progrès et il n'était plus nécessaire que des personnes vivent dans la nature pour monter la garde.

Décidant qu'il valait mieux ne pas répondre à sa plaisanterie sur les escaliers, Zeke l'encouragea simplement à marcher.

Il leur fallut encore une heure et demie pour atteindre la petite clairière où se trouvait la tour d'Eagle Point. Chaque fois que Zeke la voyait, il en avait le souffle coupé. Il adorait ça. Être dans la nature. Loin de la pression du quotidien. Avec de bons amis. Avec sa femme et son nouveau fils. Rien ne pouvait être mieux.

Ses amis avaient déjà posé leurs sacs et sortaient les tentes et autres équipements et provisions. Ils avaient prévu de passer deux nuits ici. De se détendre et de recharger les batteries avant de retourner à Fallport.

Zeke posa son sac, fouilla un moment à l'intérieur et mit le morceau de papier enroulé qu'il avait apporté dans sa poche.

— Et si on allait voir la vue ? suggéra Zeke.

Elsie soupira en observant les escaliers. Puis, elle acquiesça.

— Autant en finir pour que tu puisses me masser les pieds plus tard.

— Tony, tu veux venir avec nous ? l'appela Zeke.

Comme il s'y attendait, le garçon hocha la tête et accourut. Zeke lui avait parlé de la surprise qu'il prévoyait pour sa mère et étonnamment le gamin avait réussi à garder le secret pendant deux jours entiers.

— Oui ! dit Tony avant de courir vers les escaliers et de les grimper.

— Oh, comme j'aimerais à nouveau avoir la même énergie, dit Elsie avec nostalgie.

— Je crois me souvenir que tu étais très énergique l'autre soir, lui dit doucement Zeke.

Le rose qui se forma sur ses joues était adorable et le fit sourire.

— N'importe quoi, dit-elle en secouant la tête.

Ils s'arrêtèrent plusieurs fois en chemin, mais Zeke n'était pas du tout impatient. Il avait tout son temps et si son Elsie avait besoin d'une pause, elle l'aurait.

Ils arrivèrent enfin sur la plateforme autour du haut de la tour.

Tony avait le visage tourné vers le soleil et regardait les montagnes des Appalaches. Zeke n'avait aucune idée de ce qui attendait le garçon, mais il savait que quoi que Tony choisisse de faire dans le futur, il serait génial.

— Regarde, Maman ! s'exclama Tony en désignant quelque chose au loin. Là-bas c'est Fallport. On voit à peine le haut du palais de justice.

Il ne pointait pas dans la bonne direction, mais Zeke ne prit pas la peine de le corriger.

— Waouh, c'est magnifique ici, souffla Elsie après avoir écouté ce que lui disait son fils et en regardant autour d'elle.

— Ça vaut la peine de marcher et de grimper non ? ne put s'empêcher de demander Zeke.

Elsie se tourna vers lui et se colla contre son torse en le serrant fort contre elle.

— Absolument, dit-elle sans une once de doute dans la voix.

— C'est l'heure, Zeke ? demanda Tony, sautant pratiquement de haut en bas avec excitation.

— Presque, le rassura Zeke.

Ce qui lui valut un regard interrogateur de la part d'Elsie.

— Mais d'abord, continua-t-il, il y a quelque chose que ta mère et moi aimerions te demander.

Tony fronça les sourcils.

— Ah bon ?

— Oui. Quand ta mère m'a épousé, elle a décidé de prendre mon nom de famille. C'était son choix, elle n'était pas obligée. Tout comme quand elle s'est mariée la première fois, elle a décidé de garder le nom de famille qu'elle avait quand elle était une petite fille. Le nom qu'elle t'a donné.

— Ireland, dit Tony en acquiesçant.

— Exactement. Et désormais, nous voulons aussi te laisser ce choix. Tu peux continuer de t'appeler Tony Ireland. Tu as eu ce nom pendant longtemps et ça peut te faire bizarre de le changer. Mais si tu veux... ta mère et moi avons préparé les documents pour que tu t'appelles Calhoun, dit Zeke en sortant le papier de sa poche arrière. Si tu es d'accord, et que tu veux prendre mon nom de famille, tu t'appelleras désormais Tony Calhoun. Mais peu importe ce que tu décides, on t'aimera toujours, bonhomme. *Je* t'aime.

Tony écarquilla les yeux en regardant le papier dans la main de Zeke, puis sa mère, puis à nouveau Zeke.

— Je serais ton fils ?

— Tu es mon fils, quel que soit ton nom, dit fermement Zeke. Comme je l'ai dit, si tu préfères garder Ireland, alors c'est ce que nous ferons.

En guise de réponse, Tony se jeta dans les bras de Zeke. Elsie recula, et Zeke lutta pour ne pas pleurer. Apparemment, Tony n'était pas opposé à l'idée de changer de nom.

— J'ai toujours voulu un père, renifla Tony contre Zeke. J'étais heureux quand *il* est venu ici, mais ensuite il s'est comporté comme un imbécile, dit le garçon en regardant Zeke. Je veux m'appeler Tony Calhoun, expliqua-t-il avant de tourner la tête vers sa mère. Je veux qu'on ait tous les trois le même nom de famille.

— Alors quand on rentrera, on ira remplir les papiers, dit Elsie, les yeux larmoyants.

— Tu veux le signer pour que ce soit légal ? demanda Zeke.

Comme Tony était mineur, il n'y avait pas vraiment d'emplacement pour sa signature, mais quand le petit écarquilla les yeux et qu'il hocha la tête avec exubérance, Zeke fut heureux de le lui avoir proposé. Il s'agenouilla sur les planches en bois de la passerelle autour de la tour avec Tony et sortit un stylo de sa poche.

Il aplatit la feuille, souriant quand Tony tira la langue en se concentrant pour écrire son nom aussi proprement que possible dans la marge inférieure du papier. Quand il eut terminé, il leva les yeux vers Zeke.

— C'est fait ?

— Eh bien, il faut encore qu'on le dépose auprès des tribunaux, mais ouais, en gros c'est fait, acquiesça Zeke.

Tony poussa un cri de joie et se releva. Il serra à nouveau Zeke dans ses bras, puis se tourna vers sa mère et fondit en larmes en s'accrochant à elle.

Le visage d'Elsie était également mouillé, mais Zeke voyait bien que c'était des larmes de joie.

— Je suis t… tellement heureux, balbutia Tony.

Elsie gloussa.

— Je vois ça.

— C'est juste…, commença Tony en relevant la tête pour regarder sa mère. Zeke est génial. Il est intelligent et gentil et il te fait sourire. Il fait attention à moi et m'apprend des trucs. Il m'offre des livres et lit avec moi. Je l'aime tellement !

Zeke sentit que les larmes lui montaient aussi aux yeux en entendant les mots de Tony.

— Il t'aime aussi, le rassura Elsie.

Tony prit une grande inspiration, essuya son visage et s'écarta de sa mère avant de se tourner à nouveau vers Zeke.

— Je peux aller montrer le papier à tout le monde ? demanda-t-il.

Zeke hocha la tête et l'enroula à nouveau. Ce n'était pas grave si celui-ci était abîmé, ils pourraient toujours imprimer un nouveau formulaire.

— Bien sûr, dit-il en le tendant à Tony.

Le garçon l'attrapa, poussa un nouveau cri, puis courut vers les escaliers.

— Fais attention ! l'avertit Elsie.

— Oui ! cria Tony en retour en dévalant les escaliers.

— Mon Dieu, la dernière chose dont on a besoin c'est qu'il tombe et se brise tous les os, marmonna-t-elle.

Zeke ne répondit pas. Il avait encore une autre surprise. Tony avait eu hâte de voir la réaction de sa mère quand celle-ci découvrirait ce que Zeke lui avait préparé, mais apparemment, il préférait montrer les papiers lui permettant de changer de nom de famille, aux autres, plutôt que de rester dans les parages.

— Viens ici, dit Zeke. J'ai aussi une surprise pour toi.

— Pitié, dis-moi que c'est un jacuzzi, plaisanta Elsie.

— Malheureusement, non, mais je crois que ça va quand même te plaire.

Zeke la guida jusqu'à la porte du petit local où vivaient les anciens pompiers. Il ouvrit la porte et attendit.

Elsie inspira brutalement.

— Oh punaise. C'est toi qui as fait ça Zeke ?

Il hocha la tête.

— Ça te plaît ?

— Est-ce que ça me plaît ? J'emménage direct ! Je ne pars plus jamais d'ici, dit Elsie.

Regardant autour de lui, Zeke fut satisfait du résultat. Il avait dû mentir à Elsie en lui disant qu'il devait tracer un nouveau sentier que Fallport était en train d'aménager, mais sa réaction en valait la peine. Il avait marché jusqu'ici et avait tout préparé. Il avait installé un matelas gonflable sur le sol avec de vrais draps, une couverture et deux oreillers. Il y avait des lanternes disposées tout autour, des rideaux aux trois fenêtres et une douzaine d'œillets qu'il avait cueillis, car ceux-ci duraient plus longtemps que les roses. L'espace paraissait confortable et romantique et il espérait que grâce à cela, la randonnée en vaudrait la peine pour Elsie.

— Bon, malheureusement, il n'y a pas de plomberie intérieure. Donc si tu as envie de faire pipi, tu devras descendre et remonter les escaliers, dit-il en fronçant le nez.

C'était le seul inconvénient de son plan pour la chouchouter pendant qu'ils étaient ici.

— M'en fiche, lui dit Elsie en se blottissant contre lui.

Zeke soupira de satisfaction. Le monde lui paraissait toujours plus beau quand Elsie était dans ses bras.

— Merci pour tout ça, lui dit-elle.

— Pour être honnête, j'ai été égoïste, avoua Zeke.

Elsie le regarda d'un air perplexe.

— Je savais qu'il était impossible que tu aies envie de faire des galipettes dans une tente avec Tony non loin. Sans parler des autres. En fabriquant un petit nid d'amour ici, loin de tout le monde, c'était le meilleur moyen de te convaincre de faire l'amour avec moi sous les étoiles.

Elsie rit.

— Tellement typique des hommes.

— C'est vrai, acquiesça-t-il. Je suis *ton* homme.

— Et je n'ai jamais été aussi heureuse dans ma vie que maintenant. Je t'aime, Zeke.

— Je t'aime aussi, Else. Tellement, tu ne peux pas savoir.

— Si, je le sais. Parce que je ressens la même chose.

Zeke l'embrassa. Il prit son temps, lui montrant, sans les mots, à quel point il était heureux. Il finit par s'écarter à contrecœur.

— Même si j'ai très envie de te jeter sur le matelas derrière nous et de te faire l'amour longtemps, longuement et tendrement, il y a tout un tas de personnes qui meurent d'envie de voir ce que j'ai installé ici.

— Ils savent tous ?

— Oui.

— Et merde.

— Quoi ? demanda Zeke ? Qu'est-ce qui se passe ?

— Tout le monde sait ce qu'on va faire ce soir ! s'exclama-t-elle.

Zeke rit.

— Oui.

Elsie lui tapa doucement le bras.

— Ce n'est pas drôle !

— Si, c'est un *peu* drôle. Mais sérieux, ils s'en fichent. Et puis, ils sont probablement même jaloux.

Elsie semblait vouloir continuer à être gênée, puis elle secoua simplement la tête.

— T'es trop, toi.

— Non. Je suis juste fou amoureux de ma femme. Et d'ailleurs, je crois que j'ai oublié de prendre des préservatifs.

Cette fois-ci, Elsie éclata de rire.

Zeke adorait la voir comme ça. Il n'arrivait pas à réaliser qu'il avait été à deux doigts de la perdre. Elle et Tony aussi.

— J'imagine que c'est ta façon de me dire que tu veux me mettre enceinte, dit-elle immédiatement.

— Oui. Mais si tu n'es pas prête, je suis sûr que je pourrais retrouver une boîte de préservatifs au fond de mon sac si je cherche *vraiment* bien, dit-il. Je ne vais pas te forcer à faire quelque chose que tu ne veux pas.

— Si, je le veux, dit-elle du tac au tac.

Zeke trouvait que c'était déjà difficile de ne pas la jeter sur le matelas tout à l'heure pour lui faire l'amour, mais là, il dut redoubler d'efforts. L'idée même d'être en elle sans aucune barrière entre eux fit palpiter son sexe.

Il se tourna vers la porte avec Elsie sous son bras. Il fallait qu'il quitte ce petit nid d'amour qu'il avait installé tant qu'il le pouvait encore. Il aurait tout le temps ce soir de montrer à sa femme à quel point il la chérissait.

Ils restèrent dehors sur la passerelle pendant un moment,

profitant de la vue et de la brise. Sous eux, Tony montrait les papiers pour le changement de nom à tout le monde et Zeke vit que certains montaient leurs tentes. Le plan pour ce soir était le même que la nuit dernière, c'est à dire préparer le dîner autour du feu, manger des chamallows, se détendre avec leurs amis et simplement profiter d'être en vie.

— Merci d'être un homme en qui je peux avoir confiance, lui dit doucement Elsie. Quelqu'un à qui je peux offrir mon cœur tout en sachant qu'il sera apprécié et protégé.

— Je *te* remercie pour la même chose, dit Zeke. Après mon premier mariage, je me suis promis de ne plus jamais offrir mon cœur à quelqu'un de peur qu'il le piétine. Mais tu m'as fait oublier les mauvais moments et ne m'as fait voir que les belles choses que j'avais devant moi.

— On forme une bonne équipe, dit-elle en levant les yeux vers lui avec un sourire.

Ses cheveux étaient ébouriffés, elle n'était pas maquillée et avait le visage rouge à force de monter les marches et après le baiser qu'il lui avait donné, mais elle était la plus belle femme que Zeke ait jamais vue dans sa vie. Et elle était à lui. Tout comme il était à elle.

Rien n'était garanti dans la vie. Les drames pouvaient se produire à tout moment. Mais il appréciait chaque seconde de sa vie avec Elsie.

— Tu es prête à descendre et à laisser les autres venir jeter un coup d'œil ?

— Je suis prête, dit-elle en prenant les escaliers.

Zeke jeta un dernier regard vers la cime des arbres et soupira de satisfaction avant de se tourner pour suivre sa femme.

* * *

Rocky poussa la porte du *Sunny Side Up* et sourit à Karen, l'une des serveuses.

— Assieds-toi là, chéri. Je suis à toi dans un instant.

— Rien ne presse, lui dit-il en partant s'asseoir sur la dernière banquette sur le côté.

Il aimait être dos au mur et voir les gens entrer et sortir du restaurant. Son temps dans l'armée en tant que marin l'avait rendu assez paranoïaque. Même encore aujourd'hui, des années après être parti, il ne pouvait toujours pas s'asseoir quelque part en tournant le dos à une pièce. N'importe quelle motte de terre ou ordure sur le bord de la route lui donnait des sueurs froides.

Le fait de vivre dans une petite ville comme Fallport l'avait beaucoup aidé pour son stress post-traumatique. De l'extérieur, il paraissait normal. Il pouvait même agir de façon normale la plupart du temps, mais à l'intérieur, il était souvent une boule de nerfs.

Le poste au sein de l'équipe de recherche et de sauvetage d'Eagle Point avait été une aubaine. Cela lui avait permis de sortir dans les bois et de décompresser régulièrement et cela satisfaisait ce besoin profond qu'il avait de servir les autres.

Retrouver une personne disparue était la meilleure sensation au monde.

Même si cette personne n'était plus en vie, c'était toujours aussi satisfaisant. La découverte d'un être cher pouvait épargner à une famille des années de questionnement et de « et si » en se demandant ce qui avait bien pu se passer. Bien évidemment, il préférait largement retrouver la personne vivante, mais la mort faisait partie de son travail.

Sentant que quelqu'un marchait vers lui, Rocky leva les yeux, s'attendant à voir Karen, mais à la place, ce fut Sandra Hain, la propriétaire du restaurant.

— Salut, dit-il, se levant pour l'accueillir correctement.

— Non, non, reste assis, dit-elle en secouant la tête. Combien de fois t'ai-je dit que tu n'étais pas obligé de te lever chaque fois que j'arrive ? demanda-t-elle.

— Quatre cent trente-trois fois, dit Rocky, en inventant le

nombre sur le coup. Mais peu importe le nombre de fois où tu me le rappelleras, je ne t'écouterai pas. C'est juste poli de ma part.

Sandra secoua la tête avec exaspération et Rocky ne put s'empêcher de sourire.

— Je voulais te parler, dit la femme plus âgée en se glissant sur la banquette à côté de lui.

Rocky fronça les sourcils. Ça ne présageait rien de bon.

— Vas-y, dit-il.

— OK, bon, je ne suis pas *sûre* qu'il y ait un problème. J'agis peut-être bêtement. Mais il y a un groupe qui est venu il y a environ une semaine. Deux couples. Et l'un des couples ne semblait pas heureux du tout. Ils n'ont pas arrêté de se disputer tout le long du repas. Quoi qu'il en soit, la femme est revenue le lendemain. Et le suivant. Seule. Elle était gentille et m'a dit qu'elle adorait nos plats. Elle a complimenté le restaurant et la ville. Bref, elle s'est un peu confiée à moi. Elle m'a expliqué qu'elle était venue avec un ami et un autre couple, car ils voulaient chercher Bigfoot. Elle a reconnu que c'était idiot, mais est quand même venue pour couper avec son quotidien. Elle s'est excusée d'avoir fait une scène et de s'être disputée avec son ami la première fois qu'elle est venue, même si à part leur serveuse et moi, personne ne l'avait remarqué. J'imagine qu'il lui mettait la pression pour une relation dont elle ne voulait pas. Le groupe faisait de la randonnée tous les jours et elle m'a dit qu'ils y retournaient une dernière fois. De nuit. Elle a promis de revenir me voir avant de quitter la ville mais... elle ne l'a jamais fait.

Rocky regarda Sandra et réfléchit à ce qu'il allait lui dire, mais elle continua de parler avant qu'il ne puisse faire de commentaire.

— Je sais, je sais. Tu vas me dire qu'elle a probablement oublié. Ou qu'elle était trop occupée ou autre. Mais... je ne pense pas que ce soit ça. Elle aurait dû revenir avant-hier. Je m'inquiétais tellement pour elle que j'ai roulé jusqu'à l'hôtel où elle m'a dit qu'elle logeait vers quatre heures du matin. Je n'ai pas vu leur voiture, alors peut-être qu'ils sont juste partis... mais j'ai peur qu'il ne lui soit arrivé quelque chose. Qu'il leur soit arrivé quelque chose.

Rocky eut envie de la taquiner en lui disant qu'elle les avait espionnés, mais ce n'était clairement pas le moment. Et il n'était pas vraiment surpris que Sandra sache quel véhicule ils avaient utilisé. Fallport était une petite ville et les gens avaient tendance à être bien plus observateurs que dans les grandes villes.

— Qu'est-ce que tu veux que je fasse ? demanda-t-il, allant droit au but.

— Elle m'a dit qu'ils allaient faire une randonnée sur le sentier de Falling Water. Elle a même plaisanté en disant qu'elle préférait que quelqu'un sache où ils allaient, juste au cas où il y ait un problème. Quand je lui ai demandé de quel *genre* de problème elle parlait, elle a haussé les épaules et a dit que c'était juste au cas où son ami – qui voulait être plus que son ami – ne comprenne toujours pas que non c'était non. Elle plaisantait, mais j'ai senti une certaine... inquiétude dans sa voix.

Rocky n'aimait pas ça. Pas du tout. Il avait déjà vu trop d'agressions et de discriminations envers les femmes quand il était à l'étranger. Il n'avait jamais compris pourquoi les hommes traitaient les femmes comme si elles étaient inférieures à cause de leur genre. Il n'avait également pas envie d'imaginer que quelqu'un puisse faire du mal à une femme dans *sa* forêt.

— Je me suis dit que tu pouvais peut-être marcher le long du sentier de Falling Water pour t'assurer qu'ils ne sont pas encore là-bas ? Une fois de plus, c'est idiot, mais elle paraissait si sincère quand elle m'a dit qu'elle reviendrait pour un dernier repas avant qu'ils ne partent, dit Sandra.

Rocky hocha la tête. Ses amis étaient partis marcher jusqu'à Eagle Point avec Elsie et Tony et il s'était porté volontaire pour rester sur place exactement pour cette raison. Cette affaire n'était pas officielle, mais désormais sa curiosité était piquée. Il ne pourrait pas dormir en imaginant que quelqu'un était peut-être actuellement perdu ou en danger. Merde.

— Très bien. J'irai.

Sandra, qui avait retenu son souffle, expira.

— Merci beaucoup. Elle s'appelle Bristol Wingham. Elle a trente-sept ans et est en assez bonne forme. C'est une toute petite chose, je serais surprise qu'elle fasse un peu plus d'un mètre cinquante. Elle a de longs cheveux noirs et raides et des yeux sombres. Je crois qu'elle a des origines asiatiques, mais je ne suis pas sûre, car nous n'avons pas eu l'occasion d'en parler.

Rocky ne put s'empêcher de rire.

— Mais vous semblez avoir parlé de beaucoup d'autres choses.

— Ben ouais, dit Sandra, perplexe, comme si c'était la chose la plus normale du monde que de connaître toute la vie d'un client quand il venait manger.

Mais il supposa que pour elle et la majorité des habitants de Fallport, ça l'était.

— Enfin bref, elle vit à Kingsport, de l'autre côté de la frontière. C'est une artiste. Elle est spécialisée dans la fabrication de vitraux et s'essaie aux bijoux et aux petites sculptures. Elle m'a dit qu'autrefois elle travaillait de huit à cinq heures dans un bureau mais que ça l'étouffait et qu'elle avait démissionné pour faire ce que lui dictait son cœur.

Rocky ne comprenait pas bien ce que ça avait à voir avec le fait qu'elle soit perdue dans les bois, mais il acquiesça quand même.

— Très bien. J'irai voir aujourd'hui ce que je peux trouver, mais j'imagine qu'elle a simplement oublié de revenir et de te dire au revoir, dit-il à la femme inquiète devant lui.

Sandra haussa les épaules.

— Et je pense que tu te trompes. Mais je préfère de loin

apprendre qu'elle est *effectivement* partie plutôt que l'autre alternative. Tu me diras ce que tu as trouvé ?

— Bien sûr, dit Rocky.

— Tu es quelqu'un de bien, lui dit Sandra. Ton petit-déjeuner est offert par la maison.

Rocky ouvrit la bouche pour protester, mais Sandra se levait déjà.

— Et tu auras le petit-déjeuner double. C'est deux pancakes, deux saucisses, deux tranches de bacon, deux toasts et deux pommes de terre rissolées.

Sur ce, elle tourna les talons et se rendit à la cuisine. Rocky ne put que secouer la tête. Il ne mangeait habituellement pas un repas aussi copieux dès le matin, mais il allait partir marcher, il brûlerait rapidement ces calories.

Il repensa alors à la mystérieuse Bristol. Il espérait que Sandra se trompait et que la femme était de retour chez elle, à Kingsport, saine et sauve, mais il s'en voudrait beaucoup si elle était réellement en danger et avait besoin d'aide et qu'il n'avait pas au moins essayé de les retrouver elle et ses amis.

Il le découvrirait bientôt. Il partirait faire la randonnée. Si le groupe campait, ils n'étaient probablement pas allés plus loin que seize kilomètres dans les montagnes. Il prendrait assez d'affaires pour passer la nuit et demain soir il serait de retour dans son lit confortable.

Satisfait de son plan, Rocky prit une gorgée du café noir et chaud que lui avait servi Karen il y a quelques instants et se prépara mentalement pour les recherches à venir. Il espérait ne rien trouver, ce qui signifierait alors presque certainement que le groupe était sorti des bois et était rentré chez lui.

Haussant mentalement les épaules, il se dit que dans tous les cas, ce serait un bon entraînement. Les chances qu'un groupe de quatre personnes se rende dans les bois et que seulement trois en reviennent – et qu'aucun d'entre eux ne prévienne les autorités que quelque chose était arrivé à leur amie – étaient très minces, voire inexistantes. Il était fort probable que Sandra l'envoie sur une fausse piste. Mais grâce à ça, il avait droit à un petit-déjeuner gratuit, alors il ne pouvait pas se plaindre.

Souriant devant l'énorme plat de nourriture qui fut placé devant lui, Rocky remercia Karen et se mit à table alors que ses pensées concernant cette Bristol qui avait peut-être ou peut-être pas disparu furent reléguées au second plan tandis qu'il savourait son repas.

* * *

Ne ratez pas le prochain tome de la série Sauvetage à Eagle Point: *Un sauveteur pour Bristol*

NOTES

Chapitre Un

1. Force spéciale de la marine de guerre des États-Unis

Chapitre Deux

1. Solution de réhydratation orale
2. Marque américaine de macaronis au fromage
3. Examen standardisé utilisé pour l'admission aux universités des États-Unis
4. Nom de cocktail

Chapitre Trois

1. Marque de jouets

Chapitre Vingt et un

1. Personnage fictif du *Saturday Night Live* qui est très pessimiste et a tendance à déprimer tout le monde

Chapitre Vingt-deux

1. Référence aux Britanniques qui ont une appellation différente

DU MÊME AUTEUR

Un refuge pour Devyn

Un refuge pour Ember

Un refuge pour Sierra

Hawaï : Soldats d'élite

Un paradis pour Élodie

Un paradis pour Lexie

Un paradis pour Kenna

Un paradis pour Monica

Un paradis pour Carly (11 Oct)

Un paradis pour Ashlyn

Un paradis pour Jodelle

Mercenaires Rebelles

Un Défenseur pour Allye

Un Défenseur pour Chloé

Un Défenseur pour Morgan

Un Défenseur pour Harlow

Un Défenseur pour Everly

Un Défenseur pour Zara

Un Défenseur pour Raven

Ace Sécurité

Au Secours de Grace

Au Secours d'Alexis

Au Secours de Bailey

Au Secours de Felicity

Au Secours de Sarah

Forces Très Spéciales Series

Un Protecteur Pour Caroline

Un Protecteur Pour Alabama

Un Protecteur Pour Fiona

Un Mari Pour Caroline

Un Protecteur Pour Summer

Un Protecteur Pour Cheyenne

Un Protecteur Pour Jessyka

Un Protecteur Pour Julie

Un Protecteur Pour Melody

Un Protecteur pour l'avenir

Un Protecteur Pour Les Enfants de Alabama

Un Protecteur Pour Kiera

Un Protecteur Pour Dakota

Forces Très Spéciales : L'Héritage

Un Sanctuaire pour Caite

Un Sanctuaire pour Brenae

Un Sanctuaire pour Sidney

Un Sanctuaire pour Piper

Un Sanctuaire pour Zoey

Un Sanctuaire pour Avery

Un Sanctuaire pour Kalee

Un Sanctuaire pour Jane

Delta Force Heroes Series

Un héros pour Rayne

Un héros pour Emily

Un héros pour Harley

Un mari pour Emily

Un héros pour Kassie

Un héros pour Bryn

Un héros pour Casey

Un héros pour Wendy

Un héros pour Mary

Un héros pour Macie

Un héros pour Sadie

Un héros pour Annie

Autre

Un moment suspendu : Recueil de nouvelles

AUDIO

Un paradis pour Élodie

À PROPOS DE L'AUTEUR

Susan Stoker est une auteure de best-sellers aux classements du New York Times, de USA Today et du Wall Street Journal. Elle a notamment écrit les séries Badge of Honor: Texas Heroes, SEAL of Protection et Delta Force Heroes. Mariée à un sous-officier de l'armée américaine à la retraite, Susan a vécu dans tous les États-Unis, du Missouri jusqu'en Californie en passant par le Colorado, et elle habite actuellement sous le vaste ciel du Tennessee. Fervente adepte des fins heureuses, Susan aime écrire des romans où les sentiments laissent place au grand amour.

http://www.StokerAces.com

facebook.com/authorsusanstoker

twitter.com/Susan_Stoker

instagram.com/authorsusanstoker

goodreads.com/SusanStoker